晚清政治小说

[美] 叶凯蒂 著
杨 可 译

The Chinese Political
Migration of a World Genre

一种世界性文学类型的迁移

Simplified Chinese Copyright © 2020 by SDX Joint Publishing Company.
All Rights Reserved.
本作品简体中文版权由生活·读书·新知三联书店所有。
未经许可，不得翻印。

The Chinese Political novel: Migration of a World Genre, by Catherine Vance Yeh, was first published by the Harvard University Council on East Asian Studies, Cambridge, Massachusetts, USA, in 2015. Copyright © 2015 by the President and Fellows of Harvard college.Translate and distributed by permission of the Harvard University Asia Center.

图书在版编目（CIP）数据

晚清政治小说：一种世界性文学类型的迁移／（美）叶凯蒂（Catherine Yeh）著；杨可译．—北京：生活·读书·新知三联书店，2020.8
 ISBN 978－7－108－06496－7

Ⅰ.①晚⋯　Ⅱ.①叶⋯ ②杨⋯　Ⅲ.①古典小说－小说研究－中国－清后期　Ⅳ.① I207.41

中国版本图书馆 CIP 数据核字（2019）第 032871 号

责任编辑	赵庆丰
装帧设计	刘　洋
责任校对	曹秋月
责任印制	张雅丽
出版发行	生活·讀書·新知 三联书店
	（北京市东城区美术馆东街 22 号 100010）
网　　址	www.sdxjpc.com
图　　字	01-2015-6085
经　　销	新华书店
印　　刷	三河市天润建兴印务有限公司
版　　次	2020 年 8 月北京第 1 版
	2020 年 8 月北京第 1 次印刷
开　　本	635 毫米×965 毫米　1/16　印张 22.5
字　　数	317 千字　图 20 幅
印　　数	0,001－5,000 册
定　　价	45.00 元

（印装查询：01064002715；邮购查询：01084010542）

献给我的父亲叶渚沛与母亲叶文茜

目录

致谢 001

序 003

上篇 一种世界性文学类型的形成：政治小说 013

❶ 形成核心 015

❷ 全球性迁流：远东 052

下篇 把世界带回家：中国政治小说 105

❸ 文学形式的迁流：跨文化流动和日本模式 107

❹ 『新政』与新的公共领域 152

❺ 女性和新的中国 208

❻ 寻找新的英雄 237

❼ 开篇的开篇：楔子 279

❽ 结语 309

参考文献 317

致谢

本书写作缘起于我的博士论文对曾朴《孽海花》的研究,《孽海花》起初是一部"政治小说"。不过,当时对政治小说这种世界性文学类型展开全面研究,我实在是力有未逮。在韩南(Patrick Hanan)的热心支持和鼓励之下,这篇博士论文终于完成了。随着我对跨文化研究的兴趣日渐浓厚,我开始着手讨论更广阔的议题,探究政治小说这一世界性文学类型的形成和发展。法国国家科学院国家研究基金会里昂东亚学院安克强(Christian Henriot)教授的研究资助以及德国海德堡大学精英集群(Cluster of Excellence)"全球背景下的亚洲与欧洲"的邀请使这一研究成为可能。海德堡大学为这一类研究提供了令人兴奋的环境,我在那里度过了一年时光。我对他们深怀感激,希望这个成果没有辜负他们的期望。

在最终成书的漫长道路上,有几位同事给了我宝贵的建议、帮助和鼓励。尤其要感谢尊本照雄(Tarumoto Teruo),他的"晚清小说资料库"是一个重要的文献来源。伊维德(Wilt Idema)和王德威(David Wang)两位阅读了本书初稿,提出了有价值的批评和建议。两位匿名评审人的评论让本书更为聚焦,篇幅也得以精简。在韩国政治小说的部分,弗拉基米尔·吉洪诺夫（Vladimir Tikhonov）和芭芭拉·沃尔（Babara Wall）帮我避开了严重的错误。热心的魏舒歌让我和吉林图书馆馆藏的重要政治小说珍本有缘一见；魏爱莲（Ellen Widmer）慷慨地跟我分享了珍贵而重要的材料；朱俊舟（音）帮我去上海图书馆复印了不少材料。约翰·史蒂文森（John Stevenson）对样章的语言进行了耐心打磨。我要向他们深表谢忱。

我在波士顿大学的同事们给了我许多支持，让我得以集中精力完成这个项目。

在跟我的人生伴侣鲁道夫·瓦格纳（Rudolf Wagner）就本书中的点滴论证展开讨论时，写作这一旅程变成了真正令人喜悦的思想冒险。我要向他不遗余力的支持和耐心献上衷心的感谢。

叶凯蒂

序

从19世纪30年代到20世纪头十年，政治小说曾在世界各国风靡一时。在此期间，各种商品、观点、概念、制度和风俗在全球的传播速度猛然加快。轮船、电报使人们的交流方式大为改进，日益便利，而全球范围内劳工、艺人、环球旅行家和革命家的流动也进一步加速了这个过程。无论各国内部政治体制还是人与人、社会与社会、国家与国家之间的外在关系，都在全球范围内发生了急剧、深刻而相互关联的变革。

政治小说直接而自觉地与这些变革相关联，它被当作了鼓动公众、影响社会发展方向的工具。最先发现小说的宣传潜力的还不是这一新的文学体裁。它效仿了班扬（Bunyan）的《天路历程》(*The Pilgrim's Progress to Salvation Directed*)，以及18世纪末英国国内的新教徒和外国传教机构为抵制英国的色情故事小册子和各种不道德读物所写的基督教小说。当时人们相信，把各种观点转换成以人类为主人公的故事和情节，现实生活的维度更容易被理解，对改变人们的心灵和思想更起作用。中国的诗歌和戏剧在运用文学手段讨论政治议题，甚至违抗当权者方面也有悠久而丰富的传统。从17世纪起，小说也展现了这一潜力，到了19世纪，基督教传教士、保皇派和太平天国起义者都写下了宣传式小说。[1]

首次采用政治小说这种新文学类型的是迪斯累利（Benjamin Disraeli）。大约自1844年起，迪斯累利还未在政坛崛起时，就运用政治小说来向广大公众描画其政治变革的纲领。他认为英国应避免19世纪30年代以来令欧洲大陆动荡不堪的骚乱，如此就必须证明哪些社会力量能带来这些社会变革。欧洲大陆（意大利、法国、德国）的政治改革家很快就适应了这种文学类型。到19世纪70年代，远东（先是在日本，接下来在菲律宾、中国、朝鲜和越南）那些主张政治改革、迎接西方挑战的政治家也开始采用这一被认为在欧洲行之有效的媒体形式。

梁启超（1873—1929）1898年将这种文学类型介绍到了中国并说明了它的潜力。此时"百日维新"已被戊戌政变所终结，梁启超被迫流亡。他带着敬仰之情谈到这种小说在日本和欧洲的改革中所发挥的政治影响。他提到，欧洲和美国的政治家都在民族危急时刻写下这类小说来传播革命观念，日本革命家也采用了这一理念，翻译了欧美革命家的部分作品并写出了新作。因为小说具有情绪上牵动并影响读者的独特力量，出版发行著名政治家写就的这类作品常常会改变整个国家的心态。为了与通俗的令人厌烦的传统中国小说相区别，梁启超把这些政治小说称为"新小说"。

因为政治小说的宣传功能是第一位的，各种政治小说都要适应地方性的、个人化的议题。尽管所有的小说都可以说有其社会背景和功能，但这里的社会环境是嵌入小说所创造的时空之中的。小说可以与社会环境联系得非常紧密，以至于来自其他时间和空间的读者无法理解或难以产生兴趣；它也可能穿越时间、跨越地域，在很长的时期内都能让没什么学问的读者看得津津有味。就政治小说而言，它与政治议题、辩论和彼时彼处的名人明确的关联可能既是这一文学类型成功的秘诀，也是其受时间限制的

---

[1] 有关1810—1840年来华传教士写的小说，参见Hanan, "Missionary Novels"；有关保皇派的内容，参见对《荡寇志》(1853)的讨论，载于David Wang, *Fin-de-Siècle Splendor*, pp.124-139；有关太平天国的内容，参见洪仁玕，《英杰归真》。

根源。要通过翻译或新的创作让这种文学类型迁流到其他的语言、历史和政治环境中，必须假定被感知的政治环境具有相似性，小说也具有类似的潜功能。只有感知到了这一点，才能激发译者和作者的主体性。

并非只有政治小说才和政治、制度环境紧密相关。比方说，从1850年代到20世纪20年代，中国在从大清帝国向民族国家转变的过程中经历了国内混战、与外国列强的数次冲突和革命，火热激荡的环境造成了一种融合的趋势，甚至相对独立于政治的文学类型，诸如新式侦探故事和某些类型的诗歌也都卷入了政治改良的辩论之中。文学研究者普遍接受一个假设，即政治目标只会对文学作品有损害，而本书的观点与之有相当大的不同。本书将探讨，政治小说是否正因其作为一种文学宣传的有力工具而获得了青睐？宣传需要除了在作者设计写作内容时促动作者之外，是否还影响着他们的文学介入？政治小说的名气是否对重塑一般意义的小说的地方声望发挥了作用？

选择小说而非其他文化地位很高的文学体裁，例如诗歌、散文，说明作者们希望利用小说已建立的声望。小说已经从低级娱乐变成了新的风靡全球的主导性文学体裁。梁启超清楚明白地把小说定义成"文学之最上乘"。[1]他使用佛教用语"乘"，说明他想给小说披上救世的外衣。中国也和其他地方一样，政治小说这种世界性文学类型的传播主要是依靠雄心勃勃的政治改革家，而非献身艺术的小说家。

研究这种世界性文学类型，显而易见的困境是不得不应付各种语言和各种被研究作品的背景，此外还必须面对一些重大挑战。你怎么定义这种世界性文学类型的身份认同？在它跨越文化边界的时候，它是否仍保持着这种文化认同？这又是如何做到的？是什么动力机制促动着这种体裁跨语言、跨文化的运用？这些动力机制的主体在哪里？政治小说的全球传播对其地方性的呈现有什么作用？这种文学类型成功地融入了地方文学和政治环境，采用了什么策略？在地方性的公共领域中（文学水平、出版渠

---

[1] 梁启超，《论小说与群治之关系》，第3页。

道、审查），这种文学类型发挥影响的社会、经济、政治环境又是怎样的？在写作和阅读这些小说时，政治和文学的考量是什么关系？这种文学类型与政治环境以及其他形式的政治表达互动的具体机制是什么？在各个民族国家的不同背景下采用这种文学类型，是否标志着这些政治环境自身都变得——或者说假定应该变得——更相似了，都是在通向"现代性"的更为广阔的历史运动中？这种读者甚众的小说对一般意义的小说的地位及人们所理解的目标有什么影响？上述这些便是本研究试图回答的最迫切的问题。

幸运的是，政治小说是一个可操作的领域，让我们得以充分面对这些挑战。本研究先从20世纪初的中国政治小说着手。能找到的资料有其内在结构，中国人也曾宣称这种文学类型在西方和日本的政治改革中很重要，但我们不能只把这种与世界的关联扔在脚注里，而是要充分地进行挖掘。

但是我们没有什么现成的学术文献可以回顾。就像以目标驱动的其他类型的小说一样，大量政治小说因缺乏经久不衰的价值而被排除在各种民族文学史之外。[1]特别是中国的政治小说，近年来为中国学者抛弃和批判，被视为"为政治服务"的文学的前身，所以即便是承认其影响的学者也不觉得有进一步研究的必要。[2]进一步来说，这种世界性文学类型形成和发展的动力机制，也不在那些民族国家层面的文学史视野范围之内。同时，政治史学家也把政治小说排除在真实（*bona fide*）的文献资料之外，因为这

---

[1] 文学经典中排除目标驱动的小说，这本身就是一个跨文化的共有特点。日本对于政治小说在文学史上之地位的争论始于坪内逍遥1885年在其《小说神髓》中所做的重要批评。坪内自己也曾写过一本政治小说，他说："把政治寓言当作小说的主线是错误的。"而1886年出版的政治小说《佳人奇遇》(《佳人の奇遇》)第三编的序言却持反对意见："小说家的目标不是玩弄精巧的器物或者描写风俗人情，而是要展示观点和原则，自然而然地形塑人们的观念——换句话说，意在言外。"这两段话都引自飞鸟井雅道《政治小说》，第76页。

[2] 袁进，《中国文学的近代变革》，第159—170页；陈平原，《二十世纪中国小说史》，上册，第7页。似乎进一步追究与假定正统的"亚洲"观念相对的"欧洲中心"的系列概念和方法论的问题也没什么收获。因为大多数亚洲的文学研究早已吸收和适应了"欧洲中心"的概念和方法论。对这条研究线索，可参见 Yingjin Zhang, *China in a Polycentric World*，特别是其写的论文，"Engaging Chinese Comparative Literature and Cultural Studies," 以及 David Palumbo-Liu, "Utopias of Discourse"。

属于虚构类。因此，我的研究必须从头开始建立这种文学类型的主要文献记录，并对其中最重要的作品所使用的文学手段和政治意涵加以分析，以勾画其作为世界性文学类型的动力机制。

这一工作还关系到文学遗产传承这个更大的挑战。在亚洲现代文学兴起之初（1965—1970），布拉格的学者们就发现了各种不同的亚洲文学都转变成了现代的、全球化的文学体裁，但他们没有处理这些亚洲文学之间以及与其他地区文学之间的跨文化互动问题。[1]在与"比较文学"方法的一次重要对话中，帕斯卡尔·卡萨诺瓦（Pascale Casanova）、弗朗哥·莫雷蒂（Franco Moretti）、大卫·达姆罗斯（David Damrosch）等学者已经勾勒出各种文学体裁的轮廓和动力机制，作为世界文学中相互关联的不同线索。[2]莫雷蒂和卡萨诺瓦都强调在核心和边缘间互动的不对称性，但他们对文学内在的动力机制评价不同：莫雷蒂认为源于经济实力和政治权力的不平等，而卡萨诺瓦则指出二者并不必然相关，他以1920—1960年的巴黎作为例证，巴黎一方面是世界"文人共和国"之都，另一方面，法国在此期间的经济和文化实力都较为边缘化。因此，他认为提升巴黎文学地位的力量不是来自帝国主义的强加，而是其他各地的作家们的愿望所致，他们渴望成为其文学图景中的一部分。这一观点在我讨论推动政治小说这种世界性文学类型的主体性时还要再次提及。

大卫·达姆罗斯曾说，翻译的文学作品"不再是只属于其原初文化的排他性产品了"，"变成了只是用其原来的语言'开头'的作品"。[3]我将继续这一讨论，来探究这种翻译作品在新的环境中扮演了什么角色，使其成为可模仿的范本。

政治小说这种世界性文学类型是在广义的跨文化互动的过程中形成的。因此，方兴未艾的跨文化研究所处理的过程也和我们努力的方向有

---

[1] Kral, Černa, et al., *Contributions*.
[2] Casanova, *République mondiale*; Moretti, "Conjectures."
[3] Damrosch, *What Is World Literature?* p.22.

关，也许会为本研究提供可供使用的概念方法和方法论工具。早期的人类学家曾把跨文化互动归入"涵化"（acculturation）的范畴，也就是说一种文化被另一种标记为"更高级"的文化所涵化。这种方法没有考虑到人类及其文化产品在与其他人和文化互动时会发生的实质变化，它也小看了地方化的改造和再创造中的能动作用，以为仅仅是模仿而已。费尔南多·奥尔蒂斯（Fernando Ortiz）对这种方法进行了彻底反转，倡导用"文化汇融"（transculturation）来描述在古巴那种外国利益集团主导其经济和政府机构的情况下的文化混融性。[1] 这种方法认为，是地方性的"拉"而非优势力量的"推"构成了推进这些互动的主要因素。不过，他所描述的情况可能是古巴特有的，而且他没有说明历史行动者自己是怎么理解这个过程的。我会考察将政治小说变成世界性文学类型的能动力量的所在地，寻找其中行动者的动机。

我对这种文学类型特征的研究受益于有关跨文化、跨语言民间故事叙事核心特征的研究。[2] 尽管这些研究关注的焦点在于原型和情节要素，而非叙事的情节推进（plot engine）和形式特点，但他们构建故事认同的基本策略看起来很符合我的要求。它要在表面特征常常千差万别的真实故事中寻找共有的核心要素。我们接下来不得不面对的就是政治小说和这种文学类型的名称之间联系常常不稳定的问题，有些政治小说就宣称自己是政治小说，但有些并不如此，还有一些宣称是政治小说的其实并不符合这个模式。

因此，我建议从历史上的文学实践中抽取政治小说的核心要素，而不是把这个或那个理论建构强加于其上。因为这样一种诠释学的方法通过历史主角的认识和实践来定义其领域和文献，它便会遵循历史主角所走的方向。这种方法把我们的目标定义为分析跨文化过程的动力机制，这就需要阅读闻名于世的作品及其产生的背景，包括这一文学类型的其他作品以及采用其模式（matrix）的其他形式的公共表达。这需要比较不同作者——

---

[1] Ortiz, *Cuban Counterpoint*.
[2] Propp, *Morphology*; Levi-Strauss, "Structure and Form."

那些在具体环境中、用各自语言写出他们视为实际上在不同语言和文化中相互关联的文学类型的作者——做出其个人贡献的方式。在研究政治小说时，我不是随机选些样本来比较，而是试图对由内到外都与一个普遍意义的"世界性"文学类型相关联的作品进行分析。这种方法与已有的比较文学方法有很大的不同，它接受一个前提，即跨文化互动不是一个新近的现象，而是整个文化的生命线；因此，为了进行接下来的比较，它否定了强调语言文化界限的研究路径。[1]

本研究包含两个部分。上篇追踪政治小说可识别的核心形成、发展、成为世界性文学类型的过程。第一章考察的是早期欧美这种文学类型的典范作品，看其核心文学特征是否无论用任何语言写作都仍然可识别且保留其关键标志，并据此来展开讨论的框架。第二章集中关注政治小说向东亚，尤其是向日本和中国的迁流。在小说各式各样的具体形式中检验核心特征的稳定性，以此来探究文学类型迁移的动力机制。

下篇考察的是这种文学类型是如何进入中国的情境之中，继而在与地方文学和政治环境的互动中进行重塑的。第三章发展了一种观点，即除了文学的内容之外，文学的形式也承载了跨越语言和文化边界的新观念。本章研究了中国对日本政治小说的翻译，勾勒出促动这一文学形式迁流的动力机制和主体，描绘了这一文学形式进入地方的过程。与此前的研究大为不同的是，本书把这些翻译作品视为中文小说不可分割的一部分。对翻译文本的选择，以及它们创造性地插入中国语境的叙事策略和时事元素的方式，都显示出了它们在进入中国语境时特有的创造力和能动性。选自中国政治小说的例子将会说明这些文学形式是如何被加以改造的。

第四章检验了一种流行观点，即所谓一般意义的晚清小说，特别是政治小说，是与官方话语脱钩（disassociate）并且反其道而行的新式社会表

---

[1] 这里的讨论受到了"精英集群"的启发，这是德国海德堡大学跨文化研究中心一项名为"全球背景下的亚洲与欧洲：文化流动的不对称性"（"Asia and Europe in a Global Context: Shifting Asymmetries in Cultural Flows"）的研究群，我在那里享受了一整年的热情款待，参与了和热烈讨论。

达。晚清两个最重要的新政上谕分别颁布于1901年和1906年,这两个时间点同时也是小说出版的两个高峰,我就从二者时间上的同步性和主题之间的紧密关联入手,举例说明了晚清政治小说把自己加入了政府设定的议程之中,但并没有失去自由,仍然是在朝廷控制之外的独立表达。

第五章讨论的小说关涉那些清政府最不愿意改良的领域:女性在公共场所和家庭里的地位、她们与男性的关系以及女性的教育。尽管这里讨论的这些小说的独立立场是最明显的,这一章仍然探讨了作者们——包括女作者们——是如何通过强调女性对国家发展的贡献从而尽量保持在清政府新政宽泛的议程范围之内的。刺激清政府的那些焦虑也反映在这些小说中,小说中的女主角在其他方面大胆、激进、现代,但却遵循着非常传统的贞节规范。

第六章探究的是中国作家们用了哪些文学策略来达到其最高目标——对中国人的政治心态加以变革。为了达到这个目标,他们塑造了一系列的人物来作为正面或反面的典型。基于他们对新模范人物(政治改革家、科学家、侦探、无政府主义革命者)的塑造,我指出了被视为"新的中国"之理想的行为特征,并说明了这些新模范人物相信的价值系统与所谓典型的中国式行为之间的关系。

最后一章处理的是在其他的模式中均不曾见过的一个中国政治小说独有的特征,即开篇的"楔子"部分,这是对早期中国戏曲和小说的一个改造。它很大程度上是独立的寓言式写作,与小说的其他部分相分离。我探讨了添加这个新部件和作者对他们眼中的读者政治成熟度的预估之间的关系,也分析了作者如何处理楔子身上的张力:一方面其形式、目的都很传统,另一方面,它出现在政治小说中,变成了新式进化论的情节推进器。

在本研究中,我始终使用"改良派"来指称参与政治小说或新小说文学运动的中国人。这个假设是以他们的作品和/或他们发行的刊物中所处理的主题为基础的。他们中大多数人不是职业的小说作家,也在其他媒体上写作,通常都是同样的话题。民国建立后,或者更准确地说是在1909—

1910年各省开设咨议局之后,机会一到,他们中大部分人就放弃了写政治小说,转而去参加竞选。关于中国政治小说到底在什么时间范围内一度兴盛,还难有明确的意见。一旦开放达到同一目标更为有效的途经,而关键角色——清廷——失去架构讨论的能力时,政治小说就失去了目标。话说回来,政治小说昙花一现,却对中国现代小说有着长远影响。我在结论中会对这一点展开讨论。

一种世界性文学类型的形成:

政治小说

1 形成核心

在20世纪最初的十年间,中文小说中开始兴起了一种文学类型,时称"政治小说"。这个术语是对其英文文学类型名称的直译。最初是日文用这几个汉字造出的新词,用以向读者指称一种新的小说——既包括翻译作品也包括原创作品,其特点是积极回应当下的政治环境。中国的改革家——最重要的要数梁启超——曾听说这种文学类型在19世纪80年代日本的维新斗争以及更早的欧洲改革中发挥了重要作用。梁启超称,政治家曾用政治小说来影响公众的观念,用激动人心的新形式来传播他们的观点,吸引了大量读者。梁启超相信,这种小说在一夕之间就改变了整个社会。这种新文学类型刺激了他的想象,因为他是一个失势的政治家,而政治小说具有向广大读者传播其维新思想的潜力。他通过翻译和理论文章的介绍,担负起了在中国推广政治小说的责任。很快,历史的风云际会就给这种新生的次级文学类型创造了一个良好的发育土壤,而它影响的范围之大,已远远超出了最直接的文学领域。

慈禧太后发动的"戊戌政变"终结了"百日维新",导致包括梁启超在内的许多维新派遭到迫害和流放。他们被褫夺了官职,就集中在报纸杂志等新型媒体上进行公开的政治传播，而这些报纸杂志在上海公共租界等地印刷发行，清廷无法直接掌控。清廷在1900年卷入了针对外国人的义和团运动，在一心复仇的列强进逼之下逃离了北京。1901年，在部分汉人官员的坚持之下，清廷同意重启新政。朝廷后来的新政政策进展迟缓，但一直在持续进行，甚至还推出了鼓励呈交新政提案的政策，直到1911年清朝统治结束。这一新政形成了一个框架，使政治小说得以作为一种表达社会改革需求的独立平台发展起来。作为一种被誉为在其他国家的改革活动中起了主要作用的文学类型——梁启超指的是英国、美国、德国、法国、奥地利、意大利和日本[1]——政治小说和政治一起来到了中国，它没有被当作文学之外的负担，而是被视为文学的灵感。

在几个因素的共同作用之下，形成了一个有利于这种新文学类型发展的环境。首先，公众渴望获取改革所需信息；第二，在西方和日本急需改革时，政治小说教育公众的成效得到了公认；第三，租界环境为出版政治小说提供了法律保护，使之免于被其批评的党派控制；第四，有政治力量并不主张立刻颠覆现有结构并取而代之，而是希望推动渐进改革；第五，新闻出版业能以低廉的价格发行高质量的媒体产品，有稳妥的发行渠道；最后，同样重要的是有一批有头脑有魅力的人审时度势，他们相机而动，定下了写小说来争取公众的方略。

显然，中国政治小说是一种世界性文学类型的组成部分。对这种文学类型而言，其跨文化性质并非无关紧要，而是它的基本特征。小说作者们受到世界其他地方这类作品的鼓舞，运用了其中的主题和文学技巧。通过这种形式，他们时而含蓄地暗示，更多的则是明确宣布他们的政治观点和斗争是更大范围的全球斗争的一部分。因此，这种文学类型的核心组成部分及其历史重要性必须建立在其世界性迁流的背景之下。

---

[1] 任公（梁启超），《译印政治小说序》，因为梁启超没有提到任何作者或书名，一直都不清楚他参考的到底是什么。他的全面论述所依据的文献还没有找到，也许是源于他与某位日本政治小说作家的口头交流。

本章将对一些重要作品进行文学和政治上的分析，以求找出标志这种文学类型特点的核心特征。在此过程中，我们要追问此种文学类型跨越国界时其既有惯例的稳定性如何，它是否与某种特殊的政治议题相关联，它是否只能在某种特殊的政治环境中兴旺发达，环境一旦改变就风光不再。

迪斯累利和政治小说

尽管政治小说有许多先驱人物，[1]但大家在一点上还是有共识的，那就是政治小说发端于本杰明·迪斯累利的"少年英格兰"三部曲——《科宁斯比》（*Coningsby*，1844）、《西比尔》（*Sybil*，1845）和《唐克列德》（*Tancred*，1847）。[2]"少年英格兰"三部曲讲的是19世纪30年代英格兰的政治生活，还谈到了19世纪40年代的议题。迪斯累利讨论了政党之间的分歧，让他的主人公提出了一系列政治和宗教改革计划，描述了支持改革计划的社会力量（"少年英格兰"）的联合。他还发展出了定义这种文学类型的具体特征。戴维·塞西尔（David Cecil）在对早期维多利亚小说的评论中，以一个严格的文学研究者的角度写道："迪斯累利尽管才华横溢，但其小说不是严格意义的小说。也就是说，它并不想要对生活进行真实写照，而只是以虚构形式表现的政治和宗教问题。"[3]尽管研究迪斯累利和维多利

---

[1] 有关"政治小说"起源的说法有很多。其中伊丽莎·海伍德（Eliza Haywood，1693—1753）是最早被提到的。参见 Kvande, "Outsider Narrator." 1881年《纽约时报》的一篇题为《政治小说》的文章认为玛丽亚小姐的爱尔兰语小说《倦怠》（*Ennui*，1809）和《缺席者》（*The Absentee*，1812）算得上是政治小说真正的开山之作。这篇文章没有提到迪斯累利，但把沃尔特·斯科特爵士（Sir Walter Scott）的《威弗利》（*Waverly*）也包括在内，还称《汤姆叔叔的小屋》（*Uncle Tom's Cabin*，1852）的作者斯托夫人（Harriet Beecher Stowe）是"最伟大的政治小说作家"。

[2] 克里斯托弗·哈维（Christopher Harvie）曾说："如果政治小说就像扬格（G. M. Young）描述历史一样被定义成'重要人物的对话'，那么这种文学类型就源于迪斯累利，我们也必须从他开始。" *Centre of Things*, p.8. 也可参见 Monypenny, *Life of Benjamin Disraeli*, p.197; Blake, *Disraeli*, p.190。

[3] Cecil, *Early Victorian Novelists*, p.290n；引自 Robert Blake, *Disraeli*, p.211。

亚文学的杰出学者罗伯特·布莱克（Robert Blake）也把这些小说作为主题小说（roman à thèse）的范本，但他指出，从迪斯累利"少年英格兰"三部曲中的人物性格和对北部制造业诸镇残酷生活的描写来看，他并不同意塞西尔的判断。[1] 1849 年，当迪斯累利为《科宁斯比》（又名《年轻一代》[The New Generation]）第五版写序言时，他明确表达了为宣传服务的目标："一开始作者并非有意把小说这种形式当作传播其主张的手段，但经过反思之后，他决意顺从时代的潮流，利用这种最有效的方法来影响舆论。"[2]

迪斯累利撰写政治小说的动因之一就是政治小说能引起轰动。迪斯累利写作三部曲的时候已经快四十岁了。他对英国政治现状，尤其是自己所在的托利党感到很灰心。他认为托利党的政策都是在投机，对英国的未来缺乏明确的愿景。想到今后可能只是作为一个做过几场漂亮演讲、对英格兰政治生活缺乏实际影响的下议院普通议员被记载在历史上，他越来越坐不住了。用政治史学家伊恩·圣约翰（Ian St. John）的话来说，迪斯累利渴望"创建公共舆论而不是听从公共舆论，领导公众而不是一直落在后面看着别人"。[3] 他以"少年英格兰"三部曲把政治小说纳入了文学的版图。此举取得了巨大的成功，初版的 1000 册在两星期之内就销售一空。[4] 1844 年，在《科宁斯比》出版后不久的一场论战中，反对者也不得不绝望地承认："怎么回事，自从这书一出现，每个文学圈子见面第一句就是'你看过《科宁斯比》没有？'"[5] 1844 年一篇讨论这本书的文章开篇写道："每个人都看过《科宁斯比》——这一版一周之内就售罄了……所以我们这里不再做摘要，我们假定全世界都知道我们这儿讨论的是什么。"[6]

---

[1] Blake, *Disraeli*, pp.211-212.
[2] Disraeli, "Preface."
[3] St. John, *Disraeli*, p.23.
[4] 有关当时社会对《科宁斯比》的反响的细节，可参见 Flavin, *Benjamin Disraeli*, p.68。
[5] *Strictures on Coningsby*, p.5. 还出了一些《科宁斯比》的"要点"解读，还有一个署名 "Embryo, M. P." 的作者出版了两卷本的《反科宁斯比》（*Anti-Coningsby*，又名《年轻一代老了》[*The New Generation Grown Old*]）。
[6] Real England, "A Few Remarks," p.601.

形成核心

本杰明·迪斯累利1804年生于一个富裕的犹太家庭。[1]他父母让他在圣公会教堂受洗。迪斯累利了解自己的天赋，又倾心于拜伦和雪莱，对自己产生了一种浪漫的看法，觉得自己注定卓越不凡。对他来说，唯一的问题在于：选文学还是政治？在进入政界之前，迪斯累利也尝试写作诗歌和小说。尽管他早年成为拜伦第二的梦想没能实现，但他整个一生都在持续不断地写作。[2]1837年，他作为梅德斯通的议员进入了议会，接下来的几年里他构思了一种新的小说来表达他对政治和社会的看法。迪斯累利是一个雄心勃勃、

---

[1] 尽管迪斯累利的父母并不信奉犹太教，但19世纪许多有关迪斯累利小说之"东方"幻想的评论都带有反犹主义的倾向。批评者喜欢用他父亲的方式把迪斯累利写作D'Israeli。比方说 Strictures on Coningsby 就认为《科宁斯比》的作者是 B. D'Israeli。

[2] 迪斯累利其他的小说包括《维维安·格雷》(*Vivian Grey*，1826)、《波帕尼拉船长的航行》(*The Voyage of Captain Popanilla*，1828)、《年轻的公爵》(*The Young Duke*，1831)、《康塔里尼·弗莱明》(*Contarini Fleming*，1832)、《阿尔罗伊》(*Alroy*,1833)、《地狱的婚姻》(*The Infernal Marriage*，1834)、《天堂的伊克希昂》(*Ixion in Heaven*,1834)、《革命者艾匹克》(*The Revolutionary Epick*，1834)、《伊斯坎德尔的崛起》(*The Rise of Iskander*，1834)、《亨利埃塔·坦普尔》(*Henrietta Temple*，1837)、《维尼夏》(*Venetia*，1837)、《康特·阿拉克斯的悲剧》(*The Tragedy of Count Alarcos*，1839)、《洛赛尔》(*Lothair*，1870)、《恩迪米翁》(*Endymion*，1880)以及《法尔科内》(*Falconet*，未完成，1881)。萨义德(Edward Said)1978年曾提出，18、19世纪西方的帝国主义者，包括学者和艺术家建构出了一种知识范畴，以便为西方对"东方"整体上的统治，尤其是对伊斯兰世界的统治加以合理化。讽刺的是，正是萨义德的批评让"英格兰三部曲"重新回到了公众的讨论之中。迪斯累利是萨义德笔下标志性的东方主义者。萨义德的《东方学》引用迪斯累利的话来开篇，还深入讨论了《唐克列德》。不过，萨义德对迪斯累利的看法却因其不顾史实、不甚准确而受人指摘，这导致了他对迪斯累利政治小说的误读，把英国19世纪后半叶的帝国主义政策叠加在了这些早期小说之上。迪斯累利的三部曲完全嵌入在英国政治生活的历史背景之中，对当时英国政治生活是一种恰如其分的批评，主张转向"东方"寻找智慧和心灵的指引，虽然它指的是一个想象的、古老的、文化上的东方。参见 Proudman, "Disraeli." 丹尼尔·比沃纳(Daniel Bivona)对帝国主义与迪斯累利的讨论更有历史依据，他指出，迪斯累利的三部曲可以当作一个整体来读，它以一种文学姿态预示着，19世纪末英国帝国主义的态势促进了英国的扩张。因为英国的体制改革把中产阶级和劳动阶级卷入了政治体制之中，扩张就成了势所必然。"简单来说，他的小说成了他的论坛，他在这里集中表达所有带着帝国主义幻想的意识形态内容，而这样做也使得迪斯累利这位政治家无法意识到这种集中表达会有什么影响。"Bivona, "Disraeli's Political Trilogy," p.306. 有关迪斯累利及其对东方的看法的深入研究，可参见 Ković, *Disraeli*。

精力充沛而又富有才华的政治家，但他走向成功和盛名的道路却充满了坎坷与风波。最后他成了首相，在这个位置上从1868年的2月干到12月，又从1874年一直干到了1880年。在第二次就任首相时，他成了维多利亚女王的知己，成了比肯斯菲尔德伯爵一世。[1]塞缪尔·斯迈尔斯（Samuel Smiles，1812—1904）的《西国立志编》（*Self-Help*，1859）曾被当作一本现代行为指南译介到日本，其中就把迪斯累利描写成一个精力旺盛、不知疲倦的人，遇到挫折就加倍努力，而且他很成功，是现代人真正的楷模。[2]

迪斯累利的三部曲曾被认为在政治上与"少年英格兰"运动存在关联，也曾被当作其运动纲领来解读。用一位批评家的话来说，三部曲对于英国政治的重要性就在于"它是'少年英格兰'的宣言，还为托利党制造了一种信仰，以迎接现代世界的风吹雨打"。[3]"少年英格兰"是一小群年轻的托利党精英对抗老托利党领导时给自己起的名字，在他们眼里，老一代已经脱离了国家不断变革的现实。"少年英格兰"在托利党内部推动政治改革，非常强调对选举制度的改造，以保证让工业资产阶级和新型中产阶级通过议会代表为"人民"发出声音。[4]迪斯累利的三部曲则为这些观点赋予了一种表现形式。

这些小说写于19世纪40年代中后期，其背景设置在1830年左右。在欧洲大陆，梅特涅的各种专制、恢复贵族特权和压制公众自由已经遭到了激烈的反抗，而英格兰还没有通过最终平息这些动乱的《1832年改革法案》。这一法案扩大了中产阶级的选举权。迪斯累利主张以和平、理性的方

---

[1] Maurois, *Disraeli*, pp.146-195; Blake, *Disraeli*, p.500; Weintraub, *Disraeli*, p.548.
[2] Smiles, *Self-Help*, p.20. 最早的几个日文译本出版于1876年。
[3] Fisher, "Political Novel," p.29.
[4] 不过，学者们也提出，从最广义的背景（包括牛津运动和哥特复兴）来看，"少年英格兰运动"是一个失败的阶级——贵族阶级——对其自身失败的一种反应："一种逃避，从不愉快的现实逃离到愉快而又虚幻的过去之中。"Blake, *Disraeli*, p.171.尽管大部分"少年英格兰"运动的成员，包括乔治·斯迈思（George Smythe）和约翰·曼纳斯（John Manners）都是年轻的贵族，但迪斯累利是例外。三部曲所表达的"少年英格兰"运动的意识形态都是迪斯累利自己的观点。有关这一运动的详细研究，可参看Faber, *Young England*。

式实现从传统贵族统治向新政体的转变，而新政体的基础则是进步的"青年"贵族和资产阶级势力的联盟。

这些小说意在成为映照旧制度下的各色人等的一面镜子，正如一位学者所评论的："向他们自己展示自己多么愚昧、自私，多么不情愿承认新生的、强大的工业和社会力量已经到来。"这面镜子还展现了"腐败的教会、对未来毫无责任感的轻浮青年，还有对国外萌动的各种力量一无所知的贵族社会男男女女"[1]。迪斯累利的小说引入了新的理想化的主人公，一位年轻的政治改革家。这个角色是为了给年轻一代塑造一个偶像，向他们展现"如果他们也像伟大的祖先那样自然而然地成了全体人民的领袖，需要具备什么样的品质和力量"[2]。

《科宁斯比》一直被看作"最初的和最杰出的英国政治小说，可以说是迪斯累利开创的一种类型"[3]。根据迪斯累利自己的说法，这本小说处理的问题主要有三个："政党的起源和特点、受此影响的人民生活条件，以及在我们当下作为主要矫治机构的教会的责任。"[4]迪斯累利称，这些观点在《科宁斯比》里都有涉及，但处理得比较充分的是"政党的起源和特点"[5]。

故事的情节主要是由代表改革力量的年轻的科宁斯比与其支持旧秩序的祖父蒙茅斯勋爵之间的关系来展开的。蒙茅斯放弃了意大利的奢侈生活返回英格兰，唯一的目的就是要让改革法案流产。迪斯累利给围绕在蒙茅斯身边的几个政客来了幅讽刺画像，又把年轻的科宁斯比描写得惹人喜爱，为两位主人公的首次遭遇做了精心铺垫。当科宁斯比被引见给威风凛凛的蒙茅斯的时候，立刻被大场面镇住了，不禁流下了眼泪。他的祖父素来憎恶情绪外

---

[1] Speare, *Political Novel*, p.10.
[2] 同上书。
[3] Blake, *Disraeli*, p.190；以赛亚·伯林也曾提到迪斯累利是"政治小说的开创者"；参见 Berlin, "Benjamin Disraeli," pp.263-264。斯坦利·温特劳布（Stanley Weintraub）称《科宁斯比》是"英格兰第一部重要的政治小说"。*Disraeli*, 219；也可参见 Flavin, *Benjamin Disraeli*, p.207, #3。
[4] Disraeli, "General Preface," p.ii.
[5] 同上书。

露，觉得他没出息；不过，晚餐时科宁斯比的表现又让祖父对他另眼相看，他控制住了紧张情绪，自信地邀请另一位客人去他的学校伊顿公学一同聚餐，还许诺说如果客人来了就送他一瓶上好的香槟。于是蒙茅斯开始喜欢这个男孩，对他有了几分慈爱，甚至还打算让他做自己的财产和政治事业的继承人。尽管科宁斯比喜欢和感激祖父，但最终他还是推出了自己的托利党信条，抛弃了祖父的主张，而祖父也因此和他脱离了关系。

随着小说情节发展，其预设的政治象征也越来越明显。冲突就在新旧两代土地贵族之间，在过时的政治主张与新一代所提出的新目标和行动之间展开。科宁斯比在政治上逐渐成熟的过程是按德式成长小说（Bildungsroman）的手法来写的，他越来越确信，英国对民主的原则缺乏真正的理解和承诺。特别是他逐渐相信，土地贵族和制造厂商（manufacturer）的政治联盟最终会引发整个国家政治基础的变革，而英国已经历了巨大的经济变迁，出现了新的产业阶级，也即劳工和企业家。小说的结尾支持了这样一种理念：等到科宁斯比和他的朋友们成为议员的那一刻，这些具有政治眼光的年轻人最后必将为国家政治生活奠定新的基础。

就蒙茅斯勋爵而言，他代表的是曾经作为托利党标志的民主政治的堕落。毫无疑问，对蒙茅斯的刻薄描写参考了一些臭名昭著的贵族，但这个角色的主要功能是象征传统保守主义的自我满足和利己主义，这必须得抛弃，用年轻一代理想主义的政治观来取而代之。[1] 只是考虑到整部小说的结构，作为老一代土地贵族的蒙茅斯勋爵才在与伟大的曼彻斯特制造商米尔班克先生（Mr. Millbank，指的是工厂［mills］和银行［banks］）的对比之下成了一个重要的象征。通过这两个男人之间的矛盾，迪斯累利道出了他眼中英国最严重的两个问题：贵族的盲目和自私使其看不到产业阶级在政治上的重要性，而英国政治制度中产业阶级却没有足够的代表名额。这些问题危害了政治进程的健康发展，使国家机构在政治现实之中没有得到真实的反映。为了革新托利党的群众基础，迪斯累利提议组建一个由教会、君主和人民组成的

---

[1] Flavin, *Benjamin Disraeli*, p.71.

近乎神秘主义的联盟。

在这一文学类型形成之初,起推动作用的核心政治动机是把政治改革的策略表达出来,并让尽可能多的人知道,以此与其他人支持的激进的社会变革方案相抗衡。19世纪30年代的法国革命和欧洲剧变是激进社会变革的支持者主要的效仿对象。相比之下,迪斯累利的小说呼吁恢复政治阶级及其思维的活力,欢迎"少年英格兰"的诞生。这是对既有政治结构无法及时反映新思想、新力量的一种回应,也是缺乏制造变革的政治力量而导致的一种反应。这些改良而又保守的元素因此就成了政治小说的核心特征。

说到文学特征,情节都发生在当下;地点则是在现代社会都市中一些真实的地方。当时的政治人物被当作塑造角色的原型,小说中所有的主要人物都是按照迪斯累利所认识的人来写的,他自己也包括在内。小说中基本的问题都围绕着当时的政治环境,这通常也为小说提供了时间框架。主人公科宁斯比是新型政治领袖各种特质的化身,对国家发展有新的思路,人们也期待他能采取行动、实现理想。书中对当时政治上极具争议的议题进行了详细的描写。小说中有大量章节讨论政党政治和相关的法律条文。小说的情节围绕着主人公来展开,而主人公认为国家正处于危难之中。这位英雄代表和实践着时代的矛盾性,作为一位改革家,他不断寻求值得保存的原则,以便为国家的未来制定新的政治纲领。他在新环境之中成长,全国上下的广泛辩论刺激着他,全球视角和国际联系给他带来了新的眼光和观念。小说还采用了生动的人名来表明人物所象征的个性,或是用于讽刺。在小说的结尾,作者用科宁斯比和米尔班克小姐的婚姻象征性地表现了他对于治理国家的新一代年轻精英核心构成的政治理想——土地贵族阶级与新兴产业阶级联姻。

科宁斯比和他的朋友被选入议会,科宁斯比与米尔班克小姐的婚姻,以及前面所说的教会、君主和人民神秘的联盟在小说中被写成是过去刚发生的事,但实际上是对未来发展的一种期冀。这种期望成了政治小说的核心特征,因为难以对相关议题和概念进行现实主义的描写,通常就用高度象征或寓言式的方式来表现。

这部教育小说的另一个重要组成要素就是旅行。旅行意味着离开熟悉的环境，去面对不同的现实，学会从不同的视角来了解世界、了解自己，将自己置身于超乎日常经验的现实之中。因此，在国内外旅行就对改革家政治观念的形成起着决定性的作用。这寻求真理和知识的"游历者"便在政治小说中保留了一个高大的形象，这既是一种文学的表现，也是一种真实的行为榜样。迪斯累利小说中用了很大的篇幅来详细刻画英格兰北部新兴制造业小镇和风景名胜，当时年轻的科宁斯比为了获得对国家真实情况的直接认识正在四处游历，这些描写便借着科宁斯比的眼睛来展开。随着科宁斯比不断地自学，作者心中无知的读者们也可以借机了解一下米尔班克先生令人称奇的工厂经营，或是曼彻斯特工人的生活条件。实际上，讲述者之所以对产业阶级的力量热烈肯定甚至大加赞颂，是因为他真正瞄准的目标其实是读者。

最后，以政治改革家形象出现的英雄可能会带有一些自传式特点，作家/政治家们也可以借此来定义和设计自己。在《科宁斯比》1844年出版之后，批评家们立刻开始把书中主要人物和真实人物对号入座，出版了很多"详解"[1]。迪斯累利在小说中给自己安排的角色最为有趣。

小说关键的主人公科宁斯比和西多尼亚被视为作者自己在社会改革时代的内心冲突与摇摆的投射。无所不能、谜一般的犹太富豪西多尼亚"融合了罗斯柴尔德男爵和迪斯累利他自己的奇怪的幻想现实"。[2]迪斯累利给这个角色注入了他那种局外人的感觉（批评家们经常强调他的犹太背景），还放大了自己的影响力、才华和世故。同时，为了在真实的政治环境中生

---

[1] 这些"详解"包括 Key to the Characters in Coningsby (1844)，以及 A New Key to the Characters in Coningsby (1844)，这本书后来还重印了好几次。有关自传的主题，可以参见 Monypenny, Life of Benjamin Disraeli, p.222。迪斯累利经常说自己的小说是一种自传："我的书是我人生的历史——我指的不是对各种事件随随便便做个记录，而是我性格的心理发展。" Letters of Disraeli to Lady Bradford and Lady Chesterfield, Vol. 1, p.372, 引自 Schwarz, "Disraeli's Romanticism," p.57。亦可参见 O'Kell, "Autobiographical Nature," pp.253-284。

[2] Blake, Disraeli, p.202。"对迪斯累利来说，'少年英格兰'是一部持续的私小说，它不只是替代宪章运动和实用主义的政治方案，还带着提高其自身地位的实际考虑。" Schwarz, "Disraeli's Romanticism," p.56。

存,这个理想化的哲学的自我也不得不把理想转变成实际的行动。因此,在科宁斯比这个人物身边就有了西多尼亚这个人物,后者是未来的民族领袖科宁斯比的导师。在小说的结尾,科宁斯比,这个理想化、浪漫化的青年版迪斯累利开始着手去开创英格兰的未来,罗伯特·欧·凯尔(Robert O'Kell)称之为迪斯累利的"虚构的人格分裂"。[1]

迪斯累利的《科宁斯比》的主题不是错综复杂的剧情和当代政治家的冒险生活,而是在一个极具挑战性的民族危机时刻所体现出来的政治的本质。他利用当代的人物来描写各种态度和观念,而不是对他们进行原样照搬的描绘。因此,政治小说包含的是论战而不是复杂的情节,是意识形态而不是事实,是对未来的愿景而不是历史。就本质而言,它是从明天会更好的未来立场对既有政治基础的一种批评。主人公反体制的立场就是他的政治信条。他身处权力结构之外,这是他理解现实环境和国家情绪的前提条件,正是这种局外人的视角使他得以发展出一种全新的政治眼光。政治小说的责任就是提供这样一种新的眼光,并把能将其实现的各种英雄表现出来。

作为一种政治和社会运动,"少年英格兰"并不孤单,它也不是最早出现的。19世纪三四十年代,梅特涅的压制措施在整个欧洲激起了不少类似的组织。尽管这些组织有很大的差异,但它们都认为自己是"少年",意即它们都是充满活力的政治力量,要除掉那些在时代变革之前拒绝改革的根深蒂固的"老"政治结构:La Jeune France(少年法兰西)、Giovine Italia(少年意大利)、少年爱尔兰、Junges Deutschland(少年德意志)、Jung Osterreich(少年奥地利)和少年俄罗斯党。在马志尼(Mazzini)的鼓舞之下,甚至组建了一个少年欧洲,下面还分有少年波兰、少年比利时和少年瑞士。在此一风潮后面几十年里,少年土耳其又重拾了奥斯曼帝国的语言和纲领,日本和中国的作家纷纷在笔名中加上"少年",或是在杂志标题加上"少年"。梁启超就曾骄傲地采用过"少年中国之少年"这一笔名。

这些"少年"一方面致力于和"老派"相对抗,一方面又共享着一套

---

[1] O'Kell, "Disraeli's *Coningsby*," p.59. 亦可参见 O'Kell, "Autobiographical Nature," pp.253-284。

政治保守甚至是宗教原教旨主义的信仰，他们呼吁给人民更多自由和权利，在诸如意大利、爱尔兰、波兰等地争取民族独立。虽然所有相关的个人和团体都经常发表作品来传播其观念，但政治小说这种媒介并没有得到普遍运用。尽管这些"少年"运动享有共同的对抗文本（countertext），也有共同的政治纲领，但仿佛已写入这一文学类型 DNA 的政治纲领也有可能不适用于其他地方的具体情况。

迪斯累利的政治小说与一个特殊的历史时刻联系在一起，当时英国的制度改革遭到了极大的质疑。尽管他继续采用这一文学类型，但他后来的作品再也没有像"少年英格兰"三部曲那样受关注。对政治小说的生产和接受而言，它与历史、政治契机那种直接而外显的联系是一种重要和共同的特征。正是因为这一点，政治小说才会出版得那么快，一出版就大热，但这种热度维持的时间也相对较短。各种给小说人物和真实人物对号的"详解"的迅速出版代表着一种直接将小说和当代政治相关联的阅读术，而那些宏大的主题则被弃之不顾。"少年英格兰"三部曲最终在遥远的日本重获新生。对雄心勃勃的日本政治家而言，这些小说和前英国首相的名字之间的关联便是这种文学类型效果斐然的明证。

意大利政治小说

朱塞佩·马志尼（1805—1872）是欧洲大陆各种"少年"团体的开创者。为意大利的自由而斗争赋予他的运动响亮的名声和尊严，在浪漫敏感的欧洲很有感染力。当时欧洲正在追怀拜伦和荷尔德林等作家所支持的希腊独立斗争。在梁启超 1900 年左右向中国介绍和赞颂的英雄之中，马志尼的名字赫然在列。[1]

---

[1] 梁启超在中国需要何种新英杰这个问题上有颇多文章，可参见他为马志尼、加里波第、加富尔所写的传记《意大利建国三杰传》，为噶苏士（Louis Kossuth）所写的《匈加利爱国者噶苏士传》，以及对中国所需之英雄这个大话题所做的论述（梁启超，《英雄与时势》）。

马志尼的一生是革命者的典范。他受到卢梭思想、圣西门学说以及《百科评论》杂志的哲学和宗教主张的影响。《百科评论》杂志把上帝、人性和责任感融合在人生的使命之中。他先是加入了秘密社团烧炭党；在烧炭党的改革失败之后，他于1831年开始组建自己的秘密会社"少年意大利"。其目标是要把外国统治者从今天的意大利土地上驱逐出去，建立一个统一的民主共和国。1831年2月，意大利中部的革命起义失败，迫使许多意大利激进分子流亡法国。为了宣传他们的事业，马志尼1832年在瑞士办起了《少年意大利》杂志。他相信公众舆论的强大力量，和欧洲各国具有类似想法的活动家广泛接触，在整个欧洲为民族独立运动寻求帮助。为了团结起来反抗已结为一体的反动力量，他协助建立了"少年欧洲"。这个联盟在欧洲迅速发展起来。有时候不同的部门需要在一起合作。例如在1834年意大利北部的一次革命中就有一个波兰支队的参与。《少年意大利》杂志被偷偷运进了意大利，赢得了许多意大利人对革命事业的支持。《少年意大利》的座右铭是"思考和行动"(*pensiero ed azione*)。基于教育使人离上帝更近的前提，这本杂志基本上是教育性的。1831年7月，马志尼写下了《对少年意大利同志们的总的指导意见》，宣布应该成立"信奉进步和责任的意大利人的兄弟会"。意大利注定会成为统一的共和国，"因为按照上帝的律令和人道的法则，一国之中所有的人都应自由、平等、友爱，共和制度是唯一能保障这样一个未来的制度"，而且"没有统一就没有真正的国家，因为不统一就没有力量"。意大利周围都是统一、强大且好战的国家，它必须强起来。[1]

马志尼在意大利被当作国父之一来纪念，另外两位国父则是加里波第和加富尔。梁启超对马志尼很着迷，尤其是在百日维新失败、自己流亡日本之后。马志尼在回到祖国之前也曾流亡多年。梁启超把他视为真正的爱国者、政治改革家、少年意大利运动的组织者，一位能带领这样一场运动走向成功的领袖。在马志尼的鼓舞之下，梁启超也产生了建立"少年中国"的理想。梁在论文《少年中国说》中赞颂马志尼是他的时代的英雄，

---

[1] Mazzini, "General Instructions," pp.129-131.

将19世纪中叶意大利的情况和当时中国的情况相比拟：两个国家都有辉煌的过去，后来遭到分裂，面临外国列强的压迫和欺侮。[1]梁启超很认同马志尼，在这篇论文以及他的历史剧《新罗马传奇》中，他都担当起了中国马志尼的角色。[2]

马志尼自己并不写政治小说；不过，他在艺术与政治的关系上强烈的个人意见对其追随者有影响。19世纪60年代，马志尼总结了他对于艺术的政治责任的观点："艺术不是某个个体的随想，而是一种庄严的历史表演，或是一种预言……离开了祖国和自由，我们也许还有艺术的先知，但没有艺术自身。"[3]有很多追求改革的精英群体的边缘"少年"也都持这种观点。

乔瓦尼·鲁菲尼（1807—1881）是少年意大利的早期成员，多年以来都是马志尼坚定的支持者。他写了一本政治小说来推动少年意大利的事业。他在1833年曾随马志尼流亡法国，后来又去了瑞士。最后他去了英国，他的笔记说明他和英国作家狄更斯、萨克雷相熟。[4]他还得到了卡莱尔的帮助，后者有关民族、文化的"英雄"领袖及其崇高地位的观点在整个欧亚大陆塑造了挑战旧秩序的年轻一代的角色。[5]我们没有直接证据说明他读过或者见过迪斯累利，但鉴于迪斯累利的小说当时名气很大，而少年英格兰和少年意大利之间又有所关联，很有可能他也读过"少年英格兰"三部曲。

1848年回到意大利之后，鲁菲尼进入了议会。他被委任为驻巴黎的大使，法国打败意大利共和国之后他辞去职务，但直到1872年之前都留在巴黎，后来他死于意大利。鲁菲尼写了两部政治小说，最著名的是《洛伦索·贝尔尼尼：一个意大利人的生活》(*Lorenzo Benoni, or Passages in the Life of*

---

[1] 任公（梁启超），《少年中国说》。
[2] 张朋园，《梁启超与清季革命》，pp.111-115, p.117, n.19。饮冰室主人（梁启超），《新罗马传奇》。
[3] Mazzini and Menghini, *Ricordi Autobiografici*, p.10; 引自 Bayly, *Birth of the Modern World*, p.366。
[4] Christensen, "Giovanni Ruffini and 'Doctor Antonio,'" p.139.
[5] Carlyle, *On Heroes*.

an Italian）。[1] 这本小说以英文出版，1853年在爱丁堡问世，这可能是受到迪斯累利这个榜样的影响，并且明确意识到英国的公众舆论十分重要。[2] 它带有浓厚的自传色彩。他的第二部用英语写作的小说《安东尼奥医生》（*Dr. Antonio*）出版于1855年。两部小说的目标都是唤起英国和法国对意大利斗争的同情。[3] 法文版和德文版很快就相继问世，但意大利版则在很久之后才推出。两部小说都探索了这种新文学类型的潜力，处理了迪斯累利未曾处理的问题，也即民族独立的斗争。它们都围绕着争取意大利统一和主权独立的关键问题，聚焦于欧洲其他国家公众的态度，写作和出版都采用了英语而非意大利语。

《洛伦索·贝尔尼尼：一个意大利人的生活》采用了个人回忆录的形式。这是一个名叫洛伦索·贝尔尼尼的年轻人的故事，他和作者一样是热那亚本地人，是马志尼（小说中叫作凡塔西奥［Fantasio］）的朋友。他逐渐成长为一个共和派，最后因为策划了一场反对外国占领者的起义而遭到法国当局通缉，流亡他乡。这部小说采用了成长小说的一些文学手段。

洛伦索还在学校的时候就积极参与政事。他在学校里先是帮着把一个学校霸王拉下了马，成立了一个"共和政府"，由他起草的章程中的条款包括了民主选举、基于多数票选的代表权、任期有限、废除体罚、放逐反对"共和政府"者等内容。与凡塔西奥相见是洛伦索和他的兄弟恺撒一生中的

---

[1] 鲁菲尼在流亡期间除了《洛伦索·贝尔尼尼：一个意大利人的生活》之外还写了其他小说；有关鲁菲尼小说的完整研究，可参见 Marazzi, *Romanzo Risorgimentale*；克里斯滕森（Allan Conrad Christensen）对鲁菲尼小说的研究突出了两位英国女性科尼莉亚·特纳（Cornelia Turner）和亨丽埃塔·詹金（Henrietta Jenkin）所扮演的角色。她们逃离了不幸福的婚姻，和鲁菲尼一起住在巴黎将近30年。这两个女人自己都出过书，有可能她们和鲁菲尼的英语写作风格有很大关系。参见 Christensen, *European Version*, pp.32-36。在为克里斯滕森的书所写的评论中，J. R. 伍德豪斯（J.R. Woodhouse）对作者身份采取了一个更为激进的立场："保存在热那亚的马志尼博物馆的鲁菲尼手稿证明，大部分鲁菲尼所发表的小说都是这两位女士根据这些手稿写的，她们把他的许多法语的草稿翻译成了英语，根据他引人入胜的政治斗争秘闻和苦难经历写成了'复兴运动'的小说。" Woodhouse, "Review," p.853。

[2] Christensen, *European Version*, pp.41-66。

[3] Marazzi, *Romanzo Risorgimentale*, pp.38-42。

转折点，后来恺撒还成了凡塔西奥最好的朋友。当凡塔西奥因其烧炭党员身份和参与策划暴动而遭到逮捕时，洛伦索第一次遭遇政治挫折。九死一生之后，凡塔西奥开始流亡，从此开始尝试领导和组织暴动。许多青年都受到鼓动，加入了进来，包括洛伦索的大多数昔日同窗。但是，萨伏伊政府发现了这个密谋，包括洛伦索的哥哥在内的许多革命者都被捕了。镇压十分残酷。小说用了很大的篇幅来描写狱中摧残革命者意志、神智和身体的各种折磨手段。参与暴动的部分成员英勇牺牲了。在小说的结尾，洛伦索幸免于难，从热那亚逃到了撒丁岛。他的兄弟在狱中自尽了，其他暴动参与者也大都被判了死刑。

小说叙述的方式真实、生动，有时候甚至带点幽默，很像当时英国的小说、散文和报刊文章。小说里还有一种令人耳目一新的自嘲——在残酷的当局面前，年轻的洛伦索显得很天真。

鲁菲尼的《洛伦索·贝尔尼尼》给政治小说带来了新的元素。尽管在新一代政治领袖的形成这个问题上它和迪斯累利的三部曲很相似，但《洛伦索·贝尔尼尼》展示的是反抗外国压迫的革命者是如何形成的，而不是如何塑造跟体制合作的政治改革家。它作为一部政治小说的宗旨、力量和目标就是传达一个信息：意大利争取自由和独立的斗争是正义的。革命者们以理想化的纯洁动机和英雄的姿态展现这个信息，他们没有武装，没有军队，所能依赖的只有坚定的信仰。小说在叙述上没有采用象征的表达，也没有用"客厅"讨论来表现局内人的政治生活。它采用的讲述个人故事的形式聚焦于日常生活，关注一个逐渐成熟的年轻人的所有细节，避免了对改革和革命冗长的幻想和无边无际的讨论，显得简洁而感人。在这样的背景之下，爱好自由、独立自主都显得很自然；它被编织进了日常活动之中，不需要别的理由。小说也提出了宏大的政治议题，但严格限制在主人公的生活环境之中。政治观点体现在主要人物的行为举止和打算采取的行动之中。尽管小说用的是个人化的视角，但一点也没有试图对读者进行情感轰炸，即便描写拷打场景时，笔触也是冷静而客观的。小说对意识形态的重要性做了低调处理，突出了日常生活和年轻的理想主义的关联，到结尾时让读者信服意大利争取独立的斗争是正义的。因为追求自由是人性的一部分，凭着一股不畏强敌去从事正义事业的胆气，许多新的成员加入了进来，不断把革命事业推向前进。可以说鲁菲尼的小说拓宽了政治小说的范围，它引入了一系列新的主题：民族独立、政治的个人性，革命者是理想主义的年轻人，他们和法国、英国等国家共同享有欧洲文化的遗产，符合反抗外国独裁的自由斗士的浪漫形象。

在他的第二部小说《安东尼奥医生》中，鲁菲尼进一步推进了少年意大利党的事业，强调其紧迫性，急需得到欧洲同人的支持。这一次年轻的主人公置身于一次武装起义之中。故事在里维埃拉海边的一座小房子里拉开序幕；讲故事的人是英国贵族约翰·达韦纳爵士，他讲述了他和他的家人从前在意大利的见闻。就在这座小房子里，他们第一次见到了年轻的意大利内科医生安东尼奥，他是一个从西西里岛来的政治流亡者，碰巧治好了约翰爵士美丽的女儿露西的病。他的好医生形象让人们忽视了他具有一颗真正的意大利人的赤子之心，对统治祖国的残暴政府极为反感。

露西和安东尼奥之间产生了爱情，但露西家里的阶级偏见却从中作梗。八年之后，也就是1848年，整个欧洲大陆都爆发了反对专制政府的起义，他们在那不勒斯再度相逢；露西现在守了寡，他爸爸带她到意大利去养病。她再一次和医生坠入了情网，不过，这一次问题却在他那一边，他现在加入了意大利独立运动。他参与了西西里岛起义，被委派前去那不勒斯与波旁皇室谈判。不久之后战斗打响了，为了报效祖国，安东尼奥参加了街垒战。遭到逮捕之后，他被判入狱。露西为身陷囹圄的爱人肝肠寸断，很快健康就被拖垮，离开了人世。

除了浪漫爱情的场景之外，这本小说中最浓烈的是对意大利民族独立的激情和对暴政的憎恨，以及一种同志间的友爱和对马志尼革命理想的承诺。鲁菲尼用这部小说给迪斯累利的"爱情—改革"情节线带来了一种新的充满象征的路径。美丽精致的露西代表了欧洲的文化传统；她的父亲代表了旧的贵族秩序，拒绝变革；安东尼奥代表了新的为自由而战的革命精神。这里要传达的信息就是：如果欧洲不愿意听从新一代年轻人，让文化和变革相结合，那就会失去一切。安东尼奥医生还活着，欧洲可以而且必须帮意大利做点什么。[1]意大利的事业也关乎整个欧洲的未来。

通过英国和意大利主人公的浪漫互动，鲁菲尼让意大利复兴运动对欧洲变得重要起来，帮助创造和形塑了一种"欧洲认同"的轮廓。[2]在整个19世纪，带有强烈个人色彩、描写浪漫情缘的小说在推进意大利民族事业中扮演了极为重要的角色。[3]鲁菲尼为这一文学类型添加的另一关键元素是流亡这个比喻。这种比喻可以追溯到罗马时代，古罗马的西塞罗就声称，只有在流亡时他才能保持气节。改革家成了自己国家的陌生人，只有在流亡时他才能从事这个事业。意大利复兴运动和流亡的关联之紧密，从其他欧洲作家写到意大利爱国者时也用流亡这一形象就可见一斑。[4]

鲁菲尼的小说和迪斯累利的小说有一点很像，它们都强调当下，给读者造成一种急需变革的印象，呼吁他们起来行动。它们也在延续着马志尼推动意大利独立的事业，其影响已超越意大利，遍及欧美。在纽约市中央公园就有一尊马志尼的半身像。[5]大仲马就曾把马志尼另一位同志加里波第的《加里波第回忆录》(*Mémoires de Garibaldi*)翻译成法语。[6]

欧洲19世纪的政治改革也是其漫长喧嚣的变革过程的一部分。当时欧洲的政治结构和社会经济状况都面临着伴随现代社会而来的种种变革的挑

---

[1] 克里斯滕森在《欧洲的说法》(*European Version*)一书中追溯了《安东尼奥医生》的写作和意大利学术界对它的反应，特别强调在这里所表现的人类的永恒的冲突。他很反对直接解读这部小说的政治含义，主张采取纯文学的分析，并且成功地追溯了诸如萨克雷、狄更斯等英国作家对本书所产生的文学影响。

[2] Marazzi, *Romanzo Risorgimentale*, p.7.

[3] 参见 Riall, "Storie di liberta," pp.157-174。

[4] Isabella, "Exile and Nationalism," p.505; Isabella, *Risorgimento in Exile*，令人惊异的是，这本书完全没有涉及鲁菲尼。有关这个议题亦可参见 Christensen, "Giovanni Ruffini," pp.133-154; 以及 Anderson, "Long Distance Nationalism"。

[5] 半身像的图片请见 http://www.nycgovparks.org/parks/centralpark/monuments/992, 2014年4月7日登录。

[6] Garibaldi, *Mémoire*.

战,正在迈向新的平衡。[1]民族独立、个人自由、统治的合法性成了迫在眉睫的问题。在此过程中,各种力量和团体互相角逐,提出不同的解决方案,包括像法国大革命提出的暴力推翻旧秩序的方案。当时很多人都相信制度变革势在必行。变革最热烈的支持者试图利用民众识字率提高这一点来动员新的城市公众,他们采用报纸、小故事书和小说来实现自己的目标,不料在宗教和政治保守势力面前,他们的"雅各宾主义"却遭到了抵制。

各个方面都认为公众是这个过程中的关键参与者,报纸和小说阅读的迅速传播也提供了很好的接入方式。在当时的文化和社会场景之中,报纸和小说都是新媒体,都有自己独特的革命性。报纸制造和反映了公众和公众舆论,其读者范围逐渐覆盖了整个世界,他们坚称政治场域中的这股新力量是合法的。小说则不那么关注过去,而是聚焦于现在的生活,而且,正如C.A.贝利(C.A. Bayly)指出的那样,自从19世纪50年代以来,政治小说推动了"世界文学"时代的到来,这一文学类型在各种语言和文化间所共享和互动的特点越来越多,甚至于像鲁菲尼这样的作家直接用另一种语言向公众发声。[2]小说以日常生活的故事为材料,不大受传统类型的束缚。尽管其目标不是逗趣、恐吓和刺激,但"它们还是成了政治小册子,暗中抨击愚蠢的体制,讽刺官僚们的行动"。[3]

政治小说进一步鼓励读者形成自己的观点,采取行动。据我所知,少年德意志、少年土耳其、少年波兰等组织的成员尽管当时没有写政治小说,他们也都办起了杂志和报纸来影响公众舆论,争取支持。[4]当男女作家加

---

[1] 约翰·文森特(John Vincent)曾提出迪斯累利的"少年英格兰"三部曲处理的是英国社会所面临的现代性带来的根本挑战。在迪斯累利对未来的政治愿景中包括了一位现代的形象,他必须满足人民的想象,处理大众文化这个政治现实,最重要的是,他得和资本主义以及资本主义市场经济的兴起做斗争。Disraeli, pp.81-104。
[2] Bayly, *Birth of the Modern World*, p.385.
[3] 同上书,p.387。
[4] 不过,18世纪的德国曾有一种"国家小说"(Staatsroman),可视为政治小说的前身。此类小说中最主要的作品是维兰德(Christoph Martin Wieland)的《金镜》(*Der Goldne Spiegel*),它也包含了对乌托邦式的大同世界的想象。少年土耳其显然没有使用小说;参见 Landau, "Young Egypt Party," pp.161-164。

形成核心   033

入革命之后，文学发挥了重要的作用。少年德意志更像是一个文学团体，而不是一场政治运动，海涅（Heinrich Heine）、古茨科（G. Gutzkow）、劳伯（H. Laube）、温巴尔格（L. Wienbarg）和蒙特（Th. Mundt）等人都参与其中，但还没有发现和马志尼领导下的组织有直接的联系。不过，这个文学团体的宗旨读起来还是像一篇政治宣言：他们反对教条，尤其是维也纳会议后复辟时代的社会和道德秩序；他们反对专制主义；他们支持自由主义、个人主义、言论自由以及国家统一。他们代表了一种反叛的精神，在很大程度上反映了当时欧洲知识分子的反抗情绪。

美国政治小说

在19世纪的美国，政治小说也是一种流行的文学类型。《纽约时报》1881年曾宣称："政治小说，就其旨在唤起民众关心国家、力求变革的意义来说，可能可以追溯到埃奇沃思小姐（Maria Edgeworth，1767—1849），在麦考莱眼中，她在同一时代的女作家中排名第二（仅次于简·奥斯汀）。"[1]尽管麦考莱勋爵称赞有加，但玛利亚·埃奇沃思的爱尔兰语小说《倦怠》和《缺席者》还是差不多被人忘记了。这篇文章还把沃尔特·司各特爵士算了进来，又指出哈丽叶特·比切·斯托，也就是写《汤姆叔叔的小屋》的美国作家，是"所有政治小说家中最伟大的"。戈登·米尔恩（Gordon Milne）呼吁应采用更为灵活的方式来研究美国政治小说，他指出，当时政治小说和乌托邦幻想小说极为相近。[2]

根据这种宽泛的定义，这一文学类型的历史可谓源远流长。它先是在18世纪70年代伴随了美国的民族独立战争，南北战争之后又一次走向了鼎盛。最早的例子是《一个美丽的故事》（*A Pretty Story*），这是《独立宣言》签署人之一弗朗西斯·霍普金斯（Francis Hopkinson，1737—1791）

---

[1] "Political Novel".
[2] Milne, *American Political Novel*, p.5.

1774年用笔名写就的反对英国统治的小说。主要的寓言式人物包括一位贵族（英国国王）、贵族夫人（议会）、代表主要的恶势力的管家（首相）以及在新农场上生活的孩子们（美国人）。按照珍·约翰逊（Jean Johnson）的观点，这本小说的目标就是为殖民地开拓者在英国的遭遇鸣不平，并描写导致美国第一次公开反抗，即召开第一届大陆会议的诸多事件；这部小说和后来的政治小说的不同之处在于，它没有提供解决问题的方案，也没有勾画具体的行动路线图。[1] 米尔恩指出，政治小说在南北战争之后的"镀金时代"（Gilded Age）十分流行："那是一个物质主义横行的年代，财富至上的信条受到顶礼膜拜。"[2] 对物质的贪欲主宰了全国的文化，政治小说便成了对此表达反感的一种方式。[3] 米尔恩所举的例子还包括爱德华·贝拉米（Edward Bellamy）1888年小说《回顾》（*Looking Backward*），后面我还会再次提及。[4]

哈丽叶特·比切·斯托的《汤姆叔叔的小屋》可能是所有时代最著名的美国小说，它把奴隶制的邪恶公诸天下。它是19世纪最畅销的小说，畅销程度仅次于《圣经》。[5] 作为一本反对奴隶制的小说，它"帮助奠定了（美国）南北战争的基础"[6]。出生于康涅狄格州的斯托是哈特福德女子学院（Hartford Female Academy）的教师，也是一名活跃的废奴主义者。她笔下的汤姆叔叔是一个受苦多年的黑奴，其他人物的故事也围绕着汤姆叔叔来

---

[1] Hopkinson, *Pretty Story*; Jean Johnson, "American Political Novel," pp.12-13. 有一本18世纪的美国文学作品确实在副标题中含有"政治小说"几个字：Thomas Stevens, *The Castle-Builders; or, the History of William Stephens, of the Isle of Wight, Esq.; lately deceased. A political novel*。

[2] Milne, *American Political Novel*, p.24.

[3] 为了提醒人们警惕联盟的破裂，霍普金斯的小说1864年以《旧农场和新农场：一个政治寓言》(*The Old Farm and the New Farm: A Political Allegory*)的名字再次刊印。

[4] Milne, *American Political Novel*, p.29.

[5] Goldner, "Arguing with Pictures," pp.71-84. 这部小说被认为推进了19世纪50年代的废奴主义事业。出版第一年就在美国卖出了30万本，在英国卖出了100万本。1855年，在其问世三年之际，它被称为"当今最受欢迎的小说"。Everon, "Some Thoughts," p.259.

[6] Kaufman, *Civil War*, p.18.

展开。这部小说描写了奴隶制的现实，但也主张基督之爱可以克服奴役人类同胞这样的破坏性行为。[1]主导《汤姆叔叔的小屋》的就是一条主线：奴隶制的罪恶和不道德。[2]

严格说起来，这部作品属于感伤主义小说，这是一种兴起于18世纪的文学类型。[3]奴隶制的问题没有按其本质被当作政治或体制的问题来处理，而是在基督教信仰的框架之内被当作一个善恶对峙的道德问题。和政治小说不同的是，《汤姆叔叔的小屋》不是用理念来刺激读者，而是诉诸感情和读者的良心。不过，它戏剧性地表现了奴隶之苦，为南北战争奠定了基础，对美国政治生活和当代政治都有深远影响。

该书出版不久，各种语言的译本陆续问世。1901年林纾把它译成了中文，这是美国小说首次被译成中文。在序言和后记中，林纾把美国对非洲的奴役和当时美国对华人劳工的虐待与歧视联系起来，提醒读者注意国家孱弱时人民将会面临什么样的危险。[4]这个译本之所以能成为中国政治改革家重要的宣传材料，正是因为它对受人奴役之惨状的生动刻画。弱小民族如不能保护自己的利益，不通过根本的政治改革在世界民族之林重新确立自己的地位，就会沦为其他国家的奴隶。

按照斯皮尔（Morris Edmund Speare）的判断，是亨利·亚当斯（Henry Adams，1838—1918）的《民主》（Democracy，1880）把政治小说引入了美国。[5]这部小说引起过轰动，出版第一年就重印了九次。[6]作为《独立

---

[1] De Rosa, *Domestic Abolitionism*, p.121. 德·罗萨（De Rosa）支持简·汤普金斯（Jane Tompkins）的观点，认为斯托的策略就是通过"基督之爱的救护力量"来摧毁奴隶制。参见 Tompkins, *Sensational Designs*, pp.122-146。

[2] 约翰·艾伦（John Allen）提到过《汤姆叔叔的小屋》："斯托特别相信奴隶制之'恶'和美国人民在反抗奴隶制当中所扮演的角色"（*Homelessness*, p.24）。该书接下来还引用安·道格拉斯（Ann Douglas）的话来说明斯托是如何把奴隶制视为一种罪的。

[3] Abrams, *Glossary*.

[4] 林纾，《黑奴吁天录·例言》，第162—163页。

[5] 亨利·亚当斯写过另一本小说《爱舍尔》（*Esther*，1884）；相关研究可以参见 van Oostrum, *Male Authors, Female Subjects*, pp.155-258。

[6] Decker, *Literary Vocation*, p.147.

宣言》的签署人之一约翰·亚当斯的曾孙、美国第六任总统约翰·昆西·亚当斯之孙，亨利·亚当斯"从传承上而言，从不时居住他国而获得的对欧洲情况的了解而言，从为1861—1868年曾任美国大使的父亲查尔斯·弗朗西斯·亚当斯担任私人秘书而获得的对英国的熟悉而言"，从他有关美国历史的作品中的才华和悟性而言，"很适合作为这个国家杰出的阐述者"。[1]和迪斯累利一样，亨利·亚当斯采用了小说这种形式来表达他对公共事务的思考和对改革的迫切需求。他"准备好去唤醒美国的道德良知"，要在小说中表现"（政党）分赃制"会导致什么恶果，他希望人们能关注小说本身而不是它的作者，因此选择了匿名发表。[2]

亚当斯没有宣称代表前途有望的年轻一代，也没有说他拥有一切答案。尽管他感觉他找到了国家的问题所在，开始为它的腐败制度担忧，但对于自己是否要投身政治这个问题，他仍然犹豫不决。他的小说的政治目标就是唤醒潜在的政治改革家，鼓舞他们行动起来。

亚当斯制造了一种讽刺性的反转，他在书中不但没有塑造科宁斯比式的角色，还用一个年轻、迷人、天真的孀妇形象来对抗那些老于世故的恶棍，她有一个讽刺性的名字——玛德琳·赖特福特·李（Madeleine Lightfoot Lee）。她对高层政治并没有什么真正的理解，但充满了野心。她厌烦了纽约的社交生活，搬到了华盛顿特区，就为了去"看看巨大的政府力量是如何起作用的"，去"美国民主和政府最神秘的心脏"。[3]尽管她心地纯洁天真，但还是会受到权力的诱惑。在她的欲望之中甚至有一点政治色情："她想要用自己的眼睛看到基本力量是如何运作的，用自己的手来触摸社会这部巨大的机器，用自己的思想来测量动力的能量。"[4]不过，她的目标不是超然的观察，"她需要的，是权力"。[5]

---

[1] Speare, *Political Novel*, pp.287-288.
[2] 同上书，p.288。
[3] Adams, *Democracy*, p.8.
[4] 同上书，p.7。
[5] 同上书，p.8。

玛德琳成功地把自己在华盛顿的家变成了首都之中最聪明最杰出的男人会面的地方。正如威廉·德克尔（William Decker）所指出的，她内心也有一部分激情是对于找回难得的民主生活的渴望，"但对她而言，这种希望似乎是在这个国家最显赫的男人身上"。[1] 她积极活动，试图把政治上前程锦绣的男人们都罗织到自己的小圈子里来，不料自己却成了腐败的政治强人、美国参议院议员拉特克利夫先生的猎物。尽管读者对拉特克利夫为谋求利益和权力惯常采用的勒索、贿赂等伎俩都很了然，玛德琳却被蒙在鼓里。拉特克利夫甚至利用她的正义感来达成自己的目标。就在玛德琳即将落入拉特克利夫所设的陷阱的时候（这时候拉特克利夫也想娶她），另一位追求者揭露了拉特克利夫的人品和行为，挽救了她。玛德琳的举动可以视作亨利·亚当斯对自己是否适合政坛的一种判断，她对腐败的拉特克利夫的谴责则反映了亚当斯自己的厌恶情感。[2]

　　小说中十分突出的一个人物是新当选的美国总统，这个职位拉特克利夫先生也梦寐以求。在玛德琳的眼中，总统得与（以拉特克利夫来代表的）各种见不得人的利益进行妥协，是一个可怜的人物。在小说的结尾，玛德琳在拉特克利夫的攻击下幸免于难，这位曾抱着很大的期望来到华盛顿的姑娘意识到"民主的政府和其他类型的政府也没什么两样"。拉特克利夫冷冷地观察到"仅仅是在虚荣心的牵引之下，她就陷入了自己在这世上很有用的想象之中"。[3] 她爱上的是一个由自负培养起来的影子，美国的民主也是她自己梦中的产物。

　　玛德琳的性别是一种象征性的弱点，由此也决定了她毫无权力，这个自画像就是亚当斯对自己的"幼稚"希望和知识分子的边缘人身份苦涩的自嘲。她也反映了美国人对理想化的民主制度的热爱，但对其肮脏的运作方式仍缺乏了解。这种实际的运作方式让亚当斯感到美国急需进行彻底的

---

[1] Decker, *Literary Vocation*, p.148.
[2] Kaplan, *Power and Order*, pp.69-70.
[3] Adams, *Democracy*, p.254.

改革，令他愤而提笔写作小说。当时社会上并不鼓励最优秀的人去华盛顿搞政治，美国受教育、有文化的阶层一般都不插手政府的事务。[1]

和迪斯累利一样，亚当斯也用小说来讨论美国当前急需的政治改革。这种文学类型给他提供了一个通过象征（而且甚至是讽刺的反转）表达来处理问题并提供意见的机会。和迪斯累利的三部曲一样，这部小说在表现亨利·亚当斯的同时也充分地表现了他所处的时代。用约翰逊的话来说，"就其本质而言，这部小说是善、恶两种政治力量争夺知识分子的一个寓言"。[2] 亚当斯在玛德琳·赖特福特·李这个人物身上描绘了他自己的困境：她聪明、好奇，愿意为民主制度服务，希望能在政治上有所作为，但她也为野心所累，这个缺点差点让她在与邪恶势力的斗争中败下阵来。这部小说写的是美国的未来，而亚当斯又采用了一种轻描淡写的讽刺，让一个不太重要的人物说出了最关键的话："我相信民主。我接受它。我会诚心诚意地推动它，保卫它。"[3]

在早期的美国小说中，对日本和中国（以及欧洲）影响最大的是爱德华·贝拉米（Edward Bellamy，1850—1898）的小说《回顾》。《回顾》呈现了一个技术进步、社会公正的未来美国，给政治小说引入了一个来自未来的有利视角。此后的美国乌托邦小说也由19世纪末对工业化进程的批评发展而来。边境的封闭（closing of the frontier）本来是美国发展的一个特殊条件，工业化几乎与此同时发生，它决定了美国生活的方方面面。资本和劳动力、富人和穷人之间的紧张关系引发了各种形式的社会动荡。[4] 当时美国和欧洲都发生了以创造理想共同体为目标的社会运动，而美国的乌托邦小说就是其中的一个部分。

贝拉米的《回顾》很快就成了畅销书，在把基督教社会主义的理想传播到全球的过程中起了极为重要的作用。[5] 这个故事讲的是一个名叫朱利安·韦斯特（Julian West）的波士顿年轻人在1887年的波士顿被催眠，醒

---

[1] Speare, *Political Novel*, p.304.
[2] Jean Johnson, "American Political Novel," p.162.
[3] Adams, *Democracy*, p.58.
[4] Forbes, "Literary Quest," p.180.
[5] 有关《回顾》中使用的以未来的视角进行反思的文学影响，请参见第三章。

来时已到了2000年。这一百年间美国已经变成了一个社会主义乌托邦：过去的所有的罪恶都一扫而光，新的社会形成了。这里不再有生产资料的私有制，不再有贫富的区别，不再有失业和社会动荡；男女都接受同样的教育，干同样的工作，从政府那儿领一样的薪水。基本的社会单元还是家庭，国家由按行业选出的一个"委员会"来进行管理。

贝拉米预想到了许多技术革新，例如电灯、购物中心、信用卡，以及电子广播。这个新社会建立在贝拉米所称的"民族主义"的基础上。带来这些社会和经济变革的不是革命，而是公共舆论的变化。这部小说是一个社会、政治改革的宏大计划。尽管它表面上是一个空想的传奇故事，但其预测的是将来一定会发生的事情，意涵极为严肃。这本书背后的哲学与社会进化有关：在贝拉米设置的剧情之中，人类具有了解其自身利益的天然能力，社会进步就是通过这种能力实现的。社会的转型基本上是启蒙的结果，它源于国家诸位公民的理性的思考。按照进化论的原则，贝拉米把新时期的到来作为工业和社会发展的下一个阶段呈现给读者。在对未来进行想象的同时，这本小说也对阻碍这一未来到来的力量提出了批评。小说的叙述中有问题、有答案，还有导游观光。书里的主角蒙在鼓里，对过去几十年发生了什么毫不知情；另有一个"可靠的讲述者"理解美国转型在哲学和政治上的重要性，作者借他之口把这一切向读者进行了解释。

埃里希·弗洛姆（Erich Fromm）在为本书1960年重印本写的序言中说，"没有几本书像它这样，一出版就引发了一场政治上的集体运动"。[1]整个美国到处涌现出"贝拉米俱乐部"，讨论和宣传这本书的观点。这部小说也催生了一些乌托邦团体。贝拉米的《回顾》无疑是该类小说中最著名的作品，在世界各地引发了出版和仿写的风潮。当一个社会面对压力、政治体制受到质疑时，站在未来进行反思的方式也为政治小说对理想社会的设计打下了基础。因为它宣称是按照进化论的科学规律进行的规划，因此便占据了有利地位，不只是根据幻想进行推测。爱德华·贝拉米不是一个政治家。不过，就像许多政治小说

---

[1] Fromm, "Foreword," p.vi.

的作者一样，他也属于关心社会的知识分子阶层，为国家的前途命运而写作，最为关注的就是国家政治和社会的未来。因为存在这种关联，当时亚洲的翻译家和评论家都认为政治小说和乌托邦小说没什么区别。

这本书的中文译述本涵盖了原文中所有的社会和科学发展内容，于1891—1892年在《万国公报》上进行连载，当时的题目叫《回头看纪略》[1]，日文的全译本1903年也出版了。[2]马丁·伯纳尔（Martin Bernal）曾证明，1896年之前梁启超就读过这个译本，他认为这是在中国能读得到的最重要的西方书籍之一。[3]这本书吸引梁启超并不奇怪。它想象出一个新的社会秩序，为社会进化的观念呈现了全新的图景。而且，贝拉米的政治理想和哲学跟梁启超的老师康有为在19世纪90年代发展出来的思想很接近，多年之后康有为发表《大同书》，对其思想进行了阐发。即便不是如伯纳尔所说的那样，康有为的观点先受到了贝拉米的启发，[4]两人思想相近这一点可能也是梁启超看重本书的原因之一。

黎萨的《不可触摸》以及菲律宾的斗争

何塞·黎萨（José Rizal，1861—1896）出身于一个商人家庭，有中国、西班牙、日本血统。他在马尼拉和欧洲完成学业，在马德里和海德堡各得到了一个医学博士。作为一名精通多国语言的共济会会员，他曾广泛游历欧洲各地，和欧洲朋友建立了长期而深厚的友谊。欧洲的朋友都很钦佩他的才华，对他最后成为一个菲律宾爱国者非常同情。他是一位多产的诗人、雕塑家、散文家、日记作家、记者和小说家，最著名的作品就是两部政治小说

---

[1] 贝拉米，《回头看纪略》。1904年中文全译本在上海问世，名为《百年一觉》。有关《万国公报》的历史，可参见 Bernal, *Chinese Socialism*, pp.33-48, 亦可参见石丽东，《〈万国公报〉的西化运动》、王林《西学与变法：〈万国公报〉研究》。
[2] ベラミー（Edward Bellamy），《[社會小說]百年後之社會》。
[3] Bernal, *Chinese Socialism*, p.24.
[4] Bernal, *Chinese Socialism*，p.20。

《不可触摸》(*Noli Me Tangere*)和《起义者》(*El Filibusterismo*)。[1]两本书都是用西班牙语写成的,因为其在菲律宾的目标读者是一小部分读西班牙语的殖民者精英和殖民地管理机构的开明成员。黎萨没有幻想菲律宾人民在独立自主和稳定体制上有多么成熟,他曾在早期的一部名为《懒散》(*Indolence*)的作品中谴责自己的同胞。他认为这在一定程度上应归咎于殖民地管理水准的逐渐下降,导致他的同胞无法接受教育,获取知识。他的小说将批判的矛头指向胡作非为的多明我会(Dominican Order)。当时在菲律宾国内,多明我会可以说是与西班牙殖民当局并行的一套政府。黎萨在生活和小说中都愿意与西班牙政府当局和平共处,他所主张的不过是设立学校,把菲律宾群岛的地位从西班牙殖民地提升为西班牙的一个省,这样就能享有一切权利。他认为菲律宾的普通人第一需要的就是教育,没有教育,独立自主和国家地位都没有稳固的基础。但是尽管他本人反对暴乱,他还是最终以煽动暴乱的罪名被西班牙当局处决了。他的牺牲激起了一场武装起义,最终他也成了菲律宾独立运动的奠基人,他的小说则成了运动的宣言书。

黎萨很熟悉当时欧洲的作品,但他到底对欧洲政治小说有多熟悉,我们还缺乏具体的证据。当时在海外的菲律宾年轻人试图鼓动欧洲的公众舆论支持他们的事业,组织起了"宣传运动"(Propaganda Movement),[2]尽管黎萨是"宣传

---

[1] Rizal, *Noli Me Tangere: Novela Tagala* (Berlin, 1886)。同一年这部小说的西班牙语版也由 F. Sempere y compañía 在巴伦西亚和马德里出版了。P. V. 斯托克(P. V. Stock)1899 年在巴黎出版了法语版 *Au pays des moines (Noli me tangere)*。1900 年在纽约推出了两个英语版本(其中一个是节译本),题为《鹰飞:一部菲律宾小说》(*An Eagle Flight: A Filipino Novel*)。美西战争结束了西班牙在菲律宾的殖民统治,此后菲律宾的第一个(西班牙语)版本 1899 年在马尼拉的亚卓夫(Chofré)面世。日文的译本《血之泪》1903 年出版。英译本最初名为《社会毒瘤》(*The Social Cancer*),尽管按照原拉丁语标题 *Noli Me Tangere* 逐字翻译应该是来自《圣经》的一个短语 *Touch Me Not*。这是约翰福音 20:17 中耶稣死后复活时对抹大拉的玛利亚说的,因为她没有完成他的使命,因此不可触摸。之所以把拉丁文的标题翻译成《社会毒瘤》,当时的解释是眼外科医生(黎萨是一名眼科医生)常常用这个短语来指一种致命的肿瘤。较新的译本都用了原初的标题。《起义者》也在欧洲(用西班牙语)出版(Ghent, 1891),并被广泛重印。它和《不可触摸》同一年由同一出版商在马尼拉出版。我们这里采用的英译本名为《贪婪的统治》(*Reign of Greed*, 1912)。

[2] 有关这一运动,参见 Schumacher, *Propaganda Movement*。

运动"的积极分子，他的小说显然也是为这个目标服务，但他自己从来没把他的小说定义成"政治小说"。他的作品给政治小说带来了一种新的双重目标：他对付的是殖民政府，而且他需要争取国际社会的支持。这就使他更接近鲁菲尼而不是迪斯累利。他把席勒的《威廉·退尔》从德语译成塔加拉族语，也说明他在积极地与其他的民族独立斗争相比较，寻求其得以成功的内部条件。[1] 席勒的戏剧带有乌托邦味道，它强调即便是面临残酷的镇压，斗争仍然需要有一个民主的过程，不能偷偷摸摸。这反映出席勒对他支持的美国革命和(他反对的)法国革命的态度。黎萨选这个剧本来翻译，说明他恪守一个信念，即菲律宾的发展应该基于受教育的、开明的民众，而不是一小撮地下的革命者。

黎萨的小说不但把黎萨变成了菲律宾的国父，还为菲律宾的斗争赢得了国际社会的同情。这些小说，尤其是《不可触摸》在菲律宾的影响可以说是立竿见影，而且经久不衰；它们形成了某种文学的核心，鼓舞着和平的改革派表达异议，最终激起了反抗西班牙殖民者的武装斗争，其殖民统治已长达333年之久；这些小说最终导致1896年黎萨被处决，年仅35岁。

和少年意大利运动在欧洲、美国和亚洲的影响一样，黎萨的牺牲也让世界开始关注菲律宾民族独立的问题。美国对黎萨十分同情，美西战争之后美国在菲律宾建立了一个保护国，美国政府还把主张非暴力主义的黎萨尊奉为菲律宾反抗西班牙统治的民族解放斗争中的英雄。

菲律宾独立运动在亚洲其他国家也获得了很多同情，菲律宾自由斗士的勇气和活力也令人钦佩。有两部未完的中国小说就以此为主题。[2] 这两部书主要的目标就是鼓励中国的读者效仿菲律宾人民和黎萨这样的领袖勇敢斗争的精神。菲律宾不畏强敌英勇反抗，令中国人汗颜。正如一位以"侠民"为笔名的作者写下的："其视吾东方病夫，任人宰割。(与菲猎滨)固未可同日语也。"[3]《不可触摸》的中译本1903年出版，[4] 甘地的非暴力主

---

[1] Schiller, *Wilhelm Tell: Dulang tinula sa wikang aleman*. 有关这个也曾被译成日文、中文的政治剧的塔加拉族语译本，参见 Guillermo, *Translation and Revolution*。
[2] 宣樊子，《菲律宾民党起义记》；侠民，《菲猎滨外史》。
[3] 侠民，《菲猎滨外史》，p.1。
[4] Rizal, *Chi no namida*.

义作品中也常常提到黎萨。

《不可触摸》突出了政治小说的国际性和灵活性。它的国际地位呼应着 19 世纪改革家的国际形象，他们和读者分享自己国家最急迫的政治议题，也分享对未来的和平世界的希望。《不可触摸》的出版过程就凸显了这一文学类型的国际性。它用西班牙语写成，在非常同情黎萨爱国事业的捷克教授、历史学家费迪南·布鲁门特里特的帮助下，1887 年在柏林第一次出版。当它在菲律宾被禁之后，在香港经商的菲律宾商人们又把它带回了国内。根据黎萨日记的记载，其故事情节受到了欧仁·苏（Eugène Sue）的反宗教小说《流浪的犹太人》（*The Wandering Jew*）的影响，学者们还推测，它也可能受到了贝尼托·佩雷斯·加尔多斯（Benito Pérez Galdós）《完美夫人》（*Doña Perfecta*）的影响。[1]

小说的主人公胡安·克利索斯莫托·伊瓦拉（Juan Crisóstomo Ibarra）和荷兰作家"穆尔塔图里"（Multatuli, Douwes Dekker）所写的与之同名的反殖民政治小说的主人公马克斯·哈弗拉尔（Max Havelaar）有很多共同点。黎萨在写完《不可触摸》之后才读到此书，深为钦佩。正如保罗·文森特（Paul Vincent）指出的那样，两本书都得到了欧仁·苏的小说《巴黎的秘密》（*Mystères de Paris*）中信奉"社会主义"的贵族鲁道夫的启发。[2]

故事从胡安·克利索斯莫托·伊瓦拉结束在欧洲数年的学习、回到菲律

---

[1] 加尔多斯本人是一个西班牙著名的"现实主义"作家，有鲜明的政治观点。他写西班牙历史小说意在向读者灌输爱国主义和反君主制的精神。约翰·N. 舒马赫（John N. Schumacher）曾引用了卡洛斯·克里瑞诺（Carlos Quirino）的《伟大的马来人》（*Great Malayan*），推测《完美夫人》可能对黎萨有影响（p.75）。虽然黎萨从没有在其书信或日记中提起这本小说，但它们两者的情节有很多相似之处，而且加尔多斯是非常知名的进步作家，很难想象黎萨在构思自己的小说时没有想到《完美夫人》。Schumacher, *Propaganda Movement*, p.91, n. 12.

[2] Paul Vincent, "Multatuli," pp.58-67. 黎萨 1888 年才看到德克尔（Douwes Dekker）小说的英译本。穆尔塔图里（德克尔）的小说《马克斯·哈弗拉尔：或荷兰贸易公司的咖啡拍卖》（*Max Havelaar: Of de koffyveilingen der Nederlandsche Handelmaatschappy*，1860）对殖民主义进行了严厉谴责，读者很多，当时也多次再版并推出了译本。安德森对这一文献做了很好的概述，参见 Anderson, *Under Three Flags*, pp.45-52. 也可参见 Sue, *Mystères de Paris*.

宾开始讲起。他发现父亲已去世，因为生前违抗教会，他父亲的遗体还被西班牙的多明我会的修士亵渎了。但伊瓦拉没有选择复仇，而是决定继承父亲的遗志，投身于教育系统的改造之中。殖民地长官支持伊瓦拉，还表示要将修士们绳之以法。但是多明我会设法把这位长官调去了其他镇，还调了一个凶残毒辣的新的修士来到镇上。在新学校的奠基典礼上，伊瓦拉差点被新老修士们设计的"意外"害死。一个叫埃利亚斯（Elias）的领航员救了他。直到小说的结尾，当新来的修士开口侮辱伊瓦拉的父亲，破坏他的美好回忆时，伊瓦拉才予以反击。就在他即将杀死修士的时候，他的未婚妻玛利亚·克拉拉（Maria Clara）制止了他。修士们把当地被贫穷和国民警卫队的欺凌逼入绝境的人们组织起来造反，然后掉转矛头，指责伊瓦拉是煽动者。叛乱平息了，伊瓦拉在埃利亚斯的帮助下开始逃亡。在他们就要脱离险境的时候，追兵开了枪，埃利亚斯中枪身亡。玛利亚·克拉拉相信了报纸上伊瓦拉的死讯，决定去女修道院。但是她早就被那个新来的修士盯上了，他还当上了女修道士的牧师。小说的最后一幕中，一个年轻女子在风雨交加的夜晚站在女修道院的楼顶，呼唤主快来拯救她。[1]

  主导小说的有三个主题：殖民统治的种种罪恶，将人民改造成新国民的必要性，以及通往自由、自主和独立国地位的崎岖道路。多明我会的修士们代表的是殖民统治腐败残暴的方面，本书的情节主要在展现他们各种肆无忌惮的行为。不过，应该注意到，代表西班牙政府的地方长官是支持伊瓦拉的改革计划的，这代表了殖民主义的教化任务。伊瓦拉自己在书中的投射是一个有着西学知识且对当今世界有几分了解的改革家。修士们能玩世不恭地挑唆起不满者来反抗他，说明他们对当地人民和一切习俗都缺乏尊重，在这样的情况下进行改革是徒劳。当地人民特别害怕修士，愚昧

---

[1] 有关黎萨小说的研究，请参见 Arcilla, *Understanding the "Noli"*。安德森讨论了黎萨的生活和政治，Anderson, *Under Three Flags*, 第二章、第三章。安德森主要分析的是黎萨的第二部小说《起义者》，以及黎萨和国际上无政府主义潮流的联系。安德森对《不可触摸》的看法主要见于其对两部英译本的评论，这两篇评论文章收在 Anderson, *Spectre of Comparisons*, 第十章、十一章。

无知,玛利亚·克拉拉的父亲甚至怕得要解除她和伊瓦拉的婚约。

经过几百年的外国统治后,菲律宾人已经失去了自尊和自信,也不尊重他们自己的文化遗产,这就是伊瓦拉改革计划以教育人民为核心的原因。这部小说呼吁菲律宾人尊重自己,菲律宾人和西班牙人享有平等权利。它主张把改进教育作为第一步。伊瓦拉建立的学校就是要鼓励人们克服奴隶的心态,不再畏缩;这些地方上的积极行动是个人行为,没有任何政府支持。在这个过程中,主人公掌握的西方知识非常关键。书中的学校以德国为模板,因为德国学校当时被认为是做得最好的。不过,西方的知识只是去丰富而非替代当地的传统和积极行动。

改革和革命这两个替代方案是伊瓦拉与埃利亚斯之间经常辩论的话题。大体上说,伊瓦拉支持改革,埃利亚斯支持革命,但他们的态度也不是始终如一。这种不稳定揭示出黎萨自己的内心冲突。正如约翰·舒马赫(John Schumacher)所指出的那样:"在埃利亚斯和伊瓦拉的讨论中,埃利亚斯最初代表的是革命的声音,其理由是在既有的体系中无法获得正义,不可能让西班牙政府进行改革。"[1]伊瓦拉提出应该有耐心,相信政府的好意,需要教育的启蒙,埃利亚斯就用一番更有说服力的陈词来说明这些希望都是没有意义的:

> 事实是没有自由就没有启蒙……你没看到正在谋划的斗争,你没有看到地平线上的乌云。战斗从思想领域开始,然后降落到角斗场上,这里将会被鲜血染红……尽管已经沉睡了几百年,但只要有一天霹雳惊雷响起,电光火石间又会灌注进生命。从那一刻起,新的势头就在震撼我们的心灵,尽管这些势头现在是分散的,终有一天会在神的指引下统一起来。神没有让其他民族失败,也不会让我们失败,因为它的事业就是自由的事业![2]

---

[1] Schumacher, *Propaganda Movement*, p.77.
[2] Rizal, *Social Cancer*, p.393.

不过，在小说的结尾，当伊瓦拉因眼前发生的一切而陷入绝望，准备加入革命武装的时候，对他提出告诫的还是埃利亚斯：

> 你将要点燃战争的火焰，因为你有钱，也有脑子，很快就会有很多人追随你，但不幸的是其中会有很多不满现状的人。但是在这次你要进行的斗争中，最受苦的将会是哪些毫无防备的无辜者。一个月前曾促使我恳请你进行革命的种种情绪现在正驱使我请你谨慎考虑。先生，这个国家并不想要和母国分开；它只是要求得到一点自由、公正和感情。那些不满、犯罪和绝望的人会支持你，但人民不会动。我自己就不会追随你，只要我从人们身上看到希望，我就不会采取这样极端的措施。[1]

当政治小说迁移到亚洲并在此传播时，改革和革命的两难困境成了政治小说又一个重要的主题。我们后面就会看到，它不仅在菲律宾这样的殖民地很重要，在中国也是一样。

黎萨小说的结尾帮政治小说确立了一个对亚洲来说极为重要的新场景：在风雨中祈求帮助的无助的年轻女子形象。按照小说的构架，玛利亚·克拉拉这个纯真、忠诚，个性中既有女性的柔弱也十分正直的女子代表的是菲律宾人民。她无知地逃入女修道院最后却反遭修士的强暴，则象征着殖民统治的残暴。政治上的时间范围则用一场"风暴"来表示。她最后的办法是直接向神求助。神在马志尼的少年意大利、迪斯累利的少年英格兰以及黎萨的信仰中都作为最终的裁决者，被赋予了重要的位置，但在《不可触摸》中的场景之中，神对于玛利亚，以及小说面对的改革者、革命者等目标读者来说却是不可捉摸的。

黎萨的小说在西班牙语文学中可谓独树一帜。可以说西班牙统治的终结给这种文学的"当下"划定了一个终点，而黎萨自己和他的小说无意之中卷入了反西班牙的大潮，1899年之后，在美国当局的帮助下又一跃成为

---

[1] Rizal, *Social Cancer*, pp.475-476.

国家的形象代表，从而变成了尊崇的对象，而不是可效仿的模范。[1]

19世纪末，东亚正在经历政治危机，对应该走什么道路正在进行激烈的政治辩论，政治小说此时作为在西方政治改革中已证明其价值和力量的文学类型而出现，开始在东亚广为传播。到19世纪末为止，我们前文分析的这种文学类型的主要特点都稳定下来了，接下来我们给这些特点做一个总结，以便为下一章对东亚政治小说的讨论打下基础。

小　结

这一文学类型面貌新颖，其早期作家地位斐然，对全世界正在寻找模仿对象的政治改革家都颇具吸引力。政治小说成了集体认同的一个象征；写政治小说就有获得公众影响力的可能，同时作者也可以被认定为国际"改良俱乐部"的成员。人们相信小说具有改变整个社会的能力，这种信念颠覆了所谓小说败坏公共道德、让年轻女人陷入幻想的常见说辞。政治小说诉求的正义性增强了它的政治和文学资本。

选择小说这种文学体裁也是由于虚构的叙述方式可以带来附加价值和影响力，而且虚构式叙述很便于表达那些实现起来很复杂的理念，通过人物和情节来描绘的理念很具体，对普通读者来说，这种融合了娱乐、人情味和说教的表达也很可亲。

在作者的政治目标和随写作推进而显露的小说内部动力机制之间的张力在政治小说里尤其明显。写作政治小说的创造性过程只能在一定程度上支撑强烈的政治目标。当人物性格逐渐显露、情节逐渐展开的时候，它们自己就会产生生命，有自己的需求。作者经常被自己的人物和情节逼到一个计划之外的方向上，不得不用上自己所有能用的文学手法。有些作者在

---

[1] 安德森通过审视美国后来的发展来看美西战争，他所搜集的有关黎萨转变为国父的丰富资料从侧面证明了当时美国的反殖民主义的强大动力，这对美国对待黎萨的态度产生了重要影响。

达到这个点的时候就放弃了，因为小说已经有了自己的生命，而不再是其目标的投射。有的作者就请朋友来接手。简言之，那种所谓作者的政治目标能控制文本，因此会损害其文学逻辑的说法并没有得到文本和广大读者的支持。背景虚设在过去、无关爱情却关乎现代社会的小说能提供比日报更广阔的视角，包括对未来社会的幻想，这样一部小说给读者带来的惊奇和着迷的感觉非常强烈，当读者碰到别处很常用但自己的语言和环境中从未用过的文学手法时尤其如此。

现代小说不同的次文体之间关系很紧密。它们有共同的情节策略、主角类型和叙事技巧。政治小说的作者也属于这个文学环境，也采用相近的文学体裁所提供的文学工具。具体来说，政治小说和社会历史小说有很多共同点。这些共同之处使得定义和区别更困难了。定义对研究的影响很大。比方说，斯皮尔就和其他学者不同，他没有把斯托的《汤姆叔叔的小屋》纳入他对美国政治小说的讨论之中。这可能是因为这部小说的情节和人物都诉诸读者的情感，而不是为政治观念和进程去构造寓言。它没有让读者看到解决问题需要在制度上完成哪些步骤，没有描绘能领导这个解决过程的领袖，也没有想象出一个没有奴隶制度的理想社会结构。但是这些都是政治小说的核心。斯皮尔的定义只建立在内容上，也没有延伸到英美政治小说之外，但他还是指出了许多重要的特征。我采用了他的作品，在必要的地方对论证进行了修改和发展，以便把这种文学类型特殊的叙事特点呈现出来。

下面是对政治小说标志性特征的概述，其主要目标是为我们把这些小说当作相互关联的世界性文学类型的地方性表现建立一种合法性。19世纪40年代到20世纪20年代写成的政治小说的共同点主要体现在两个方面，即政治和所采用的文学技巧。下文列出的特点在后面的章节将会得到检验，并以具体分析来进一步充实。

政治含义

政治小说的主题是民族国家。作者/叙述者意识到了国家深处危机之中这个事实。他之所以能意识到这一点,是因为他学会了从与其他国家的对比中来观照自己的国家。他可能只是警告国家要注意到危机的存在,也可能在其中扮演了一个政治角色。

危机的原因在国家自身,而不是外国的活动。它的症状体现为国家的人民和精英的心态、政府的领导和政治制度都不明白、也无法应对当前国内国际的挑战。只有对哲学或宗教基础、国家制度和公共态度进行深层的政治改革,才能找到出路。

政治小说是触及政治精英之外的广泛大众的文学手段,大众的心态可能为之而改变,被动员起来支持改革。它通常认为"少年"是改革可以依靠的主要政治力量;也常常将阻碍改革的力量比喻成"老人"。它包含了对当下的政治批评,以及对未来国度的一种乌托邦式的(或有时候是反乌托邦的)投射。

这种文学类型与改革议程关联在一起。它反映着实际的政治讨论,常常将暴力摧毁国家体制或维护现状这两种选择进行鲜明对比。

通过表现危机以及国家主要的行动者对危机缺乏认识、无法应付,政治小说所传递的信息有了一种急迫性和时效性。政治小说是一种有时限的文学类型。

在传播到其他环境,到了其他作家笔下的时候,这种文学类型有所调整,可能会增加一些特征,例如表现国民的愿望得不到国际支持或殖民政府支持的危机。这种变化随着受众的转变和政治小说的语言变换而出现,而小说的受众也变成了进步的外国团体或者是殖民地母国的进步力量。

政治小说始终聚焦在国家上,国家对这些小说及其传播而言一直是一个积极的角色,尽管经常是反面的。这种文学类型给没有政府权力支持的政治积极分子提供了一种鼓吹民众支持的工具。它对政府当局有批判性,但仍继续和政府互动,对其批评的制度恪守改革之而非废除之的承诺。它试图通过公共领域的媒体来获得影响,而不是通过官方沟通的内部渠道。它需要目标读者能识字,还需要一个能出版的环境,以及能送达目标读者的安全渠道。这些要求可能会导致跟政府当局发生冲突或妥协。

文学策略

政治小说叙事的时间点是当下。对主要人物的探究也不是在作为独特的人的维度上展开，而是关注他们所代表的政治力量。情节元素可以解读为这些政治力量之间的互动。这里可以举爱和浪漫关系为例，政治小说中的爱和浪漫关系总是象征性的。为了强调主人公及其行动的代表性，常常用一些有意编造的名字，以及一些明显语带双关的编码来指称宏大的政治概念。

伴随这种文学类型而来的还有一个新的英雄——政治改革家。政治小说都认同卡莱尔（Thomas Carlylean）有关历史中的英雄角色的观点，围绕这个人物的行动来展开叙述。随着他的视野逐渐开阔，小说逐渐具有了成长小说的元素，同时也邀请读者进入同一段旅程。通过这个人物，明日的领袖成熟了起来，同时他也体现了全体公民要效仿的主要价值。

为了忠实于主人公作为政治活动家的实际利益和生活方式，政治小说常常引用其他政治论争平台的非虚构的政策文献，特别是政府制度。

对于国家该走哪条路的争论，通常是通过朋友之间理性的政治对话形式来表现。在这里主角（的观点）可能出现变化和发展。这个对话本身就被表现成一种文明、现代的行为模式。讽刺和轻蔑等元素就留给文学类型核心议题之外的人物来表现。

小说的情节按照一种进化论的（而不是宿命的、心理的或别的方式的）轨迹来推进。科学家声称，即便是一个虚构的推想，这种轨迹也可以让现实主义的语言显得合乎情理。

最后，关乎理想和为实现理想而斗争。政治小说以其特定的政治特征和文学特征，为国家描画了理想化的政治前景这一目标的可能步骤。这种乌托邦式的维度可以将叙事从现实的局限中解放出来。这种小说和其他类型的小说间的差异可能在于，它会把当时的社会和政治问题作为主要主题。

下面这一章就要对上面所概述的政治和文学特征加以检验和证明，探索这种文学类型传播到东亚的动力，研究在这过程中所涉及的主要人物，以及这种文学类型在新的环境中扎根的方式。

2 全球性迁流：远东

19世纪末政治小说向东亚迁流受到两个关键因素促动。首先，它作为一种政治工具已经在欧洲展示了威力，像本杰明·迪斯累利这样著名的当代政治家也通过政治小说来宣扬其政治理想，政治小说可谓其通向权力巅峰之路的垫脚石；其次，它发动公众参与了政治改革斗争。[1]这种文学类型带来了迷人的新式文学人物，那些改革家和热爱祖国、一心为公、为民族独立而奋斗的斗士们可以成为新领袖的典范。它引起了东亚年轻一代政治家的共鸣，他们热心为公，谋求宪法、议会等现代制度改革，因为这些制度似乎在西方强国的崛起中发挥过作用。

这一章将勾勒政治小说在东亚的轨迹。我们会追溯这种文学类型跨越国界时的身份认同；突出这一文体新增或变化了的特征；对它植入新环境的具体动力机制、涉及的人物和使用的方法做个简要的介绍。

政治小说本身成了展现其跨国性议题的舞台。[2]作家们经常插入一些

---

[1] Sadami Suzuki, *Concept of "Literature,"* p.155. 也可参看 Keene, *Dawn to the West,* p.81。
[2] 参见 Petersson, "Introduction: Cultural Encounters between Literary Cultures," p.9。

改革家们在不同国家会面、交流思想的场景，有时候是在一些象征性的地方，例如费城的自由钟旁边。由此，这种文学类型就成了一种展示地方愿景和全球现代化力量共享理念之间存在重要关联的方式。

政治小说和制度改革：日本

一种新的文学类型

截至目前，这种文学类型在全世界范围内产出量最大的是日本的明治维新时期，尤其是在1884—1887年期间。日本政治小说和英、法政治小说有直接而明确的关联。日本读者能读到英法政治小说的各种译本、摘要，它们也给日本的作家提供了模板。日本接替了英国的角色，逐渐成为政治小说传播的下一个中心。尽管日本和英国的权力关系最初还不对等，但日本并不是殖民地，明治政府宣称它有意愿也有能力主导其现代化进程。不过，现代化的方向和速度还是在日本国内引起了很多争论。这样一来，政治格局就很像几十年前的英国，也就是迪斯累利写小说的时候。19世纪70年代，日本的改革家期待在西方找到政治和教育改革的模板，关注民主和科学。整个19世纪七八十年代，学习外语、翻译西方文学早已风行于日本知识分子群体之中。

在明治时期的日本，有人认为西方所有的东西对日本的神圣传统都是挑战，但大多数参与公共政治的人则把西化视为所谓"一揽子现代化"（modernization package）的计划，它涵盖了各类新观念，从政府制度到进化论、社会达尔文主义，还包括把人打扮摩登的招术；从"文明"的着装规定到科学仪器；从口头语和书面语应该统一的观点，到所有公民都应该接受学校教育的理念。[1]在文学方面，这个"一揽子"计划所带来的理念是：散文而非诗歌才是先进的文学类型，用散文写成的小说理应地位最高。[2]

---

[1] Feldman, "Meiji Political Novel."
[2] 在几十年间，原来整个亚洲的写作文化中地位最高的文学类型就从诗歌变成了散文化的虚构小说。最早提出并记录这个过程的是20世纪60年代末的一项研究：Kral, Černa, et al., Contributions。

翻译最先让人了解到这一部分的现代性。结果英法小说的日文译本，例如利顿（Bulwer-Lytton）的《马尔特拉瓦斯》（*Ernest Maltravers*，1879）、司各特（Scott）的《拉美莫尔的新娘》（*The Bride of Lammermoor*，1880）、大仲马（the older Dumas）的《一个医生的回忆录》（*Memoires d'un medecin*，1882）和迪斯累利的《科宁斯比》（1884），以及席勒的《威廉·退尔》（1880）、薄伽丘（Boccaccio）的《十日谈》（*Decamerone*，1882）和普希金（Pushkin）的《上尉的女儿》（*The Captain's Daughter*，1883）等译自德语、意大利语、俄语的小说对政治、社会以及文学都产生了冲击。[1]尽管单从数量上来说这些翻译小说比不上日本本国的虚构类小说，但它们可能在塑造集体文学想象和提供直接文学刺激上影响更大。[2]

从18世纪开始，对英法小说的需求主导了对欧洲小说的翻译，这种情况一直延续到19世纪。[3]从19世纪中叶以来，对小说的需求进一步扩展到了东亚。在东亚曾经占有统治地位的中国小说也让位于西方翻译小说，尽管中国小说新书旧作仍然在日本的图书市场上占有重要位置。[4]翻译欧洲小说带来了对小说的新的理解，而政治小说就是其中最突出的范例。[5]

从读者这个重要的视角来看——其实所有的作者都是从读者开始的——这些翻译小说和中日作家写的中文小说一样，都变成了日本文学的有机组成部分，而且译者在翻译原作时相当灵活。日本翻译政治小说的常常是政治家或试图成为政治家的人，日本政治小说的主要作者也都属于这个群体。迪斯累利从作家到一国首相的经历给了日本作家很大的鼓励，而

---

[1] 参见 Kinmonth, *Self-Made Man*, p.89; Kornicki, "Disraeli and the Meiji Novel," p.35; 以及 Feldman, "Meiji Political Novel," p.247。

[2] 关于翻译小说给日本读者的想象究竟造成了什么影响，兹维克（Zwicker）挑战了通常的说法，参见 Zwicker, *Practices of the Sentimental Imagination*, pp.149-150。中国也有类似的争论，参见觉我（徐念慈），《予之小说观》，p.310；袁进，《近代文学的突围》，p.28。无论如何，数量并不等同于影响，日本作家也证明这些译本带来的冲击很强。

[3] Moretti, *Atlas*, p.187.

[4] 参见 Kockum, "Role of Western Literature," pp.97-140。

[5] Tomi Suzuki, *Narrating the Self*, pp.19-26.

且英国还是这个"一揽子现代化"计划中绝大部分因素的发源地。日本的各种政治议题和迪斯累利时期的英国很相似。两国的议事日程中都有制度和意识形态改革的内容，而没有民族独立和团结、与殖民列强的关系等议题。1884年《科宁斯比》的日语译本/改写本出版，1890年另外四本迪斯累利的小说也出版了。明治时期主要的评论家之一内田鲁庵（1868—1929）1909年回忆19世纪90年代的文学环境时说了这样一番话：

> 当年文人在社会上地位非常高。毕竟那时候连政治家都在写小说。人们基本上认为从没写过小说的政治家很难称得上是政治家，末广铁肠、末松谦澄这样的人当时都写了小说。作家的地位超过了迪斯累利和萨克雷，达到了狄更斯的高度。[1]

明治时期政治家和政治小说作家之间的关联在19世纪70年代中期至80年代中期的自由民权运动中最为彰显，当时政治家和政治活动家开始写政治小说来宣传其政治观点和对日本未来的想象。这个运动始于1874年，当时著名的政治家坂垣退助（1837—1919）前一年已经辞去了政府中的职务，向政府提交了《民选议院设立建白书》。他是日本第一个政党"爱国公党"的奠基人。1881年，爱国公党改组成为自由党，这是日本第一个全国性的政党。

这一运动以西方启蒙运动为理想，要求赋予人民自由和公民权，得到了人民的极大的支持。当时开明的知识分子已经抱有和福泽谕吉的《西洋事情》（1866—1870）、约翰·穆勒（John Stewart Mill）的《自由论》（On Liberty，译于1872年）中类似的观念，他们对运动的诉求给予了热情的支持。这一运动还吸引了不满的没落阶级，比如以前的武士（他们的社会特权被明治政权剥夺了，经济上陷入了困境）和拥有中等或较大产业的

---

[1] 内田鲁庵，《政治小説を作るべき好時機》，p.299; 引自 Sadami Suzuki, *Concept of "Literature,"* p.155。

农场主，他们也在寻求代表地方的机会。[1]1882年，此后（在1898年和1914—1916年）成为首相的大隈重信建立了立宪改进党，吸引了许多顶尖的政治家，不过其社会基础还是在城市精英中。寡头们也在同一年建立了立宪帝政党予以还击。这三大拥护宪政的党派统治了1881年末到1884年的日本政坛。[2]在1880年，已有24万余人签名请愿，要求开设国会。这一运动推动了1889年宪法的通过和1890年帝国议会（the Diet）的开设。[3]

支持这些要求的政治小说的数量极为惊人。柳田泉，这位明治政治小说研究最重量级的学者发现，在1880—1889年涌现了233部"政治小说"，而1887—1910年还有450部小说涉及相关主题。根据柳田泉的分类，这些小说包括"国权小说""暴露小说""女权小说"和"社会主义小说"。[4]

日本政治小说（至少在整个1889年）和民权运动提倡的思想紧密相关，它和民权运动一样具有意识形态面向，在将这一文学类型用于倡导主张（"宣传"）这一点上也有共识，而这在斯皮尔和柳田泉眼中正是识别政治小说的标记。[5]约翰·默茨（John Mertz）指出，关于这些小说的非文学性面向和预设的目标使它遭到了学者们的抵制，仅被当作派系斗争和政治活动的武器来对待。但是他发现，其实并没有什么证据支持这种预设，因为这些小说提供的多种多样的演绎常常是互相矛盾的。"这些小说大多都明确避免表现党派之间的争论，不是为了'掩饰'他们'真正'的兴趣所在，而是要处理当下广义的意识形态问题。"[6]日本政治小说作家的模板和灵感来自一种新式的、非常现代的主人公，也就是所谓的作家政治家，不同的

---

[1]（1871年）废除封建等级制度、1870—1871年取消传统的四民等级制度，以及采用国家征兵制度（1872—1873年宣布）造成过去的武士大量失业，陷入贫困。参见色川大吉，《近代国家の出発》, pp.57-84, 109-140, 255-268; Tomi Suzuki, *Narrating the Self*, p.192, #62.

[2] Norman, *Origins of the Modern Japanese State*, pp.274-316; Jansen, *Making of Modern Japan*, pp.377-395; Hane, *Modern Japan*, pp.119-141.

[3] Jansen, *Making of Modern Japan*, p.381.

[4] 柳田泉，《政治小说の一般》。

[5] Mertz, *Novel Japan*, p.248.

[6] Mertz, *Novel Japan*, p.249.

政治党派和潮流的作者都在他们的小说里采用了这个新人物。

不同政治力量间公开的斗争在某种程度上是通过政治小说这个媒介来进行的。根据各党派政治愿景的不同，其赞赏的小说样板也各有千秋。对期望日本早日向海外扩张势力的年轻保守派政治家而言，迪斯累利作为君主制忠诚的拥护者、英国维多利亚女王时代称霸全球的代表，无疑是一个理想的角色模型，虽然国家主权（废除外国人的治外法权）对日本来说仍然很重要，但在迪斯累利那里根本不是问题。立宪改进党的尾崎行雄（1858—1954）写的《新日本》（1886）就效仿了迪斯累利的政治小说。[1]立宪帝政党党员也改编了迪斯累利的小说，例如关直彦（1857—1934）的《政党余谈：春莺啭》（1894），学的就是《科宁斯比》；渡边治（1864—1893）的《三英双美：政海之情波》（1886）则以《恩迪米翁》（*Endymion*）为蓝本；田上勤（1850—1928）的《政海冒险大胆书生》（1887）模仿了《西比尔》的台词；还有福地源一郎（1841—1906）、塚原靖（1848—1917）的《昆太利物语》（1888），基本复述的是《康塔里尼·弗莱明》（*Contarini Fleming*）的故事。[2]

对自由党而言，法国革命和后来的社会冲突是比迪斯累利更重要的模板。自由党党员们翻译了大仲马的《昂热·皮都》（*Ange Pitou*）和《一个医生的回忆录》（*Memoirs of a Physician*），后者最新的连载章节常常在公共场合里被大声背诵出来。[3]对与这个党派有关联的作者而言，维克多·雨果（Victor Hugo，1802—1885）是另一位高山仰止的人物。雨果因

---

[1] 在同一年（1886），尾崎行雄还出版了一部材料厚实的迪斯累利传记，题为《经世伟勋》，销路极好，重印数次；参见 Kornicki, "Disraeli and the Meiji Novel," pp.51-52。

[2] Kornicki, "Disraeli and the Meiji Novel," pp.29-55; Suzuki Sadami, *Concept of "Literature,"* pp.155-156.

[3] 从1882年8月12日起，与自由党有联系的《自由新闻》开始连载宫崎梦柳（1855—1889）翻译的《昂热·皮都》，题为《仏蘭西革命記 自由の勝ち鬨》（《法兰西革命记：自由之凯歌》）。对这个译本及其与福岛事件的社会爆炸性之间可能存在的互动的分析，参见 Ueda, "Production of Literature," pp.77-85。樱田百卫译的《一个医生的回忆录》也是在这份报纸上连载的，题为《[仏国革命起源] 西洋血潮の暴風》（《[法国革命起源] 西洋血潮的风暴》）。

反对法国复辟帝制而遭到流放，他和他的诸多作品（如《悲惨世界》[Les misérables]，1862）在整个欧洲都成了共和主义和民主追求的象征。当自由党领袖坂垣退助问起如何在日本这样落后的国家传播"民权"的理念时，据说雨果给出了一个后人经常引用的回答："去看我的小说！"[1]在欧洲的文学批评和学术研究中，这些法国小说没有放在政治小说的题目下，司各特和利顿的小说也没有。不过，在日本政治家和记者的眼中，因为这些小说都具有政治小说的核心文学特征和政治议题的要素，可以从这个角度来阅读，有些作品在出版时就带着"政治小说"的角标（horn-title）。[2]这种将某种外国文学作品重新归类、单列为一个有其子类的新经典的做法也并非绝无仅有，中国"新文化"运动和"五四"运动中的文人也曾重塑了中国文学经典[3]，甚至印度殖民地时代的学校课程也对"英国文学"经典的构成有所影响。[4]

通过这些译本，一般意义上的小说的名声，尤其是小说家的声望开始变化了。明治时代最著名的小说家德富芦花（1868—1927）在他1901年写下的回忆录中对这一变化有生动的记录，他的同学曾建议他以后也许可以考虑当小说家：

> 小说家，真的！我很生气。一个无足轻重的小文人：就好像一位绅士，一个毕竟是有尊严的人，真的会屈尊于这个？这个玩笑开得太大了。
>
> "但迪斯累利不也是小说家吗？"有人试着安慰我。"而且当坂垣退助问雨果对于在日本宣扬自由和平等有什么建议的时候，雨果的回答不也是'让他们看我的小说'吗？写小说没什么可羞耻的。"[5]

---

[1] 木村毅，《日本翻訳史概觀》，p.390.
[2] 角标以较小的字体标在书名的两侧，就像两只角一样。它提醒读者留意到这部小说属于什么文学类型。
[3] Owen, "End of the Past."
[4] Viswanathan, *Masks of Conquest*.
[5] 引自 Kornicki, *Reform of Fiction*, p.14。

原创的明治政治小说首次扬名是在1883年,矢野龙溪(1850—1931,原名矢野文雄)出版了他的《[齐武名士]经国美谈》,[1]这本书还引用了古代底比斯的故事。矢野龙溪出生在一个封建宗族的官员家庭,接受了正统的儒家教育,后来进入了福泽谕吉创办的倾向进步的庆应义塾,精研英语和西学。他也曾作为新闻记者和政治家投身于民权运动之中。1896年,与他长期合作的大隈重信(1838—1922)升任外长,委派矢野龙溪出任驻华公使。[2]

德富芦花1901年的回忆录记录了阅读《经国美谈》的感受:

> 变化接踵而至,就像不断打来的浪一样。两年以前我们为《三国演义》(这样的中国小说)深深着迷,看到张飞"大喝一声"喝断长坂桥兴奋不已;现在我们把同样的热情献给了最新式的(译自法国的)小说,比如(大仲马的两部小说)《一个医生的回忆录》和《昂热·皮都》。
>
> 有个十七岁的男孩名叫浅井,他曾经这样回应别人对他个子矮小的嘲笑——他个子太小,总被人当作十二岁,顶多十三岁——他说他脑袋上坐着个压迫人的政府,让他长不高:"再过五年,我要把他们全毙了!"尽管浅井个子小,但他有一副非常美妙清亮、会唱歌的嗓子。每次连载《昂热·皮都》的《自由新闻》一上市,就会有一群人围在广场上叫浅井,浅井于是就站在宿舍的窗前,用他银铃般的嗓音朗读最新的章节,不时被雷鸣般的掌声打断。后来就是矢野龙溪的《经国美谈》,我记不清我们有多少次彻夜读书,为欣赏伊巴密浓达、佩洛皮达斯和梅洛的伟人风采也不怕看坏了眼睛。[3]

---

[1] 这部作品不是用日语口语写成的,大部分都是用"汉文"书写的,它收入了很多朋友提供的汉文诗和典故,近于集体创作,参见 Sakaki, "*Kajin no kigū*," pp.98-100。

[2] 小栗又一,《龍溪矢野文雄君伝》。

[3] 德富蘆花,《思出の記》, p.189。这里的翻译大多依据的是肯尼思·斯特朗(Kenneth Strong)的译本, *Footprints in the Snow*, pp.119-120。书名的确认参考了 Ueda, "Production of Literature," p.75。

全球性迁流:远东

这个回忆录很好地捕捉到了受"政治"激发的文学发展的三个阶段：从中国的《三国演义》到大仲马有关法国革命的翻译小说，再到日本人原创的政治小说。矢野龙溪的《经国美谈》取得了巨大的成功，其影响力经久不衰，鼓舞了年轻一辈的知识分子自己动笔写小说。矢野龙溪是立宪改进党党员，曾积极参与立宪运动。[1]同在立宪改进党内的还有坪内逍遥（1859—1935），他先是自己写了一部政治小说，但后来又以其"小说神髓"的学说反对政治小说。他主张这种"神髓"更在于对情感的刻画，而不是对国家和社会的描写。[2]在为梁启超的《新小说》杂志所做的一则广告中，矢野龙溪最后一部政治小说——乌托邦式的《新社会》[3]曾被当作新小说的代表重点推出。[4]

日本政治小说的主题在19世纪80年代有所变化。柳田泉划分了三个时期。一开始小说被当作政党的革命宣传工具和政治斗争的武器，用来对人民进行政治"启蒙"。在第二个阶段，小说被用来表达个人的政治信仰，成了一种改进社会意识形态的方法。在最后的发展阶段，小说被用来讽刺派系林立的政府支持者，反映出新日本对不断增长的国家实力的认识。[5]柳田泉的有些判断遭人质疑，但这三个阶段还是很有用的参考标准。[6]

柴四朗（笔名东海散士，1852—1922）所著的《佳人奇遇》（1885—1897）是明治政治小说史上的里程碑。它融浪漫爱情于政治之中，通过对全世界受压迫的民众进行全景式描写，突出表现了当代日本国内政治和对欧、对华政策。

---

[1] 柳田泉，《政治小說研究》，Vol. 1, p.181。这部小说1903年被译成中文，名为《[理想小说]极乐世界》。

[2] Keene, *Dawn to the West*, p.81; Tomi Suzuki, *Narrating the Self*, p.28; Kurita, "Meiji Japan's Y23 Crisis," p.13.

[3] 柳田泉，《政治小說研究》，Vol. 1, p.181。

[4] Yeh, "Guanyu wan Qing shidai."

[5] 柳田泉对这三个阶段的简要划分见于他有关日本政治小说的权威研究《政治小說研究》，Vol. 1, pp.35-47。

[6] 对日本政治小说新近的研究可参考 Mertz, *Novel Japan*, pp.243-267。

曾经在19世纪80年代末参加立宪斗争的末广铁肠（1849—1896）也是一位重要的政治小说作家，[1]他发明了"未来记"这种文学手法，对政治小说这种文学类型做出了重要的创新贡献。未来记成了政治小说的一种次文体，反过来又被后来的中国作家模仿。末广铁肠曾经将未来记的手法用于他的《二十三年未来记》（1885—1886）、《雪中梅》（1886）及其续篇《[政治小说]花间莺》（1887）之中。这几部小说掀起了政治小说使用"未来记"的热潮。[2]举例来说，《雪中梅》整个故事框定了一个未来主义的视角，其序幕设定在明治173年（2040年），一开篇就是庆祝日本帝国会议成立150周年的纪念庆典。小说接下来按时间顺序记叙了这一丰功伟业带来的各种成果。这个故事主要讲的是温和的行动家国野基与受过良好教育的富家漂亮女子富永春惺惺相惜的政治和爱情经历。国野基的名字与"国家之根基"同音，他也在推进民主改革，而富永春的名字则象征着"永恒的财富之春"。在他们的辛勤努力和其他拥护改革的国民支持之下，现代的日本最终得以建立。

作为一种文学手段，"未来记"的日本本土源流可以追溯到更早期的文学，但日本的读者在19世纪70年代同样从译作《西历2065年》（*Anno 2065: Een Blik in de Toekomst*，1865）中接触到了一种从想象中的未来去写现在的新方式。《西历2065年》是一本由荷兰科学家哈亭（Pieter Harting）以笔名达爱斯克洛提斯博士（Dr. Dioscorides）写成的小说。[3]正如栗田香子（Kyoko Kurita）所指出的，这本书的翻译复兴并彻底重塑了日本的"未来记"。叙述者做了一个白日梦，发现他身处2065年，他在那儿遇到了罗

---

[1] 柳田泉称，人们一提到明治时期政治小说，就会准确无误地想到末广铁肠；参见《明治政治小説集》，Vol. 2, p.489。
[2] Kurita, "Meiji Japan's Y23 Crisis."
[3] 参见 Dioscorides, *Anno 2065*. 日语的翻译版/改写版有上条信次的《後世夢物語》（奎章閣，1874）和近藤真琴的《新未来記》（青山清吉，1878）; Kurita, "Meiji Japan's Y23 Crisis," p.7. 栗田（Kyoko Kurita）讨论了未来记风行之前的历史以及新作品和早期作品之间的区别，pp.6-10。

杰·培根先生（13世纪的科学家，预言了许多后来的科技发展）。在来自21世纪的年轻知识女性范特西小姐的陪同下，培根先生带领达爱斯克洛提斯博士游览了未来的伦敦——伦底尼亚（Londinia），这里的景象处处展示着科技和繁荣。当他们乘坐的热气球即将降落在墨尔本的时候，叙述者从白日梦里醒了过来。

这本书采用从未来回头看的视角，特别提出了一种有关当今社会的意识形态观点，聚焦于嵌入于科学家的文学技巧之中的政治。《西历2065年》的焦点就在于科学和技术在培育繁荣的世俗社会中所扮演的角色。这部小说充分表现了梦，或者说白日梦这种文学手法对于表达栗田香子所说的过去、现在、未来之间辩证的多重时间关系是多么有用。[1] 末广铁肠的《雪中梅》里有一幅关于未来东京的插图，展现了日本是如何从未来视角回首过去的（见图2.1）。

这幅图设定的时间是明治173年3月3日，两位男士坐在东京的家里从窗口远眺出去，借着他们的视角来展现新东京的繁荣昌盛。有人提醒他们要通过炮声和号声来判断情况，他们一听才发现当天是帝国会议成立150周年的纪念日。下面这段话描写了他们的反应：

> 我们生在这个繁荣的时代，能够这样舒适地度过余生真是很幸运。辽阔的东京城每个方向都不止十公里，砖砌建筑遍布全城。四通八达的电话线就像蜘蛛网一样，蒸汽火车在各个地方来来往往，沿街的电灯仿佛开路先锋。东京港里停泊着来自世界各国的商船，繁荣的贸易甚至超过了伦敦和巴黎。全世界没有一个地方不飘扬着旭日旗。教育已在全国普及，文学也很繁荣。其他国家都无法与日本相比。而且，提到政治状况，我们上有一位令人尊敬的天皇陛下，下有经验丰富的国会。通过改进党和保守党的竞争，内阁改组得以平稳进行，法律依

---

[1] 日本的"未来记"经常重复白日梦这个特征要素，Kurita, "Meiji Japan's Y23 Crisis," p.10。

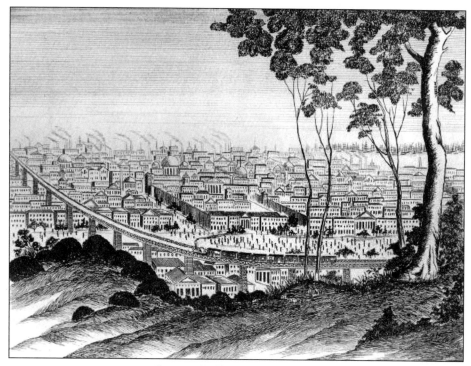

◆图2.1　日本帝国大繁昌之图（《雪中梅》，东京：博文堂，1887，第10页后）

据宪法来制定，人们享有新闻自由和集会自由。流弊尽除，政治清明，堪称史无前例。

我们国家在一百多年前还是亚洲闻名的穷国、弱国，被欧美国家鄙视，现在短短一段时间就如此富裕，因为天皇陛下是一位有德的君主，很早就发布宣言，为政府的立宪体制奠定了基础。他在明治二十三年的今天设立了国会，此后诸事皆稳步发展，才有了我们今天的成就，我们的子孙应该永远向皇室尽忠。[1]

---

[1]　译自Christopher Hill, "How to Write a Second Restoration," pp.345-346。

为寓言编码

尽管户田钦堂 (1850—1890) 的《[民权演义]情海波澜》(1880) 在出版时不怎么畅销,但是可以说这部小说为日本政治小说所用的文学手法打下了基础。[1]这是除了翻译著作之外,政治小说在日本扎下本土化根基的最早的证据。[2]

这本小说假托美女与青年才俊的感伤爱情故事,利用了当时风靡日本的中国式"才子佳人"的剧情。[3]艺妓阿权爱上了民次,民次似乎也爱她。在完美结局达成之前,阿权不得不抵挡住邪恶多金的官僚国府的进攻,同时另一位艺妓也在打民次的主意。在阿权嫁给民次的梦想成真的一刻,她醒了过来,意识到这不过是一个梦,她还得面对真正的斗争。

本书的角标"民权演义"提醒读者,要把这个爱情故事当作与近来发端的民权运动相关的寓言来读。主人公饱含深意的名字给寓言提供了线索。书中艺妓的全名叫"魁屋お權",意思是"进步的权利"(在小说里她被简单地称作"阿权"),她来自一个叫"魁屋"的妓馆。她的爱人的名字"和国屋民次"可以理解为"日本人民"(简称为"人民",民次)。她不喜欢的追求者名叫"国府正文",可以翻译成"国家政府"或"国家"。那位与她争夺民次的艺妓名叫"比久津屋奴","来自卑屈之家的奴隶",简称为"奴"。[4]在故事一开始,作者就提醒读者,这段才子佳人的爱情要当作有

---

[1] 户田钦堂生于一个贵族家庭,曾于 1871 年访问美国。回国之后仅过了一年,他就过上了经济独立的轻松生活,用默茨的话来说,户田"涉猎广泛",同时具有小说家、新闻记者、民权倡导者、基督徒书商等多种身份。Mertz, *Novel Japan*, p.142.

[2] 从这部小说的序言和作者介绍来看,其文学灵感主要来源于外国的资料。户田一点也不掩饰这一灵感来源,而是明确地在作品中融入跨文化的情境,以表明其作品具有世界性。

[3] 前田爱对这种文学现象的解释是,当时的社会条件发展与前现代时期的中国具有相似性。严格的社会等级制松动之后,年轻的知识分子陷入了一种不能证明其才华就面临毁灭的境地。前田爱,《戯作文学と〈当世書生気質〉》p.123,引自 Sakaki, "*Kajin no kigū*," p.86, n. 6。

[4] Hill, "How to Write," p.342; Mertz, *Novel Japan*, p.141.

严肃意涵的寓言来读。[1]

在当时的日本小说中，关注当代政治争论和政治寓言技巧，以及用含义深远的名字来提供线索的都是创新。其主人公是作为政治寓言人物来构思的，从文学的角度来看还是不太丰满，不够活泼。这些小说为写作和阅读这类小说提供了一个模板。[2]正如三轮信次郎在本书初版序言中所说，阿权代表的既是民权运动意义上具体的概念，也是一种一般性的政治理想，美国就是其现实版的最好例子。他解释说，阿权的重要性就像美元上的自由女神像一样（图2.2）。这个图像取代了格言和国王头像，代表了新的（社会秩序和）民族精神。换句话说，阿权代表的是日本新的民族精神。

作者通过阿权为自由这个概念提供了一个新鲜的象征——漂亮、年轻，充满吸引力；它决意要赢得人民的喜爱；乐意为他们服务（参见这位名妓与年轻人民次的关系）。表现"人民"用的是富裕、自信的艺妓追求者，而不是农民，说明作者主要考虑的是新型的受教育的城市阶层。同时，作为艺妓，阿权在社会上也是脆弱的，需要庇护；她无法靠自己获得自由。

有幅插图完美地表现了这部小说的主要矛盾（图2.3）。它把大胆而英雄的人民形象和专横的政府官员形象进行对比。阿权很不情愿地给国府递上一枝表示安慰的花，但坚定地站在桀骜不驯的民次一边，她也需要民次保护她，帮她拒绝国府。有趣的是，国府穿的是西服，而民次和阿权穿着传统的日式服装。这种描写表明民权运动对西方充满矛盾的感情，民权本土化的概念通过阿权的形象来表现。小说情节所勾勒的政治蓝图可以这样解读：如果政府（国府）要把政治权利（阿权）从人民（民次）手中夺走，那么人民就剩下明治之前下层阶级传统的奴性包袱（比久津屋奴）了。[3]

---

[1] 户田写道："有人以为感伤历史（小说）只是下里巴人肤浅的闲话，这种人好比是藩篱之鹨、井底之蛙。只要有了纸和笔，这种文学类型可以让人表达自由新奇的思想，最后落到纸上形成文字。过去中国的老庄、欧洲的伊索都曾经以寓言的形式来讽刺世事。今天我要用命定眷侣这个（旧）比喻来讲一个新故事。我希望读者能理解故事（真正的）意思。"户田钦堂，《[民权演义]情海波澜》，p.1.

[2] Mertz, *Novel Japan*, p.142.

[3] Mertz, *Novel Japan*, p.141.

◆图 2.2 1864 年版的 20 美元附息票据，左边是自由女神，右边是林肯（美国钱币协会博物馆 Bebee 夫妇钱币收藏，参见 http://en.wikipedia.org/wiki/File:ANA_Collection_Interest_Bearing_Note.jpg）

◆图 2.3 《情海波澜》的主要人物。这幅插图把民次（人民）画在左边，国府（政府）画在右边，而阿权（权利）则在中间（宁斋配图，摘自户田钦堂，《[民权演义] 情海波澜》，1880）

在《情海波澜》中我们可以看到文学类型迁流的动力机制。才子佳人小说转变成政治寓言，说明当新的文学形式被吸收到既有环境中时，新的文学模式会得到发展。而且就日本既有的文学环境而言，本身就是与中国文学跨文化互动的产物。《情海波澜》中出现了政治小说的核心特征：故事是被政治理念所推动的。它讲的是当今的政治危机、互相冲突的力量之间的斗争，以及它们对民族国家命运可能产生的影响。它提出和主张的是政治的解决方案，本书这里就是用制度保障人民的权利。这部小说的冲突不像《科宁斯比》里那样在老一代和新一代之间，而是在"国府"和"民"之间。为了实现政治抱负，科宁斯比最终拒绝了老派的保守主义标签，抛弃了祖父的财富和贵族头衔，选择与新兴产业阶级（米尔班克小姐）相结合；同样，民次最终也切断了与比久津屋奴（奴，或者说旧的生活方式）的联系，选择和自由相结合。但与科宁斯比和祖父彻底决裂不同的是，最终民次和国府达成了和解。当《情海波澜》一书末尾写到阿权和民次结婚时，国府还在国会厅（帝国会议）举办了一场招待会。尽管这个招待会是被当成真事来写的，但实际上这场婚姻和这个招待会都投射出了一个认识到了自己的权利和社会责任的未来的城市中产阶级的形象，十年之后国会成立，给出了一个所有相关方面都满意的政治解决方案。《科宁斯比》的模式也在一个比较小但非常能说明问题的点上表现出来：蒙茅斯老爷总是有两个跟班 Taper 和 Tadple，而国府身边也总是有鲶八和鳍吉两个跟班。[1]

户田主要的创新就在于以一位女性人物来塑造自由/权利的形象。户田的这种形象塑造借鉴了西方的意象，还有丹羽纯一郎以林顿的《马尔特拉瓦斯》的翻译/改写本《欧洲奇事/花柳春话》为基础，在日本文学环境中，尤其是通俗小说中是革命性的。它为日本文学开创了一种将自由女性当作国家议题的比喻式表现来描写的方式，同时又表达了一种观点，即理想自身就像女性一样"弱"，需要真正的社会力量——以城市男性形态出现的"人

---

[1] 户田的小说和《科宁斯比》有许多相似之处，但后者的日文译本其实在《情海波澜》之后才出现，这说明户田可能读过原版的《科宁斯比》。

民"——来实现它。将女性的性别角色当寓言来使用的类似作品还有末广铁肠的《雪中梅》(1886)、须藤南翠的《绿蓑谈》(1886),以及其他在《情海波澜》之后涌现出来的政治小说。[1]

采用梦来构建这个寓言故事,使得《西历2065年》中的比喻十分便利地移植到日本政治小说之中。将传统中国小说中为人熟知的梦的比喻与"唤醒"人们看清真实政治处境、急需紧急行动起来相结合,为这种文学类型的结尾建立了一种常常为人模仿的模式。通过这样的结尾,作者呼吁读者加入其志业,同时,也督促他们行动起来,作为"人民"去追求日本的民主代表制度。

影 响

尽管没办法衡量这些政治小说对明治改革进程的影响,但有很多间接证据可以说明其重要性。极高的印量(《经国美谈》出版了好几百万册)和《佳人奇遇》的畅销都可以作为指标,还有丰富的个人自传文献也可以证明这一点。明治时代小说的地位得到了极大的提高。当日本教育部长1909年邀请幸田露伴、森鸥外、夏目漱石和岛村抱月前去官邸会晤时,正如铃木贞美所说的那样,"这一刻象征着著名作家在社会中被当作重要人物来对待了"。[2]

在立宪派的政治吁求和1890年帝国会议成立等立宪成就的背景之下,日本的政治小说在很多方面来说对明治维新运动都非常重要。在文化上,它所扮演的重要角色是将西方当作自由和个人权利的火炬手来加以浪漫化、合法化,从而使西方成为模仿的模板。通过这些小说,维新派希望介绍和普及西方知识,以及他们的政治观念和理想,而小说的不断重印、热销不衰说明这些期望并没有落空。尤其是在为立宪进行斗争的过程中,这种新的文学形式成功地动员了年轻的知识分子。[3] 从文学的角度来说,这种样

---

[1] 帝国会议1890年成功建立以后,女性在政治小说中所扮演的寓言式角色也就见不到了,但实际上日本政坛直到几十年后才接受女性。Mason, "Revisiting," pp.49-66。
[2] Suzuki Sadami, *Narrating the Self*, p.155.
[3] Feldman, "Meiji Political Novel," pp.245-255.

式给维新派的政治家提供了一套文学性的、辞藻华丽的比喻以及情节结构。

那么，约翰·默茨问道，为什么政治小说被当作文学的失败，为什么大多数文学批评家拒绝将这种样式纳入现代文学的经典？[1]默茨的主要观点是：对于为政治小说奠定现代日本小说开山鼻祖地位的区别性文学特征还没有足够的学术分析。[2]

当日本已建立国会、采用英式君主立宪制的时候，梁启超及其同人才开始为中国的制度改革忧虑。梁启超成了把这种世界性文学类型与中国相关联的关键人物。他写了奠基性的文章来介绍这种文学类型，将最早期的政治小说翻译成中文，而中国最早、最有影响力的政治小说也出自他的笔下。

中国：晚清政治小说

奠定基础

政治小说19世纪40年代在英国曾有过鼎盛时期，后来在19世纪80年代的日本获得新生。同样，日本政治小说的黄金时代在19世纪90年代末也过去了，但在20世纪的第一个十年却又在中国获得了第二次生命。

政治小说这个术语大概是1898年维新运动期间开始在中国广泛流传的。它最早出现在康有为（1858—1927）1898年编辑的《日本书目志》中，尽管康有为并没有在他为这本集子所写的评注中使用这个术语。不过在《书目志·小说卷》后面，他写道："仅识字之人，有不读经，无有不读小说者。故《六经》不能教，当以小说教之。正史不能入，当以小说入之。"康有为曾在上海的点石斋书店听说经史类书籍都没有科举文章卖得好，但小说的销量轻而易

---

[1] Mertz, *Novel Japan*, p.250.
[2] 默茨认为，飞鸟井雅道、前田爱和龟井秀雄的工作可以视为近来学界为政治小说加入文学现代性的讨论所做的努力；他强调了他们作品的两种风格特征：叙述者消失了，但出现了民族主义。同上，pp.263-264。

举就超过了科举范文。[1]他所说的"发皇心思"的小说在康有为的《日本书目志》或其他日本期刊中都被明确标注为"政治小说"。[2]康有为称,日本人用这些小说来"治化风俗"。[3]以他的观点来看,这些小说也许可以作为一种治疗国家"病症"的"良药",有助于革新国家解决中国面临的政治危机:

> 今中国亦汲汲思自强而改其旧矣。而尊资使格,耆老在位之风未去,楷书割截之文,弓刀步石之制未除。补缀其一二,以具文行之,譬补漏糊纸于覆屋破船之下,亦终必亡而已矣。即使扫除震荡,摧陷其旧习而更张之。然泰西之强,不在军兵炮械之末,而在其士人之学。[4]

小说的作用应该比低级娱乐更大,这个观念在中国也不是刚出现,它从17世纪就被提出来讨论,已经在一些小说中有所体现。从很早开始,外国的基督教传教士就模仿伦敦内地会的做法,用小说向劳动阶级灌输基督教价值观。他们用中文写小说来传播福音,但也传播与政治有关的信息[5]。1895年美国传教士傅兰雅(John Fryer,1839—1928)公开组织了一场以吸鸦片、科举八股文章和缠足之恶为主题的小说写作比赛,尽管很快就被人

---

[1] 袁进,《中国文学的近代变革》,第159页。
[2] 康有为提到的能"发皇心思"的小说包括《世界未来记》《新日本》以及《南海之激浪》,都是政治小说。最后一本小说是屈指可数的几本带有"政治小说"副标题的小说之一(康有为,《日本书目志》,第1168页)。其他的作品可见于第1166、1170、1171、1190和1200。这种标记来自书的角标(用两行小字写在书题两侧)。《书目志》的卷15第8册列出了1500多本小说,在这个部分的结尾是康有为的一个纲领性的说明。本书最早的大同译书局一版中没有注明出版时间,但是从《申报》在光绪二十四年三月三十日所做的一则广告来看,很明显这本书是1898年春天出版的。夏晓虹认为这本书的编纂依据的是康有为真正见到的书,参见《觉世与传世》,第209页。鉴于这一书目列出了各个学科的9000多种书的题目,厚达600多页,而且这些书当时几乎没法在中国见到,所以这不太可能。康有为的书是以《东京书籍出版营业者组合员书籍总目录》为蓝本(1893—1898)。1897年11月梁启超曾为这本集子写了一个评论,即《读〈日本书目志〉书后》,后来成了该书的序言。梁启超的文章没有提到这些小说。
[3] 康有为,《日本书目志》,第1212—1213页。
[4] 同上书,第583—584页。
[5] Hanan, "Missionary Novels."

◆ 图2.4 "列强瓜分中国"。这是1900年8月15日美国《顽童》(Puck)杂志上的一幅漫画,题为"觉醒"才是真正的麻烦,把中国描绘成一条强敌环伺的沉睡巨龙。列强包括俄国(黑熊)、英格兰(狮子)、法国(公鸡)、日本(花豹)、意大利(豺狼)、奥匈帝国(秃鹫)、美国(戴帽子的鹰)以及德国(戴皇冠的鹰)。这幅漫画意在表现中国的沉睡,而列强也在彼此牵制,这无意中也保护了中国。

遗忘了;[1] 1897年,当时首屈一指的翻译家和现代化理论家严复(1853—1921)和一同办《国闻报》的编辑夏曾佑(1865—1924)一起合写了一篇《本馆附印说部缘起》。[2] 尽管他们认可小说作为可以传播新道德观念的载体所具有的能量,[3] 这两位作者还是用生理和社会达尔文主义来解释小说内在的感染力。他们采用比较早的分类标签"说部"而非较新的"小说"来

---

[1] 有关傅兰雅举办的这次比赛,可参见Patrick Hanan, "New Novel," pp.317-340。康有为从《万国公报》上听说了这次比赛;参见袁进,《中国文学的近代变革》,第159页。

[2] 严复、夏曾佑,《本馆附印说部缘起》。尽管这篇文章第一个指出了小说这一文体的价值,康有为也曾在1898年的《日本书目志》中提到了小说可能带来的益处,且梁启超也对康有为在这篇序言中的说法多有引用,但梁启超(写于1898年和1902年的)有关政治小说的文章还是影响最大。参见阿英,《晚清小说史》,第2页。有关严复,参见Schwartz, In Search of Wealth and Power。夏曾佑以其佛学修行极为时人所敬重,他也是梁启超的好朋友。参见Hsia, "Yen Fu and Liang Ch'i-ch'ao," p.221。

[3] 尽管小说在中国名声不佳,但它能向读者传播传统儒家或佛教观念的说法在较早时期就为人熟知,甚至还出现在晚明时期李渔所著的有名的《肉蒲团》序言中。

指称小说,称这些作品主要讲的都是英雄事迹和爱情故事。无论是原始人还是文明人都崇拜英雄,因为他代表着生存竞争中的优胜者,但这种新小说只存在于西方和日本。因为新小说的任务就是"开化",促进大众观念开放,使其文明起来,现在需要的就是这种小说。它期盼着中国的作者出现,而他们的《国闻报》也乐于刊登这样的作品。[1]

康有为逃离中国之后,在1900年发表了一首很有意义且有趣的诗作——写给邀请其避难的新加坡记者、诗人丘菽园(1874—1941)的《闻[丘]菽园欲为政变说部诗以速之》。[2] 他没有采用"政治小说"这个术语,但是从诗歌的题目就可以清楚地看出,这部有关政变的小说符合这个类型。[3] 康有为谈到了1898年戊戌政变的"黑暗",以及中国那些只醉心于科举考试的精英对亡国亡君的威胁缺乏关注。他认为,在这种环境之下,小说成了一种颇受欢迎的劝诫工具。[4] 虽然最后丘菽园没有写政治小说,但是康有为的学生梁启超写了。1898年戊戌政变之后,梁启超转向了政治小说,将它当作一种医治国家的良药。到日本之后,他密切关注日本所翻译的西方政治哲

---

[1] 正如夏志清(C. T. Hsia)所论证的,这则短文充满了矛盾,但它还是重新评估了小说的潜力,赋予它以鼓吹宣传辅助改良的任务。Hsia, "Yen Fu and Liang Ch'i-ch'ao," pp.227-231。

[2] 康有为,《闻[丘]菽园欲为政变说部诗以速之》;最早的没有经过《清议报》编辑加工的诗作见于《康南海先生诗集》,第35—37页。

[3] 康有为写道,因为他去过上海,他开始思考"经史不如八股盛,八股无如小说何"。他的结论是"郑声不倦雅乐睡,人情所圣不呵",也就是说,要承认小说才是人民真正愿意读的书。这里引用的文字也包含在诗里面。也可参见袁进,《中国文学的近代变革》,第159页。

[4] 丘菽园是新加坡创立于1898年的华文报纸《天南新报》的编辑。有关他的生平,参见邱新民,《邱菽园生平》。丘菽园的姓时而写作"丘",时而写作"邱",康有为鼓励这位邀其借住的主人效仿传奇的太史董狐(公元前7世纪),用小说来表达政治主张。诗作的最后写道:"或托乐府或稗官,或述前圣后觉……庶俾四万万国民,茶余睡醒中戏谑!以君妙笔为写生,海潮大声起木铎。乞放霞光照大千,十日为期速画诺。"康有为认为读小说的乐趣来自其政治旨趣。他预期描写生活的小说"生写"会战胜官方文书及其思维方式空洞的形式主义,给公共舆论带来转变,唤醒人民走向文明。诗作的标题和最后一行都表现出了一种急迫感。康有为希望他的学生和助手梁启超能在1899年做出这样的灵药,但没能如愿,此刻便敦促身在新加坡这个安全港的丘菽园加入进来,写一部关于戊戌政变的政治小说。

学和小说。[1]他用这些小说来把卢梭、布伦奇利（Johann Caspar Bluntschli，1808—1881）等政治哲学家介绍给中国的广大读者。[2]梁启超对于政治小说的观点和他（通过日文版）翻译的西方文学受到德富芦花极大的影响。[3]而且，梁启超也随意选取了一些日本作家的小说，将其改写成自己的作品。[4]

失势之后，梁启超一直在找寻不依靠公职就可以"新民"的工具，以创造一个全新的"少年中国"[5]，把旧帝国改造成一个新的民族国家。[6]在离开中国之前，梁启超也跟以前的日本驻华公使、《经国美谈》的作者矢野龙溪有过讨论。[7]梁启超到了横滨之后，对日本的目标明确和国力强盛印象非常深刻，他认为这一定程度上是政治小说的功劳。他比较了明治政治维新的成功和他在中国维新活动的失败。他特别钦佩日本政治家和参与政治的知识分子[8]所写下的大量翻译作品和著作，还制作了自己应该阅读的西书目录。[9]

这种文学类型在中国的第一个范例是梁启超翻译东海散士的《佳人奇遇》，[10]它以连载的形式出现在梁启超新办的《清议报》上。这部小说将中国的改革斗争放置于国际情势之中。梁启超的《译印政治小说序》道出了他系于

---

[1] 梁启超在1898年前后的许多作品都能证明他对日本的出版物很熟悉，尤其反映在他对日本著作和翻译成日文的西文著作的著录和评论文章中：《读〈日本书目志〉书后》《东籍月旦》《论学日本文之益》（笔名为哀时客）以及《西学书目表》。

[2] 有关梁启超所翻译的卢梭作品，参见他的《鲁索学案》（1901）；有关布伦奇利作品的翻译，参见《政治学大家伯伦知理之学说》（1903）；亦可参见张朋园，《梁启超与清季革命》，第39页。

[3] 中村忠行，《德富蘆花と現代中国文学》。也可参见Martin, "Transitional Concept"。

[4] 冯自由，《日本德富苏峰与梁启超》，第269—271页。根据冯自由的说法，梁启超经常照抄日本作家，有时候太过随意，以至于留日回国的学生1901年在上海的《新大陆杂志》上抗议梁启超剽窃。梁启超照抄的时候经常不向原著作者致谢。他经常抄的是德富芦花的文章，后者是东京《国民新闻》报的编辑。比方说，梁启超署名为任公的《饮冰室自由书》就是从德富芦花的哥哥德富苏峰的《国民丛书》中抄袭而来的。

[5] 任公（梁启超），《少年中国说》。

[6] 狭间直树在其对梁启超"新民"观的研究中提出，梁启超在第一次流亡日本阶段，这一思想是与中国政府的思想相一致的，但后来几年梁启超在跟支持推翻清政府的革命派争论之后，其思想经历了彻底的转变。参见狭间直树，《〈新民说〉略论》。

[7] 有关他和矢野龙溪的会面，参见夏晓虹，《觉世与传世》，第223页。

[8] 哀时客（梁启超），《论学日本文之益》。

[9] 梁启超，《西学书目表》。

[10] 柴四郎（东海散士），《[政治小说]佳人奇遇》，梁启超译。

这种文学类型之上的目标和期望。[1]他强调这种文学类型的西方源头和它对日本维新成功所起的核心作用,他给政治小说和一般意义上的小说赋予了一个新的角色——清议,也即对中国国事"纯粹的(为公的)讨论"。梁启超也采用了一些康有为诗作中出现的相同的典故,包括用"郑声"来与小说相类比。郑声被视为鄙俗堕落的音乐,但人民很欣赏。同样,诸如《红楼梦》这样的小说也会让年轻一代心中滋生空虚的白日梦,但是这种文学形式也可以有好的用途,比如说政治小说。因为人们会被经典吓跑,小说就成了鼓舞爱国主义、培育现代思维恰当的工具。西方几十年前的情况就证明了这一点。

> 在昔欧洲各国变革之始,其魁儒硕学,仁人志士,往往以其身之经历,及胸中所怀政治之议论,一寄之于小说。于是彼中辍学之子,黉塾之暇,手之口之,下而兵丁,而市侩,而农氓,而工匠,而车夫马卒,而妇女,而童孺,靡不手之口之,往往每一书出而全国之议论为之一变。彼美、英、德、法、奥、意、日本各国政界之日进,则政治小说为功最高焉。英名士某君曰:"小说为国民之魂。"岂不然哉![2]

在和日本时任教育部长的改革家犬养毅(1855—1932)讨论之后,梁启超列出了一个翻译和新近著述的政治小说目录,并称这些小说都对日本政治维新产生了影响。

> 于日本维新有大功者,小说其一端也。明治十五六年间,民权自由之声,遍满国中。于是西洋小说中言法国、罗马革命之事者,陆续译出。有题为《自由》者,有题为《自由之灯》者,次第登于新报中。自是译泰西小说者日新月盛。

在翻译小说"其最著者"之中,他列出了利顿的《马尔特拉瓦斯》、迪

---

[1] 任公(梁启超),《译印政治小说序》。
[2] 同上书。

斯累利的《科宁斯比》，以及司各特的《湖上夫人》(The Lady of the Lake)和《艾凡赫》(Ivanhoe)。梁启超写道：

> 其原书多英国近代历史小说家之作也。翻译既盛，而政治小说之著述亦渐起。如柴东海之《佳人奇遇》、末广铁肠之《花间莺》《雪中梅》、梅藤田鸣鹤之《文明东渐史》、矢野龙溪之《经国美谈》等。著书之人，皆一时之大政论家，寄托书中之人物，以写自己之政见。固不得专以小说目之。而其浸润于国民脑质，最有效力者，则《经国美谈》《佳人奇遇》两书为最云。[1]

梁启超的概括让我们得以一窥这种文学类型从欧洲到日本再到中国的传播过程。他突出了这种文学类型对于改革成功的重要性，甚至极端重要性。中国应该从日本和西方改革家所走过的现代性之路出发，好好利用已经在别处证明是极为有效的手段。政治小说这种全球性文学类型来到中国，政治并未被当作一种文学之外的负担，而恰恰是作为它最可取的优点被骄傲地展示出来。正是与政治目标广泛深切的联系让小说这种更广义的文学类型更受人尊重，而与此同时，小说也充分发挥了它的吸引力和娱乐性。

《清议报》介绍其刊载文章内容的宗旨概要表明了政治小说的相对重要性。其文章大概可以归为六类：中国人写的政论文章、日本人和西方人的政论文章、中国新闻、国际新闻、中国哲学以及政治小说。政治小说因此成了一个合法的"清议国事"的工具，与政论文章、国际新闻为伍。其作家大部分都是记者，也会运用其他方式来发表意见。

尽管这种文学类型的黄金时代在梁启超1898年到达日本时已经过去了，[2]梁启超还是相信，政治小说在欧洲和日本改革中所扮演的成功角色使

---

[1] 任公（梁启超），《文明普及之法》。这篇文章最初没有标题，作为《饮冰室自由书》系列文章的一部分发表在梁启超的《清议报》上。

[2] 从东京国立国会图书馆数据库中可见的、明确被称为政治小说的虚构作品的出版年代来看，日本政治小说出现于1886年，其顶峰时期在1887—1888年，这两年出版的小说占了总数的一半。参见柳田泉，《政治小說研究》, Vol. 1, p.47。

它成了克服中国改革最大障碍的关键，所谓最大的障碍，也即精英和普通民众共有的国民性格中的缺陷。

从传统上来看，其他的精英文学类型也偶尔会被用于传播政治理念，但是对小说来说还从未有过。政治小说主要针对的是年轻读者，他们受过足够的教育，能读书识字，他们构成了小说读者中的大多数。他们有足够的知识来理解小说讲的是什么，也可能会对小说处理的主题有兴趣。政治小说可以平衡传统中国小说提供的那种肤浅且道德上有问题的娱乐，甚至将其挤出去。这种新式小说的外国血统、政治主题以及教育作用都使其有别于梁启超在《译印政治小说序》中所斥责的中国小说传统。梁启超并没有将政治小说和新小说其他主题的子类（例如"社会小说"）相比较，也没有和戏剧等其他文学体裁相比。他兴致勃勃地证明在说明重要且抽象的观点时像孟子一样的中国主流作家如何广泛地使用了文学手段，并注意到改良的或新式小说与传统中国小说的差别。在他的新杂志上，小说标题两侧是否注有表明其文学类型的角标"政治小说"，取决于小说的作者、内容、目的和出版时间，而并非取决于他手里的日本原版政治小说是否有一样的角标。梁启超使用文学作品来实现政治教导、说服、争论等种种目标，且并不仅限于使用小说这一种文学形式；只要能为其目标服务，他也乐于使用其他文学类型，例如传奇剧和粤剧。[1]

梁启超的《译印政治小说序》说明了他对其作品之潜在读者的假设和希望。他认为读西方政治小说的读者是暂时放下严肃教学工作的学者，接下来是"兵丁，而市侩，而农氓，而工匠，而车夫马卒，而妇女，而童孺"。他提出，一旦实现了精英的阅读，就会有一种自上而下的涓滴效应。而评估潜在的中国读者人数时，梁启超也不只是靠估计。梁启超对报纸很熟悉，1895—1896年他曾与传教士出版家李提摩太（Tomothy Richard）在北京一起共事，而后者正是《万国公报》的编辑。[2] 梁启超最后也创办了自己的报纸，包括1896年创办于上海的《时务报》和1897年创办于澳门的

---

[1] 如晦庵主人（梁启超），《劫灰梦》；饮冰室主人（梁启超），《新罗马传奇》《侠情记》。署名为曼殊主人（梁启超）的粤剧《班定远平西域》发表于1905年的《新小说》。
[2] Chen Chi-yun, "Liang Ch'i-ch'ao's 'Missionary Education,'" p.86.

《知新报》。这些报纸在整个华文世界获得了成功，吸引了广泛的城市读者群体，通过受教育的读者影响了大众的观念。[1] 梁启超利用当时出版和发行市场迅猛发展、清廷无暇顾及的契机（尤其是在上海），试图成为引领各通商口岸和海外华人社群的意见领袖。少年意大利以及黎萨的案例中也可以见到类似的过程，即作者、译者、发行家和读者联合起来支撑起一个跨越边界的事业，使反映政治敏感议题的读物保持了一个稳定的销量。

梁启超翻译的《佳人奇遇》先打下了一个基础。作为第一部翻译成中文的日本政治小说，它在很多方面也堪称《科宁斯比》和中国政治小说的桥梁。这部中译本的标题《佳人奇遇》和日文原版使用了同样的汉字，于1898—1902年在《清议报》最初的35期上连载。

这部外国政治小说是由著名的中国维新派在逃亡的船上翻译的，这个事实在中国的语境下给这部小说带来了一层新的含义：它是一个失势的政治改革家所采用的传播其信息的手段。译者发挥主动性，精心挑选合适的文本并将其与中国的议题相匹配，原文在此基础上产生变革，增添了新的层次，也由此展示出文学类型迁流时稳定的核心和可变的各种元素。

书中的中心人物是东海散士。他从日本来到了美国，"碰巧"碰见了从其他国家来的两个志同道合的人，他最后回到家乡，献身于国家改革事业。本书情节薄弱，但却有一个大的主题贯穿本书："弱小国家"反对世界"列强"，争取民族自决和独立的斗争。这个主题也引起了为中国现状而忧虑的梁启超的共鸣。这部小说并没有尝试去煽动空洞的民族主义，而是从弱小国家内部改革生成的影响深远的政治改革斗争中指出了前进的方向。小说第一幕在美国理想化的环境中象征性地为这种改革提出了共同的议题，因为美国当时击败了世界上最强大的国家英格兰，是这类改革最成功的例子。这一幕开始于费城的独立阁。

> 东海散士一日登费府独立阁，仰观自由之破钟（梁注：欧美之俗，每有大事，当撞钟集众。当美国自立之始，吉凶必上此阁撞此钟，钟遂裂。

---

[1] 丁文江编，《梁任公先生年谱长编初稿》，卷1，第150页。

后人因呼为自由之破钟云），俯读独立之遗文。慨然怀想，当时美人举义旗，除英苛法，卒能独立为自主之民，倚窗临眺，追怀高风，俯仰感慨。[1]

这个小说的开头设置好了场景，提供了一个初步的情况介绍：读者可以通过东海散士的情绪来理解全球背景中的政治。以美国革命为最高理想之实现框定了整个叙事的角度。东海散士一开始是一个同情革命的倾听者、旁观者，听了很多革命家的生平故事；他自己后来逐渐成了一个积极的政治家和参与者，尝试影响日本和世界的互动，尤其是它的亚洲政策。[2] 小说前半部分每一章都有一个年轻的叙述者向人讲述他或她为祖国的自由、独立和改革所进行的斗争。他们分别来自西班牙、爱尔兰、日本和中国。

这四位叙述者通过他们苦痛的个人经历和政治担当联系了起来。他们四位都为自己的种族骄傲，但书里并没有暗示说他们觉得日本人、爱尔兰人、西班牙人、中国人，或者后来要提到的匈牙利人和波兰人有多么不同或低人一等。他们也没有假定其他人作为外国人就不能理解他们的痛苦和理想。他们故事的相似性表现出一种严格的对应。按这种样式的政治编码，每个案例成败的关键就在于对国内政治结构的改革。列强在全球行动，改革家也一样，他们和其他国家的同人携起手来，学习彼此的经验。当时中国已有很多其他类型的文学作品关注受压迫的人民，小说也加入了这个行列之中。[3]

无论是日文原版《佳人奇遇》还是梁启超的译本，都提供了一个从"他者"而非列强的角度出发看世界历史的替代性视角。它也与明治早期学校中所教授的官方观点非常不同，后者突出的是现代国家的角色，而非人民的作用，因此可以说这部小说提出了理解历史发展动力的其他的方式。[4] 就中国而言，设立这种"另类历史"的目的是在世界范围内争取独立和民主的斗争中为中国创造一种位置感，而更重要的是它提供了一种视

---

[1] 柴四郎，《佳人奇遇》，梁启超译，第1页。
[2] 柳田泉，《〈佳人之奇遇〉和東海散士》。
[3] 关于从晚清到20世纪30年代中国文学中有关"受压迫的人民"的主题发展，参见 Eber, "Images of Oppressed Peoples"。
[4] 前田愛，《明治歷史文学の原像》，引自 Sakaki, "Kajin no kigū," p.87。

野，对中国想要走向成功需要什么进行了构想。

这幅全景之中还包括了其他国家，诸如波兰、加勒比海地区的法属圣多明各、埃及、匈牙利、墨西哥，以及后来的朝鲜。以上每个案例中，独立运动都爆发于19世纪，其领导者都是一两个无私的英雄，他们把民族独立置于一切其他考虑之上。这些运动的领导呼求大家支持的目标通常不是共和制，而是君主立宪制，从根本上说，其焦点在于国家的团结和强大。这些运动主要的政治特征是民族主义和长期的民主观念的杂糅。

引介新文学类型

梁启超在世界历史中找到了许多"建国"的例子，在他继续翻译柴四郎小说的同时，他也给实现这些建国伟业的"英雄"写了不少传记。例如匈牙利的路易斯·噶苏士（Louis Kossuth）、意大利的"建国三杰"马志尼、加富尔、加里波第，以及"近世第一女杰"罗兰夫人的传记（都写于1902年）。[1] 梁启超的描写展现了诸位英雄经历的典范性，揭示出传记故事背后的教化宗旨。写这些传记正是为了激励中国人，为他们提供正面的榜样。当时这些英雄广受欢迎，梁启超在为自己尝试创作的小说写故事大纲时还把他们写了进去。[2] 如同《佳人奇遇》一样，梁启超的小说中也写到了一些负面的例子，例如最后臣服于列强的波兰、越南和朝鲜。[3]

《佳人奇遇》的译本可以当作梁启超自己对中国的评论来读，他的意见融入了对各国条件的评论中。解决的方案便是：在皇上的领导之下团结起来，按照明治维新的模式对政府政策进行改革。不按照日本的亚洲成功模式行事导致了埃及、爱尔兰和波兰的失败。尽管东海散士自己认为日本在

---

[1] 梁启超为噶苏士写了《匈加利爱国者噶苏士传》，为意大利写了《意大利建国三杰传》，为罗兰夫人写了《近世第一女杰：罗兰夫人》。
[2] 参见饮冰室主人（梁启超）《新罗马传奇》所附的评注，见《饮冰室合集》，第3页。按陈顺妍（Mabel Lee）的观点，笔名为扪虱谈虎客的评注者即韩文举；参见 Lee, "Liang Ch'i-ch'ao," p.214。
[3] 有关波兰，可参见《波兰灭亡记》；有关朝鲜，可参见《朝鲜亡国史略》以及《朝鲜灭亡之原因》（笔名新会）；有关越南，可参看《越南亡国史》。

加强国际地位这个目标上做得还不够，但其他朋友清楚地阐明了日本的成就。比起国家主权来，个人自由没那么重要。东海散士还进一步强调了向西方开放和国际竞争的必要性。

小说反映了梁启超为中国寻找模板，同时也为自己寻找榜样的愿望。对领袖个人作用的强调符合梁启超自己的英雄史学。梁启超很推崇托马斯·卡莱尔（Thomas Carlyle）的《论英雄、英雄崇拜和历史上的英雄事迹》（*On Heroes, Hero-Worship and the Heroic in History*，1841），该书曾于1887年首次译成日文出版，[1]梁启超的宣言"世界之历史，即英雄之传记"[2]便与19世纪欧洲历史学的"英雄崇拜"氛围有关。[3]

从第十章起，东海散士的小说的意识形态立场就变了，原文和梁启超的译文之间的差异不断扩大，愈加明显。[4]《佳人奇遇》（原文）的后半部分（十章至十六章）主要关心的是中国和朝鲜。在扩充了最初的国权主张，即主权权利和国格原则之上进一步发展出来的一种对待亚洲的帝国主义态度主导了文本。[5]因为中日两国关心的议题有所交叉，在译本前面的章节里译者的主体性还不太明显，但后来就随着梁启超对文本的改动变得越来越鲜明。梁译针对中国人的需要和情感来进行改造。实际上，促使梁启超

---

[1] 日文译名为《历史论》，赤石定藏的译本只有很少一部分依据了卡莱尔《论英雄》的原文。该书涉及诗歌的部分1894年由兰山居士译作《诗人的英雄》出版。总的背景介绍请参见 Hirata, *Kārairu* (1893)。

[2] 任公（梁启超），《英雄与时势》，第9页。

[3] 梁启超在其为克伦威尔所做的传记中明确提到了卡莱尔的历史关键时刻需要英雄的观点，《新英国巨人克林威尔传》。塞缪尔·斯迈尔斯在其《西国立志编》中传播卡莱尔有关工作的信条，在《工程师传》（*Lives of the Engineers*）中传扬卡莱尔对巨人的赞美。参见 Niemeyer, "Introduction," p.xvii. 德富芦花等文人是梁启超重要的榜样，而他们都"喜欢引用卡莱尔"。参见 Kinmonth, *Self-Made Man*, p.102, 亦可参见 Kamachi, *Reform in China*, p.88。中村正直翻译《西国立志编》的译文及其对日本青年的影响令梁启超印象非常深刻，他为此书写了一篇介绍文章，并翻译了日文版的七篇序言。即使在这些简短的译文中，也可以清晰地看到有关英雄及其历史作用的观念，以及英雄为国家争取独立与其决心和道德品质紧密相关的观点。任公（梁启超），《自主论》，第16—22页。从某种意义上说，《西国立志编》促使梁启超更坚信个人英雄的决定性作用。

[4] 大村益夫，《梁啟超および佳人之奇遇》。

[5] 松永正義，《現代文学形成の構圖——政治小説の位置をきぐつて》，第166—167页。

进行改动的原因也正是最初引导这一文学类型进行跨文化迁流的动力。

梁启超用这本翻译小说把政治小说植入了中国文学的版图。该作品是译本的事实给中国人带来了一个观点，即这一文学类型是全球性的，它处理的是全球性的问题。梁启超在译本中保留了被视为这种文学类型之标志的特征，使它跨进了一种新的语言和新的政治环境之中。这些特征包括：以民族国家为主题；以政治家为作家／译者，而他们都是受政治触动和指导的；故事的时间都是在当下；故事发生的地方是现实世界的真实地点；和当今的政治危机，以及何为解决危机之最佳手段的争议有直接的联系；以发展的角度来理解历史，将其视为不同的民族国家有意识地在社会达尔文主义式的斗争中互相竞争的过程；对国家和党派政治进行广泛讨论；主要人物都以真实人物为样板，通常包括了作者本人；描写旅行，以便纳入新的环境、更广泛的民族和国际视野作为新的刺激；其人物都是——通过他们泄露天机的名字加以强调——象征性的、有计划的；而有关计划和态度的象征式或寓言式表达使得人物和行动的"真实"特征退居次要地位，没什么重要性的了。因为这些特征在很大程度上都和在《科宁斯比》中所看到的一样，它们可以被确认为文学类型迁流到不同环境中仍保持相对稳定的核心特征。

最早响应梁启超呼吁，参与创作、翻译政治小说的人之一是郑贯公（贯一，1880—1906），他是梁启超以前的学生，当时和梁启超一起在横滨的《清议报》编辑部工作。《摩西传》是郑贯公写的第一部小说，在1900年作为"伟人小说"发表。它是一个翻译／改编本，也许是由日文版的摩西故事转译而来。[1]作为一则政治寓言来看，这部小说暗示中国人就像埃及的犹太人，是没有祖国的奴隶，中国需要像摩西那样有地位、有远见的

---

[1] 贯庵（郑贯公），《[伟人小说]摩西传》。这部小说见于杂志《开智录》，编辑为郑贯公（笔名自立）、冯自由以及冯斯乐。《开智录》部分文章使用广东话写作，由横滨的《清议报》编辑部出版。据说该报创立是为了免于像康有为控制下的《清议报》那样仅关注意识形态问题。参见冯自由，《革命逸史》，第95—96页。采用摩西这个人物作为榜样也回应了洪秀全（1814—1864）对中国政治及其自身角色所做的类比。洪曾将中国的政治组织比作带领以色列的子民走出沙漠、远离埃及奴隶制（以及奢侈生活）的长途跋涉，而洪秀全自己则是太平军的领导。

英雄来领导人民走出奴隶制。在摩西这个人物身上,郑贯公勾勒了他理想中的中国英雄的关键特质。摩西被表现成一位爱国者,一位具有远见卓识的政治家,他关心如何教育犹太人理解他们在法老统治的埃及的社会地位;他是立国之父,领导犹太人重新掌控了据说是他们曾经失去的家园,建设他们自己的国家。他颁布了十诫,给社会带来了道德秩序——小说还全文引用了十诫。(郑贯公的译本删去了犹太人在沙漠中三十年的等待,以及向摩西颁布十诫的上帝这一角色。)最后,摩西这位英雄将整个生命都献给了人民的事业,这是中国所需要的英雄。

1902年9月,郑贯公发表了《[政治小说]瑞士建国志》,这是威廉·退尔故事的一个翻译/改写本。这个故事早先也曾引起过黎萨的关注(图2.5)。[1]这个译本以译自西文版本的日文文本为依据,原文可能是席勒的《威廉·退尔》(1804),讲述的是一个英雄拯救国家,为其统一和民族独立而斗争的故事。郑贯公在作者序言中称,这本书的目标是把爱国主义的英雄作为效仿的榜样介绍给国人,这样中国才能崛起,才会产生愿意为中国争取自由民主而奋斗的英雄。[2]

通过这两部小说及其序言,郑贯公协助开创了中国政治小说。这两部小说是最早使用这种文学类型来宣传政治观念的中国案例,给读者提供了一个清晰的(尽管是比喻式的)对其国家理想未来的愿景。通过重新讲述西方伟人在人民面临挑战之际直面挑战的故事,作者暗示东方和西方在争取自由和独立的斗争中应该走相似的道路。

不过,梁启超的政治小说《[政治小说]新中国未来记》才真正使得这种文学类型成了有关晚清的讨论中绕不过去的一部分。它把民族国家的现代观念置于小说的中心,把政治当作文学革新的主要动力来强调,由此提升了小说的社会地位。

---

[1] 郑哲(郑贯公),《瑞士建国志》。有关黎萨的文献请参见第一章。
[2] 郑哲,《自序》,第5—6页。

政治小説
瑞士建國誌
中國華洋書局藏版

Political Novel.
The founding
of the Swiss Republic.

◆图2.5 《瑞士建国志》封面。(郑哲[郑贯公],
《瑞士建国志》[1902])

《新中国未来记》一开篇就是未来的1962年,[1]正值中国举行维新五十年大庆典,而且也是维新运动开始(也即梁启超的小说发表时)六十周年。为了表示庆贺,南京举行了万国太平会议,各国代表都前来参见,包括英国的国王和日本的天皇夫妇,俄国、美国、菲律宾、匈牙利的总统及夫人。作者用评注中的"注意"一词将读者的注意力指向了这些头衔所反映的明

---

[1] 根据梁启超自己的讲法,文本中2062年这个年代应该当作1962年。参见梁启超,《新中国未来记》1:53,以及 Yeh, "Zeng Pu's 'Niehai hua,'" p.168, n. 75。在小说中还有其他地方说明小说时空设置在六十年以后。例如,当介绍孔老先生的年龄是76岁时,其注语写道:"先生今年(小说出版时)16岁了。"1911年梁启超回忆,他1902年写的有关"新中国"的小说曾准确地预言了国家建立的时间。参见梁启超,《初归国演说词》,第3页。

显变化(俄国废除了沙皇统治,菲律宾赢得了独立)。当这些国家发生变化之际,中国也出现了巨大的变化。

在万国太平会议召开的同时,中国的国民也决意要在上海召开大博览会,以陈列当时的工业和手工产品供人欣赏。作为博览会的一部分,各种学问与宗教也在此时召开联合大会,这项特别内容效仿了1893年的芝加哥世界博览会上的"万国宗教大会"。中国和世界各地的专业名家都来到了上海,其中有一位著名的学者、维新派孔老先生,他是孔夫子的后裔,在会上就中国过去六十年的惊人成就做了一番报告。一半以上的听众都是外国人,但他们都学会了中文,因为中国已经成了一个强大的国家,在科学知识的探索上走在世界前沿。

也许是出于自我宣传,孔老先生的演讲当时就被速记生记下来,立刻打电报发给了(梁启超刚创建的)横滨的《新小说》报社登刊。"孔老先生"身穿国家定制的"大礼服"参加会议,他告诉观众:"六十年前哪里想还有今日,又哪里敢望还有今日。"他列举了保障维新成功的三个因素:一是外国欺凌压迫已甚,唤起了人民的爱国心;第二是民间志士为国忘身,卒成大业;第三是前皇英明,能审时势、排群议、让权与民。

孔老先生详细列举了过去六十年来中国所经历的各个时代为创造这番未来而描绘的蓝图和政治纲领。其中包括:预备时代,从联军破北京时起,至广东(梁启超的家乡所在)自治时止;分治时代,从南方各省自治时起,至全国国会开设时止;第三个是统一时代,从第一次大统领罗在田君——正是光绪皇帝[1]就任时起,至第二次大统领黄克强君(他的名字意味着黄[中国人]征服列强)满任时止。故事结束于一个发展、繁荣、国际竞争的时代,其中最高潮的一幕是全亚洲联合会。中国未来历史的这些时代顺序构成了孔老先生的叙述,也恰是梁启超这部小说所设想的故事大纲,其中还包括没有完成写作的部分。

---

[1] 光绪皇帝的满族名字叫爱新觉罗·载湉。梁启超用其中的后三个字给他另取了一个谐音的名字罗在田。参见梁启超《初归国演说词》,第3页。

所有这些内容都包括在小说的第一个章节——"楔子"里面。楔子是早期中国小说中非常常见的一种形式。楔子这个章节的作用是借开篇的比喻式叙事来勾勒小说主要的道德和政治目标（本书第七章将介绍这个主题）。在列强面前，中国的政治危机和孤立无援迫使黄克强出门游历，为中国寻找出路，这部没有写完的小说便循着黄克强的足迹来展开。他前往德国留学，看到德国政府在改革中的积极作用而深受触动，与社会民主党的领袖建立了联系。在此期间，黄克强逐渐转变成政治革新的支持者。完成学业之后，他经由俄国回到中国，陪伴他的是朋友李去病，他曾经留学法国巴黎，受到法国大革命的影响，开始相信革命的必要性。当他们到达中国之后，在万里长城东端的山海关看到的景象却令他们唏嘘不已，这片地方现在已经成了"哥萨克殖民地"。两位朋友彻夜长谈，争论中国究竟应该走哪条路：革命还是变革？

在宾馆里，他们听到有人正用英语唱诵拜伦的诗篇《渣阿亚》(*The Giaour*) 和《端志安》(*Don Juan*)，这是哀悼希腊失去独立，呼吁自由精神的诗歌。黄李二君都被深深打动了。这位慷慨悲歌的叫陈猛（中文名可理解为传播启蒙），是一位年轻的爱国志士，他正要前往俄国。尽管陈猛同意俄罗斯对中国威胁最甚，但认为对中国来说，英国、德国、美国和日本国民膨胀的实力更为可怕。在这种势力的驱逼之下，这些国家的政府都把中国看作待宰的羔羊。梁启超的小说就在此结束，没有写完。[1]

梁启超小说的核心特征中仍然保留了它跨文化的血统，而他所设想的维新的目标、人事安排和行动中也很明显地体现出跨国性。《未来记》这个富矿提供了各种资源，有助于我们追踪这种文学形式的迁流和创新，以及在此过程中政治思想所扮演的角色。小说的题目《未来记》可以直接追溯到日本的政治小说。19世纪80年代许多日本"立宪小说"的书名中都有

---

[1] 根据山田敬三的研究，《新中国未来记》的第五章，甚至第四章有些部分的作者可能是梁启超的助手罗孝高（1876—1949）。参见山田敬三，《围绕〈新中国未来记〉所见梁启超革命与变革思想》，引自狭间直树编《梁启超·明治日本·西方》，第336—340页。

"未来记"的字样,有些还直接打出了梁启超书名中的第二个热词"新"。这些字眼宣告了小说的叙事视角及其政治面向。这类小说包括《新日本》[1]《[日本政海]新波澜》[2]《新平民》[3]《将来的日本》[4]《[二十三年]国会未来记》[5],以及《[政海艳话]国会后之日本》[6]。

  从故事情节和叙事技巧的相似性来说,似乎梁启超的小说特别受到了末广铁肠的两部小说——《二十三年未来记》和《雪中梅》的影响,其中第一部小说与梁启超的小说一样,是一部"未来记",发生在1890年,也即帝国会议成立之时。小说开篇写的是帝国会议确实召开过的第一次会议,还收入了各不同党派代表的演讲稿。据说这些演讲稿是一位记者发给他供职的报纸的,报纸准备将其收入一篇对有关民权和"国权"谁优于谁之辩论的报道中。和帝国会议同时召开的还有大东亚博览会。两位绅士读到报纸的报道之后回顾了经过动荡的十年最终走向帝国会议的历程。梁启超的小说借鉴了《二十三年未来记》中"未来记"这个术语、和大博览会的关系,以及利用现代媒体将庆典的内容传给广大读者这几个特征。[7]

  在《雪中梅》里,两位绅士回忆了国会设立之后一百五十周年的努力与成功,从他们的对话中我们了解到,日本现在迎来了前所未有的繁荣,这个特点也再度出现在梁启超的小说里。如果不是他们两位中的一人意外地发现了一块写着文字的残碑,这段历史就要被遗忘了。这本书里记载了那些当年参与建立新日本的英雄的故事,这本书就是《雪中梅》。作者使用这个框架来提醒读者,当今需要这样的英雄,没有他们就无法进行斗争,现在也没有历史可遗忘了。相比之下,末广铁肠在《二十三年未来记》中

---

[1] 尾崎行雄,《新日本》。
[2] 佐々木竜,《[日本々政海]新波瀾》。
[3] 松の家みどり,《新平民》。
[4] 德富豬一郎,《将来の日本》。
[5] 服部誠一,《[二十三年]國會未来記》。
[6] 仙橋散士,《[政海艳话]國會後の日本》。
[7] 夏晓虹,《觉世与传世》,第231—232页;Catherine Yeh, "Zeng Pu's 'Niehai Hua,'" pp.180-181。

描写的未来国会问题重重,他在《雪中梅》里用日本最终能够实现的各种辉煌成就对此进行了修正。这种积极的情节大纲也在梁启超的小说里得到了回应,而其他日本小说中的情景也在梁启超的小说里重新出现了,例如梁启超的维新英雄通过环游世界来寻求新知识、新认识,就是对《佳人奇遇》的一种直接仿效。

《新中国未来记》在晚清政治小说中是个例外,它得到了学界的关注。[1]日本对这部小说写作的影响,以及这个文本在当代中国文学发展中的重要性现在已经很明确了。尽管如此,这部小说还是经常被描述成不过是"一种对儒家的历史的幻想式追述"。[2]然而,该书有一个革命性的形式特征——它创造了一种与过去截然不同的作者和读者之间的新型关系。它重新设定了道德教化的基本教育原则,即用理念驱动的理论对话代替规范性的陈述。这种叙事类型也为读者的积极参与开辟了空间,而这又反过来重置了传统的自上而下的修辞。它鲜明的跨文化、革命性的形式特征使其成了中国现代小说中最重要的里程碑。

新文学类型的旅程

1901年,清廷响应国内外的号召和压力,宣布实行新政。随着政府议程的改革以及地方适时出现的独立新闻媒体,中国政治小说的黄金时代到来了。这个时代有热切的作者;这种新的文学类型已经得到了维新派关键成员的认可;而更重要的是,现在存在一个有知识、有兴趣、足够内行的读者群,可以构成一个批判性的受众。1902年,中国的第一份专门发表新小说的中文报纸成立,这就是梁启超在流亡横滨期间编辑的《新小说》。报纸第一期开篇就是梁启超的《新中国未来记》,并且把这种文学类型当作了报纸上的一个固定

---

[1] 有关这部小说的研究,参见 Lee, "Liang Ch'i-ch'ao"; Martin, "Transitional Concept"; Hsia, "Yen Fu and Liang Ch'i-ch'ao," pp.251-257; Yeh, "Zeng Pu's 'Niehaihua,'" pp.164-184; 夏晓虹,《觉世与传世》,第40—76页; David Wang, "Translating Modernity," pp.301-312; 以及欧阳健,《晚清小说史》,第18—30页。

[2] David Wang, *Fin-de-Siecle Splendor*, p.305.

栏目。第一期上还登载了梁启超的奠基性的文章《论小说与群治之关系》,文章一开头就庄严宣称:"欲新一国之民,不可不先新一国之小说。"[1]

确实,如果没有部分政治精英的认可,这种文学类型不会获得那么高的社会和政治地位;但一个充分发育的图书出版市场对实现这一观念也是非常必要的。1902年梁启超的小说问世时,上海商务印书馆已经给小说赋予了一个新的文化地位,并提供了进入全国性市场的入场券。美查(Ernest Major)的申报馆作为现代上海第一家中文出版社,在19世纪80年代早期就领了风气之先。在创办《申报》(中国开办最早,在几十年来都最为重要的华文报纸)后不久,美查就在1872年开办了图书业务。它推出的聚珍版,以其仔细和专业的编辑、公道的价格,把讽刺小说《儒林外史》等作品变成了新的文学经典。由于采用了《申报》的订阅渠道和销售网点,这些图书在全国范围内都可以买到,因此出版商得以把小说带入文学主流。申报馆逐渐成了一个新小说连载、翻译以及小说理论阐释的中心。申报馆的记者常常也自己动笔写小说。

在《申报》的示范作用下,《沪报》《新闻报》(1893年创办)、《国闻报》《时报》(1904年创办)都开辟了版面来连载小说。20世纪初所有大的日报,加上李伯元的《游戏报》《世界繁华报》等娱乐小报每天都连载小说。[2]专门发表小说的文学杂志《新小说》的创办进一步强化了这种新的潮流。上海很快就出现了类似的杂志,市场上一时百花齐放。这些杂志包括《绣像小说》(1903)、《月月小说》(1906)、《小说林》(1907),而李伯元(1843—1909)、吴趼人(1866—1910)、曾朴(1872—1935)等记者/作家都是非常热心的撰稿人和编辑。[3]大多数的读者都是从这些报纸或杂志上第一次读到政治小说的。

政治小说的引入扩展了人们的眼界,把中国政治革新和世界其他地方的政治革新运动联系起来;就国内而言,它还打开了各通商口岸、上海周

---

[1] 梁启超,《论小说与群治之关系》,第1页。
[2] 有关这些小报的研究,参见Yeh, "Shanghai Leisure"。
[3] 有关这些杂志和作者的详细研究,可参见阿英,《晚清小说史》;欧阳健,《晚清小说史》;Tsau, "Rise of New Fiction";以及Yeh, "Zeng Pu's 'Niehai hua'"。

边长江下游地区以及清廷的文化和政治精英交流的新渠道。在中国的环境中,将小说作为严肃讨论的公共媒介是一个革命性的观念,它代表了走向"公众"这一明确概念的发展潮流,而公众之中比较开明的成员则被赋予了以负责任的态度思考和判断的能力。这些小说激励他们不通过毁灭性的暴力去寻求变革。在梁启超的小说中,政治家/作家称他们要指明未来的道路,但显然他不可能只靠自己。新小说创造了一种作者和读者之间的新型社会关系,一种不由文化权威和制度权力来定义的关系。作者和读者都属于新出现的公众,他们被赋予了一种集体责任感,应该为国家的共同利益承担责任。人们期待这群"公众"在各种理性讨论的平台上成为一种凝聚性的力量,而政治小说也在这种理性讨论中发挥着作用。

也许有人会说,梁启超低估了他自己的成就和贡献。尽管他清楚明白地阐释过政治小说的功能和内容,但没有谈过其形式。不过,当梁启超翻

◆图 2.6 谢缵泰于 1899 年设计的"中国"号飞行器,尾部挂着清廷的龙旗。谢缵泰(1871—1933)出生于澳大利亚一个广州移民家庭。1887 年,他移居香港,在那里接受英式教育,并和其他说英语的中国人参与了革命活动。他在 1899 年绘制了漫画《时局图》,并联合创办了《南华早报》,从此广为人知。他的飞行器设计被当时各类报纸争相报道,也获得了英国声名卓著的飞行器设计专家马克西姆的赞誉。他怀着极大的热情将他的设计进献给清廷,但却遭到冷遇。

译日本小说并创作自己的小说时，他所提供的形式在今后十年仍然是主导性的模式，而且他还为这个文学类型创制了许多新元素。其叙事模式打破了中国传统小说因果报应的情节结构，用一种进化论的发展轨迹取而代之。它还重新设定了继承而来的时空观，把现代小说引入了中国。

把小说作为公共话语的一种新形式加以重新塑造，给晚清的现代化计划增加了一个新的维度。从19世纪60年代洋务运动开始之后，一直到1895年甲午战败的危机之前，中国的许多文化和政治精英都把注意力放在引入西方的技术成就，尤其是武器装备上面。对制度革新的考虑都是在1895年之后才开始主导舆论的。中国国民的素质问题，或者说得更大一些，如何培育值得且能够成为公民的人民的问题，主要是在对发展学校教育之必要性的讨论中才出现的。在这一点上，梁启超关于新小说的观念是一个突破。小说把读者作为潜在的文明公众来重新塑造，将这个刚塑造出来的公众作为教化和指导的对象带入到政治的过程之中，最终成为国家复兴的参与者。而在当时的中国，所有能跟主体性沾点边的"社会"的概念都还没说清楚。[1] 这个新的维度是在日本的榜样启发之下出现的，也从日本对"新兴"和现代事物的成功调适中获得了权威。按梁启超的论点，政治小说是迈向文明国家的"日趋于利"的文明进程的一部分，中国现在加入了这个进程，与全世界一起踏上征途。

和日本一样，中国不是任何人的殖民地。政治小说的倡导者看到了它对于宣传在既有框架下进行制度革新的必要性以及引导革新方向所发挥的辅助作用。新的政治小说既表现了广义的危机和维新主题，也涵盖了"新政"政策所提出的具体议题。在第一个阶段，也就是在梁启超的《新中国未来记》发表的头两年和清廷实施新政的头两年，这种新鲜的文学类型也出现了一大批跟风的翻译和创作作品。许多这类小说都直接和新政挂起钩来。

从1903年到1905年（日俄战争之后）是第二个阶段，此时政治小说

---

[1] Wagner, "Formation of Encyclopaedic Commonplaces," p.111.

更关注中国当下最迫在眉睫的政治危机,俄罗斯对中国东三省的蚕食就成为主要议题。一小部分较为激进的政治小说把主要的问题定义为满人对中国的"占领",主张采取"激进的"革命。除了乌托邦的计划之外,对"亡国之危"和"亡国之恨"的反乌托邦警告的声音也不绝于耳。

尽管改良派和激进派或革命派都使用这种文学类型,但绝大部分政治小说走的都是改良主义的路线。政治小说最初的起源注定了它为改良派所用。这些作品常常会纳入对两种道路的讨论,以此来明确不同观点的根本差异。甚至于倾向于"革命"的作者都常常用改良主义的建议来给小说结尾。

中国政治小说的第三阶段始于 1906 年清廷宣布预备立宪。现在我们在小说中找到了对不同的改良方案之结果的空想的或"历史的"预测。

由此可见,与中国当时政治情势紧密相关且互相联结的文学、政治、社会、技术因素为中国政治小说的兴起搭建了舞台。传教士和教育家对宣传小说的发展,以及申报馆对小说地位的提升为此开辟了道路。这种文学类型促进改革的能量在西方和日本已为人所知,这种特殊的次文体注定会被选择,因为它已被证明有效,被人们寄予厚望。而传统小说的流行,尤其是在有文化的年轻读者中的人气,说明小说适于表现完全不同的内容和结局。小说能把有关国家制度、社会习俗和个人行动的现代化转变的复杂议题表现成一种具体而有趣的场景,使它成了一种能够感染因对"国家"大事缺乏兴趣而饱受诟病的新兴城市阶级的理想工具。

20 世纪头十年中国政治小说的风潮牢牢地确立了小说的地位,此时小说是对时下国家的社会与政治议题开展公共讨论和教育的平台。尽管这种文学类型的活跃期主要就是这十年,但是无论是在后来的中国城市知识分子中还是在中国政府和党的宣传工作者当中,都有大人物继续宣称:小说真正的使命是充当这样一种平台,其他的用途不过是无足轻重的滥用。

很难确定在这个时期出版的中国政治小说到底有多少。西方对这一文学类型的认识已经变得很灵活,有不少政治小说并没有被明确定义为政治小说,而另外有一些被描述成政治小说的作品其实和这种文学类型的一般模式又有不少差别。日本的翻译家会把原版文本中根本没有这类标志的英国小说称为政治小说。而其他的一些作品，比如贝拉米的《回顾》或者凡尔纳的作品对东亚的政治小说有很大的影响，但并没有被西方的作者纳入政治小说这一类。这种灵活性在中国仍然存在，有时候在20世纪头十年出版的政治小说和大量社会黑幕小说之间就很难划分其边界。[1]

尽管因此很难得到准确的数字，但其量级的排序还是可以确定的。许多1902年至1904年创办的杂志和报纸都曾经推广过政治导向的小说。除了引领风潮的《新小说》报以外，许多非常具有政治性的新期刊都开始连载这类小说。到了1906年，涉及立宪的小说数量大增。一个粗略且保守的统计数据说明，1907年出版的政治小说占到了当年出版的原创小说的四分之一，到1909年这个比重似乎更大了。[2]

大多数作者的生平资料都很简短，或者根本没有。尽管有一小部分作者专注于写这种样式的小说，但是对大多数作者而言，我们只了解其用笔名署名的一部作品，而且通常还没有写完。这说明政治小说不是一个有大量作者专门从事写作的稳定的文学类型，最好是把它理解为一种及时表述处理实际关切问题的一套具体政治观点的文学类型，一种给新中国提供蓝图的工具。尽管采用了特殊的文学形式，但这种文学类型并没有脱离政治、社会环境去构建自身的历史；其作者的专业化程度也不太高，他们不是只参考其他虚构作品的专业化的小说作家，他们主要的参考框架是政论文章、回忆录、报纸社论和政府公告。有些作者——梁启超是一个突出的例子——以写同一问题用多种体裁而闻名，包括报纸文章、论文、给朝廷的奏折等非虚构的体裁，

---

[1] 按陈平原的统计，1898年至1911年出版的小说（包括翻译小说在内）的数量甚至比清朝前250年出版的小说总量还要多。从19世纪60年代开始，直到19世纪80年代末，每年大概出版一两本小说；相比之下，在清末媒体大发展的黄金时代，光是1909年就出版了269部原创中国小说和85部翻译小说。我自己的计算依据的是尊本照雄的《清末翻譯小說論集》所提供的有关出版的资料，尊本照雄对1902—1912年中国小说出版史的分析说明，出版数量的峰值出现在1907年。尊本照雄和欧阳健的统计结果之间的差别大部分是源于前者将翻译的外国小说纳入了统计；参见《清末翻譯小說論集》，第305—317页。

[2] 尊本照雄列出了1907年出版的202部原创小说（《清末小說論集》，第30a—36页）。从我能够确认的来看，其中48部是政治小说，其他小说中大部分似乎也都和当时的政治议题相关。从刊载这一类作品的报纸和杂志的数量来判断，1909年政治小说所占的比重是增加了。

以及传记、戏曲作品和长篇小说等部分甚至全部虚构的作品。无论是虚构作品还是非虚构作品，他们都按照文学体裁具体的规范来写作。因为大多数的政治小说作家都把这一文体作为参与政治宣传的多种平台之一来使用，他们是投身于政治和社会潮流，而非加入文坛。这给他们的"新小说"赋予了一种自由，尽管当时新小说仍被当作老式中国小说的更新版或者续篇，但就写作形式而言还是不同于传统的中国小说。

中国政治小说在长达十年的新政期间一直很活跃，既突出表现了追寻答案的过程中共同关心的议题，也在众声纷纭中发出了个人的声音。这样，小说就成了一种混合了政治观念、维新宣传和教育目标的文学创新。同时，正如同日本政治小说对中国政治小说发育所起的推动作用一样，中国政治小说也开始对其他东亚国家，例如越南和朝鲜的政治小说发挥重要影响。

朝鲜的政治小说

1894—1910年，俄国和日本还在争夺朝鲜的控制权。日本占了上风，但朝鲜还没有变成殖民地。[1]在日本政治小说的早期发展阶段，矢野龙溪还曾经邀请朝鲜政治活动家金玉均（1851—1894）为其《经国美谈》写序，而矢野龙溪的《经国美谈》中也描写了金玉均作为意气风发的亚洲革命者的形象。[2]通过积极参与政治的留日学生、梁启超所树立的榜样以及朝鲜报纸上对梁启超论点的翻译和撮要报道，政治小说逐渐在朝鲜流传开来。

正如李京美所记录的，当时朝鲜的报纸对梁启超有关政治小说的著述多有引用和翻译。梁译的凡尔纳《十五小豪杰》（*Deux ans de vacancies*）由日文转译而来，后来又被再度转译成朝鲜语。郑贯公翻译的威廉·退尔的故事、梁启超所译的有关波兰的历史以及《罗兰夫人传》《意大利建国三杰

---

[1] 笔者感谢芭芭拉·沃尔帮助我开展对朝鲜政治小说的研究。奥斯陆大学的弗拉基米尔·吉洪诺维奇友好地为本章节提供了批判性的建议。尹孙阳（Yoon Sun Yang）非常贴心地校订了韩文拼写中的错误。
[2] Sakaki, "*Kajin no kigū*," p.98.

传》也经历了相似的历程。最重要的朝鲜政治小说甚至直接引用了梁启超的文字。自从日本在朝鲜建立殖民统治之后,梁启超的作品,包括许多曾在日本出版过的作品在朝鲜都被查禁了。[1]

这一时期被韩国的历史学称为开化期,现代派效仿日本,推动了社会历史改革。这些改革措施的目标是实现朝鲜社会现代化,但很快就引起了争议。批评者谴责这样的做法会导致日本插手朝鲜内政,反日情绪也在抬头。[2]朝鲜的官员和知识分子也组织起来,抵抗日本的吞并计划。但是,在1905年日本战胜俄国之后,西方列强也对日本的行动保持了沉默,日本终于在1910年控制了朝鲜。

朝鲜政治小说的历史始于1905年,最初是受到反日斗争的激励而出现的,后来又主张收回朝鲜主权。[3]相比之下,黎萨曾在菲律宾提出变革制度——教育发展高于一切,废除多明我会的特权的地位——是菲律宾发展文明政体的必要条件;而在朝鲜,制度变革是与日本有关系的现代派强制推动的。这些现代派可能觉得现代化最终会为朝鲜主权的延续创造条件。但他们在面对日本日益增加的高压时软弱的立场使得他们成了批评的焦点。因此,制度变革和维护独立之间的关系就引起了争论。朝鲜政治小说就成了表达这种争议的最主要的平台。

尽管也有人提出很难在开化期找到没有受政治影响的小说,[4]但作为一种文学类型的政治小说在朝鲜出现还是当时最重要的文学发展,也可以视为现代朝鲜文学的先声。[5]

一些最早期的政治小说作品连载在朝鲜语的报纸上,如1905年的《大韩每日申报》就曾经连载了一篇没有署名的《盲人与跛子之间的对话》(*Sogyŏng*

---

[1] 李京美,《梁启超与韩国近代政治小说的因缘》。
[2] Pratt, Rutt, and Hoare, *Korea*, p.194.
[3] 芹川哲世,《韓日開化期政治小說의比較研究》, p.6; 宋敏鎬,《韓國開化期小說의史的研究》, p.179。
[4] 宋敏鎬,《韓國開化期小說의史的研究》, p.179。
[5] 芹川哲世,《韓日開化期政治小說의比較研究》, p.4。

kwa anjŭnbangi ŭi mundap）。这个故事是一位盲人算命先生和一个跛足的发带匠人之间的对话。后者生产的发带现在已经卖不出去了，因为1895年社会改革之后头饰已经被禁掉了。对话形式的采用可以一直追溯到朝鲜早期的哲学文本以及后来的传教士小说，[1]但仍有一些区别。传统的对话模式是两个对话者之间有一位掌握着所有的真理，另一位则向他求教；但在《盲人与跛子之间的对话》里，两个对话者都是在摸索真理，批评了那些为自己的仕途发展而向日本出卖祖国的政客。讨论越来越大胆，甚至开始呼吁言论自由，因为这是启蒙事业内在的一个基本权利，要让国家成为一个文明的民族国家，这个权利必须得到保障。要实现真正的独立，国民必须团结起来一起奋斗。国家需要改革，但是不是当下所进行的这种改革，因为这只能产生"似是而非开化人"。为了国家的未来，为了真正的进步，教育是关键；只有通过教育，国家才能够获得重生。于是，这部小说提议，应该用通过教育而实现的发自内心的自下而上的真正转变来代替政府亲日派所推行的自上而下的严苛措施。

这家报纸在1906年2月20日—3月7日还连载了一部未署名的《车夫误解》，同样也是对话体。这个小说讲的是一群人力车夫讨论国事的故事。小说通过一系列文字游戏，讽刺这些人并不理解当今的政治经济改革，比方说新的财政制度。整个故事呈现出一种黑色幽默，表明朝鲜亲日派的现代主义者所发动的改革缺乏社会基础。[2]

1910年，同一家报纸上还连载了《[新小说]禽兽裁判》。[3]这部小说写的是各种动物和昆虫召开会议来恢复他们的世界秩序，试图从伦理的视角来批评达尔文意义上遵循丛林法则的现代世界。小说中动物和昆虫们提到的最大问题就是弱肉强食，他们的领地遭到外人的侵犯和掠夺。长颈鹿充当裁

---

[1] 洪大容的《毉山问答》（*Ŭisan mundap*，1766）便是一例。该作者本以将哥白尼学说的部分原理引入朝鲜而闻名，他也受到了朝鲜实学哲学的影响。关于对话体在中国传教士小说写作中的使用情况，可参见米怜（William Milne）《张远两友相论》。
[2] 有关这部小说的详细分析，参见조문길，《開化期新聞에 나타난 政治小說研究——大韓每日申報中心으로》。
[3] 欽欽子，《[新小說]禽獸裁判》。

判会的主席，羊和仙鹤分别担任左右法官，鹦鹉则扮演讲述者的角色，其他的鸟、兽和昆虫负责说明情况。例如，喜鹊控告鸽子侵占了她的窝。各种动物在为自己辩护的时候，重新提及了普通读者所熟知的古代汉语中的成语和格言。尽管这次裁判会是对日本殖民统治之下的朝鲜当前面临的残酷现状的一种讽喻，但仍然直率地道出了朝鲜在一个社会达尔文主义的世界里生存究竟缺少什么，需要什么。[1]在薄薄的面纱之下，这番对日本占领朝鲜的猛烈抨击很快就引起了日本当局的反应。《大韩每日申报》在8月19—26日之间被关停，禁止继续连载该小说。[2]用动物来作为具有集体意志的民族国家的象征性代表，用动物之间的互动反映社会达尔文主义的适者生存，在当时的政治漫画[3]和小说之中是一个标准化的特征。[4]中文中最精致的代表要数《[寓言小说]新鼠史》（1908）。[5]小说里中国从老虎变成了老鼠。面临绝种之灾的老鼠国团结起来进行革新，重新赢得了独立和优势地位。这些小说选择用白话朝鲜语（而不是有很多汉字的朝鲜语书面语）来写作，而且在大众消费的报纸上连载，可见其宗旨是教育普通民众。

　　李海朝（1869—1927）的《自由钟》也用了对话体。这部小说充分讨论了梁启超和康有为关于女子教育的思想，[6]作者自己称之为"讨论小说"。[7]小说中所有的人物都是女性。宋敏镐（Song Min-ho）指出，《自由钟》跟《盲人与跛子之间的对话》以及《车夫误解》不同，它处理的是"启蒙的真问题"。[8]在他们的对话中，女性探索了诸如民族发展离不开现代教育，尤其是女子和儿童教育的问题、语言改革和创制民族拼音字母的问题、现代国家的宗教问题、私生子的问题，以及贫富之间、高低等级之间的社会差距问题。女性们分享了

---

[1]　引自 Serikawa, "Hanil kaehwagi," pp.70-72。
[2]　同上书，pp.101-102。
[3]　对这种应用方法的分析，请参见 Wagner, "China 'Asleep' and 'Awakening'"。
[4]　有关社会达尔文主义对朝鲜舆论之影响的研究，请参见 Tikhonov, *Social Darwinism*。
[5]　柚斧（包柚斧），《[寓言小说]新鼠史》。这部小说全文共有十二章。
[6]　李京美，《梁启超与韩国近代政治小说的因缘》，第70页。
[7]　宋敏镐，《韓國開化期小說의 史의 研究》，p.177。
[8]　同上书，p.180。

有关"大韩帝国"的梦想,希望终有一天大韩帝国能迎来繁荣和独立。

传统文化和现代观念并不是作为互相排斥的内容来表现的,有关女子教育的讨论中提到:"即使在(儒家的童蒙读物)《小学》(著者为朱熹)中,女子教育也是一开始就存在。"而在对儿童教育的说明中,提到了母亲通过榜样示范来进行胎教以及孟母教子的故事。[1] 尽管妇女们都认同必须消除高低等级之间的差异,她们还是出来反对革命式的解决方案。她们一致认为必须是国家秩序优先。小说是政治计划中发展得很好的一部分,它以一种实用主义的风格呈现了朝鲜实现启蒙的必要步骤。

在政治小说作家中,我们对安国善(1854—1928)知之甚少。他所著的《禽兽会议录》1908 年出版,1909 年 5 月被禁,这是政府禁掉的第一本朝鲜小说。安国善曾于1895—1899 年在日本学习政治科学,回到日本四年以后,他曾因"策划谋反"的罪名被逮捕,实际上策划谋反的是他的一个朋友。他被流放,直到 1907 年才回到朝鲜。不过,在 1907—1913 年,他似乎重新取得了政府信任,被委以好几个政府职位,例如担任县令。他的许多朋友都是和日本有政治关联的启蒙人物,对他的任命也跟日本成为朝鲜的保护国之后对其影响逐渐增强有关。[2]

在一场梦中,作者参加了一个动物们批评人类缺乏独立精神的大会,会上动物们谴责所谓的启蒙者都是"似是而非开化人",这个词跟《盲人与跛子之间的对话》里所用的词一样。这些启蒙者都非常腐败,必须被视为祖国的叛徒,百兽还对日本占领者进行了谴责。

芹川哲世提出,安国善的第二本小说《蛮国大会录》与上文提到《禽兽会议录》都直接受到了田岛象二(1852—1909)写于 1885 年的日本政治

---

[1] 宋敏鎬,《韓國開化期小說의史的研究》,p.189.
[2] 蒋相大(Kang Sang-dae)曾追溯了安国善从批评家转变为折中主义者或者说机会主义者的过程。把《禽兽会议录》和安国善编辑的短篇小说集《共进会》(出版于 1915 年,系朝鲜最早的短篇小说集)放在一起比较,这一转变便一目了然。《禽兽会议录》呼吁对民众进行政治启蒙,扩大民族主权,批评朝鲜政客的腐朽;而他在《共进会》中的态度就中庸多了,甚至可以视为对日机会主义。蒋相大指出,安国善的理想似乎 1908 年左右发生了变化,当时他出任了几个较高的职位。参见蒋相大,《開化期政治小說의性格》,p.14.

全球性迁流:远东

小说《[人类攻击]禽兽国会》的影响。[1]从安国善的生平经历与日本的关联来看，这种联系似乎是可信的。芹川哲世的统计支持了这种关联，他指出，1904—1908年，有57%的朝鲜小说都是依据日文小说或其中文的译本、改写本翻译或改写而成。[2]这些小说包括了《威廉·退尔的故事》[3]《经国美谈》《爱国精神谭》(Aikoku saishin dan)，[4]以及《卖国奴》(Baikoku do)。[5]相关的非虚构文学则包括《罗兰夫人传》《爱国夫人传》(Aikoku fujin den)、《埃及近世史》(Aiji [pudo] kinseishi)[6]以及《梦见诸葛亮》。[7]

不过，如果我们去看看梁启超所写的小说、论文和翻译小说的目录，就会发现当时朝鲜人所做的选择有很多都和梁启超一样。当安国善在日本学习期间，梁启超恰好也在日本提倡写政治小说。梁启超和在日的朝鲜人关系很密切，也曾为丧失主权的朝鲜写过文章。[8]梁启超和朝鲜人之间的联系肯定比芹川哲世所发现的要多，而且梁启超的命运和许多遭遇流放的朝鲜人一样，可能曾经和他们讨论过这些选择。（一个由流亡在上海的朝鲜人组成的重要团体曾出版了一份朝英双语的报纸 The Independent。）中国的官场小说和黑幕小说肯定对开化期的朝鲜小说有着很重要的影响，当朝鲜作者开始写政治小说的时候，这种文学类型在日本早就不流行了，但在中国还处于黄金时期。[9]

---

[1] 田岛象二，《[人類攻擊]禽獸國會》。
[2] 芹川哲世，《韓日開化期政治小說의比較研究》，第56—57页。
[3] 这部小说的日文版当时由梁启超以前的亲密助手郑哲译成了中文，名为《瑞士建国志》。
[4] 这大概是1891年译成日文的法国军旅作家拉维斯（Emile Charles Lavisse，1855—1915）的作品 "Tu seras soldat": Histoire d'un soldat francais, recits et lecons patriotiques d'instruction et d'education militaires。
[5] 登张竹风(1873—1955)译。还不太清楚这个译本依据的是哪个西文文本。
[6] 柴四郎，《埃及近世史》。
[7] 1908年首尔曾出版了一部题为《梦见诸葛亮》的朝鲜文小说，署名为刘元杓。
[8] 参见新会（梁启超），《朝鲜亡国史略》；梁启超，《朝鲜灭亡之原因》；以及沧江（梁启超），《日本并吞朝鲜记》。
[9] 牛林杰曾在"Kaehwagi soŏl changrŭ"一文中提出，对朝鲜小说对话体影响最大的是梁启超（署名为哀时客）的《动物谈》，安国善的《禽兽会议录》和李海朝的《自由钟》就表现得特别明显。牛林杰首先比较了梁启超的《动物谈》和《禽兽会议录》，证明两部小说的概念和结构都很相似。他指出，安国善甚至借用了梁启超"饮冰室主人"这个笔名（第89页）。在《自由钟》里，李海朝不仅借用了《动物谈》中讨论女子教育的部分段落，还直接引用了梁启超的话（第92页）。

朝鲜政治小说的黄金时代结束于1910年，当时日本侵吞了朝鲜，禁止这类出版物发行。至少在接下来的十年之内，其地下政治小说的情况我们一无所知，尽管1920—1935年朝鲜曾经出版了不少与当时的日本文学以及政治潮流密切相关的无产阶级文学作品。这个黄金时代完结的主要原因并不是禁令，而是制度环境的变化。日本占领朝鲜，使其政治小说出现了一个新的严重的断裂带。这个时候政治小说原有的基于现有制度的现代化革新的保守立场就不再合适了。尽管朝鲜政治小说看似生命短暂，但它和日本、中国政治小说一样，在把小说建设成为严肃文学类型的过程中发挥了重要作用，这一文学类型为公开讨论国家大事提供了一个引人注目的平台，它以一种亲近广大城市读者的方式给新一代公共知识分子提供了有力的公共的声音。

越南的政治小说

越南的政治维新运动始于20世纪初，潘周桢（Phan Chau Trinh，1872—1926）和潘佩珠（Phan Boi Chau）是其中最为突出的人物。我这里主要的观点参考的是荣生（Sinh Vĩnh）的一个研究。[1]直到1910年，越南的官方书面语言都是中国的文言文，因此两位潘先生和他们维新会（创立于1904年）的同人都是通过梁启超和康有为的作品了解当今世界情势有关信息的，尤其是日本在东亚政治圈引人注目的迅速崛起。[2]这些越南的改革家密切关注着梁启超的《清议报》。他们注意到梁启超以新知识和新文学创造少年中国的努力，包括翻译东海散士的《佳人奇遇》的工作。而这些新知识和新文学大多是梁启超通过日语学来的。潘周桢后来把梁译的《佳人奇遇》又用越南语翻译成了越南最受欢迎的诗歌体裁——六八体。

和当时的许多政治改革家一样，潘周桢也去过欧洲游历。1905年他曾经在日本待了几个月，被引荐给很多重要的日本、中国的维新人物，很有

---

[1] Vĩnh, "'Elegant Females'".
[2] 同上书，p.196。

可能他曾经和梁启超本人见过面。[1] 他可能是在客居法国期间翻译了这本书。1912—1913 年他生活在巴黎,和该小说的主人公有很多相似之处:他的朋友圈子里有两位来自爱尔兰,有一群朝鲜人,一个日本人,一个瑞典人,还有一个印度人,而且大家都参与了政治改良运动。[2]

潘周桢翻译《佳人奇遇》的目的是用小说主人公所代表的自由和独立的理想来教育和鼓舞越南的读者。梁启超曾对《佳人奇遇》后半部分文本进行改写,以删减其民族主义和帝国主义色彩,潘周桢也删去了梁启超译本中的"法国荣光"等提法,因为这个国家在梁看来代表着自由的理想,而在越南,法国却是殖民势力。潘周桢还对其他的段落进行了修改,突出了越南人的民族情感。

荣生所举的例子是红莲(《佳人奇遇》中的西班牙女志士)所唱的抒发其渴望访问日本之情的歌。梁启超对原文进行了忠实的翻译:

> 我所思兮东海端,
> 欲往从之水路难。
> 海端有国名扶桑,
> 俗与风光皆雅娴。
> 绵绵皇统垂万世,
> 昭昭威名及遐裔。
> 士重信义轻末利,
> 小心翼翼仰圣帝。

在小说的越南语译本中,她想去的是越南。这首歌开头是这样的:

> 我想要去东海的尽头,无奈巨浪无边,

---

[1] Vĩnh, "'Elegant Females'", p. 201.
[2] 同上书, p. 202。

> 自从丁先皇(使越南从中国统治下获得独立的丁王朝[968—980]的开国皇帝)宣示主权,
> 英雄的足迹就遍及江海山巅、城市乡间,绵延四千年……[3]

1926年潘周桢的译本最终得以出版,被视为原创的越南语作品。法国当局查禁了这本书,将其作为煽动性的政治小说付之一炬。[4]

小　结

在东亚,政治小说是一种被有意识地明确挑选的文学类型。在挑选过程中,日本成了进一步向外传播的核心。给英、法(迪斯累利、利顿、司各特、大仲马等人的著作)翻译小说以及新创作的日本和中国小说贴上"政治小说"的标签、有关这种文学类型的特点和潜力的论文,以及有关政治小说缺少"基本的"文学特征的争论,都是"挑选"的方式。比起鲁菲尼、亚当斯和黎萨的作品,东亚的政治小说与政治小说的奠基性作品,尤其是迪斯累利作品的关联性更为密切。日本的翻译家和出版商把他们眼中某些具有类似政治和文学特征的欧洲作品作为政治小说加以改造。这样一来,他们就给这个文学类型创造出了一种更为清晰的身份。

这一文学类型核心的政治和文学特征仍然没有变。这类小说最初在东亚受人青睐,就是因为人们认识到它在宣传维新的必要性和策略上很有效。尽管如此,我们还是发现,在文学传统之外,政治小说为适应地方政治局势也经历了重要的调整。

就核心的政治特征而言,为人们眼前的危机设计一条出路并对其结果进行预估,这逐渐发展乃至构成了东亚政治小说的主要内容。有关国家主权(日本)、领土完整(中国)以及独立(朝鲜)等问题附加在了要处理的

---

[3] Vĩnh, "'Elegant Females'", pp.204-205.
[4] 同上书。

国家议题之上。有关不同国家的人民结成团体、献身于共同理想并互相支持的观念发展了在鲁菲尼以及黎萨的作品中一度出现过的部分特征。朝鲜政治小说写作的中断，揭示出维新派的政治议程处于这类小说的中心地位。在朝鲜现代主义维新派的联盟和日本殖民政府废除朝鲜主权之后，这种文学类型的连续性被破坏了。在对政府官员或者对被指控放弃国家真正利益的革命者的攻击之中，也可以看到同样的断层。

说到文学性的特征，"未来记"在日本和中国发展成了政治小说的一种次文体。它带着一个据说是基于社会达尔文主义规律的叙事立场，把对未来的预测当作已经经历过的现实来讲述。"楔子"通常是在未来记实际发生的地方，这是中国人的一项特殊贡献。它说明作者不确定读者是否有政治能力和意愿去持续追踪有关国家命运的抽象而又宏大的议题具体的人物和情节细节。部分朝鲜作品将口语对话当作政治小说的基本形式来运用，既是基于这一体裁多政治辩论的常规特点，也结合了传统的形式，但没有预料到的是，这样也会削弱讨论者所宣称的理性力量。不过，叙事者自我批评乃至自我讽刺的立场（鲁菲尼、亚当斯）却没有在东亚得到呼应。

政治小说的时间和空间直接与当时世界上的斗争相关联，它提供的方案从进化论中汲取力量。当故事通过历史的类比来讲述时，其唯一的意义便在于讽喻。

推动这一样式跨越语言和文化边界流动的动力，以及筛选、翻译与改编的主体性，统统都是由影响力决定的，而不论可能存在的权力不平衡。对于将这一样式带入日本的日本先驱的成就，以及中国、朝鲜、越南将其引入本国环境的艰难尝试都是如此。

推动这种跨文化互动的动力是一种认为所有国家的最佳路线都相似的观念，因此，从他处得来的最好的概念、制度和实践可以有意识地加以应用。这个路线总是指向一个相似的方向，但它足够宽广，可以容许不同的政治行动家和作家在其政治小说中根据不同的政治场景来加以调整。各文化间互动的渠道包括旅行、出国留学、掌握双语、和国内的外国人接触以及流亡。

相关的行动者包括有志于在维新过程中扮演领导角色的政治家和政治活动家，以及新兴的城市公共知识分子阶层的成员（记者、编辑、教师）。

这些行动者意识到必须保护能宣传其观点、意见和想象的渠道。在远东，尤其是在中国和朝鲜的作者要寻找这样的渠道，可能涉及和控制这些渠道的权威妥协。

这些作品在不同程度上保留了这类样式隐含的假设，即"人民"需要启蒙教育才能成为真正合格的国民。

如上所述，这种文学类型的政治议题和文学形式有着内在的联系。对世界的新视野是由这种样式的文学形式来承载的。下一章专门讨论中国从日本翻译而来的这类小说，探索中国把世界带回家的这个独特过程。

下篇

把世界带回家：

中国政治小说

3 文学形式的迁流：跨文化流动和日本模式

文学借助形式而迁流。政治小说通过一套核心的形式要素来表现其特性。[1]这些要素在文学类型迁流的过程中也仍然保留下来，因为它为各种具体的政治议题提供了文学性的表达方式："旧"制度不适应已经变革的地方和国际环境；需要愿意为国奉献的年轻人来提出规划并且领导必要的变革；需要通过公共领域的宣传来集中公众的支持，而不是通过旧的政治制度来实现这些变革；以及根据历史发展和进化的规律，树立起这些变革是客观需要，因此也必定会成功的信念。

由此，政治小说的文学形式便体现出重大的意义，用乔治·卢卡斯（Gyorgy Lukacs）早前提过（尽管卢卡斯自己后来否认了这一点），后来又由弗朗哥·莫雷蒂重申的说法来说，就是："文学中真正社会性的是形式……形式是一种社会现实，它生动地参与了精神生活。所以它并不只是作为作用

---

[1] 本书下篇的标题"把世界带回家"的灵感来自西奥多·亨特斯（Theodore Huters）2005年出版的著作 *Bringing the World Home: Appropriating the West in Late Qing and Early Republican China*。

于生活、形塑经验的因素来运作的，它反过来也被生活所塑造"。[1]

政治小说作为一种世界性文学类型，其长盛不衰的秘诀就在于它在保持核心不变的同时又能运用各种地方性资源和灵感来寻找新的源泉，重获活力。这一文学类型无意间适应了各种具体的文学传统和复杂的政治革新议题，更加深了我们对其形式结构和以政治革新为中心观念的认识。不过，这个适应各种地方性问题以及地方共享之世界观的过程仍然通过新的文学形式表现了出来，例如日本的"未来记"、中国的"楔子"一章、朝鲜的动物寓言以及越南的歌谣。

这一章会集中考察促动这种文学类型从日本迁移到中国的动力在中国对日本政治小说的翻译和改写中是如何体现的。就翻译而言，日本政治小说的中文译本是很好的测试案例。如果上面所说的观点适用的话，这些译本应该在突出所谓核心形式特征的同时再代入反映中国问题的新的形式要素，并且对中国的文学传统加以选择性的继承和拒绝。

原文作品和目标语言的写作套路相差越远，就越需要翻译者高度的创作主动性。这个创作主动性表现为对目标语言新的写作套路的发展，同时不可避免要对文本及其目标语言进行改动。这个新的套路有自身的逻辑，这需要对原著进行大量显露式的加工，包括剪裁、添加、改动情节线索，重塑其社会功能。因此，翻译作品完全是地方文学图景的组成部分，也必须被这样来阅读。

重设空间和时间：世界和当下

可以说政治小说在从欧洲向东亚迁流的过程中构建了一个新的文学空间。它关注这个世界，视之为隐含的精神和文学平台。所谓世界，不是人们所熟悉的佛教的大千世界的空间／时间，而是用文学形式来表现自身的一种进化论意义上的现代世界。翻译日本作品把这个世界带到了中国面前。

---

[1] Lukacs, *Drama moderno*, p.8, quoted in Moretti, *Signs*, p.10.

这些翻译小说扩充了可供选择的叙事手段，同时，由于其重点始终在于推广一种具体的政治观点，也避免了过分偏离轨道。

说到空间，这些翻译小说的故事情节都被置于"世界"的背景之中，而不是仅限于封疆锁国的一国之内。世界通过诸如"五洲""万国"这样的字眼被纳入进来，或者还可以通过主人公的游历、和外国人的交往、按流俗方式行事（例如起个听起来像外语的名字），以及政治小说这种文学类型自身的"世俗"特性而被带入进来。

在心灵的地图中，对中国而言，自从1840年以来这个"世界"就越发不可小觑了。从军事冲突、通商口岸、第一部中文的世界地理图志和对其他国家政治史的介绍中可以看到世界有形的标志，而通过各种不同语言共享的关键词语逐渐重新组织起来的事物的秩序则是它虽不可见但无处不在的体现。政治小说为把世界带回家、把中国加入世界增添了一种通俗的平台。当世界进入中国人的心灵视野时，不只是"奇"这个概念被重新定义了，而且中国也开始有意识地拥抱各种思想、理念、冲突和争议，跨越语言和文化的普遍性。

至于时间，就是当今世界。政治小说的焦点在于当今世界某个具体国家的问题或是一群国家的问题、这些问题的成因以及解决问题的方法。各大日报上新闻报道的传播、画报上对有关世界的图像的普及则更进一步加强了这种将世界视为当前现实的感觉。始创于19世纪80年代的《点石斋画报》从19世纪末20世纪初便开始使用照片，自称更加真实可靠了。

梁启超从1898年开始翻译东海散士的《佳人奇遇》，而另一位无名的译者也从1899年开始翻译矢野龙溪的《经国美谈》，这两本翻译小说都将其故事置于这个新世界之中。梁译本《佳人奇遇》中，东海散士通过游历世界了解了世事，会见其他国家的亲属亡灵，最后回到祖国投身于国家革新之中。[1]《经国美谈》的译本将故事的背景置于希腊，突出了代议制政府这个想法的西方起源，但与此同时，通过表现底比斯"勇士"重新夺回城

---

[1] 该书详细的介绍请参见 Keene, *Dawn to the West*, pp.82-93。

市、建立民主制的卓绝斗争,又直接与日本在19世纪80年代以及此译本面世时中国争取议会代表制度的斗争联系了起来。《经国美谈》基于这样一个观念,即世界是一个以共享的"文明"价值观和政治理想为共同核心的存在,其最高理想就是独立于外国统治,对"人民"尽责。

有几部从日文翻译而来的小说模仿了《经国美谈》的模式,将故事情节设置在欧洲或者美国,因为这两个地方被视为东亚最好的榜样。久松义典(1855—1905)的《殖民伟绩》就是一个好例子。尽管只翻译了一部分,这部小说的基本主题还不错。小说主要表现了美国建国时的庆祝独立和自由之尊严的庆典。小说的第一章回目是"查理斯行权兴国教,维廉滨努力保自由"。故事一开篇就提出,如果一个人失去自由,生命就和动物没什么差别。历史已经告诉了我们如何避免这种命运,因为"古来多少英雄豪杰,因为争自由权做出惊天动地的事情"。[1] 这部小说的核心人物是威廉·佩恩(1644—1718),宾夕法尼亚州贵格会的创始人。

带有"政治小说"角标的《回天绮谈》是另一部用外国来讨论自己国家的翻译小说。[2] 这部小说出版于1903年,由玉瑟斋主人(麦仲华,1876—1956)依据加藤政之助(1854—1941)写于1885年的《英国名士回天绮谈》翻译而成。故事讲的是英国的贵族和平民为了限制英王约翰(1199—1216)的皇权、确立公民权所进行的斗争。[3] 在小说的结尾,改革者们成功地迫使国王签署了《大宪章》(*Magna Carta*),为英国确立了宪法基础,这个英国历史中重要的转折点也非常符合中国政治改革家的目标,这部相对早期的小说后来之所以会出现中译本,一定离不开他们的推动。

《未来战国志》由高安龟次郎的《世界列国的结局》(《世界列国の行く

---

[1] 久松义典,《殖民伟绩》,连载于《新民丛报》,第20号,第1页。
[2] 加藤政之助,《[政治小说]回天绮谈》。笔者的分析采用了《新小说报》的版本。中文版的译者麦仲华来自广东顺德,其兄长麦孟华后来成了康有为的学生,他还根据《新民丛报》(1903)所刊载的罗兰夫人的故事写了一部名为《血海花传奇》的政治剧;参见阿英,《晚清戏曲小说目》,第13页。麦孟华称这是个"重译"作品,但他为其添加了第一幕。同上书。
[3] 加藤政之助,《英国名士回天綺談》。

末》，1887）翻译而成。[1]这个故事并非发生在过去，而是在26世纪，这些"战国"包括被称为"波罗的专制国"的俄罗斯、美国、被称为"三岛"的日本以及称为"支那帝国"的中国。当波罗的专制国征服了欧洲大部分疆土之后，其势力现在已经跟美国旗鼓相当了。它的目标便是占领日本，占据上风。从作者的序言来看，这部小说的目的是警告读者不要对俄罗斯的战略目标掉以轻心。这部小说译于1902—1903年，正好配合当时中国留日学生中的拒俄活动。

忧亚子1901年翻译和改写了大桥乙羽的《[政治小说]累卵东洋》，这部带着"政治小说"角标的小说采用了"被压迫人民"的主题，[2]讲的是英国殖民统治下的印度，但是其焦点在于招致这种状况的内部原因，而非英国所扮演的角色或者反殖民主义的斗争。

这些小说的进化论结构对中国的翻译者来说非常有吸引力，因为这有助于他们将政治小说的核心特质定义成一种此时此地为国家生存而斗争的工具。中国的作家们在具体的进化论样式改写过程中找到了他们的历史地位和任务。也就是说，没有什么决定论，民族国家的命运都掌握在愿意献身给祖国的有勇有谋的英雄儿女手里，只有他们才能够找到最好的进化机制。这些翻译小说表明，只有与其他国家及其人民联手推动改革，我们自己的国家才能够参与世界竞争。由此，这些译本帮助中国作者和读者发现了他们在历史进程中的位置和希望，就像他们面前的其他国家一样，他们自己的奋斗最后也会赢来成功，因为这些奋斗都是基于同样的期望和客观规律之上，曾经在别的地方做出了惊人的成就——只要他们能够调动必需的能量。

当今这个世界也以外国人的样子进入了这些翻译小说，这个频频出现

---

[1] 高安龟次郎，《未来战国志》，南支那老骥（马仰禹）译。马仰禹也写了两部小说，《亲鉴》是一部黑幕小说，描写了新政期间一班假维新派的丑闻，而《[寓言小说]大人国》则效仿了斯威夫特（Oliver Swift）的《格列佛游记》（*Gulliver's Travles*）。

[2] 大桥乙羽、忧亚子，《累卵东洋》。忧亚子（意思是"为亚洲担忧的尊者"）在小说结尾部分宣称，故事中大概有30%—40%的内容都是自己创作的。

的人物帮助中国人实现了思维的转换，同时也改造了真正的中国改革家的性格。这个虚构的外国人有助于检验和宣传有关政治议题的新的思维和行动方式，并突出人的能动作用的重要性。

描写外国、聚焦于独立斗争、把外国人当作英雄等等流行的做法帮助形塑了中国政治小说这种次文体。《[历史小说]苏格兰独立记》便是一例，这部英文小说原作者已不可考，其译者陈鸿璧（1884—1966）是当时凤毛麟角的可以确认身份的女翻译家之一。这部小说是苏格兰民族英雄威廉·华莱士（William Wallace）的故事，他带领人民在1297年抵抗英格兰的斗争中取得了胜利，此后十年他一直担任苏格兰护国（Guardian of Scotland）。

这部小说的封面（图3.1a）说明了故事的大纲，需要一位非凡的英雄来为国家提供远见卓识。国旗和山峦表明国家在场，而英雄沉思的姿态突出了他正在为如何动员民众进行下一步的斗争而沉思，这在小说里也有描写。图3.1b用华莱士的雕像来纪念此番斗争的胜利。这些图像清晰地传达出译者的政治理念——争取独立是一个普遍性的目标，领导国家的英雄们有着共同的理想。因此，对追寻相似目标的中国人来说，外国的英雄也是恰当的榜样。

这类次文体的另一个例子是冼红庵主所著的《泰西历史演义》(1903)，这是根据不同国家和地区政治史上的故事集锦撰写的一部原创作品。小说卷首提供了一个新的地缘政治的框架："却说天下五大洲，其中富强最早的，要算是欧罗巴。"[1]有关欧洲的故事以法国开头，围绕着拿破仑一世的生活和事迹来展开。对于英国，则围绕着印度的"发现"和东印度公司的历史，详细讲述了英国如何给这个国家带来了文明和现代的标准，它建立学校、开办报纸、开发煤矿、促进现代医药发展、废除旧俗，建立了有效的管理形式。美国的故事则围绕着乔治·华盛顿和独立战争，强调了对英国殖民者的抵制和反抗。最后，小说用彼得大帝和他的改革来结束了全篇。

用外国历史来处理当今中国这一形式要素是为了提出一个观念，即历

---

[1]　冼红庵主，《泰西历史演义》，第1页。

◆ 图 3.1a 《苏格兰独立记》封面（《[历史小说]苏格兰独立记》，1906）

◆ 图 3.1b 《苏格兰独立记》的第 2 页是一幅华莱士塑像的绘图。塑像基座上刻有如下文字："和耳士遗像——后人尊敬忠心保国者之表记。"（《[历史小说]苏格兰独立记》，1906）

史总是由旧事物的捍卫者和新事物的支持者之间的斗争来推动的，而政治改革和民族独立就是斗争的中心。它刺激中国读者去思考中国尚未完成的政治改革，设想完成政治改革需要的是什么样的领导和公民。

就对当今世界新时间—空间的感知和民族独立的主题而言，翻译小说和原著作品之间没有清晰的界限。1901 年由宣樊子（林獬，1874—1926）[1]

---

[1] 宣樊子（林獬），《美利坚自立记》。林獬又名林白水，是一位政治活动家、记者、《中国白话报》创始人以及《杭州白话报》主编。他发表过多篇时事评论，1926 年因批评军阀而遭到处决。

原创的中文作品《美利坚自立记》概述了美国从反抗英国税收不公到摆脱当时世界上最强大的国家获得独立的历程。侠民所著的《菲猎滨外史》则讲述了菲律宾的独立斗争，着眼于以多明我会修道士为代表的西班牙殖民者统治下平民所经受的苦难，以及年轻政治活动家的抵制和抗议活动。[1]《［侠义小说］冷国复仇记》（1907）[2] 用威廉·退尔的故事来详细讲述了瑞士是怎样从奥地利手中获得独立的。作者在序言中大声疾呼："环顾我国，立宪立宪，敷衍犹昔；革命革命，党祸蔓延。而外人眈眈，彼此立约，将实行此瓜分之政策。"这部小说的目的就是用其他国家的历史作为唤醒中国人民的警钟。[3] 亡国遗民之一所著的《多少头颅》为波兰被俄罗斯征服、丧失主权的悲剧历史提供了一种反叙事。[4] 尽管这部没有完成的小说讲述的是俄罗斯侵略者对波兰平民的残酷屠杀以及波兰人民被迫忍受痛苦生活，其重点却在于不屈不挠的人民至死不渝的精神，突出了波兰英雄们的勇气和斗争精神。对他们来说，奴隶般的人生不值得苟活。

在以全球为舞台的新式中国小说中，西方当代历史中的伟人代替了传统中国演义小说中像诸葛亮、曹操这样的英雄。[5] 新的词语、新式历史行动、新的价值体系就跟随这些新人物一起登上了舞台。

不过，为了讲述这个故事，作家们还是采用了许多中国人耳熟能详的叙事风格、比喻和文辞，将其与描述西方生活和概念的新的词语编织在一

---

[1] 因为这部小说没有写完，很难判断它将向什么方向发展，以及黎萨将在其中扮演什么角色。

[2] 林下老人，《冷国复仇记》。作者在该书序言中称其为翻译小说。

[3] 同上书，p.250。

[4] 参见亡国遗民之一，《多少头颅》。

[5] 一些前现代的中国小说也以自己的方式置于"世界"之中，甚至在其时间背景设定为过去时也被当作"当下"来对待。《西游记》提供了一种佛教的空间／时间框架，让朝圣者从东土大唐一直走到佛祖所在的西天，寻找能带来智慧的佛经。这部小说被视为讲述中国寻求"西方"启蒙之艰辛历程的一个寓言，在中华人民共和国和社会主义阵营中，有些章节还被用来讨论政治斗争。《红楼梦》也曾被当成刻画当时在旗汉人家族衰落的一个实录，很像巴尔扎克的《人间喜剧》。尽管如此，对两部作品的重新解读都并没有跳出政治小说的框架，而且还要感谢政治小说的编码机制。例如，有关《红楼梦》，可参见王蒙，《红楼启示录》；有关《西游记》，参见 Wagner, *Contemporary Chinese Historical Drama*, chap.3。

起，形成了一种混合翻译、改编和创作的有趣文体。《泰西历史演义》就是一例，它把新的表达形式、新式词语（双下画线部分）和传统的成语和叙事风格（单下画线部分）合为一体：

> 却说巴黎城中，有一个国会，那国会中人，见拿破仑为百姓推戴，大家就起了嫉妒之心。有一天约了许多人，在议会厅商量办法，少时车马喧哗，会齐了。当下开谈，都是筑室道谋，毫无主见，内有一个人，刁钻古怪，绰号智多星，就对着众人如此如此，这般这般，众人听了，各个拍手称妙。[1]

这种传统风格特征和新的叙事元素的并置产生了一种奇怪的阅读体验，甚至是一种疏离的感觉，不过，也正是这种奇怪和疏离的感觉，使这个故事读起来像离奇的外国现代传奇。

制造"支那哥伦布"

这些小说也被用来塑造新型的英雄典范。并非所有英雄都是一个类型的，比如说拿破仑就代表了精力充沛、高瞻远瞩、雄才大略的领袖；华盛顿和威廉·退尔是能够领导人民获得独立的英雄；下面要讨论的俄罗斯无政府主义者索菲娅则是敢于反抗专制政府的女英雄。这些小说虚构的外国人物都活出了自己的特点，丰富了中国的文学人物长廊，作者也希望借着这种多样性让读者对政治改革议题的普遍性加深印象。

外国小说早期的中译本，例如利顿的《昕夕闲谈》(*Nights and Days*, 1873)[2]、柯南·道尔（Conan Doyle）的《歇洛克呵尔唔斯笔记》(*Adventures of Sherlock Holmes*, 1896)，[3]以及小仲马的《巴黎茶花女遗事》(*La dame aux*

---

[1] 洗红庵主，《泰西历史演义》，第3页。
[2] 利顿 *Nights and Days* (1873) 中文译本题为《昕夕闲谈》，1872年在申报馆发行的杂志《瀛寰琐纪》上连载。参见 Hanan, *Chinese Fiction*, pp.85-109。
[3] 柯南·道尔，《歇洛克呵尔唔斯笔记》。对这本书的分析见于 Nakamura Tadayuki, "Shinmatsu teitan shōsetsu," part 1, pp.14-16。

camélias, 1899）[1]都引入了虚构的外国人物，但是这些作品是在一种自足的、均质的"外国"环境中来塑造外国人的。东海散士的《佳人奇遇》则不然，他让亚洲的改革家在外国和西方人发生互动。大多数中国政治小说都效仿了这一模式。在梁启超的《新中国未来记》中，黄克强就前往欧洲求学并为中国的政治问题寻找出路。

在按照现代模式重新塑造中国历史英雄的过程中，对西方英雄的描写也派上了用场。怀仁所著的《[社会小说]罗梭魂》虚构了两位地位相当的中外改革家的碰面和互动。在小说的"楔子"一章中，罗梭（卢梭）的魂魄在阴曹地府见到了三位过世的中国改革家的魂魄，据称他们都是为同样的理想而奋斗：黄宗羲（1610—1695）是明末清初一位不屈的知识分子，他组织了反抗"外来的"满族统治者的斗争；展雄（又名柳下跖）在公元前475年领导了一场起义；而陈涉（？—前208年）则组织了一场反对暴虐的秦二世的起义，这种对西方人物和中国历史人物的改写源自对普通人民的基本权利（民权）、人民的福祉是立国之基和重中之重（民本）的共同理解。走向文明是所有希望在"物竞天择"的世界中生存下去的国家共同的目标，中国也不例外。

新创作的中国小说也按翻译小说的方式，将虚构的时间和空间重新设定在了由民族国家组成的当今世界。日本小说曾是融合东西方英雄的开路先锋，而最清楚地表现这一点的中国小说是当时最有影响的小说之一、由岭南羽衣女士所著《东欧女豪杰》（1902）。在这部书中，中国女主人公华明卿见到了俄罗斯的无政府主义者索菲娅·帕罗夫斯卡娅，继续了解他们的斗争和信仰。这类小说的另一个代表是《洗耻记》，其译者署名为汉国厌世者，由冷情女史口述。[2]书中两位主人公艾子柔（与"爱自由"谐音）、迟悲花（与"耻悲华"谐音）是菲律宾的自由斗士，他们在祖国被美国占领

---

[1] 小仲马，《巴黎茶花女遗事》，林纾、王寿昌译。对这本书的分析，参见 Leo Lee, *Romantic Generation*, pp.44-46.
[2] 冷情女史，《洗耻记》，第421页。

之后流亡到了中国,并加入了推翻清廷统治的斗争。小说中的中国英雄称他们为"海外豪杰"。

我们进一步找到了为世界上其他民族带来文明的真正的中国英雄。《罗梭魂》表达的观点是要在各民族基本平等的大框架之下来指导世界上被压迫的民族;而在《狮子血/支那哥伦布》(1905)里却发现了另一种不同的观点。该书作者何迵虚构了一位中国的英雄查二郎,他是一个冒险家,反对世界上所有的不公。在一个寒冷的夜里,他遭遇了一场暴风骤雨,两个怪物袭击了查二郎的船,把他扔到了一个很远的地方,后来才知道这里是非洲。查二郎在这里得到了当地蛮族的信任,他们支持他与怪物、野兽和社会不公做斗争。他像殖民者一样为当地带去了文明。这里逐渐建起了工厂,引入了工业纪律,和外面的世界开始有了贸易往来,孩子们上学也成了义务教育。尽管这部小说没有写完,但总的线索很清楚:我们中国人也有能力成为现代的英雄,勇敢、大胆、体能充沛,同时也可以具有殖民者式的远见,成为建设美好明天的强有力的领导人。

1906年的《[殖民小说]冰山雪海》的情节线索和英雄类型都与此相似(图3.2)。[1] 在24世纪,一群中国的探险家在美国建立了一个新的殖民地,没想到他们成了建设当地所有种族大同社会的殖民者模范。他们的领导魏大郎名字非常像日本人,谐音是"伟大郎",性格也很像查二郎,他为努力摆脱落后、压迫和奴隶制度的犹太人和黑人提供救助,为他们讲述平等的社会里自由的意义。故事以一场建成理想社会十周年的庆典来结束,世界各国的领袖都出席了这个庆典。旅生的《痴人说梦记》(1904)里也可以找到类似的场景。

这些偏远的地方所需的各种改革和中国迫切需要的改革非常相似,所以我们不得不读得更仔细一些。这些小说里的奴隶和贫苦的人们正是处于历史困局中的中国人民的写照。谴责中国人是"奴隶"是晚清政治修辞的一种标准化的特征。引导着奴隶们走出困苦、推动他们走向现代

---

[1] 李伯元(?),《冰山雪海》。

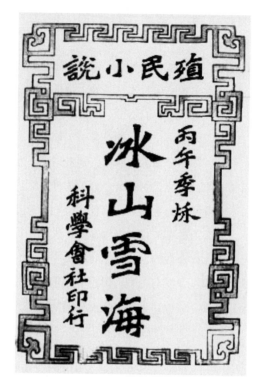

◆ 图3.2 《冰山雪海》的封面（1906），上面有大号字的"殖民小说"的角标。政治小说的封面设计通常都很醒目，用图像或印刷的方式来带出政治议题（李伯元［？］，《冰山雪海》［1906］）

化的铁腕式支那哥伦布不是一个现代的人物，而是未来的人物。敏锐的读者会发现，这样我们就把现代的、冒险的中国改革家搬到了中国被奴役的历史之中，推动它发展成为一个现代化的国家。这样把殖民当作教化落后民族的办法显然是在为殖民辩护，表明维新派对于依靠百姓的自发愿望推动现代化发展存在深刻的怀疑，解释了为什么需要自上而下的强力干预，最好是由一心维新的政府来领导，这些维新派仍然对此抱有希望。

新的空想世界

从乌托邦故事的发端开始，甚至乌托邦（Utopia, *ou-topos* = nonplace）这个词本身的起源就注定了追寻清静的新世界的试验场不会受到传统的桎梏和包括民族国家在内的当今权力结构的影响。这样的文学和实际的试验场可能在海底，或者是在某个杳无人烟的岛上或行星上，这些选择都被儒勒·凡尔纳等人尝试过了——当时他的小说在日本和中国都有译本，读者众多，后来又成了中国作家写作的一个样板。荒江钓叟的《月球殖民地小说》(1904) 把荒无人烟的月球变成了人类的殖民地，就像尼摩船长潜水艇上的船员一样，他们不按国籍来定义身份，他们是整个人类的组成部分。在一场梦中，这位参加了中国政治改革的年轻日本（不是中国！）英雄被一位天使带到了一个想象中的世界（天堂）。他走进了一个大厅，看到三位伟人坐在一起，对世间的事物做最后的评判。[1] 这三位伟人分别是释迦牟尼、孔子和乔治·华盛顿，他们三者融合了释迦牟尼的自控、孔夫子的仁政以及共和国中公民对公共事务的介入，他们共同代表了无关于文化、国家和语言的最高的道德价值和走向更好的人类社会的承诺。

政治小说里用世博会来表现未来"世界"良性互动的理念，世博会上世界各国都来展示各自的工业实用技能和文化成就。政治小说喜欢表现世博会这个主题，反映出作家希望看到祖国有一天能够屹立于先进国家之林的愿望。日本作家末广铁肠是第一批探索这个主题的作家之一，他在1890年的作品《二十三年未来记》里就写到了世博会。[2] 梁启超也在其《新中国未来记》一开篇就写到了世界各国的领导都来上海参加大博览会。马仰禹的《亲鉴》(1907) 和陆士谔的《新中国》(1910) 也同样照搬了这个主题。同时，世博会提醒读者，只有在各国平等发展、文明水平相当之时，才能实现和平和繁荣。这些崇高的目标不能仅靠一个国家来实现，它离不开世界这个共同体。在这些乌托邦文本中，思考的框架变成了整个世界。

---

[1] 荒江钓叟，《月球殖民地小说》，第70页。
[2] 有关这部小说对日本的影响，参见 Hill, "How to Write," p.344。

和日本政治小说一样，中国政治小说中表现外国地点和人物也是为了说明民族救亡斗争普遍存在。伴随这些外国地点和人物而来的有不少新概念和比喻，诸如地球、同胞、同志、志士、公敌、野蛮、进化、科学、电气、人类等新词以及亚细亚或者印度洋等新的地理名称也都出现了。所有这些词语都象征着一个新的广阔的宇宙。说到比喻，"大海"是对政治环境的一个新比方，在大海中，另外一个新的比喻"国家之船"必须和风暴、巨浪、泄漏以及船员中的反叛分子进行斗争。[1]

晚清作家们描写远方（有时候是幻境）的文学修辞手法可能会让人感受到文学的延续性。[2]虽然这些故事试图利用既有的文学感受，但它们这么做还是为了加强政治上的吸引力。新奇和断裂的元素以及注重政治/寓言元素的写作和阅读策略一起主导着整个政治小说。

落幕时间：参照未来的当下

日本的乌托邦和反乌托邦故事创造了一种以科学方式讲述从现在到未来整个历程的方式。不过，对中国来说更重要的是这种叙事方式的反转，从对未来的种种倡议设想转变为站在未来的角度对"过去"取得的成就进行"真实的"反思性记录，这种作品或者在标题中有"未来记"的字样，或者只是用这种方式来行文。[3]日本早前翻译的荷兰作家"达爱斯克洛提斯博士"所著的《西历2065年》就强调了政治进步与科学技术的关系，日本的"未来记"便受此启发，后来日本的未来记和贝拉米的《回顾》又为中国的未来记搭建了舞台。[4]

---

［1］ 参见刘鹗，《老残游记》的"楔子"一章；我们在第七章中也会讨论这个楔子。
［2］ "对晚清作家来说，写科幻意味着要再次强调关于奇异的古典审美，并按照一个不同的地志学模式来重新建立比喻性语言的基础。"David Wang, *Fin-de-Siècle Splendor*, p.257。
［3］ 有关"未来记"在日本政治小说中的作用，请参见Kurita的讨论，Kurita, "Meiji Japan's Y23 Crisis"。
［4］ 下文中我用"未来记"这个一般性术语来统称日本和中国的这类作品。

未来记进一步发展了早期政治小说中核心的时空要素。这种文学叙事形式在过去、未来、现在三个不同的时间线上进行，尝试从过去的经验和当前的思索中推想未来之现实，这也成了日本和中国政治小说的突出特征。小说讲述的时空在未来，而目标是处理当前的问题，其意识形态的立场便从这个形式结构中表现出来。"未来记"的寓意是历史的车轮要向我们所期望的未来行进，还有赖于现在采取必要的改革行动。

自从1891—1892年贝拉米《回顾》的中文译述本问世（参见第一章），中国就对"未来记"这种文学手段略有所知，但"未来记"在日本政治小说中的应用使这种选择对中国作家显得更加具体，更容易理解了。引入"未来记"这个术语的奠基性作品包括末广铁肠的《二十三年未来记》(1885—1886) 以及《雪中梅》(1886)。尽管末广铁肠有三部政治小说译成了中文，因而在中国非常有名，[1] 但《二十三年未来记》并没有中译本，可能是因为其中包括谴责未来国会腐败的内容。尽管如此，它还是对梁启超的《新中国未来记》产生了直接的影响，而这本书是"未来记"这种文学手段引入中国并最终流行起来的关键一环。

在梁启超的《新中国未来记》中，历史学家／讲述者孔老先生的任务就是提醒这些后来时代的国民"过去"发生了什么大事。因为叙述者立于未来之中，他就能够在回顾过往的同时让真正的作家梁启超往前看。因此，梁启超就得以同时提供两个不同的视角，也即从他的读者生活的当下看未来和从小说主人公所生活的未来看当下。这个双重的视角让作者有了一种特别的自由，增添了故事的吸引力。它使读者得以把幻想当作事实，事实当作回忆，现在所需要的政治改革当作辉煌的成就。从未来的"当下"来看中国的财富和权力，对当下，也就是未来的"过去"进行批评也就有充分的理由了；鉴于未来的孔老先生讲述的都是"无可争辩的"成功故事，当下的梁启超就可以自信满满地对中国可能的未来做出预言。

---

[1] 末广铁肠的小说《雪中梅》1903年由熊垓译成中文，题为《[政治小说]雪中梅》；《花间莺》则于1908—1909年由梁启超译成中文，名为《[政治小说]花间莺》。

与乌托邦式幻想不同的是,"未来记"提供了达到未来状态的具体的策略和实际步骤。这种叙事别出心裁的时间线有自己的哲学基础:进步和进化的必要性/不可避免性。王德威曾指出,梁启超之所以无法把小说写完,是因为故事纲要中三种互相冲突的时间结构剥夺了他对历史另作其他想象的自由。[1]不过,"未来记"作为一种文学形式能被选中,还是出于一个特殊的目标:以故事人物所采取的成功策略作为示范,刺激读者采取行动。对于作者和读者而言,面对受困于顽固的政治体系、因不起作用的传统和落后的百姓而负担累累的当下,这些故事所提供的自由不啻是一种解脱。从已经实现的理想往回看,这些"未来记"基调非常积极,鼓舞人心。借着时间的反转和基于"现实"的奇思妙想,"未来记"成了非常吸引人的读物。

作为一种讲述白日梦的方式,"未来记"最早在《西历2065年》里面就出现过,后来又见于户田钦堂的《情海波澜》和末广铁肠的两部未来记小说中。在从当下的噩梦中惊醒之际,讲述者和读者意识到面前还有很多辛苦的工作。把梦作为已实现的现实的想法反转了佛教有关此世都是虚幻的观念,后者在诸如董说写于17世纪《西游补》和曹雪芹写于18世纪的《红楼梦》中都有所表现。

蔡元培(1868—1940)的《新年梦》(1904)就采用了这种新的手法。故事的中心人物"中国一民",也即作者本人对清政府的无能和人民的落后感到失望不已,沉沉睡去。他在梦中进入了未来。并非当下所有的政治和社会问题都得到了解决,但故事中都有所提及,而且列出了详细的解决方略。其结果就是一个乌托邦的世界,置身其中的中国已经消除了落后和无能,它的人民享受着自由、民主和科学所能提供的一切;这是一个没有国家疆界或者私人财产的世界,每个人都说世界语。新年庆典中的爆竹声惊醒了作者,把他带回了当下。这个梦境并不是一个空无一物的幻象,而是一种有关什么应该实现而且能够实现的理念。

---

[1] David Wang, "Translating Modernity," pp.311-312.

未来记进一步发展了早期政治小说中核心的时空要素。这种文学叙事形式在过去、未来、现在三个不同的时间线上进行，尝试从过去的经验和当前的思索中推想未来之现实，这也成了日本和中国政治小说的突出特征。小说讲述的时空在未来，而目标是处理当前的问题，其意识形态的立场便从这个形式结构中表现出来。"未来记"的寓意是历史的车轮要向我们所期望的未来行进，还有赖于现在采取必要的改革行动。

自从1891—1892年贝拉米《回顾》的中文译述本问世（参见第一章），中国就对"未来记"这种文学手段略有所知，但"未来记"在日本政治小说中的应用使这种选择对中国作家显得更加具体，更容易理解了。引入"未来记"这个术语的奠基性作品包括末广铁肠的《二十三年未来记》(1885—1886)以及《雪中梅》(1886)。尽管末广铁肠有三部政治小说译成了中文，因而在中国非常有名，[1]但《二十三年未来记》并没有中译本，可能是因为其中包括谴责未来国会腐败的内容。尽管如此，它还是对梁启超的《新中国未来记》产生了直接的影响，而这本书是"未来记"这种文学手段引入中国并最终流行起来的关键一环。

在梁启超的《新中国未来记》中，历史学家/讲述者孔老先生的任务就是提醒这些后来时代的国民"过去"发生了什么大事。因为叙述者立于未来之中，他就能够在回顾过往的同时让真正的作家梁启超往前看。因此，梁启超就得以同时提供两个不同的视角，也即从他的读者生活的当下看未来和从小说主人公所生活的未来看当下。这个双重的视角让作者有了一种特别的自由，增添了故事的吸引力。它使读者得以把幻想当作事实，事实当作回忆，现在所需要的政治改革当作辉煌的成就。从未来的"当下"来看中国的财富和权力，对当下，也就是未来的"过去"进行批评也就有充分的理由了；鉴于未来的孔老先生讲述的都是"无可争辩的"成功故事，当下的梁启超就可以自信满满地对中国可能的未来做出预言。

---

[1] 末广铁肠的小说《雪中梅》1903年由熊垓译成中文，题为《[政治小说]雪中梅》；《花间莺》则于1908—1909年由梁启超译成中文，名为《[政治小说]花间莺》。

与乌托邦式幻想不同的是,"未来记"提供了达到未来状态的具体的策略和实际步骤。这种叙事别出心裁的时间线有自己的哲学基础:进步和进化的必要性/不可避免性。王德威曾指出,梁启超之所以无法把小说写完,是因为故事纲要中三种互相冲突的时间结构剥夺了他对历史另作其他想象的自由。[1] 不过,"未来记"作为一种文学形式能被选中,还是出于一个特殊的目标:以故事人物所采取的成功策略作为示范,刺激读者采取行动。对于作者和读者而言,面对受困于顽固的政治体系、因不起作用的传统和落后的百姓而负担累累的当下,这些故事所提供的自由不啻是一种解脱。从已经实现的理想往回看,这些"未来记"基调非常积极,鼓舞人心。借着时间的反转和基于"现实"的奇思妙想,"未来记"成了非常吸引人的读物。

作为一种讲述白日梦的方式,"未来记"最早在《西历2065年》里面就出现过,后来又见于户田钦堂的《情海波澜》和末广铁肠的两部未来记小说中。在从当下的噩梦中惊醒之际,讲述者和读者意识到面前还有很多辛苦的工作。把梦作为已实现的现实的想法反转了佛教有关此世都是虚幻的观念,后者在诸如董说写于17世纪《西游补》和曹雪芹写于18世纪的《红楼梦》中都有所表现。

蔡元培(1868—1940)的《新年梦》(1904)就采用了这种新的手法。故事的中心人物"中国一民",也即作者本人对清政府的无能和人民的落后感到失望不已,沉沉睡去。他在梦中进入了未来。并非当下所有的政治和社会问题都得到了解决,但故事中都有所提及,而且列出了详细的解决方略。其结果就是一个乌托邦的世界,置身其中的中国已经消除了落后和无能,它的人民享受着自由、民主和科学所能提供的一切;这是一个没有国家疆界或者私人财产的世界,每个人都说世界语。新年庆典中的爆竹声惊醒了作者,把他带回了当下。这个梦境并不是一个空无一物的幻象,而是一种有关什么应该实现而且能够实现的理念。

---

[1] David Wang, "Translating Modernity," pp.311-312.

还有一部含有梦境的"未来记"题为《[女子爱国小说]情天债》，作者徐念慈（笔名东海觉我）。[1] 在"楔子"一章开篇时，故事的讲述者尽可能采用口语的新词语对读者说道：

> 咳！列位，今年已是一千九百六十四年甲辰[2]的新正了。今日我们的帝国独立在亚洲大陆上，与世界各国平等往来，居然执着亚洲各国的牛耳。我们的同胞呼吸自由的新空气，担着义务，享那权利。如今，虽算不得太平的世界、大同的世界，这黄金的亚洲大陆也渐渐发出那极辉煌、极绚烂的光芒了。讲到内治，各地方的长官，都奉着大帝国的宪法，行那地方自治，一丝不乱的秩序。讲到外交，那各国派来的公使，与我们帝国派去的钦差，正个是樽俎雍容，衣冠肃穆，十二分的亲爱，十二分的和好。[3]

"现在"中国的成就包括武备的现代化、尚武精神的发展、教育的普及以及"亦足为黄人生色"的科学发明。[4]

"列位试想六十年前，老大病夫的帝国，如何能以一变至此呢？"[5]讲述者问道。"大家都以为这是帝国第一女杰革命花苏华梦之力了。"这部小说详细描述了在这位女杰（"苏华梦"的意思是将中华从睡梦中唤醒）的努力下中国从"过去"到"现在"的奇迹转变。故事以隐喻开篇，人们在一座房子里（=中国）昏睡，因为不愿意直面家园的现实危机而不愿醒来，却被闯入的凶徒乱杀乱砍。

在"未来记"的叙述中，主人公可以自由地穿越时间。在未署撰人姓

---

[1] 东海觉我，《[女子爱国小说]情天债》。
[2] 作者同时使用了中国和西方的历法系统，清楚地指明小说的背景设置在60年以后的未来。中国历法以60年为一循环，甲辰年也是1904年，即本书出版的年份。
[3] 东海觉我，《[女子爱国小说]情天债》，楔子，第39页。
[4] 同上书，楔子，第39—40页。
[5] 同上书，楔子，第40页。

名的《黄人世界》(1903)中，小说《水浒传》中的吴用以一个同名后裔的身份复活了，他对惊诧不已的儿子宣布："今天是我国革命二十年的纪念。"尽管儿子反驳说现在是光绪朝二十九年（1903年），吴用也不为所动，接着告诉他"过去的"六件维新大业最终造就了"黄人世界"。这六件大业涵盖了政治革命家的各个目标，包括打败入侵的俄国军队、建立地方和国际的联盟以保藩屏、巩固自治、普及教育以及由此而来的科学进步。[1]

不断重印的小说《新纪元》(1908)[2]的作者也受到启发，不止关注过去和现在，还要关注未来。给他启发的是有关未来的两部外国小说——H. G. 威尔斯（H. G. Wells）的《未来之世界》(*The Time Machine: An Invention*) 以及卡米耶·弗拉马里翁（Camille Flammarion）的《世界末日记》(*La fin du monde*) 这两部小说，都已经被译成了中文。[3]他的小说写的是刚刚肇始的新世纪的时代——在这个世纪里，中国在新政之后已经实现了政府的现代化，有了宪法和教育系统，因而科学也繁荣昌盛，中国已成为地球上最强大的国家。中国一改过去屈辱的面貌，开始把不平等条约强加给别人了。在小说的结尾，当最穷困的几个国家拒绝跟行事蛮横的中国签订不平等条约时，作者对这个成功故事流露出了一种矛盾的感觉。而且，这部小说把极大的希望放在科学奇迹之上，说明对改革者的政治纲领能否奏效缺乏信心，因为连打败白人的制胜法宝——技术设施也都是西方的舶来品。[4]

许指严（1875—1923）的《[理想小说]电世界》也对权力梦想表现出了类似的矛盾犹疑。他给自己起了个讽刺的笔名"高阳氏不才子"，故事一

---

[1]《黄人世界》收录在东京弘文学院的湖南留学生所办的杂志《游学译编》中。

[2] 碧荷馆主人，《新纪元》。1933年以前，这部长篇小说（七万字）至少重印了八次；参见刘德隆，《晚清知识分子心态的写照》，第92页。

[3] 碧荷馆主人，《新纪元》，第2页。H.G. 威尔斯的 *The Time Machine* (1895) 除了《新纪元》作者给出的译名之外另有一个不同的译名，在《新纪元》出版之前一年曾被（杨）心一译作《沧桑变》，连载于《神州日报》（1907.7.3—1907.8.10）。卡米耶·弗拉马里翁的 *La fin du monde* (1893) 曾译作《[哲理小说]世界末日记》。梁启超1902年曾摘译了其中一部分载于《新小说报》。

[4] 刘德隆，《晚清知识分子心态的写照》。

开篇就称中国是对全球科学进步贡献最大的国家。[1]

上海新城当今已被直接称作"乌托邦",这里代表着未来的中国。在上海新城成立100周年的庆典上,中心人物是一位新英雄,中国科学家、"电王"黄震球(黄种人震惊世界)。在国会、政府和立宪君主的支持下,他的科学发明帮助中国称霸世界。黄震球发明的先进武器战胜了西威国、北合国和东阴国,最后统一世界,组建了一个广受称赞的大同国。他给了20万欧洲人工作机会,让他们作为劳力去开发南极洲,在发现日本岛面临爆炸威胁之后还让全日本的人都搬到中国来定居生活。

这是一个以"科学"为基础的技术官僚专制国家,作者一点也没有浪费时间来描述政治或社会改革。黄震球的当务之急就是把科技作为开发新能源、获取财富和维持社会秩序的手段。这里装有一套复杂的电子监控系统,以便保障社会关系和谐运行。

但是,一开始乐观昂扬令人骄傲的中国优胜故事到最后却成了一种反乌托邦。电王非常孤独。他在小说的结尾遇到一个问题:他伟大的教化事业没能完全成功地改造人类。他的解决方案是离开这个星球,寻找更有希望的地方。尽管这位英雄本来对他用科学开创繁荣和谐新世界的能力非常自信,但疑虑还是慢慢地浮上心头。虽然书里没有具体说明这些疑虑是什么,但它与潜在的滥用科学并没有关系,而是反映了当时许多改革者身上一种普遍的悲观情绪,他们认为改造墨守旧习、故步自封的国人很难成功。

"从未来往回看"的文学形式通过"回顾式"的叙述,把政治理想变成了已经实现的成就,把未来视为客观必然和有效的途径,从而避免了一种宣传式的修辞。这种叙事的形式关心的不只是具体的人物,更是广大的历史进程。它反映出对客观的进化历程的一种理解,要通过有意识的参与来实现这种客观进化。它的目标就是改造历史进程冷漠的旁观者,号召他们主动投身历史,塑造历史。在这个意义上而言,"未来记"的文学形式体现了它所要负载的信息。

---

[1] 许指严是一位高产的作家,他还有一部政治取向的作品《埃及惨状弹词》。

突出孤独的英雄:"才子佳人"主题的消失

文学形式迁流的过程通过其本地化变得具体了。不过,被拒绝接受的部分反倒更清晰地把文学形式的社会性凸显出来。中国的作家不得不在模仿世界性的文学模板和创作与中国有关且中国读者容易理解的作品之间权衡。对这个权衡过程进行研究,可以准确地找到这一文化流的动力学所蕴含的主体性。

形式特征是文学类型的标志之一,当某种文学类型被引入新环境时,其形式特征也往往与之相伴随。这些标志最初是作为一种刺激因素参与运作,与新的环境互动,并常常会对文学形式自身产生新的解释。通过对形式的再发明,包括拒绝某些元素,文学样式一次又一次地焕发出生机。

之所以某些元素会被摒弃,究竟是因为其文学形式不符合本地的阅读传统,还是恰好证明了文学形式具有社会本质,而其中暗含的意识形态遭到了摒弃?"才子佳人"的主题就是一个很好的案例。

这个蕴含着情爱关系、具有政治象征的潜力的主题是明治时期政治小说的区别性特征,中国的译本非常忠实地再现了这个主题。[1] 这个主题是早前日本从中国学过来的,中国在18世纪已出现了才子佳人小说的巅峰之作——《红楼梦》。这一类中国小说在江户时代的日本非常流行,[2] 催生了一大批跟风表现这一主题的日本小说,其中就包括很多明治时期的政治小说。[3] 不过,在日本这个主题面对的是一种完全不同的社会环境,尽管日本确实采用了中国的科举体系,但并没有采用其精英政治的结构,日本的"才子"如果没有高贵的出身赋予他特权,根本不可能担任高官、迎娶皇上

---

[1] 对于讲述政治维新的小说而言的确如此,对于主张激进革命的小说则不太明显。笔者会在本章后面部分讨论后一种类型的小说。

[2] 参见 Zwicker, "Long Nineteenth Century," pp.582-588。《玉娇梨》最早的版本通常被认为是第一部"才子佳人"小说,现藏于日本国立国会图书馆。参见邱江宁,《清初才子佳人小说叙述模式研究》,第18页。有关日本政治小说与才子佳人主题,参见龟井秀雄,《感性の变革》,第53—54页。

[3] Sakaki, "*Kajin no kigū*," p.86, n.6.

的女儿。因此，才子佳人这个主题在很大程度上是被当作来自中国的奇幻小说来阅读的，失去了在起源地的那种强烈的文化和社会意涵。[1]

按照传统的形式，才子佳人的主题既是情节发展的推动器，也是故事主要的内容——除了浪漫爱情以外没有其他的故事，而且它不是用于传播其他信息的工具性的叙事结构。日本的作家以翻译的西方政治小说为模板，对这个主题进行了重构。末广铁肠的《雪中梅》就以迪斯累利的《科宁斯比》为样板，后者 1884 年就被译成了日文。[2]《雪中梅》也用情感的依恋来作为两种不同的社会力量之关联的符号性表征，表示二者一旦联合起来，便能凝聚起足够的力量促成政治改革。东海散士的《佳人奇遇》与此不同，它刻画的是世界革命者的群像，书中的男男女女更像是携起手来的同志而不是恋人，可能这些故事中的英雄和女英雄之间也有爱情和依恋，但叙事的重点仍然留给了革命事业。就这样，政治小说重构了才子佳人的主题，同时仍然保留了耳熟能详的悲欢离合的情节元素。这种政治罗曼史和冒险故事的联系在佐佐木龙《[日本政海]新波澜》(1889) 里也很典型，而且其 1903 年的中译本《政海波澜》也继续保留了这个主题。[3]

作为中国现代小说最早的理论家之一，梁启超认为日本政治小说的译者在日本的环境中对这个主题进行了适当的重构。[4] 在他为《佳人奇遇》中译本写的自序中，梁启超提出政治小说把人类情感当作一种教育读者的工具，其中也包括爱情：

> 善为教者，则因人之情而利导之。故或出之以滑稽，或托之于寓言。孟子有好货好色之喻，[5] 屈平有美人芳草之辞。寓讽谏于诙谐，发

---

[1] Zwicker, "Long Nineteenth Century," pp.588-590.
[2] 司各特的《湖上夫人》也有"才子佳人"的情节，也被当作政治小说来读。参见 Keene, *Dawn to the West*, pp.62-71。
[3] 赖子译。笔者找不到关于这位译者的信息。
[4] Mabel Lee, "Liang Ch'i-ch'ao," pp.203-224；夏晓虹，《觉世与传世》，第 40—76 页。
[5] 见《孟子·梁惠王下》中孟子与齐宣王的讨论。

忠爱于馨艳。其移人之深……[1]

大体而言，中国的译者认可日本政治小说以浪漫爱情作为情节策略是有效的，有时候甚至会在章回题目上增加明确的引用，以突出这个主题。[2]中文版的《雪中梅》就这样做了，译者把"才子"改成了"少年"或者"志士"，只有"佳人"没动，以表明他意识到了日本作家对主题做了改动。在这样的译本当中可能会出现"儿女情长，英雄气短"这类表达。[3]它指向了一种不协调，一方面是私人的、情感的依恋，另一方面是为国家利益而奋斗的人们所需要的一种为公的英雄的勇气，梁启超对传统小说的谴责也与这种不协调有关系。

但是，中国政治小说家却在回避才子佳人的主题。考虑到它在当时其他小说作品中非常流行，而且日本也为政治小说改造了这个主题，中国作家这种忽略就变得非常需要解释。是什么原因使得中国的作家这样明显地摒弃这个已经改造过、译者又小心翼翼保留下来的主题？这个文学形式是纯粹的文学性吗？按照卢卡斯此前的讲法，"文学中真正社会性的是形式"，这种对日本模式的形式结构的偏离究竟会对中国的改革家考虑其政治计划宗旨的方式产生哪些影响？

在晚清的小说和有关小说的讨论中，这个关注情感依恋的主题通常直接被称为"儿女"，很不自在地跟"英雄"这个主题放在一起。[4]关于这两个主题的研究都非常丰富，我就只是简单勾勒一下它们与这里的讨论有关的基本文学特征。才子佳人主题的核心是崇高的爱——"情"。17世纪末18世纪初，这个主题从古典故事、诗歌和戏曲这些"高雅"的文学类型进入了小说。然而，它并没有重新开启对爱情的描写，更多被当作一种新的

---

[1] 任公（梁启超），《译印政治小说序》，第13页。
[2] 例如熊垓所译的《雪中梅》第一、第十一和第十三章的回目中就有这样的表达。
[3] 例如东海觉我的《[女子爱国小说]情天债》。
[4] 鲁迅对清代侠义和公案小说的评论可见于其《中国小说史略》，第420—433页。也可参见陈平原，《千古文人侠客梦》，第28页。

叙事手段，很快就形成了"悲欢离合"的套路——人物性格单调乏味，结尾皆大欢喜。

以英雄主义作为文学主题是广受欢迎的侠义故事的标志，这个主题可以一直回溯到西汉司马迁的《史记》。[1]如陈平原所说，早期表现侠义主题的作品给"武"和"情"都留下了空间。[2]直到《水浒传》，侠义的主题才变成只关注忠义，与爱情无关。当英雄需要预先假定不为爱情或性所动，完全不同于《红楼梦》里那些幽居在大观园中相思成疾的年轻人，他们完全没有尚武之志和男子气概。[3]

明末之后，仍有许多重要的小说作品保留了尚武精神和情爱之间关系的议题，[4]但在19世纪末有一部作品做出了明确的反动之举，这就是文康（1798？—1872）的《儿女英雄传》。书名已暗示出两个主题之间的关联，接下来其《缘起首回》中就大胆地宣称，"有了英雄至性，才成就得儿女心肠；有了儿女真情，才作得出英雄事业"。[5]王德威也曾经提出洞见："在这个情境下，爱情和英雄主义实际上是从属于更高的道德选择。"文康并没有将此二者当作两种平行的道德来表现，而是将其放置在同一个"宇宙"之中，[6]"情侠"主题也由此诞生。[7]

---

[1] James J. Y. Liu, *Chinese Knight-Errant*, pp.14-40.
[2] 陈平原，《千古文人侠客梦》，第89—90页。
[3] 参见罗立群，《中国武侠小说史》，第113—121页；有关明代武侠小说中"情"如何消失的总的讨论，可参见陈平原，《千古文人侠客梦》，第90页。但陈平原认为《水浒传》不属于武侠小说的传统。他将其置于参与保卫国家和主流意识形态的英雄正史的类型之下来讨论。后文还会对这一点再做讨论。
[4] 孔尚任 (1648—1718) 写于清初的戏剧《桃花扇》处理了个人情感和更大抱负之间的困惑，而这个困惑直到中华人民共和国"文化大革命"之后还没有解决。《桃花扇》以明朝灭亡为历史背景。主角一位是复社极负盛名的公共知识分子，一位是无人不知的名妓。按"才子佳人"的戏剧套路，故事本应该在他们二人欢喜重聚的时候结束，但他们意识到在巨大的公共危机面前个人情感不合时宜，选择了永别。有关《桃花扇》的研究，可参见 Wai-yee Li, "Representation of History"。有关"才子佳人"主题和武侠主题在18世纪末19世纪初互相融合的例子，可参见 Martin W. Huang, "From Caizi to Yingxiong"。
[5] 文康，《缘起首回》，第359a页，第13—16行。
[6] David Wang, *Fin-de-Siècle Splendor*, p.160.
[7] 陈平原，《千古文人侠客梦》，第92—93页。

中国政治小说在排斥这种联系的同时，也失去了对爱情关系进行寓言式解说的空间。梁启超在其第一篇有关政治小说的评论文章中表达了对才子佳人小说的轻蔑之意，甚至《水浒传》在这一点上也遭到诟病。他指出，两部小说都引来了数不清的效仿之作，而实际上这些对草莽凶徒或（禁忌）爱情的描写造成了"诲盗诲淫"的效果。他提出，小说这种形式已被证明是非常强大和成功的，但也是有问题的。[1] 他承认侠义小说还至少可以给男性读者灌输一点尚武精神，但对才子佳人小说就只有严厉的批评。这些小说纵容年轻人"轻薄无行，沉溺淫色，眷恋床笫，缠绵歌泣于春花秋月，销磨其少壮活泼之气"。它们对社会的危害也极大："青年子弟，自十五岁至三十岁，惟以多情、多感、多愁、多病为一大事业，儿女情多风云气少。甚者为伤风败俗之行，毒遍社会。"[2] 简言之，这种小说对中国的落后是有责任的！

在论文的结尾，梁启超提倡写新型的小说，它应该拥有类似的情感感染力，但能够真正满足国家的需要。"故今日欲改良群治，必自小说界革命始；欲新民，必自新小说始。"政治小说会用文学的手段吸引年轻的读者，但不会减损他们的男儿气概和爱国责任，新小说会强化这些方面，由此达到"新民"的目标。它并不只是给文学园地增加了一种变化，它会与整个小说界形成竞争，争夺其领地，它要对抗并且（梁启超希望）消灭中国年轻人书架上和床榻边的言情小说。

按照中国改革家的认识，中国的危机和日本所遭遇的危机完全不是一个数量级，尤其是日本明治维新获得成功之后。尽管日本政治小说接受了改造过的才子佳人主题，但在中国作家看来，中国这个传统的负担过重，中国作家对未来英雄的要求更高，因此他们基本上把这个主题拒之门外了。才子佳人主题遭拒之后，小说的关键人物就只留下了一个有希望的候选人。这个主人公是一个孤独的人，没有浪漫爱情来分心，现在他可以一心一意地献身给政治改革的事业了。结果就是中国兴起了描写孤独英雄的小说。

---

[1] 梁启超，《译印政治小说序》。
[2] 梁启超，《译印政治小说序》，第7—8页。

但是对才子佳人主题的摒弃并没有回答一个问题：究竟领导中国人民走出危机需要什么特质？才子的"才"现在成了一个嘲讽的对象，他在书上得来的知识并不适用于时事的处理。需要一个样板来展示这样一个新英雄——既有救国的一腔热情，又对中国在世界上的位置有所理解，具有远见卓识——看起来是什么样的，如何说话，如何行事。这个理想形象经常反映在笔名中。开风气之先的梁启超自称"少年中国之少年"，曾朴则用了一个反讽式的笔名"东亚病夫"。

对孤独的主人公的典型描写可见于《佳人奇遇》《政海波澜》或者《累卵东洋》等日本小说中。这些主人公大多数都会在发现之旅中交朋友，情感依恋的发展也是一种常见的情，但他们本质上还是孤独的人。日本小说把"才子佳人"当作一个常规情节，不会牵扯当时中国年轻男子为了在科举考试和职业生涯中获得成功而竭精竭虑、精进"才学"的内容。在中国的环境中使用这一主题可能会有损于政治小说的主旨——与过去决裂，寻找通往新社会之路，表现各种能够引领中国踏上征程达到目标的英雄。尽管《佳人奇遇》的题目让人联想到才子佳人的爱情故事，但佳人并没有成为主人公，而且这部小说也拒绝照搬大团圆结局的套路。小说两个主人公最后都作为个人分别投入到了追求自由和共和理想的斗争之中。

于是，中国描写孤独英雄的政治小说把才子和佳人这一对儿分开，才子摇身一变成了年轻的维新派，完全献身于祖国的事业，"无情无性"。[1]两位主人公的命运失去了联系，这个主题的转型让主角的选择并不限制在一个狭小的空间之内，使得发展开放的情节结构成为可能。小说与当时中国其他形式严格固定的文学体裁不同，例如骈文和古体诗都有许许多多的规则，国家的科举系统也为这些形式赋予了权威，而作为一种"低端"文学体裁的小说就相对开放，不只体现在形式上，也表现在社会和意识形态上。我们可以把现在参与政治维新的年轻人当作才子佳人中的才子来读，

---

[1] 对于明代游侠故事中"无情无性"这个特点的分析，参见陈平原《千古文人侠客梦》，第90—91页。

例如，黄克强《志士血》中的查二郎就是如此。进入了佳人所解放的空间之后，作者们塑造的超级新英雄具有知识分子的眼界，而责任感和道德品行又比学者强很多。于是这个孤独的英雄就成了这些小说中主导性的文学形象。

尽管这些孤独英雄的故事我们可以从司马迁的刺客 / 游侠列传和唐代的传奇中找到先例，他们在政治小说中的特征还是非常不同的。早期的文学人物"打抱不平，劫富济贫"，[1]而新的政治英雄则是为了国家存亡而奋斗，挑战它基本的社会和政治秩序。为了这个目标，他或她必须与社会相接触，与志同道合的人一起共事。这类英雄的典型包括科宁斯比、《雪中梅》里的英雄，甚至还包括儒勒·凡尔纳的小说中尼摩船长这个人物。[2]

对于第一次写小说的中国作家来说，带着革命浪漫主义和自信的孤独英雄也比"才子佳人"的情节挑战要小一些。这种政治小说的情节结构不那么复杂或"宏阔"，焦点比较集中，没有各种偏离故事主线的外传、反思和离题千里的叙述。它就是要制造一种直接的"进化论"的情节，有那么几个人物就够了。[3]进化论的叙事机制非常适合表现孤独英雄和他一心一意的追求与奉献。

才子佳人主题的崩解不只让才子重获自由，也解放了佳人。这个角色并没有消失，她的文学生命得以延续，只是转型成了孤独的女英雄。同样，我们也可以在唐传奇和宋明小说中有关侠女的话本故事中找到先例，她们为了复仇或保持独立而拒绝了浪漫爱情。[4]然而这些女子从来没有从与男人的纠葛中完全解脱出来，即使做选择的正是她们自己。[5]

有不少新的政治小说是以女英雄为故事主角的，其中包括《黄绣球》、

---

[1] 陈平原，《千古文人侠客梦》，第79页。
[2] 有关政治小说中英雄的互动，以及对传统英雄人物的特征概述，可参见第六章。
[3] 用"宽""窄"这些词来对文章做概括借鉴了佛朗哥·莫雷蒂的做法；参见"Novel," pp.111-124。
[4] David Wang, *Fin-de-Siècle Splendor*, pp.167-170.
[5] Hsia, "Military Romance."

《女娲石》(带有"中国新女豪"的角书)以及《女狱花》。这些小说为中国妇女解放大声疾呼，为其女性读者提供榜样，推动她们勇敢地跳出既有的女性角色规范来思考。这些为革命事业而奔走的女英雄大多都厌恶男性，孤身一人，更突出了弃绝儿女情长是女性解放的基本条件。她们并非"无情无性"，而是必须克服这些情感，才能成为真正的革命女杰。

这种处理显然不同于明治早期日本小说中所描写的那种有情感卷入、在比喻的意义上代表国民或政治理想的女性。[1]比方说，《政海波澜》中的女英雄便代表了人民的权利；在《雪中梅》中，她代表的是新兴的资产阶级，而她和英雄的结合保障了国家的政治前途。中国政治小说中的女性政治改革家或革命家更多的是参照《东欧女豪杰》中的俄罗斯无政府主义者索菲娅·帕罗夫斯卡娅的形象来塑造的。就文学意义而言，孤独的女侠比男性的侠士更能为政治小说增添充满吸引力的"奇"的概念。

孤独的女英雄是对中国的一种新的隐喻，反驳了当时与中国地位存在象征性关联的那些所谓女性特征：女性的无力和无知代表了西方面前的中国；她们对男性权威的顺从也让人联想起汉人对清廷的顺服。中国的复兴就寓于克服这些障碍的女性角色之中，其中黄绣球就是最为突出的代表。中国的救亡就系于孤独女英雄的行动之上。这些女英雄与现实中的中国女性、中国这个民族国家的行动之间的尖锐对比深刻地说明了中国还有很长的路要走。

在政治小说这种世界性的文学类型中，孤独女英雄这个中国人物形象是非常独特的，未见于欧美或日本的作品之中。正如中村正直所言，日本的明治政治小说总的倾向还是理想的女性是不会参与国家大事的，[2]中国这种创新，展示了这种一开始并不对称的文化互动的典型案例的动力机制，中国通过阅读来模仿日本政治小说，宣称这种文学类型大体上是合用的，继而又进行了翻译和创作。不过，在中国维新派眼里，女子解放和教育议

---

[1] Mertz, *Novel Japan*, p.148.
[2] Nakamura Tadayuki, "Seiji shōsetsu," p.915.

题的重要性与日俱增。女子教育在18世纪曾是文人讨论的主题，后来在19世纪末成了公共讨论的议题和维新派的实践。[1]现在女子教育对于中国的国家地位而言非常重要，因为国际上主流的观念是用一个国家如何对待女性来衡量它的进步程度。在日本明治时期自上而下的现代化动力中，从一开始就非常关注女子教育。[2]但从19世纪末开始，日本把自己视为一个由武士道精神所代表的国家。其国际地位的迅速提升给日本政治小说带来了一个转变，书中开始把日本描写成一个相当强力的东亚国家。然而在中国，许多这类传统上与女性相关的得体的甚至是理想化的行为特征，例如温顺地服从男性权威也在中国对待外部世界的行动中被复制了过来，但这些行动在当前与其他国家的生存斗争中被当作是无效的，甚至会起反作用。

这种形式的社会性和政治性体现为如下方面：推动情节的动力从个人的业力轮回转变为国家进化；规定繁复的写作程式被废弃，变成了作为新的"高级"媒介形式、更为开放的散文；才子佳人的主题被打破，而代之以对个人幸福的关注；出现了献身于共同政治利益的孤独英雄、孤独女英雄这些新的未来派人物。政治小说的这些转变标志着中国小说的发展进入了一个决定性的新阶段。

放弃才子佳人主题内在的双结构以及复杂枝蔓的情节，为适合新政治目标的孤独英雄和单一的主题焦点开辟了道路。

拿来故事的框架：旧形式，新使命

行文至此，我已列出了在文学形式的迁流和中国政治小说出现的过程中得到采用和遭到拒绝的各种特征。不过，在采用和拒绝之间还有第三个选择：译者对原文文本加以窜改挪用，以进一步突出文化互动的动力机制

---

[1] 有关晚清女子教育更多的详细参考资料，参见第四章。
[2] 这个论点最初是苏格兰启蒙思想家威廉·亚历山大（William Alexander）提出来的，后来也在晚清对女子教育的讨论中有所反映；参见 Wagner, "Women in Shenbaoguan Publications," p.254.

中至关重要的主体性。尽管就许多方面而言，中国政治小说都标榜自己是一种世界性的文学类型，抛弃了传统的散文式小说的核心要素，但有一个传统的元素保留了下来，这在欧洲政治小说和被视为样板的日本小说中都没有先例，这就是楔子这一章。[1]中国第一部政治小说——梁启超的《新中国未来记》就体现了这个惊人的特点。在该书中楔子作为第一章，在很大程度上是以一种象征或者寓言的形式独立于故事的其他部分，它定义了这部书将要处理的政治问题，以及达到目标的解决方案和具体方法。

译本中植入的另一个传统元素是"封闭型"的章节回目，以概述这一章的内容，通常以骈体文形式出现，严格对仗，以使读者有所预期。中国译者写下的副文本（paratext），例如序言、评注，通常会给出有关情境的大量信息，这也是同一个过程的组成部分。但这种形式上的窜改最极端的例子就是译者植入一个自己新写的楔子。这是一种文学的暴力形式，它绑架了原来的文本，将其从原有情境中剥离出来，重新调整了叙事结构，确立了译者对阅读策略的控制权。这个楔子实际上重新结构和包装了整个作品，让它为不同的目标服务。马仰禹（笔名南支那老骥）曾于1902—1903年将高安龟次郎（笔名东洋奇人）的《世界列國の行く末》译成中文，题为《未来战国志》，下面就以此书为例进行分析。

马仰禹在他撰写的《凡例》中简单地提到《楔子》是他自己加进去的。他没说明其实他用新加入的《楔子》替换了该书日文原版中中村正直（1832—1891）用韵文写成的《题辞》[2]，把《题辞》对小说主旨的概括全都改过了。原书1887年的《题辞》强调，如果日本、中国和朝鲜要抵抗俄国的扩张企图，就必须团结起来，因为这三个国家"辅车相依唇齿全，犹如同气连枝然"。[3]在《未来战国志》翻译出版的1902—1903年，俄罗斯还是被视为致命的威胁，但是日本已经战胜了中国，在其国家建设中军国主义

---

[1] 本书第七章将详细讨论"楔子"这个主题。
[2] Nakamura Masanao, "Daishi."在英国留学之后，中村翻译了斯迈尔斯的《西国立志编》以及穆勒的《论自由》。参见荻原隆，《中村敬宇研究——明治啟蒙思想与理想主义》。
[3] 中村正直，《题辭》。

◆图3.3 1884年日本的讽刺画杂志《团团珍闻》展示了列强在宴会上瓜分中国（图中以猪的形象暗指中国的地理疆域）的场景。图上的大字是："毛唐人の寝言（外国人的梦话）"。日本并没有坐在桌子旁边。请注意列强之间并没有互相争斗，他们是在秩序井然地分享这道盛宴。

已成为显著的特征。考虑到这些改变，译者感到有必要为小说读者提供一个新的政治框架。这个新加的楔子就精心阐述了这个有关远东政治的寓言式剧本。

按楔子的介绍，小说描写一个名叫"南支那无赖"的年轻人决定去环球旅行，因为反正他也一无所能。他选了一匹老马（老骥）作为旅伴，因为它"老于阅历且有魄力，而又能识途"。"老骥"是个双关语，因为译者笔名就叫南支那老骥，因此译者自己也就作为向导进入了小说。无赖在北上俄罗斯的路上遭遇强盗抢劫，心情忧愤的他毫无目的地信步漫游，突然老骥止步不前，无赖看到远方有一位垂死的老人横卧在东方的海岸线上（＝中国），他身旁聚集着野兽（＝列强），正在等着他一死就分而食之。

无赖远远望见小户三椽（＝日本），墙都是用粪土做的，但居民很年轻，"身衣锦绣，而内实败絮。其骄奢之气，则盈于面表。盖小户之暴富，而好作外观以凌人"。把日本描写成仍是粪土筑墙却到处耀武扬威的小户，肯定不符合高安龟次郎写这本小说的初衷和作者的自序。

无赖往西望去，看到三幢宏伟壮丽的大厦（＝英国、法国和德国）。这三座大厦已经很老旧了，看上去再过一百年即将倾覆。大厦里的居民"衣文绣，缀珠玉，大腹团面，望而知为贾而富者。然年老而龙钟，暮气已深，而耳聋目盲，寸步须人"。[1]

当东方的老人行将气绝之际，在西北山外（＝东北）突然传来了一声怪啼，一只双头鹰（＝俄国）盘旋而下。在扑向老人之前，它东望三小户，看到那边没什么事，它决定先干掉老人，然后再去蹂躏三小户。双头鹰非常得意，它发现西方大户似乎也在等待着这场杀戮，这样他们就可以用老人的房子来储存自己的粮食。于是，楔子提供了两种可能发生的情况。

一种情况是日本小户和西方大户联合团结，东西各户分为三队，一队先救垂死老人，一队和双头鹰搏斗，一队绕东北山，直捣双头鹰的老巢，碎其卵，杀其子孙。这样不但东方垂死老人得以获救，其他人也可以在家

---

[1] 南支那老骥，载高安龟次郎，《未来战国志》，第1页。

里欢庆和平。

另一种可能的情况是双头鹰飞舞而下，吞噬老人。接下来它三两下又将东方三小户和西方大户蹂躏至死，最后称霸全球。

但是突然一声巨响，一块石壁裂开了，出现了一位老人，他就是（本来完全不知名的）英国小说家勃兰士先生。他告诉无赖，"（汝所见）即二十世纪后之世界之现象"（第2页）。然后他给了无赖一本题为《世界列国之结果》的小说，他解释说这本书为"日本东洋奇人（日本原著作家笔名）所著，故为和文"，"而书中夸大日本且若利支那之灭亡，如汝适所见之东小户居人者。汝归，盍译之以警世人。其节目之不甚接洽，而不宜于阅者，则删之削之，以刊行之，亦大有造于支那者也"（第3页）。勃兰士接下来给老骥指明了正确的路。无赖一回到家就直接开始翻译小说，并且按照勃兰士的指导进行了改动。

译者的楔子选取了小说最主要的内容——俄罗斯的野心、欧洲的冷漠、中国的无助以及日本的崛起。尽管在小说里中国和大多数欧洲国家已经败给了俄罗斯，日本还在为生存而斗争，但在楔子当中，在勃兰士先生[1]的指导之下，译者对原著作者给日本的评价提出了质疑，反对作者给日本提出的浪漫化且不现实的解决方案，并在原文文本之上添加了一层新的含义。

这个楔子反映了译者和接受者强大的主体性。它展现了一种文学类型在新的环境中如何呈现新的形态，发挥新的功能，即使是在翻译外国作品时也是这样。它甚至带着嘲讽给译者提供了随意修改原文回目、删改原文、添加楔子的自由，而且译者通过自己的笔名，把他自己也添加了进去：作为一匹令人信任的老马，一旦有人给它指出了正确的方向，它就能理解并迅速把主人带回家。尽管《未来战国志》对样板的模仿仍然还停留在翻译

---

[1] 这个不为人知的英国小说家特别有趣。尽管我不确定这位勃兰士（布朗？）先生究竟指的是历史上某位政治小说作家还是一个虚构的人物，但勃兰士就像一位政治小说作家一样知道事情发展的方向，而且他也很熟悉世界各地的这类小说作品，包括日本人所著的政治小说。他还给无赖推荐了一本这种小说——实际上他才是迷路的"南支那老骥"的指路人，给这位译者老骥指明了道路。在此过程中，他扮演了中日文化互动的中介。

而非原创,它还是发挥了极大的创造力和想象力来修正原作,把它置于一个不同的时空和政治目标之下。在这个过程中,它指导读者对原作的目标进行了批判性的阅读,对文学类型进行了一种精心的扭转,以另外的方式确保主人公能行事得宜。

实际上,这个楔子回溯了政治小说从英国经由日本来到中国的旅程。勃兰士先生年纪较长、身为西方人,而且不知道从哪儿就奇迹般地出现了,这给了他三重权威性。他帮助无赖弄懂了他所见的现象,又凭借对日本的批评意见获得了无赖的信任。通过添加一个权威的西方人来阐释眼前的景象并介绍这部重要的日本作品,译者削弱了日本作者的权威。最后,正是南支那无赖——经过改造的少年中国——指出了正确的道路。他完成此举的工具就是添上去的那个楔子。

阅读原稿:革命 vs 改良

在文学形式的迁流中,翻译是最精巧的通道。不过,译者属于一个大得多的双语或多语言的族群,他们以中文为母语,也能够用原文阅读日本文学,可能也用中文写作。这种互动渠道的影响也表现在更为"革命"的政治小说中,这些小说的根源可以追溯到主张革命式变革的日本政治小说那里。这些日本政治小说没有被译成中文,但是它们本就是有关法国革命以及俄罗斯虚无党事迹的作品的节译本和改编本。

弘子·威尔科克(Hiroko Willcock)曾提出,中国留日学生、维新派和革命家曾读过的激进日本小说可能包括坂崎深澜的《自由之花笠》、宫崎梦柳《自由之凯歌》和《鬼啾啾》。[1]这些作品都取材于法国和俄国革命的故事。比方说,《自由之凯歌》就是大仲马《昂热·皮都》的翻译/改编本,描写了法国革命和攻下巴士底狱的故事;《鬼啾啾》则对刺杀沙皇亚历山大

---

[1] Willcock, "Meiji Japan," p.4. 带有激进色彩的小说被译成中文的只有一本,就是佐佐木龙的《政海波澜》(1889),前文已有讨论。

二世的俄罗斯虚无党人的生活加以戏剧化的表现。这部小说的作者还被处以三个月的监禁。[1]

鉴于维新派作家、旨在宣传的出版机构[2]以及政治家之间的紧密关系，很有可能中国的"激进"作家也跟激进的政党（例如同盟会）及其出版机构和出版商有直接联系。[3]陈天华身上便体现出了这种联系。

不少晚清政治小说遵循的是"革命"路线，呼吁推翻清政府的统治。其中最著名的包括《狮子吼》（1906）、《自由结婚》（1903）、《洗耻记》（1904）和《瓜分惨祸预言记》（1904）。

这些小说公开谴责了清廷在外敌侵略和强人政治面前的虚弱无能。进一步而言，统治清朝的满族实际上是"外"族，中国已经被他们统治了300年，这个朝代的存在本身就是中国的受辱蒙羞的一个象征。这些"激进"小说主张必须推翻清政府，才能使中国免于被外国列强瓜分；或者各个地方应该与中央政府脱离关系，宣布自治，不受清廷和外国人控制。这类激进的中国小说的存在凸显出一个事实，即日本政治小说的翻译者大多数都和梁启超建立的网络有关联，他们选择翻译支持制度改革的小说，而

---

[1] Mertz, *Novel Japan*, p.125.
[2] 即便是戊戌政变之后，梁启超还是设法让自己的声音能持续在中国传播开来，一个重要的渠道就是广智书局（Diffusion of Useful Knowledge）这个出版机构。广智书局1901年开办于上海，其创办人冯镜如是一个英国籍的香港商人，其子冯自由是梁启超的亲密助手。广智书局设法在中国发行梁启超和助手们认为重要的书籍，这样就可以有效地绕开清廷对官方邮政渠道进口此类书籍的封锁。广智书局也出版日本和西方的教育类、社科类作品的中文译本。最重要的是，无论是日本政治小说的中文译本、用中文原创的政治小说作品，还是当时和政治小说一起兴起的社会谴责小说，广智书局都是最主要的出版商。广智书局的名字受了英国实用知识传播会（British Society for the Diffusion of Useful Knowledge）的启发，后者出版了著名的《便士百科全书》（*Penny Cyclopaedia*）、《便士杂志》（*Penny Magazine*），以及大量包含实用知识的书籍。广智书局让梁启超做股东，他的"投资"包括出版其作品的权利。1903年，广智书局出版了梁启超的文集《重订分类饮冰室文集全编》，同时还是梁启超创办的杂志《新小说》和《新民丛报》在中国的发行商。有关广智书局出版物的详细清单请参见吴宇浩的专项研究《广智书局研究》。有关其开张的日期在此书第16页。
[3] 约翰·默茨曾提出，明治政治小说较为个人化，而没有派系，参见 *Novel Japan*, p.249。我认为中国的情况也基本上是这样。

◆图3.4 右侧漫画上的文字是:"外人宰割之现象",漫画将中国及藩属国表现为晚宴上的一道烤猪肉,外国列强环坐四周,手持刀叉准备分割。在他们的盘子里刻着他们想要割取的部分的名字:安南——法国、威海——俄国、胶州——德国等。俄国甚至在磨餐刀,英国(右上)没有拿着餐刀,他用手指指着俄国,警告他不要切割中国而要保持其领土完整。在桌子的下首,另一场争斗在德国和某国间展开。侍者是清朝官员,他用煤矿和铁路来款待这些外国客人,帮助他们把饭菜清洗干净。左侧漫画展示了清朝政府对待自己人民的方式。画上文字写的是:"剥削国民之现象"。漫画中塑造了一个被绑起来吊在木柱上的人(=中国人民),被围在旁边的清朝官员活生生凌迟致死。受害者的身上写着"赔款"和"印花"。有一位士绅目睹了这场暴行,喊出了这篇漫画的标题。(来源:《民呼日报》,1909)

不是激进的解决方案。[1]

这些激进小说的作者都和日本有着很深的关系,能够阅读日本文学。[2]《警世钟》的作者陈天华生于湖南新化,1903 年前往日本留学。他在中国

---

[1] Mertz, *Novel Japan*, pp.247-249.
[2] 有关中国现代文学的兴起和中国革命家在日本的个人经验之间的关系,可以参见李怡,《日本体验与中国现代文学的发生》。

学生的"拒俄"运动中非常积极,用"自己的血"写了一封抗议俄国攫取中国东北土地的抗议书,组织了"抗俄义勇队"以及国民教育会。1904年他回到湖南,参与组织了一场反对满族统治的革命起义,后来在计划泄露之后被迫逃回日本。他在日本加入了孙中山的同盟会,1905年成了同盟会的报纸《民报》的编辑;他还出版了三部小说:《警世钟》《猛回头》和《狮子吼》。三部书都没有写完。当日本政府发出限制中、朝学生激进活动的法令之后,他留下了一份五千言的《绝命书》,蹈海自杀。[3]

我们对其他作家了解得不多。《自由结婚》的作者张肇桐来自江苏无锡,他是激进的文学杂志《江苏》的编辑之一,该杂志1903年在东京创刊。《洗耻记》的作者在序言里称他是湖南本地人,曾游访日本,他的小说也是在东京出版的。《瓜分惨祸预言记》的作者称,他的小说取材于一个中国故事的日文译本。

《狮子吼》的"楔子"一章将目光投向了中国的未来,这里曾被"东北方野蛮人"(满族)占据,后来又被外国列强鲸吞,最后所有人民都遭到了种族灭绝。[4]结果这只是中国未来多种可能的一种,因为这里也提供了一种不同的未来。在另一种未来之中,中国成了梁启超《新中国未来记》中所描述的共和国,正在纪念其建国50周年。这种别样的未来不像梁启超小说中那样由历史学家讲出来,而是来自叙述者偶然发现的一本书,这本书的封面上画着一头(睡醒的)雄狮。

进入正文部分,这个叙述者"我"就消失了,英雄们开始为中国的生存而斗争。主角是三兄弟和他们的好朋友,来自民权村。他们的老师有一个意味深长的名字——文明钟,这三兄弟也分别叫作绳祖、肖祖以及念祖。他们还有一个朋友名叫狄必攘。老师用卢梭的《社会契约论》来向学生介绍民族主义和文明的启蒙观念。老师离开之后,这四个朋友决定出国继续求学。此刻他们反清的感情已经非常强烈了,他们带着一个共同的目标挥

---

[3] 参见朱庆葆、牛力,《邹容、陈天华评传》。
[4] 过庭(陈天华),《狮子吼》,第30页。

手作别：出国学习并投身于革命的事业中。他们兄弟三人分别去了美国、德国和日本，学习这些国家的长处。美国是民主的模范，德国长于军事训练，日本的优势主要是离得很近。狄必攘留在中国，创办了自己的报纸，开始写（政治）小说来教育人民。他成了这部小说中的孤独英雄。小说接下来不再围绕留洋的年轻人这条线索，转而开始讲述中国国内为推翻清政府而开展的一场场运动。我们只能看到开头，因此不知道三兄弟是如何重新回到小说中来支持狄必攘的。

在政治小说这个形式中，编织着维新的议题。中国革命小说的作家们很难把革命的议题重新组织到政治小说这种形式之中，因为他们自己并不清楚究竟要排斥满人、保存君主制，还是主张共和，连皇帝一起推翻。无论是像《威廉·退尔》这样的民族解放小说或是主张推翻明治政府、反对暴君统治的日本政治小说都没有解决这个困境。这种张力也表现为一个事实：《狮子吼》没能找到自己合适的形式，最后变得很像梁启超的《未来记》。

整体而言，尽管大多数中国政治小说有意抛弃了才子佳人的主题，但有些激进的小说还是尝试按照《科宁斯比》的线索和日本政治小说的模式来对此加以改造。《自由结婚》就在其标题里提供了一种与传统修辞相对立的争论。[1] 同部分此类日本小说一样，本书的男女主人公牺牲了浪漫爱情和婚姻，以便完全自由地投身于爱国救亡的活动。一种"情谊"在这两个十来岁的年轻人之间发展起来。男孩给自己起了一个反语式的名字"黄祸"，女孩则叫作"关关"（中国第一部诗歌总集《诗经》里的头两个字，被认为是一位有德行的后妃的名字）。他们推迟了婚约，完全献身给革命事业。不幸的是，这部小说基本只是一个纲要。这种关系在个人化层面和类似于《科宁斯比》的象征层面都没有发展起来，它对才子佳人主题的改造没有超越《情海波澜》，后者把才子佳人的主题发展成了一种同志间的情谊。

《洗耻记》尝试从一个不同的方向来发展这个主题。[2] 小说的开头特别

---

[1] 震旦女士自由花（张肇桐），《[政治小说]自由结婚》。
[2] 冷情女史，《洗耻记》。

残酷,老英雄"明易民"(=明遗民)屠杀了当地的满族政府官员,但马上就要败在贱牧王的军队和他借来的洋兵手下。他把儿子仇牧,也就是小说最后的英雄送去国外留学。仇牧在即将出发乘船去上海之际,向所爱的两位女性作别。她们的名字代表了两种不同的道路,一个名叫葛明华(=革命花),另一个叫池柔花(=志柔华)。他对葛明华立下了誓言,但二者之间以兄妹相称,表现出一种亲密和浪漫的感情,这象征着"仇满者"和革命者之间的关系。不过,对这一对才子佳人的后代加以重新塑造、给小说提供情节结构的潜力并没能完全付诸实现,整部书的叙述都被英雄一个人主导了。仇牧没有出国留学,而是参加了革命军。在收到他的消息之后,两个女人都打算加入他的事业。

此时,小说的叙事策略突然一变,从现实主义变成了魔幻主义。这两位女子在旅途中迷了路,进入了一个乌托邦,汉人在这个地方生活了两百多年,从来没有被满族统治过。这里的女英雄是一个女军士,在故乡德瓦岛(=中国台湾)被阳国(=日本)征服之后被迫流亡。这部小说没有写完,就在这里结束了。从铜版画插图(日本制)中可以清晰地看到,他们会在解放战争中取得胜利(图3.5a),最后建立独立的中国(图3.5b)。这是一个面向希望和胜利的未来。

《瓜分惨祸预言记》一开篇就预言了未来发生的事件。[1]才子佳人的主题又被提了出来,但是被直接翻转,转型为一种革命的同志友谊。故事的主轴是通过国家背景不同的年轻人走到一起的形式来表现这个"世界"。传递预言中国未来惨祸之书的是一个年轻的日本女人,名叫中江笃济。另一位主人公黄勃在一艘去日本的船上碰见了她。笃济偶然间读到了这本预言中国未来将要亡国的书,她意识到下一个落入外国之手的国家就是日本。于是她把这本书译成了日文,以警醒她的同胞。这个日文的译本也成了原文唯一现存的版本。在这位日本年轻女性和她的姐姐中江大望的教导之下,黄勃从这本书里了解到了自己祖国的未来,这里再次以小说的形式表现了

---

[1] 轩辕正裔(郑权)译[?],《[政治小说]瓜分惨祸预言记》。

◆图 3.5a 《战胜图》。(冷情女史,《洗耻记》[1904])

◆图 3.5b 《独立图》。(冷情女史,《洗耻记》[1904])

政治小说和日本的联系。黄勃和姐妹俩之间的亲密友谊与《佳人奇遇》中很类似。恰好最初的预言的作者曾宣称，如果有人能够把他的预言写成小说，让千千万万人读到并且参与其中，中国便可以逃脱悲惨的命运，走向胜利。黄勃读着读着便看到了未来中的自己，他意识到改变中国命运的责任就在他身上，就在于写这本小说。这个开篇的章节也是唯一留存下来的章节，它为小说的其他部分奠定了基调。本书的主线就是世界上受压迫的人民之间的同志情谊，以及政治小说在社会转型中的核心作用。政治小说这个文学类型在这里作为一种至关重要的媒介得到了宣传，它可以把深奥的语言翻译成广大读者都能够接受的信息，并且用来作为行动的指南。

在该书作者和读者力图消除的预言中，中国已经被"世界"夺取了。她遭到西方列强和日本瓜分，而清政府则忙于镇压起义，帮助外国列强侵吞中国。男女主人公的名字提纲挈领——分别叫作"华永兴"和"夏震欧"。他们都是政治家和军事战略家，立志要领导一场独立战争来救中国。然而，最初看来完全可预测的革命版才子佳人的故事情节结构现在完全倒转了过来。两位主人公不仅结成了夫妻，以象征中国崛起和武装抵抗的结合；而且担当独立运动领袖的是女主人公夏震欧，而不是她的丈夫华永兴。为拯救殖民统治下的中国，他们最先采取的行动之一就是建立一个自治区。他们以这里为根据地来组织反抗外国侵略者的运动。作者对外国军队屠杀中国人和革命者的反抗斗争刻画得非常细致，真切地展现了一个民族失去主权之后遭受的痛苦和折磨，并且为走出这种苦难提供了一个英勇斗争的路线图。

尽管小说通篇仍对满族抱有敌意，但对西方列强的态度却充满矛盾。似乎他们要吞并中国是因为中国内部虚弱，无法建立一个政府机构来维持主权。在这里，仇恨、尊敬、愤怒、景仰等情绪糅合在一起。解决问题的关键在于中国人的行为要根本改变。当这一点实现的时候——无疑是通过小说的影响——列强的态度也会从轻蔑转向尊重。在小说的结尾，因为英国人为中国人的勇气和斗争精神所感动，所有生活在长江下游英国控制区的中国人都被赋予了和英国人一样的权利。

在通过小说实现的预言以及假想的反转中，中国无论是被当作无能的清

◆图3.6 谢缵泰《远东时局图》,香港,1899年6月,双语版画。俄国是北方的熊,额头上写着"征服",入侵中国东北;法国是蹲伏在安南的蛤蟆,背上写着"法绍达,殖民扩张",把手臂伸到云南、广东和广西(法绍达是苏丹的一个地方,法国计划在非洲建立一个东西连续的殖民地,由于这与英国从比勒陀利亚到开罗的南北连接计划相冲突,法国人不得不退缩。这就成了他们的法绍达综合征);英国是盘踞在长江河谷的英式斗牛犬,胸前写着"门户开放,中国领土完整"的计划,向下瞪着法国;美国鹰刚从西班牙手中夺得了菲律宾,对中国虎视眈眈,他脖子上写着"血浓于水"的格言,暗示他会在危急时刻帮助英国这位胞兄;日本被描述为一个拥有身体的太阳,其光线伸向了朝鲜和中国台湾,甚至延伸到了福建,他的计划是"英式斗牛犬和我会看好熊",显示他会和英国联手制衡俄国。中国只是这些参与者和冲突的被动接受者。左上角的题图诗指出,当中华正在被瓜分之际,其"国民"正在"酣酣沉睡"。这张海报与政治小说非常相似,是一个警钟。

文学形式的迁流:跨文化流动和日本模式 147

◆图3.7 《卖西瓜》。漫画上的文字写道:"西瓜形圆如地球,贩夫担着街头走。切成零块最惊心,何堪现象瓜分觑。吁嗟乎!我欲警告卖国奴,莫把祖国山河当作西瓜剖。"(来源:《图画日报》,No.1,p.8,1909)

政府管理之下任列强宰割的令人鄙视的老朽躯壳，还是被当作国民奋起保卫主权、推动爱国救亡政治改革的令人尊敬的国家，都被置于当下的世界之中。

吴汝澄的《痴人说梦》（1904）也说明了中国学生留日经历的重要性。书中让曾经留学日本学习军事的英雄来抵抗俄罗斯的侵略。小说中的朱先觉是新儒家学者朱熹的后裔，他向朋友闵自强（孔子弟子的后裔）讲述了自己因听到外国瓜分中国的噩耗昏倒之后所做的梦。在梦中孔夫子召集所有学生和其他中国历史中的著名人物前来开会，为中国当前面临列强瓜分的危险局面建言献策，其中俄罗斯就是最直接的威胁。有人代表孔子提出，这个会议的主要目的是给中国灌输"铁血主义"。德国首相俾斯麦就曾经提倡这样一种结合了军事力量、吃苦耐劳和不畏牺牲的精神。小说借鉴了1905年日俄战争中日本的动员方案，把"铁血主义"的原则发展成"军国民"的呼吁，提供了一个具体的样板供读者效仿。

讲述者在梦中收到了一张英雄的名单，他们会在中俄战争中为中国助力，成为新国民的偶像。中国和日本、英国、美国结成联盟，他们也直接参与了将俄罗斯逐出中国东三省的联盟行动。书里还表现了当时其他的时代主题，包括废除治外法权、选举国会、言论自由、普遍义务教育、征兵、发展农业工业和矿业。[1]在这部未完的小说结尾，这些英雄们协助中国赢得了第一次中俄战役的胜利。

书里提到了讲述者和他的朋友的儒家背景，这也意味着中国的传统将会在发展新国民之中发挥积极的作用。尽管小说中建立军事联盟学的是《水浒传》和《三国演义》，但这些英雄都是非常现代的，他们受过日本的训练，借助国际联合行动打败了俄国。

结　论

文学形式的迁流是观念和社会思潮的迁移。这一章通过对跨文化互

---

[1]　吴汝澄，《痴人说梦》，2:28。

动的动态分析，探索这些关键性迁流的背景和逻辑，追溯了它们对中国这些作品的结构和人物形象的影响。对日本小说中文译本所提供的模式的接受、适应和公开拒斥反映的正是文化交流的动态和本质。本章特别突出了后来者在具体翻译文本的选择以及对此类文学类型特征的创造性改动和重新定义中所体现的主体性，这种改动和重新定义使政治小说的特征得以适应新的社会和文化需要，而不失去其核心。作为一种文学类型，政治小说根据地方性需要不断调适的能力正是它生命力的源泉，使它得以跨越不同文化、语言、人群（constellation），这也给了这个文学类型一种"国际化"的地位。

中国作家采用了日本模式的政治小说，这给中国小说的情节和叙事结构带来了一种范式转变。中国作家现在接受和重塑了这样一种观念，世界是由各个国家组成的政治体系，它由巨大的、集体的人类能动性推动，沿着一个朝向文明和现代的线性轨迹进化。这意味着抛弃传统中国小说源于佛教的因果报应的情节和冷酷的命定论的叙事结构。

中国小说大部分都保留了改良主义的目标，在这类文体的正式结构中暗示出来。它们模仿"未来记"的形式，默默地把主张改革的豪言壮语翻译成一种对往日成就的科学化的记录，而这些成就是由进化论的规律和人类主体性的汇聚共同促成的。

尽管如此，中国的作家还是大胆地走自己的路，发展了两个独特的领域：他们选择抛弃了日本文本中已确立地位的才子佳人主题，而《科宁斯比》和其他作品都使用了这个主题，使它已被视为政治小说这一文学类型的西方母题之一；他们还复兴了中国传统小说中的"楔子"这个特点——这在叙事中起着非常关键的作用——日本小说中没有与之对应的部分，有时候中国小说甚至直接给日文小说的中文译本加一个楔子。他们用孤独的改革英雄代替了才子佳人的主题，让传统的读者无法只关注浪漫的故事而抛弃其政治意涵。在这类作品的写作和政治象征解码上，他们再次用楔子给自己和读者提供了清楚明确的指导，因为这些作品写作和出版的时候都是连载的，这种闭合的形式可以避免读者或讲述本身接管意义的建立。伴随着小说形式上的这些改变，政治小说成了一种连接中国小说和现代世界文学潮流的文学类型。

通过跨文化的互动，这种文学类型的形式在中国扎下根来，我们现在可以为这种跨文化互动的动力机制做四个具体的推论：第一，日本政治小说并没有被翻译成既有的中国小说类型，而是创造了一个新的中国文学类型，带有它自己的叙事和编码策略。第二，这个过程中的主体性体现在中国翻译家的手中，他们有自己的议题，对于目标读者的兴趣也有自己的预期。第三，翻译本身常常包含着翻译者很大程度的介入，他们采取了修改情节、语言或者附加评注等形式。第四,一旦被植入了中国的环境，这种新的文学形式就在作家和读者的心里与中国的政治情境和叙事传统（"对抗文本"，countertext）进行互动，在某种程度上又对这一文学类型的形式进行了重新塑造和"本土化"。

4 "新政"与新的公共领域

　　文学类型有它们自己的时间轴。它们并非永存于一个空洞的、没有时间的类型王国之中。它们的兴衰都和历史的情境交织在一起，那些被其他人视为模仿样本的经典作品伴随历史的潮流起起落落。不同文学类型的时间轴是不同的：有些类型所关联的历史背景和情感属于长时段持续存在的；有些类型就和具体的历史事件，甚至危机时刻联系在一起。后者在其短暂的生命历程中得到最多的关注，一旦事件结束之后就渐渐从人们的视线中消失，尽管可能对整个文学还有持久的影响。政治小说就属于后面这种文学类型。本章将要考察的就是1900年至1911年中国的政治环境与政治小说的主题和出版高峰之间的关联。

　　政治小说处理的是在一个具体政治空间中，一个具体国家里人们所感知到的危机。尽管这个政治空间可能会牵涉其他国家，但这个视角还是始终关乎处于危机中的政治体系的具体时空。举例来说，政治小说并不会去考察乡村生活或者城市中产阶级家庭。它用小说的形式对危机加以分析，对出路进行设想。它是否能迁流和转型成一种世界性的——即使是很短命的——文学类型，取决于能否认识到其他地方发生的危机与之相似、洞察到可能有哪些解决危机的方案以及需要什么人物来将这些方案付诸实现。

政治小说的作家并不是职业的文学家，他们主要是政治活动家或者积极分子，为了推进其事业愿意使用任何媒介，采取各种行动和形式。写小说只是他们的活动之一，而且与这一文学类型所关联的时间窗口通常都很短，这意味着写作必须很快，而且如果时机已经过去了的话小说可能会半途而废。

中国政治小说的时间轴的范围是1901年后清廷宣布实行"新政"的那个十年，当时清政府已经在八国联军的帮助下平定了义和团的反叛，也经受过了首都陷落的耻辱。在别的地方也可以发现类似的时间轴。对迪斯累利的三部曲来说，其时间轴是由1830年欧洲各地革命传播到大不列颠之后引起的剧变来设定的。当时人们感到有必要对政治代表制、社会价值观、公众角色和公共舆论，甚至英国的经济政策都进行彻底的变革，以阻止"雅各宾主义"的传播。到了19世纪50年代，这个时机就已经过去了，改革已经完成，迪斯累利的三部曲也就因其毫不掩饰的政治宣传和平庸的写作水平被小说批评家扔进了垃圾箱。日本政治小说的时间轴也是由追求对政治体系进行彻底变革的剧变来设定的，具体表现为争取立宪君主制以及能代表公众不同派别的议会代表制而进行的一系列斗争。

新政期间，中国政治小说出版经历了两个高峰，即1902—1904年和1907—1910年（图4.1）。这两个高峰和两个最重要的有关政治改革的谕旨恰好同时出现。第一个呼吁政治改革，也即"新政"的谕旨发布于1901年，在1906年发布的第二个诏书中，清廷同意预备立宪。这种同时性并非巧合：在这两个高峰期出版的政治小说对这两道诏书做出了反应，结合谕旨提出的主题，开展了更为广泛的公共讨论。

欧阳健曾分析说明，1903年出版的39部小说全都可以被视为"新型小说"，它们以各种不同的方式来处理新政的议题。[1]他还注意到这两个重要的谕旨对于小说的数量增长有很大的影响。[2]我自己的研究表明，在

---

[1] 欧阳健，《晚清小说史》，第5—8页。
[2] 参见上书"引言"，第1—9页。

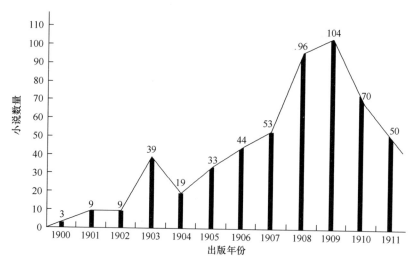

◆ 图4.1 1900—1911年出版的中国小说。小说出版的数量在1902—1904年和1907—1910年呈现出两个高峰。（引自欧阳健，《晚清小说史》，第4页）

1909年出版的104部小说中，大部分都在谈立宪改革的问题。考虑到当时政治小说在所有的出版物中比例很高，小说出版的高峰也代表了政治小说出版的高峰。

作为这些小说及其他作品出版平台的重要文学杂志的创设时间也恰与这些高峰重合。第一个出版高峰期间，《新小说》（1902—1906）、《绣像小说》（1903—1906）、《新新小说》（1904—1907）问世；第二个高峰期间则有《月月小说》（1906—1908）、《小说林》（1907—1908）。[1] 侧重政治的杂志和报纸情况也是一样，例如《东方杂志》（1904—　）以及《神州日报》（1907—　）。文学杂志出版和诏书颁布时间重合将时间期限凸显了出来，在这段时间之内读者对政治小说有兴趣，也有小说可看；这也说明在其他时段内这类作品没有感兴趣的读者和出版渠道。

尽管这种文学类型对出版商而言有政治风险，对清廷也是种挑战，它

---

[1] 阿英，《晚清文艺报刊述略》；陈伯海、袁进编，《上海近代文学史》，第59—68页。

的发展却并非由中国以外的作家和出版物推动的。其中最成功的刊物《新小说》(New Fiction)1902年创办于日本横滨,1905年就把总部搬到了上海的公共租界里,[1]绝大多数新政治小说都是在此写作和出版的。[2]

中国作家们已经放弃了此前争取清廷高层支持的做法,他们认为这些内部的渠道已经被堵塞了,取而代之的选择是采取小说这种非常公开的形式,在清廷不能控制的新创报纸杂志上公开发表。这个"从上书到小说"(王晓明语)[3]的转变,说明教育良好的精英成员有了一种通过公共领域沟通的新的形式,也表明社会和政治互动在阶层上有所变化。精英的听众不再是朝廷,而是公众。[4]

当政府官员与自有主张且能言善辩的公众之间紧张的新式互动引发彻底变革时,政治小说的基本目标就实现了,也即在保存政治体系的基础上推动深远的改革,以防止更加激进和破坏性的力量占据上风。尽管在清朝灭亡、最后一个小皇帝宣布逊位之后不久就建立了民国,但民国一点也不"革命";总体来看它还是继续沿着1901—1909年铺好的道路在往前走。此时,基调趋于保守的政治方案的时间期限已过去,曾一度繁荣的政治小说成为了历史。

新　政

1901年至1910年这段时期的特点就是清廷在"新政"的口号之下所

---

[1] 尽管梁启超作品中一直在用"新"字,但准确地说,《新小说》应该译为"小说转型"(Reform of Fiction)而不是"新的小说"(New Fiction)。为了便于识别,我还是采用更常见的译法。
[2] 举几个例子来说,这些主张革新的出版商包括广智书局(1898—1925)、文明书局(1902—1932)、开明书店(1902—　)、有正书局(1904—1943)、小说林社(1904—1911)、新世界小说社(1906—　)、改良小说社(1908—　)以及小说进步社(1909—　)。参见张仲民,《晚清上海书局名录》。
[3] Wang Xiaoming, "From Petitions to Fiction."
[4] 季家珍(Joan Judge)曾比较了"宫廷""官场"和"乡绅"三种传统的表达模式和"为民众说话也对民众说话"的政治性的新闻出版的差异。她指出,政治小说成了一种"把政治从朝廷这个封闭的领域带到公共领域的力量"。"Public Opinion," p.66.

进行的全面改革。"新政"这个中文词可以翻译成"政体维新",不过译为"政体的现代化"更为准确,这样可以和已有的说法"新民"形成对应。梁启超已经给"新民"增添了国民"革新"或"现代化"的新含义。[1]有了政府提供的机会和自由空间,社会上各种力量不但通过公共领域对清廷提出他们自己的方案,公共压力也让这些方案的价值进一步增大;同时,不管有没有政府的批准,他们还设立了自己的机构。政治小说的繁荣兴盛与这些政治社会发展之间的联系以前也曾有热烈的讨论,但在晚清文学研究和这个时期的政治史研究中已经消失了。

然而,当我们把政治小说和新政的政治发展轨道并置在一起的时候,这两者之间的联系就变得很明显了。这个联系不只是主题、时间和空间的联系;政治小说也是辩论双方互动的一个战场。一方面,清廷试图利用政府手段来阻止社会上的言论和行动超出官方新政所划定的范围,以避免国际和国内要求进一步改革的压力;另一方面,社会言论充分利用了上海公共租界等地区所提供的相应保护,维护言论的独立性,给清廷增加公共压力。于是,小说家在与国内外文学作品互动之外,还与清廷的高层政治以及报纸社论、八股文章和新办学校等公共言论平台进行交流。

1901年的变法诏书认同中国的危机源自国内问题而非国外压力这种说法。因此也很明确地把新政政策与国内要求政治改革的压力联系起来。这种压力在1895年甲午战事失利以来逐渐高涨,在1900年的义和团运动及此后的外国介入中达到了顶峰。许多政治小说也反过来明确指出了它们与

---

[1] 历史研究长期忽视新政之功,仅将其视为行将就木的王朝徒劳的挣扎。这种判断逐渐得到了修正。早期的研究可以参看 Reynolds, *China, 1898-1912: The Xinzheng Revolution and Japan*; 王晓秋、尚小明编,《戊戌维新与清末新政——晚清改革史研究》;谭汝谦,《近代中日文化关系研究》; Reynolds, *China, 1895-1912: State-Sponsored Reforms and China's* Late-Qing revolution; and Duara, *Rescuing History from the Nation*. 对新政加以重新评价的势头还在继续,参见 Bourgon, "Abolishing 'Cruel Punishments'"; Gabbiani, "'Redemption'"; Holm, "Death of Tiaoxi"; Kuo, "Emperor and the People"; Strauss, "Creating 'Virtuous and Talented' Officials"; and Yu Li, "Training Scholars". 李学峰2009年发表的《30年来清末新政研究述评》总结了近期中文世界对新政的研究。该文没有提到小说。其他中国研究还包括陈煜,《清末新政中的法律馆:中国法律近代化的一段往事》。

清廷新政措施的关联，在小说中长篇引用了诏书中最关键的内容。

1901年1月29日的诏书宣布，为了适应不断变化的需求和环境，进行制度的改革是必要的，但坚持基本的价值观也是必要的；清廷历任统治者都坚持这样的变革和因循相结合；为了实现中国的富强，朝廷从未放弃1898年"戊戌变法"的志向。"懿训以为取外国之长，乃可补中国之短，惩前事之失，乃可作后事之师。"诏书称，像康有为等乱逆之辈"妄分新旧"，造成的混乱"甚于红拳"（义和团），合当被剪除。新政将会"一意振兴，严禁新旧之名，浑融之迹"。诏书严厉谴责官民之"私"（而不是外国列强）才是"中国之弊"，呼吁一小部分处在领导位置的官员就具体问题提供改革的建议：

> 着军机大臣、大学士、六部九卿、出使各国大臣、各省督抚，各就现在情形，参酌中西政要，举凡朝章国故，吏治民生，学校科举，军政财政，当因当革，当省当并，或取诸人，或求诸己，如何而国势始兴，如何而人才始出，如何而度支始裕，如何而武备始修，各举所知，各抒所见，通限两个月，详悉奏议以闻。再由朕上禀慈谟，斟酌尽善，切实施行。[1]

这道诏书提到了一份早前朝廷出逃太原期间所下的诏书，看起来该诏书是要向更大范围的官员士绅"求言"，结果"封章屡见"。[2]但是收集上

---

[1] 清廷，《饬内外臣工条陈变法》，p.29a。英语的翻译基本参照了 Reynolds, *China, 1898-1912: The Xinzheng Revolution and Japan*, pp.201-204。这道上谕由樊增祥拟稿，他是张之洞的学生，当时也是荣禄（1836—1903）的部属。荣禄是慈禧太后的表亲，身居高位。参见李细珠，《张之洞与清末新政研究》，第85页。

[2] 为了躲避八国联军，慈禧太后在从北京逃往西安的途中经过太原时颁布了这份诏书。这份"求言"的诏书获得了很多反馈，"封章屡见"；参见清廷，《饬内外臣工条陈变法》，p.29a。这份诏书似乎是向更大范围的官员士绅"求言"。任达（Douglas Reynold）把"求言"译作"发出表达公众意见的请求"（sent out a request for expressions of public opinion），引入了一个"公众意见"的观念，而这肯定不是慈禧本人的想法。（*China, 1898-1912: The Xinzheng Revolution and Japan*, p.203）

"新政"与新的公共领域

来的意见都被当作了缺乏考虑的浅见。这份新的诏书则呼吁最高级的官员来建言献策。

慈禧太后最终在1901年8月所采取的新政政策以两位高级官员当年联名上奏的奏折为基础，这两位官员便是张之洞（1837—1909）和刘坤一（1830—1902）。在"戊戌变法"中，他们二人先是容忍了变法者在眼皮底下进行改革活动，后来又都站在慈禧太后一边。他们采用固定的密奏渠道提交了奏折。[1] 第二道重要的诏书《宣布预备立宪事宜》（1906）提出的待议事项有所增加，因为当时朝廷之外的议论很多，甚至反对朝廷的言论甚嚣尘上，清廷还有一个目的就是想通过讨论重新获得主动。尽管最后没有设定立宪的时间，但还是勾勒出了立宪需要准备的具体事项。据称这个计划采纳了载泽等大臣的建议，此前载泽等五位大臣曾由朝廷选派前往海外各国学习宪法制度。[2]

> 现载泽等回国陈奏，皆以国势不振，实由于上下相睽，内外隔阂，官不知所以保民，民不知所以卫国。而各国之所以富强者，实由于行宪法，取决公论，军民一体……但目前规制未备，民智未开，若操切

---

[1] 第一折为《变通政治人才为先遵旨筹议折》，提出任何社会政治改革都取决于政府的用人制度，建议设文武学堂，改革科举；第二个《遵旨筹议变法拟整顿中法十二条折》有五个关键点：改革朝廷铨选官员的制度，应该把贤能有才干、追求实效当作选官的原则；停止捐纳买官，对考核合格的官员给予可以自足的重禄，以防腐败；按西方模式对司法制度进行细致的改革；裁汰冗余的衙门官员，崇尚节俭，为新政节约资金；改善满汉关系。第三折《遵旨筹议变法谨拟采用西法十一条》为军事和经济改革提供了一个具体的蓝图。这三份奏折都见于张之洞，《江楚会奏变法三折》。奏折中的所有建议后来逐渐都被接受和实施。上奏的两位官员都被任命为新成立的政务处的顾问，督办新政进程。尽管他们在很多核心领域努力推动，也取得了巨大的成功，但在这些折子里还是有一个明显的缺陷：没有宪政改革。最初的草稿中本来包含了宪政改革的内容，但后来被刘坤一删去了，因为他觉得当时朝廷甚至还没迁都北京，提这一点时机未到。参见吴春梅，《一次失控的现代化改革——关于清末新政的理性思考》，第46—61页；李细珠，《张之洞与清末新政研究》，第96—105页。

[2] 清廷，《宣布预备立宪事宜》。英文翻译参照了 Meienberger, *Emergence of Constitutional Government*, pp.42-44.

从事，徒布空文，何以对国民而昭大信？故廓清积弊，明定责成，必从官制入手。亟应先将官制分别议定，次第更张，并将各项法律详慎厘订，而又广兴教育，清理财务，整顿武备，普设巡警，使绅民明晰国政，以备立宪基础。

这道诏书认为，中国国势不振的原因在于上层和下层之间、朝廷和地方之间缺乏交流，而且"民智未开"，新的政治制度和规定尚未建立一个周详的系统，因此不可能朝夕之间立刻找到解决方案。实际上大部分改革派领袖也赞同这种评价。不过，朝廷还是从一开始就尽力垄断各种活动，试图对来自公共舆论的竞争和公众压力加以限制。1901年刊行的《大清律例增修统纂集成》中含有关于"造妖书妖言"一节，对所有出版物都执行严格的审查措施，犯有"造妖书妖言"或出卖"淫词小说"之罪者还会遭受严厉的惩罚。[1]有时候报纸也被随意禁止发行，《苏报》案尤其彰显了政府对于政治改革中的言论垄断到了何种程度。[2]不过，最初采取的这些苛刻的高压政策很快就难以执行，上海公共租界的特殊状况也进一步发挥了阻挠作用，毕竟大多数出版商都集中在公共租界。按学术界的标准表述，清王朝在1898年之后日薄西山可能要归咎于缺乏政治抱负和力量，其实不然。新政期间清廷持续的高效和较高的接受度表明，朝廷认为对慈禧统治的威胁在逐渐减弱，大多数公共舆论都参与到了朝廷支持的新政进程中而没有支持激进的方案，因此严格的审查措施也就逐渐不必要了。

1902年至1909年，许多措施得到了有效的实施，列举如下：

  裁汰冗余的政府机构（1901—1902）；
  重组政府机构，新设外务部（1903）、商部（1903，后来1906年扩

---

[1] 张静庐编，《中国近代出版史料初编》，第311—312页。
[2] Lust, "Su Bao Case."

充成为农工商部)、巡警部（1905）、学部（1905）和陆军部（1906）。[1]

军事改革，各省建立武备学堂（1901），并建立了练兵处（1903）。

教育改革，包括对编修以上的翰林进行政治经济学的考试（1901）；招募留学生回国为政府效力（1901）；1902年的乡试和会试中的考核内容由"八股文"改为时政题目（1901）；下令各省城书院改成大学堂，各府及直隶州改设中学堂，各县改设小学堂，课程内容包括对外国政治体系的学习（1901）；下令各省相关机构选派公费留学生（1906）；废除科举考试（1905）；颁布有关女子初等教育的《学部奏定女子小学堂章程》（1907）。

社会改革则包括允许满汉通婚（1902）、禁缠足（1905）以及禁鸦片（1906）。[2]

而且，最后还开启了立宪的进程（1906）；但时间表直到慈禧1908年去世后才定下来。[3]

清末新政有时候被视为对外国压力的被动反应，似乎清政府已没有什么力量来执行这些改革措施。这极大地低估了公共舆论、朝廷大臣以及致力于推动中国进步的日本人和西方人的力量。[4]尽管朝廷仍继续保有制定议程的能力，但这些措施及其执行都是一个政府内外各种力量互动和竞争的政治过程。这些变革的速度如此之快，遇到的困难如此之多，因而通过政治小说引入公众参与就成了当务之急，而且在小说主题和文学技巧方面也就沿用了许多预先设想好的选择。

尽管1901年的诏书把参与变法的资格限定在高级官员的范围里，这份

---

[1] 张德泽，《清代国家机关考略》，第287—290页。
[2] 不应忽视这些新政措施的影响。禁鸦片使得官员士绅中的鸦片消费不再合法，导致高级鸦片烟馆和消费者大量减少。参见 Paules, *Histoire d'une drogue*。
[3] 这些有关新政的上谕和所有相关奏折可见于沈桐生，《光绪政要》以及朱寿朋，《光绪朝东华录》。这里列举的改革措施参照了 Hsu, *Rise of Modern China*, pp.488-501。
[4] 关于新政的成效可见 Strauss, "Creating 'Virtuous and Talented' Officials"。

诏书还是得到了广泛阅读并被视为开放"言路",让广大官员士绅都来出主意,通过政府内外的渠道发表意见。[1] 报纸杂志上连载的政治小说也是一种有意识的公共舆论。无论从整体而言还是具体而言,小说里提出的主题都和诏书里概括的问题一样。

变法诏书中提到的三个奏折其实也是作为公众大合唱的一部分呈交朝廷的,这个公众的合唱还包括报纸社论、评论、论文,以及对经典的重新阐释。有些人还进一步把自己的观点付诸行动,例如开办教授现代课程的新学校,包括女学堂。[2] 求是斋 1902 年推出了一部很有影响的经世治国论文选集,选集提供的建议书有的论述如何实现"富强",有的谈教育学术、学校和书院以及女子教育,有的讨论缠足,其他论文还论及设立议院、改革吏治、改革陆军和海军,还有对生产、农业和财政方面国家政策的讨论。[3]

就其他这些言论应由国家主导这一点来说,政治小说的议题和立场都相同,它们对于中国缺乏进展的挫折感和对腐败的痛恨也是一样的。尽管这些涉及多个方面的社会舆论和行动对于创造独立于朝廷的公共空间也很重要,但所有政治小说还是都把朝廷当作中国公共空间中的关键角色,政治小说也同样把朝廷视为其关键读者。它们没有投入到政治化的文学革命中,而是参与了一场朝廷也高度卷入的改革过程,有时候甚至还带头推动了整个议程。这些政治小说的作者与朝廷的政治革新尝试之间有很多种不同的互动形式,从提供具体的建议、发展路线图到对政策实施方式进行尖锐批评等各种情况都有。

---

[1] 例如孙诒让(1848—1908)就没有任何官职。1902 年,他在朋友的敦促下写下了对于《周礼》与西方制度观念之相似性的思考。十天之后,他完成了《周礼政要》(1902);参见 Wagner, "Classic Paving the Way to Modernity," pp.86-87.

[2] 对这些社会改革议题有很多研究,例如,可参见夏晓虹,《晚清女性与近代中国》; Fong, Qian, and Zurndorfer, *Beyond Tradition and Modernity*; and Fong, Qian, and Smith, *Different Worlds*.

[3] 选编论文的标准包括论文在当时的知名度和重要性,参见求是斋《序》。

政治小说的作者大多数并非高级官员或者知名的知识分子，他们实际上属于一个刚形成的城市知识分子阶层。尽管他们也充满了传统文人有责任也有权利报国尽忠的想法，但小说作者和公众都在逐渐向跨越国界，甚至日益全球化的知识和政治潮流（以及生活方式）学习，掌握了一些新的热词，例如进化、达尔文主义、民主和种族。他们是日加自信的社会环境的一部分，尤其是在上海周边，也即中国富裕的江南地区，的确使清政府的改革压力与日俱增。[1]

小说这个媒介在此过程中的潜力不应被低估。作者让参与这个过程所有方面的人的主体性变得鲜活起来，把这些改革提案可能的结果或者不实行改革的后果以一种具体的——写得好的时候就是令人信服的——方式呈现出来。

这些小说倾向于把不同方面的改革视为互相联系的部分，因此也并不会对新政的两个阶段或改革的不同事项作截然区分。他们对开办学校或者改革妇女地位等主题最有兴趣，在这些问题上社会可以发挥积极的作用，而诸如军事、政治、法律或者行政改革的要素则更多地控制在朝廷的手中，也不太适合通过小说来表达。因此我选出来仔细分析的小说也聚焦在这三个讨论得最多的问题上：国家和社会在新政中的作用、公民素质和立法之间的关系以及妇女解放对于改革计划的重要性。有关这三个问题的观点在各种小说或其他形式的作品中表现出了极大程度的差异，能否突出这种差异是我在下文中挑选细读文本的主要考量因素。

新政中的主体性

政治小说在新政中的位置是怎样的？它表达了对朝廷的改革承诺和民

---

[1] 参见 Mary Rankin, *Elite Activism and Political Transformation in China*。此外，菲廷霍夫（Natascha Vittinghoff）的 *Die Anfange des Journalismus* 对这个新的城市阶层形成的最初几步做了精细的研究。

众的改革责任都无法信任的一种困惑。

慈禧的懿旨声称策划和推动改革的完全是自上而下的力量。对维新派来说，本来他们还希望光绪皇帝能够像明治天皇或彼得大帝那样带领中国走向现代化，在慈禧针对光绪皇帝的戊戌政变之后，他们对国家推动改革的意愿和能力就失去了信心。这种对自上而下的改革的希望不仅强调了国家在这样的巨大转折中的重要性，也表达了对普通人和受教育的精英阶层发起和维持这样一场的改革的能力和意愿的极度不信任。他们最初是盼望"国人""民"能加入改革，但在看到"国人"不够"文明"、缺乏"爱国主义"，以及迷信的义和团狂暴的排外、反对现代化之后就打消了这个念头。那么，到哪里去寻找能够把国家和社会中散在的力量动员起来满足中国救亡所需，并且保证其正确方向的力量呢？

从19世纪最后十年开始，地方士绅和官员行动起来，彼此之间建立起独立于朝廷的关系，其标志就是"社会"的发展，尽管当时对它甚至没有一个公认的称谓。上海公共租界变成了迅速发展、不断增加的政治化杂志社的汇聚之地，这些出版物在全国发行范围日益扩大，几乎不受清廷掌控；接触过诸如日本等现代化发展顺利的国家的中国留学生数量不断增加，曾经在上海等"西方"环境中生活过的城市知识分子越来越多，有资格推动和泰然接受现代化的人也在急剧增加，这些都标志着新兴力量进一步的发展。最后，当八国联军占领北京之后，朝廷自身也改变了方式，宣布重拾"戊戌变法"，实行"新政"，尽管许多高级大臣仍不愿支持这个决定。

政治小说致力于为走出危机指明方向。它们充分运用了朝廷诏书提供的机会，而没有被朝廷所谓只有部分人有权参与新政的说法所束缚；它们呼吁的对象是一群开明的公众，首先要创造并且教育的就是这个"公众"，他们会独立于朝廷和"民"，以得出自己的结论。政治小说赋予其主人公实施必要措施的能力，但把他们置于充满希望的未来中。然而，政治小说真正的发现是公共领域作为政府和社会之间的空间使得它们能打动那些可能被动员起来改革的人，极大地增强他们的声音，因此也有助于制造推动和指导改革的社会力量。

社会活动家:《黄绣球》

在新政推行的最初几年,随着新政策的实施,公众的讨论绝大多数集中在教育的现代化上。这里重点要反对那种维护传统教育和科举制度的无处不在、根深蒂固的言论,嘲笑接受旧式教育的人没有能力应对现代世界。这个新的关注点体现出背后更大的目标——通过教育培养现代的国民,他们被视为每个民族复兴的根基。这番讨论不只是纸上谈兵,还经常表现为不顾朝廷的态度,开办设有"现代"课程的学校。新式学校或是在通商口岸等受保护的环境中,或是在地方官员的默许之下建立起来。它预示了后来十年间日益突出的地方自治的冲动,但也反映了对于国家层面改革速度过慢的失望之情。

1901年至1906年,讨论得最多的议题就是新政实施和筹资的主体问题。且不说清政府的无能、腐败和需要偿还的战争赔款,单靠清廷自己显然也是无法为这些宏大的改革项目提供资助的。因此,在有监管权和责任的朝廷一方和草根层面改革机构中的"社会"角色之间的互动也成为了一个问题。

颐琐(汤宝荣,1863—1932)的连载小说《黄绣球》就关注了这个议题。[1] 这本书的书名是女主人公的名字,她耐人寻味的名字可以翻译成"黄种人装点全球"。[2] 这部小说以前主要被当作有关妇女解放的论著来读。[3]

---

[1] 颐琐小说的1—26章曾在《新小说》(卷15—24)上连载(1906年1月—12月);后来全文30章由广智书局出版单行本,1907年在上海刊行。颐琐的身份问题最近才考证明白。林薇1991年提出这就是梁启超本人,但这个说法没有得到支持(林薇,《〈黄绣球〉的作者是谁》,第294页)。人们收集的很多证据都指出作者的全名是汤宝荣。他曾受过古典教育,1898年迁往上海,最后成了一名商务印书馆的编辑。他的英语很好,能翻译查尔斯·金斯利(Charles Kingsley)的书。范紫江的《清末优秀长篇〈黄绣球〉及其作者颐琐考》概要介绍了对作者身份问题的争论、作者生平和其他作品的已有的资料,详细探讨了《黄绣球》与当时有关妇女解放、缠足和地方自治政府之争论的关联。

[2] 她本名秀秋,意思是"美丽的秋天"。决定参加政治改革之后,她把名字改成了"绣球",意思是"绣成一个地球"。如她所说,"我将来把个村子做得同锦绣一般,叫那光彩激射出去,照到地球上,晓得我这村子,虽然是万万分之一分子,非同小可。日后地球上各处的地方,都要来学我的锦绣花样。我就把各式花样给与他们,绣成一个全地球"。颐琐,《黄绣球》,第184页。

[3] 例如Mabel Lee, "Chinese Women"; and Ying Hu, *Tales*, pp.154-162 and 167-171。

只有范紫江谈到了它跟诸如宪法、地方自治等新政议题的特殊关系。[1] 该小说提及了许多种不同的新政议题和当时正在开展的社会活动。从朝廷方面来说，这些活动包括对法律制度的改革、创建地方警察力量、推动地方自治，但它的重点还是在于如何实现男女同校的教育改革，以及在此过程中为克服阻碍需要什么行动。这与天足会的转型有着直接的关联。[2]《黄绣球》把女子教育和女学堂里废缠足的行动联系在一起，小说发表一年之后天足会开始正式推动开办女学堂，可能小说对此也有促成之功。[3]

小说的楔子这一回以一座将倾的房屋为喻，点明了国土危机。[4] 引发这个危机的并非外在的力量而是内部的蛀虫。房子的主人黄通理注意到，他所生活的村子没有外村发展得好。请注意这个亚洲东部的村子有一个讽刺性的名字"自由村"，[5] 这也有一层意思是"只关注自己的村子"。他那位没有读过书的夫人黄绣球提醒他房子要倾倒了。房子已经坏了的部分要是一倒，可能会牵连动摇整个房子，甚至会连累村里其他离得近的房子。村子里也是聚族而居（＝民族），但是姓黄的（＝汉族）"族分最大"。

这个村子的各种风物、读书人才，无一不比外边强，但是读书先生们除了想进学中举之外，身边其他事情一概不问，连自家门里的事也糊糊涂涂。作者借用变法诏书中的话来说明房子／民族朽坏的原因是"上下相朦，内外隔阂"。[6] 这个村子把自己和其他村子（＝民族国家）隔绝开来，而其他村子都在努力赶超"自由村"。当黄通理与村中同族等辈商议房子问题的时候，他们都认为没什

---

[1] 范紫江，《清末优秀长篇〈黄绣球〉及其作者颐琐考》，第322—336页。
[2] 天足会由不知疲倦的立德夫人（Mrs. Archibald Little, 1845—1926）创建于1895年，1906年仍由她本人牵头。1902年清廷宣布禁止缠足推动了天足会的工作。立德夫人当时在回英国的途中，协会1906年迎来了中国的领导，改名为"中国天足会"。管鹤编，《天足会缘起并开会办事始末记要》，第7页。
[3] 范紫江，《清末优秀长篇〈黄绣球〉及其作者颐琐考》，第326页。
[4] 楔子的题目明确了小说的寓意，预示黄绣球将要发挥重要作用——"论房屋寓民族主义，叙天伦动巾帼感情"。这个时候民族主义的含义还不是国家主义（nationalism）。
[5] 这个名字结合了"自由"这个新词的讽刺色彩和翻译这一概念所用的两个汉字的本来意，也即"以自己为自己的依据"。
[6] 颐琐，《黄绣球》，第169—170页。

么危险，建议他等风水先生看过房子之后凑合整修一下。这里对读书人在讨论国家政策时总要求助于传统学问中毫无科学依据的胡说八道进行了讽刺。

眼前的任务是一个彻底的"民族"维新。黄先生和他两个年幼的儿子讨论怎么进行，其中一个建议整修这个漂亮的结构，另一个要把房子整个拉倒，重新建造一个新房子，很显然指的是新政或者革命。黄绣球听到了这番讨论，也听说过"世界上"也有女子出来做事，于是她自己也开始扮演积极的角色，变成了小说中的主角。她的丈夫给她支持和建议，但他本人并没有采取什么实际行动。

通过这个寓言式的场景，小说试图说明维新过程中如何重建上下之间的沟通。看起来这在地方层面上最可行，因此小说也把自己归入了当时所谓的"地方新政"。[1]

黄绣球曾经做过一个有关罗兰夫人的梦，这位理想化的法国革命女英雄鼓舞了她，她也决定献身于除旧布新的事业。[2] 像罗兰夫人一样，她的行动也为女子参与国家政治生活进行了辩护，为此前不可想象的社会政治角色赋予了血肉。[3] 因此夫妻之间的关系也变成了政治隐喻的一部分，丈夫代表"上"，也即朝廷，而妻子代表了"下"，也即社会中的国民。

黄绣球"鼓民力"的第一步就是反缠足。朝廷已在1902年下令禁止汉人妇女缠足，但实施的进程非常慢。小说表明，实际上废缠足的行动靠的是像黄绣球这样的地方的妇女活动家和她们做事的社交技巧。为了避免冲突，黄绣球请女朋友们来看她自己做的事，跟她们讨论这个问题。这些妇女又把这番话带回家里和丈夫讨论。

在最开始的教导阶段，推行新法的人必须获得身边人的支持，第二步

---

[1] 这种自下而上动员国民的尝试在一篇政治论文而非小说中有清晰的表达，参见观云，《客观之国》。这种地方上的动员，其重点仍在政府身上，中央政府在协助打击地方官员腐败方面同样举足轻重。我很感谢金观涛和刘青峰教授允许我使用他们有关晚清文献的丰富的数据库。

[2] 对于罗兰夫人在中国的作用，可参见夏晓虹，《接受过程中的演绎：罗兰夫人在中国》；Ying Hu, *Tales*, pp.153-200。

[3] Judge, "Mediated Imaginings," p.148.

就是赢得公共舆论。黄绣球放开了脚，没有得到丈夫同意就冒险走进了公共领域。她带着两个年幼的儿子，以表明她并不是女仆或者放荡的女人。尽管一个大脚的"良家"妇女走在街上招来不少人围观议论，她还是避免了公开挑衅。小说试图表明，讨论、说服、示范等温和的方法是最有效的。

作者也提醒读者，行新法会遭到地方上的反对，也要付出一定的代价。小说中的反对来自一个名叫"黄祸"的人，这个讽刺性的名字意思是"中国之灾"，而不是德皇威廉二世编造的那种（对白人而言的）"中国威胁"。黄祸以违犯公众道德为名把黄绣球投入了大牢。在狱中，黄绣球从早先和罗兰夫人的对话中汲取了力量。黄通理找到了一名刑房书吏，他和黄绣球以一番恳谈争取到了书吏对行新法的支持，在书吏的帮助下，黄绣球重获自由。新政要获得成功，地方上的支持，包括来自地方官员的支持是至关重要的。这些官员可能是低级的小吏，或者是知县老爷。只有在他们的支持和保护之下，地方层面的改革才能够扎下根来，但隐藏在这背后的问题是，司法制度也急需革新。

下一个议程是办新式学堂和建立警察体系的必要性。这是新政中两个非常引人注目的题目，与地方士绅关系最为直接（《黄绣球》，第296页）。小说明确提到了朝廷政策，"这两日内，闻得本官正奉文要举办新政，什么警察，什么学堂"。（第228页）

由于当时各地正在办开设新课程的学堂，新闻媒体对教育改革非常关切。报章上的讨论非常非常具体，细到课本、课程改革[1]以及地方为这些学堂筹款，因为中央财政已经非常吃紧了。[2] 小说在这里进入了地方色彩

---

[1] 刘坤一引用吕海寰的话，提出"中国现在极力变法，需款甚繁，若将进款作抵，非加税无从筹备"，刘坤一，《南洋大臣刘坤一转吕海寰来电》，p.8a。张之洞则引用了另一位官员的电报写道"然变法则应办之事甚多，应用之款甚巨"，张之洞，《湖广总督张之洞来电》，p.6a。刘坤一在另一封电报中称"中国变法需款必多"，参见刘坤一，《南洋大臣刘坤一来电二》，p.36b。亦可参见方屠龙，《论全国小学教育普及之策及其筹款方略》，《劝民间之设小学堂说》《书课本告竣后》。

[2] 庚子赔款、新政项目和经常发生的管理不善与腐败问题耗尽了国家的财政。《中国亟宜大兴矿务说》，第1页；程淯，《分省补用道程淯条陈开民智兴实业裕财政等项呈》。

浓郁的场景之中，从知县到督抚都接到了办学堂的命令。现在京师已设立大学堂，各行省之府厅州县也被要求奉谕举办中小学堂。这一自上而下的命令也希望能得到自下而上的支持，知县恳请熟悉学堂事宜的相关人等前来襄助办学事业。（第229页）

不过，小说里采取的还是城里人的视角而非知县的视角。这些城里人对地方官员极度不信任，他们带着警惕的目光来看待政府这些看似方向正确却缺乏细节的宏大计划。这些新学堂如何募集资金？旧式书院是继续保持还是改造成新式学堂？知县是不是又在玩什么老把戏？他是否会接受那些规定向私人募集经费的提案而否定不涉及财政规定的建议，一旦经费捐集起来，就把新学堂和旧书院合在一起，又饱了自己的私囊？

尽管作者小心提醒读者注意这些问题，但他并没有止步于这点批判。城里人自己也喜欢新式学堂，朝廷的谕旨只是不情不愿地给他们努力的成果颁发了一张迟到的许可证。小说接下来展示了处理遭遇到的问题的最有效的方式。黄绣球设法解决了三个核心的问题：她收留了两个尼姑，把她们平常那些不让人疑心的弹词改成含有新政主题的套曲，以此来接近大众（第13章、第14章）；接下来她成功地说服知县批准开办新学堂，又获准把地方上的尼姑庵改成男学堂，解决了经费问题；[1]她又把楔子一回里提到的自己家即将倾倒后来又修好的房子让出了一部分来办女学堂。第三个问题是这些新学堂的课程，这也是最复杂的问题。

当时围绕学堂里用什么语言来授课这个关键问题有一番激烈的争议，是用文言文还是现代的方言？早在1898年就有人提出效仿西方和日本，以"白话文为维新之本"。[2]小说也通过黄绣球教两个尼姑唱弹词的场景加入了这场讨论。弹词是一种方言文学形式，尤其是在妇女中很流行。黄绣球让两位尼姑在公共空间中唱弹词，为新办的女学堂争取支持。弹词描述了

---

[1] 当时在报纸杂志上对利用庙产、僧院和旧式书院来办新学堂有很多讨论。例如，《创议设立女学堂启》，第4—6b页，《女士张竹君传》（马贵公），《学堂难办》《鄂省官场纪事》。
[2] 《论白话为维新之本》。

如何做国民之母和遗传强种，把不缠足的好处、婚姻生活中卫生知识的重要性以及孕妇进行体育锻炼的必要性都串在唱词中。在唱弹词取得成功之后，黄绣球增加了尼姑们的弹词曲目，把诸如开办学校等主题也都包括了进去。尼姑们还被其他富家大户的妇女们请去家里唱曲，扩大了接触革新观念的妇女的范围，通过这种多样化和非常人性化的办法，黄绣球逐渐得到了公共舆论的支持，筹款获得了成功，新学校也有了一个坚实的基础。

小说接下来详细描述了为新学堂创设新式课程的痛苦过程，因为新学堂要教授西方的新知识，新知识也需合格的老师来教授。这种颇具首创精神的政治纲领也体现在学堂老师的名字中。老师从美国学成归来，名叫毕强，很像"必强"（奋发图强）的谐音，字去柔，意思是"去掉柔弱"。[1]

作者没有在新政实施过程中看到国家和社会之间的敌意，而是通过黄绣球和丈夫黄通理之间的多次讨论来突出官方和民间努力相结合的重要性。尽管丈夫对黄绣球抱着同情和支持的态度，他自己并没有在实施新政当中扮演积极的角色，但建议黄绣球和"开通的"知县合作也正是他。如果说黄绣球代表了地方的人民，黄通理代表朝廷，那么知县就是他们之间的联系或者屏障。朝廷和人民都要靠地方官员，朝廷的政策间接批准了民办的新学堂自主发展，但政策能否实施还要看地方官员是否有意愿来保障。尽管如此，因为诏书中不承认这类学校的合法性，黄绣球的女学堂还是不符合诏书要求的。

这部小说使人理解了一个观点：只有个人的积极和官员的同情还不够；公众的支持至关重要。当知县调换成一个反对行新法的官员时，考验的时刻来了。他一上伍就企图以女学堂没有报告上司立案为由解散女学堂，但如今公共舆论都支持这个学堂。于是又有一位同情学堂的高级官员出场，学堂也恢复了原来的秩序（第28章、第29章）。

---

[1] 这个人物的原型也许是康爱德（1873—1931），她也从美国留学归来。梁启超曾撰写了一篇传记赞美她。见梁启超，《记江西康女士》。有关这两位女性的研究可参见 Ying Hu, *Tales*, pp.123-126; Sudō, "Concepts of Women's Rights," pp.481-483.

朝廷缺乏资金，加上大多数官僚也没有施行新政的意愿，这恰好给"保皇派"的论点提供了理由——要实现朝廷的政策，地方上独立的活动必不可少，以便制造一种共同的目标感。报纸杂志上对于独立的地方行动之必要性的讨论越来越多，小说在这一点也有着墨。[1]这番论点的爆炸性潜力在几年后显现了出来，当全国各地都宣布独立于清政府时，清王朝也最终瓦解了。《黄绣球》也加入了这番争论，但放在它的中心舞台的是地方社区而非朝廷，是社会而非政府，表明实施新政靠的是地方的活动家。尽管"自由村"这个讽刺的名字在地理上具有一般性，但其环境显然是江南地区，玛丽·兰金（Mary Rankin）曾很恰切地刻画过的"精英行动主义"（elite activism）日渐抬头。[2]这部小说可以作为这种精英行动主义来解读，它伸展到了更大范围的官场和一般公众之中。小说围绕这个中心，在强调中央政府政策为地方新政提供制度支持的同时，也强调了其自身目标的相对独立性。

小说的结尾奏响了高音。黄绣球的努力有了成果，在地方社会的大力支持、丈夫的总体性指导以及开明的知县具体的法令支持之下，她的学堂计划取得了成功。和大多数政治小说一样，《黄绣球》认为新政是必要的且受到欢迎，但重点描写了社会活动家独立的行动进程，这也是他们获得最后成功的条件。由于书中的主角是女性，她有些活动直接针对改善女子教育课程并不让人意外，但她的性别主要还是作为社会相对于朝廷处于弱势地位的标志，并不代表女性主义的视角。

通过检视各种新政措施假定的实施状况，作者带领读者去理解完成这些目标所需的实际步骤，理解地方层面上社会和官员可能有的支持和反对，哪些办法可以保证成功，以及必须在朝廷犹疑不定时采取行动，这会

---

[1] 有关动员地方百姓积极参与政治改革、帮助中央政府打击地方官员腐败的必要性，参见刘宝旦，《学部主事刘宝旦条陈立宪预备实行大纲以通上下之情明上下之权呈》，第109页。有关因频繁的官员调动和普遍的腐败造成地方官员不愿实施新政的结果，可参见观云，《客观之国》。

[2] Mary Rankin, *Elite Activism and Politcal Thansformation in China*.

反过来给朝廷施压。这部小说并没有主张采取更为激进和急迫的措施,它强调教育的必要性,并把冷静讨论视为保证地方层面接受的最有效的方式。同时,小说也给中央的政策制定者提供了一个自下而上的报告,指出了实行这些甚至已得到朝廷批准的改革措施的困难,暗示朝廷需要拿出更为果决的措施,以保障自己的官员能够遵照执行。在这部小说的动力分析中,改革的主体是地方社会,但政府必须提供一个制度框架来保证改革得以持续。

朝廷:《邹谈一噱》

其他作者也看到了朝廷在新政中的关键作用,乌托邦小说《邹谈一噱》就是一例。该书作者是乌程蛰园氏(意即乌程先生冬眠之园;乌程是一个安乐乡一样的空间,酒能四处流动)。这部小说主要讲的是宪法的制定。

它采用了一种很受晚清以来具有维新思想的作家喜爱的久负盛名的方法,把理想中"现代的"未来治理投射到先秦(pre-imperial)的历史中去。通过对经典,尤其是《周礼》和《孟子》的重新解读,强调政府的责任。[1] 尽管其他的新小说采取的都是移入某个熟悉的早期小说,例如《西游记》的情境之中,成为其续集;但这部小说却直接移入了一个政治治理的文本,也即《孟子》。这个文本提供了两个主角,作为朝廷代表的齐宣王以及他的顾问、作为读书人的代表的对手孟轲。不仅书名中提到的邹衍这个人物来自《孟子》这本书(邹衍在这里是一位很好的演说家),而且因为《孟子》的内容当时的读书人都熟记在心,小说的作者可以暗引孟子来为自己的文章提供一层附加含义。小说借助这种方式让孟子对新政进行连续不断的评注性的解释,不断提醒读者新政期望达到的哲学和道德目标是什么。这些目标又反过来定位于中国上古黄金时代——夏商周三代——的理想之中。三代时国家由圣人治理,据作者称,圣人留下的教诲可以为君主立宪制提供基础。

---

[1] 参见 Wagner, "Classic Paving the Way"。

该书的《序》断言，对于现代的学校（学馆）、关税、外交关系（交邻）、议院以及统治者和人民之间的契约（订约），《孟子》之言尤其合于时宜。甚至那些现代和"西式"的事物，例如茶叶、音乐、舞会，巨炮的使用或者通商口岸的价值也都在《孟子》中进行了讨论，《孟子》的记载和当今的"相似性"，"证据确凿，观者了如"。[1]尽管如此，来自中国黄金时代的政治远见大都被遗忘了，然而旁边的滕国（=日本）却在这些洞见的指导下取得了改革的成功。参照《孟子》的模式，中国一定能实现和平和繁荣，走向正确的君主制。

小说中齐宣王按照孟轲的建议在齐国进行改革（据传孟轲是《孟子》的作者），作者用寓言的方式来讨论新政。为了满足官员们学习"现代知识"以领导改革进程的需要，齐国办了一所新式大学，让外国老师来教授外语，培训翻译；学生被送出国以增长知识；他们回国之后，就成了农业、工业和商业发展方面的顾问。[2]齐国很快就吸引了外国人才，成为一个现代学术中心。小说里还详细介绍了齐国其他方面的改革，和新政措施形成了强烈的呼应关系，甚至主管的官员也似乎是以真实的人物为原型的。这些改革措施涉及：中央政府行政构架的改革；[3]尊奉儒教为国教的制度；[4]采用新式邮政系统；整顿海关，聘请外国人进行管理（这位外国人的原型似乎是海关总税务司赫德），贸易量和竞争急剧增加；道路和航运的发展——这显然指的是铁路和轮船；开办进行工业、农业技术培训的专科学校。这些政治和经济发

---

[1] 乌程蛰园氏，《邹谈一噱·序》。这位作者似乎也曾在小说《表忠观》（12回）里用过相似的技巧，将其移入诸如《十国春秋》和《吴越备史》等历史故事之中。有人曾指出，作者可能是与梁启超有关的作家、编辑费有容，在民国时期还很活跃。参见谢伏琛，《〈中国通俗小说书目〉补遗》。感谢魏舒歌帮我复制了这本珍稀的文献。参见 Wagner, "Classic Paving the Way"。

[2] 随着1905年传统科举考试制度的废除，生产和寻找新的人才的任务就更迫切了。参见 Gabbiani, "Redemption"。

[3] Strauss, "Creating 'Virtuous and Talented' Officials."

[4] 本书出版于1906年，当年清政府宣布将孔子地位由谈学问和真理的古代圣人提升为国之先师。清政府通过一套新的仪式把孔子变成了一个政治符号，参见 Kuo, "'Emperor and the People'"。

展给国家带来了巨大的文化和社会变革,包括建立女学堂、幼儿园,以及表彰手工业发展和技术革新的展览厅;在各个层级的学校中引介舞蹈、音乐和体育运动;最后还包括废除科举制度。简言之,小说内容覆盖了新政所有项目以及朝廷诏书中对某些项目的详细阐释。[1]

尽管这部小说提出了种种批评,但还是保持了乐观。小说最后指出,应该有足够多的敬业、明智的官员来为王/统治者服务,使变法的所有措施得到可靠的保障,从而获得改革的成功。变法十年之后,朝廷和人民之间沟通顺畅,齐宣王宣布,齐国已经准备实行议会制度,成为君主立宪制的国家。这个积极的结局包含着对当今发展的一种预测,只要朝廷能够坚持实行孟轲建议齐宣王实行的政策,就能走到这一步。

和《黄绣球》不同的是,《邹谈一噱》里的变法是自上而下的,统治者发挥着关键的作用。几乎每一章里齐宣王都出现了,按照"贤者在位,能者在职"的古训(第34页),所有的成败都取决于他。这个焦点的巨大差异并不是没有理由的。尽管小说可能反映了一种没有强大的政府领导变法就不可能成功的评价(该书所参考的日本成功故事也印证了这种评价),但小说对最终成功的乐观预测和当时中国实际情况之间的巨大反差确实出人意料。光绪皇帝实在与接受现代化代言人孟轲建议、忙于变法的齐宣王形象相差甚远,他1898年之后就被慈禧太后软禁起来。小说中没有象征慈禧的女性形象。按照小说对朝廷新政的相关议论,可以直接将其归入"保皇会"的阵营。保皇会是梁启超和康有为建立的反击慈禧、扶救皇帝的组织。

作为一种文学形式,这番有关齐宣王的"历史叙述"和当今的读者之间的游戏带来了一种刺激的阅读体验,而且,政策实施经常遭受的冷嘲热讽和一旦事情做对之后的辉煌成就之间的巨大反差也给阐释历史故事的意涵增添了张力。

---

[1] 例如,肃亲王1902年7月的一个提议中最重要的五点措施是:资助中国学生赴各国留学;扩充海军、陆军和地方警力;鼓励技术发展,尤其是机械化生产和纺织生产;严格限制外国在中国兴修铁路;各省建立防止叛乱的专门机构。参见《奏陈新政》。

朝廷和社会双双失败:《新镜花缘》

《黄绣球》和《邹谈一噱》的积极色彩反映的并非当前的成就,而是未来的希望。对新政实施几年之后实际的成就进行冷静的观察,则会对作为变法主体的朝廷和社会都得出更具批判性的评价。《新镜花缘》便是一例。

为了避免当前现实的束缚并说服读者接受他们提出的主张,许多小说都采用了一种叙事技巧来"证明"该小说提出的方案会得到极好的结果。这个基本的技巧就是把提议进行的变革作为一个过去的事件,改革结果如何已经人所共知。这种叙述方法或许是效仿贝拉米或者梁启超的"未来记",或许是把历史,也即已有结论的过去视为寓言式的第二层,以处理当下的未来。后者也曾被用于大仲马的《玛戈皇后》(*La Reine Margot*)以及司各特的小说《艾凡赫》(*Ivanhoe*)中,这两本书都曾被译为日文。中国小说《邹谈一噱》也采用了这种技巧。在"未来记"或者已有结论的过去中,读者都被赋予了一个疏离的视角,使其能够在一定距离之外审视现在,以便了解它的问题、问题的成因以及彻底变法的光明前景。

"已有结论的过去"是《[寓言小说]新镜花缘》用来处理当下的一种技巧,尽管带有一种批判的色彩。该书作者署名为萧然郁生,曾于1907—1908年在《月月小说》上连载。它采用了当时流行的借用早期中国小说中熟悉的人物、情节的做法,称本书是李汝珍(1762?—1830)写于19世纪早期的讽刺小说《镜花缘》的新版本。在以前的书名前面冠以一个"新"字作为新的书名是一种创新,以前的续书大多用的是"后""补"。早期的续书是在小说结束的地方继续往下写,可能把小说带入另一个方向,而在书名上加"新"字的续书常常对原作的情节和感情进行颠覆和夸张,而同时在风格上又效仿原作的高水准,利用原著丰富的双关语资源。[1]

---

[1] 写续书之风始于清朝初年,例如董说(1620—1686)的《西游补》,19世纪后几十年日益风行。标题带有"新"字的政治小说包括我佛山人(吴趼人)的《新石头记》,以及陆士谔的三部小说《新水浒》《新三国》和《新中国》。有关这类续作与编辑、评论者对传统小说文本的改造之间的复杂关系,参见黄卫总(Martin Huang)编辑的巨著 *Snakes' Legs*。

《新镜花缘》沿用了《镜花缘》原著尖刻讽刺的风格，对新政和实际执行变法的精英都提出了强烈批评。原著的故事背景设置在唐代的武则天统治时期。一群被贬斥的读书人离开大唐出国游历，经过了许多奇异的地方，例如在女儿国里，男人的地位都跟中国的女人相同。当女儿国的国王爱上了其中一位中国男人之后，读者又看到了这个男人被强行缠足、开脸、搽粉，整日被迫化妆闲谈等细节。这部小说选择采用"新式"的连载方式，以即时呈现出对新政的批评态度。

《新镜花缘》抛弃了原作中因果报应的哲学基调，代之以社会达尔文主义的进化论，讨论国家事务和国际政治。但《新镜花缘》仍然继承了原作的游记形式，这也是政治小说经常采用的形式，以此来随机呈现他们在旅途中可能遇到的一系列的景象，将其连缀成一个整体的全景图。这些旅行的目的不是休闲、逐利或者教化，而是按进化论的秩序来理解所访问的每个地方所处的位置。

《新镜花缘》通过唐中宗（656—710）统治时期的国家危机来讨论当前的新政。唐代特别适合用来与新政时期互动，因为其在语言、宗教、艺术、食品、服装和娱乐等方面都受到"西方"（佛教和中亚）元素的强烈影响。当国家被宫廷斗争和来自中亚的外敌（指俄罗斯）入侵折磨得虚弱不堪之际，原来《镜花缘》中的主角唐以亭之子唐小峰带领着22位公爵迫切要求进行政治改革。此时武三思已依靠武则天的帮助把皇帝变成了傀儡，执掌了国家大权。公爵们激动不安的情绪为武三思所察觉并遭到迫害。武则天这位饱受争议的女皇，其丰富的历史记录也为慈禧太后囚禁光绪皇帝、迫害维新派的戊戌政变提供了很好的影射素材。改革者被除去了功名，剥夺了封地，在愤懑和幻灭中风流云散。梁启超、康有为1898年被迫逃离中国，而唐小峰也离开中国，去寻访传说中已仙隐蓬莱的父亲。一场暴风雨使他们的船偏离了航向，最后来到了一个叫作维新国的岛上。"维新"是刚从日本明治维新中借来的词，这个名字也含有一个双关——"维"（体制）和"伪"（虚假）是同音字。因此这个国家的名字有了第二层含义："伪新国"。这个故事接下来的部分主要是讲他们在这个岛上的遭遇。"伪新国"

是对1901年颁布变法诏书之后推行新政的清国的一种讽刺。

这几位游历者遇见了一位"老者",他对伪新国的教育、商贸、法律、军事以及最重要的外交领域存在的问题有清醒的认识。这个国家国民爱好维新,店号有新字,人名也都沾上新字,服饰、文字、语言也新,礼节也新,器用也新,食品也新。无论何物,无一不新。这个国家实际上完全在外国控制之下,甚至都没有必要把它变成一个正式的殖民地。这位老者总结道:"维新维新,那里教你们在这些上新。要新的是新精神,新魄力。精神新,魄力新,再新教育,新政治,新风俗……至于现今所新之新,那是可新可不新的。"[1]

小说中曲折的批评呼应了当时中文报刊中广为流传的观点,即在新政实行中,"规模虽具,而实效未彰"[2],实际上,"数年以来,君治之不进也如故,民智之不开也如故,财政之紊乱也如故"。[3]

司法改革本是新政中的重要内容,但在这部小说中却遭到了讽刺,因为唐小峰和他的两位朋友竟然被当作"革命党"而受到迫害。清廷对"革命党"或者"异端"政治活动的警惕造成了司法滥用和恐怖气氛(第409—415页)。同样,教育改革也被当成是地方官员征收更多税收的借口,此前《黄绣球》里也提出过这种控诉。一些激动的百姓甚至还捣毁了一座新式学堂(第430—431页)。军事改革也没有增强国家防卫力量,兵士们唯一敢打的仗就是地方军阀和国家编练的新军之间的地盘争夺战。任何一支伪新国的兵看到别国的兵来了,"早经弃着枪没命奔逃",而"别国人每逢同我们打仗,莫说别的,就是收拾我们弃去的枪,可也不少。而且那些枪却依旧卖给我们"(第452—454页)。商业也并没有发达起来。有一次,这几位游客为摆脱警察逮捕和勒索不得不吹嘘自己地位显赫,于是被带去见维新国的商会总办。在这里他们见识了许多代表国家利益的官员做下的

---

[1] 萧然郁生,《[寓言小说]新镜花缘》,第408页。
[2] 参见《论中国必革政治始能维新》,最初载于《中外日报》,收于《东方杂志》。
[3] 《论立宪为万事根本》,第170页。最初发表于《南方报》,收录于《东方杂志》。

损公肥私的勾当。（第432—436页）

不过，萧然郁生并没有完全放弃希望。他之所以尽力揭露伪新国的虚伪，说明他具有一种带着希望的责任感。小说里有几个非常珍贵的场景直接体现了政治小说本身的作用，包括与"才子佳人"套路形成对张。在其中一幕里，作者让主人公参观了一间书店，寻找一本名为《维新国灭亡论》的书，这个恰如其分的书名也可以视为《新镜花缘》的另一个名字。

> 书籍甚多，我看见那小说最盛，我当时翻了几本，却并没怎么见佳人才子、富贵荣华、神仙鬼怪、淫词俚曲，倒都有点意思的。大抵这国内的明白士人，视家国之存亡，世人之梦梦，无权力以挽回，鲜方法以振兴，故特借此雅俗共赏、惩劝并施之小说，冀以补救万一。倒也是一番苦心孤诣。（第455页）

极少数正直人士认识到了国家的危机，但苦于手中无权，只得采用政治小说来唤醒同胞的良知，以尽自己的绵薄之力。唐小峰的一番话道出了伪新国和中国的关联："如果这国像这样维新，恐怕十年二十年后要变作别人家版图了。又转念自己宗国，也是内政紊乱，外患频仍，那国内的人均睡在鼓中，不知亡国之痛，仿佛此地相像，将来不知那样结局？"（第442页）

《新镜花缘》对于新政实施过程中朝廷和社会的表现都有尖刻的讽刺和批评，但还没有像《镜花缘》的女儿国那样对文学和社会构成挑战。小说通过老者发出作者的声音，说出他的判断，相比通篇讽刺或反乌托邦的写法，其基调更为失落和伤感。小说对新政名词的嘲讽给人留下较为深刻的印象。书中以游客的疏离视角来观察另一个国家的发展，任由读者嘲笑，这种写法和《黄绣球》有所区别。《黄绣球》描写的是卷入新政实施过程中的人们的艰辛，试图指导读者看懂谁为改革成功做出了贡献。而且，《新镜花缘》还把新政出问题的主要责任归于慈禧和后党，而《黄绣球》瞄准的是中层官员和乡绅中的反对派。作者曾经寄予厚望的维新在现实中却让他失望，他的孤寂感也源于这一点。

萧然郁生1906年还在《月月小说》上连载了另一部小说《[理想小说]乌托邦游记》,[1]但只有四章。通过比较可以发现,他曾经真的对新政抱有很大的希望。《乌托邦游记》把中国的政治状况分为三个不同的历史时期来描写,每个时期都用作者找到的一部书中的一卷来代表,不消说,这本书的名字就叫作《乌托邦游记》。第一个时代是"腐败时代",第二个是"过渡时代",最后一个时代是"维新时代"。最后一个时代就发生在乌托邦,小说的主人公曾在此开始他的旅程:"我前次游乌托邦,正值乌托邦大行改革之际。"他搭乘一只"飞空艇"轮船又飞了回去。现在乌托邦里所有人都是平等的,法律也非常完善。小说写到这里就没有了,我们无从知道情节会怎么发展,但似乎从作者最初的设想来看(尽管不无讽刺),随着新政进入下一个阶段,乌托邦世界的中国也可以彻底转型。不过,作者在这个时候写了一部政治小说来帮助读者认清令人震惊的真相:新政已经出问题了。

也许《新镜花缘》这个书名也必须得照此来重新解读。《镜花缘》原著当中的"镜花"指的是一群年轻女人,但她们在续作中就不见了。我们只剩下一个双关语,此前在《孽海花》里的"花"也表中华的"华"。这样看来,本书的书名便有了一种说得通的新解读:"中华的新镜鉴"。

不可阻挡的历史进程:《文明小史》

许多刊行于1902—1906年的小说都以某种方式反映了国家的观念,并在国家观念下处理变法的议题。尽管严格地说,这些小说有一部分只是直接谈新政而并非政治小说,但它们也有助于让读者始终保持对新政的关注。李伯元的社会批判作品《文明小史》就是此类小说中的佳例,其开头和结尾都明确写到了新政。

在小说开篇那个带有神秘气息的著名楔子之中,李伯元用两个貌似平行

---

[1] 萧然郁生,《[理想小说]乌托邦游记》。这部小说刊载在《月月小说》创刊号上。也可参见David Wang, *Fin-de-Siecle Splendor*, pp. 270-271。

的暗喻来刻画了中国的政治境况——这是太阳将出且大雨要下的时候:

> 据在下看起来,现在的光景,却非幼稚,大约离着那太阳要出、大雨要下的时候,也就不远了。何以见得?你看这几年,新政新学,早已闹得沸反盈天,也有办得好的,也有办不好的,也有学得成的,也有学不成的。现在无论他好不好,到底先有人肯办,无论他成不成,到底先有人肯学。加以人心鼓舞,上下奋兴,这个风潮,不同那太阳要出、大雨要下的风潮一样么?所以这一干人,且不管他是成是败,是废是兴,是公是私,是真是假,将来总要算是文明世界上一个功臣。[1]

李伯元反对当时对中国和维新派的两种最常见的概括。中国不是当时许多漫画所表现的昏睡老者,即所谓"老大帝国";维新派也不是梁启超所设想"少年中国之少年"。中国在进步,而参与维新的人也有各种复杂的声音。

李伯元对中国的境况所做的"太阳要出、大雨要下"的比喻代表着不取决于人类意志的自然过程。通过书名中的"史"这个字,李伯元很巧妙地用进化论的方式表现了一种发展,时机已到,而一旦时机到来,无论人们做什么,也无论他们做事的动机是什么,发展都会到来。在这个过程中,新政是一个重大的事件,但它仍沿着以前的发展轨迹和自己的逻辑走向下一个阶段。李伯元保留了批判的权利,尤其是当他谈及采用或拒斥西方理想和概念的时候[2]。但是,在刚刚经历了百日维新的失败、义和团运动以及1900年的外国联军入侵之后,他对新政的判断比其他人还是宽容一些。他承认,即使那些现在不值得高度评价的事物最终也会对这个不可阻挡的文明进程做出贡献。

---

[1] 李伯元(笔名南亭亭长),《[新编小说]文明小史》,第2页。
[2] 欧阳健,《晚清小说史》,第90页。

国民素质和立宪

国民是否做好了立宪的准备？立宪是人民成熟、"开化"的结果，还是政府强制执行的宪法让他们成为"国民"？这不是一件小事，在当时的维新派以及政治家、外交家和从事国际关系研究的学者中都有很多讨论。最晚到1919年的凡尔赛和会上，列强还普遍同意，主权应该只赋予那些有公民存在、政府机构足够开明的政治实体。殖民政府和保护国体制被当作培养这样一种公民和政府机构的必要步骤而合法化了。

从19世纪后半叶开始，有关西方议会体制和宪法的知识一直在中国传播。到19世纪八九十年代，曾有人提出这种新的制度也一定会有利于中国的观点，但还没有成为主流。[1]

不过，新政一开始，立宪的议题就很快成了关注的焦点。[2]这被视为公共舆论的制度化。当时随着新闻媒体的发展，公共舆论的声音日益凸显。[3]这个议题在报纸的社论、政论文章和各种新的学会中得到了热烈讨论。日本在1905年日俄战争中的胜利被誉为日本1890年立宪改革以来的成果。[4]清廷这方面则派遣高级代表出洋考察，回国汇报各种国外宪政模式。[5]1906年，慈禧太后终于发布了《宣布预备立宪事宜》的谕旨。[6]这

---

[1] 陆镜光（Luke Kwong）指出，当时康有为等维新派强调皇帝强权的必要性，要君主把权力都集中在他自己手里，并不赞成皇权受法律和人民约束；后来康有为改变了他的观点。参见 Kwong, *Mosaic*, pp.197-198. 对立宪改革早期思想的分析，可参见王栻，《维新运动》，第84—101页。

[2] 有关立宪改革可参见 Reynolds, *China, 1898-1912: Xinzheng Revolution*；以及王晓秋、尚小明编，《戊戌维新与清末新政——晚清改革史研究》。

[3] Judge, "Public Opinion," pp.81-84.

[4] 诸如《时报》《东方杂志》《新民丛报》等报纸都积极推动立宪改革。对于新闻媒体在晚清政治改革中的作用及其在表达民意上创造的新形式，可参见 Judge, "Public Opinion"。有关立宪改革与《东方杂志》的具体研究，可参见唐富满，《〈东方杂志〉与清末立宪宣传》。

[5] 参见端方、戴鸿慈编，《列国政要》。1907年，朝廷派出了另一位代表前往日本研究其宪政，参见载泽、端方等，《日本宪政史》，第393页。

[6] 清廷，《宣布预备立宪事宜》。

道谕旨一开始得到了公众的热烈欢迎,但是,宣布预备立宪的谕旨发布得太晚,后来也没有一个时间表,引起了很多失望和不满,最后引发了有组织的抗议(直到1908年慈禧去世之后,清廷在巨大的社会压力之下才最终确定了立宪的时间表[1]),尽管早期的小说,例如梁启超的《新中国未来记》也曾经提到了这个主题,但随着1906年"宣布预备立宪",立宪才成了政治小说中一个突出的主题。[2]

检验立宪改制的重要性:陆士谔的《新三国》

陆士谔(1877—1944)的《新三国》发表于1909年,角标为"社会小说",它采用早已为大家熟知的《三国演义》,和自己的新小说进行了丰富互动。[3]陆士谔把不同的改革策略之间的比较设置在三国时期,采用了展现早期实践之"历史"结果的修辞手法来证明自己有关最佳改革方略的观点。

陆士谔是一位高产的作家,其小说主要讨论当代政治。[4]他把《新三国》的历史背景设置在1906年,直接引用了此次的《宣布预备立宪谕》:"方今全国维新,预备立宪,朝旨限九年后颁布国会年限,于九年中切实举办谘议局、地方自治等各项要务。"(第164页)因此这部小说就是为预备立宪而作,其目标就是要克服人民的迷信,描画出立宪国的样子。他通过描写吴、魏、蜀三国不同的改革模式之间的竞争来实现这个目标,而在《三国演义》原著里,勾连三国的是军事矛盾。

---

[1] 荆知仁,《中国立宪史》;徐建平,《清末直隶宪政改革研究》;刘纪曜,《预备立宪时期的督抚与绅士——清季地方主义的再检讨》;高旺,《晚清中国的政治转型:以清末宪政改革为中心》;马晓泉,《国家与社会:清末地方自治与宪政改革》;Thompson, *China's Local Councils*。

[2] 参见阿英,《晚清小说史》,第75—88页;欧阳健,《晚清小说史》,第294—300页。

[3] 陆士谔,《[社会小说]新三国》。一年以后,他还要用《水浒传》来写另一部"新"小说;参见陆士谔,《新水浒》。有关这部小说的详细分析,参见欧阳健,《晚清小说史》,第346—356页。

[4] 欧阳健,《晚清小说史》,第334—335页。对于作者文学生涯的全面研究,可参见田若虹,《陆士谔小说考论》。

尽管作者仍然保持了原著小说中人物的基本性格，他还是发展了新的性格特点和情节要素，表现出强烈的时代特征。比如给旧的文本加上科学的解释，重新讲述那些人们熟悉的情节。[1]陆士谔把故事的焦点放在政治改革这条新的主线上，从而把原来长于军事谋略和战争场面而不怎么讲政治科学的小说变成了一部复杂的政治改革的小说，原著的权谋和勇猛被考虑周详的政体结构改革取而代之，同时积极而又富有批判性地结合了朝廷的政策。

小说的三个部分介绍了三国实施的非常不同的改革方案。吴国采用的是清朝失败的改革。孙权接受了他最忠诚的大臣鲁肃的建议，认为人才是成功的关键。按照"治国以人才为本"的原则，吴国开设"经济特科"。蒋干考取了榜首，提出了如下建议：（1）立学堂以宏教育；（2）易服色以新民目；（3）改官制以整吏治；(4) 创海军以固国基。其他的改革事项包括重整海军、设立警察、修建铁路、促进农业手工业商业发展、选派学生出国留学等等。这些建议反映了刘坤一和张之洞所上的三个奏折中的内容。

原著小说中已经去世的著名吴国将领周瑜在《新三国》中被复活了，孙权要求他襄助国家的改革。周瑜很赞同鲁肃最后的分析，"东吴内腐败极了，变法亦大好事；但行之须有次第，当先兴教育，次扩军备，铁路、轮船、矿务、电线，均不可缓"（第168页）。因此，吴国没有人提行政改革或其他政治、宪政改革的必要性。吴国政府的决策是从上至下的。

吴国发布了一系列的改革法令，并规定"不论朝野官民，有非议新法者杀无赦"（第170页）。改革方案就这样在顶层就做了决策，没有任何公共讨论，并且以极端的手段来推行。周瑜所对应的当代人物很有可能是袁世凯，他有强大且装备精良的新军，而且他也强调教育改革。

不过，这些新的措施需要有财政支持。吴国决定铸造更多的货币，发行新的税种，尽管鲁肃曾警告说这些措施也许会对政府有利，但这些新钱在经济

---

[1] 有些评论者对这种以理性主义的欺骗来替换原著故事的做法提出了批评。欧阳健，《晚清小说史》，第334—335页。

中没有根基，而且为变法征收的新的税款通常还是会流进官员的腰包。

尽管经济基础十分薄弱，军事改革仍然在继续，包括裁撤旧式军队，并把余下的人转进内务部，重新训练成为新式警察。军事预算有着落之后，周瑜也得以购置国外最好的武器，用以装备一支新的军队。现在吴国有世界上最先进的军队，而周瑜正在花工夫加以训练。

这个国家的法令也有了巨大的变化，非常鼓励国际贸易。不过，新法令学的是以大秦国（可能指的是大英帝国）为代表的西方国家的法令，而没有考虑是否适合吴国的情况。

为了给新修铁路筹措资金，政府发行了股票，得到了民众的热烈响应。但当这些股票眼看就要获得巨大利益的时候，交通部却命令商人们重新出售他们的股份。这些商人现在对政治和国际事务有了更清醒的认识，他们进行了强烈抗议，但只是徒劳。新政的执行非常严苛。

表面上，吴国似乎做的都是正确的事情。对新政开始之初的科举考试、军事改革、警察制度发展以及铁路建设的影射都很明显。现在新的政府结构、新的部门、装备精良的新军队都有了，随着铁路建设的稳步推进，基础设施得到了改进，还有了新式学堂和新的法令。但是在这些改革推行八九年之后，吴国却比原来还衰弱，濒于崩溃。为什么会这样？读者问道。作者是这样回答的："若猜得着，看官早到了立宪时代的程度，超轶过预备时代的程度了。"（第178页）对于那些还不能猜出吴国灭亡原因的读者，作者借评论来帮助他们看到吴国真正的问题。这些改革的款项都是用借款支付的；所有的设备都是进口的；吴国盲目照搬了所有被视为成为强国所必需的事项，而没有考虑国家的实际情况；进口的设备也是雇请外国人来操作的。"原来东吴所举行的一切新政，皆是富强之具，而非富强之本。"（第179页）财政压力导致吴国日益虚弱，因此吴国决定彻底依靠遥远的波斯（＝俄罗斯？），最后在财政和军事上都依赖该国，几乎沦为殖民地了。

在魏国，曹丕决定采用一系列严苛的改革措施来打击汉朝老臣，建立新的曹魏王朝。他得到了司马懿的支持，这位权臣阴怀异志，盘算着这些严苛的改革措施会激起民变，让国家难以稳定，从而打击曹丕，为他自己篡权创造有利条件。小说并没有对遭到曹魏政府追捕的反对派表示任何同情。尽管这些反对党人在北方组织起义,暗杀了京城的高官,但只是制造了恐慌而已,公共舆论并不支持他们的事业。按照一位评论者的话说:"那些党人,都是亡命之徒,毫无纪律;党魁管宁又是个书生,那里驾驭得住?"(第197页)

魏国虽然看似有一个新式政府,但实际上比以往更具压迫性。在讨论魏国情况时,陆士谔也谈到了官员腐败这个当代话题,他们以新政之名向地方百姓征收沉重的赋税;还谈到了其他各种作者所处时代的争议话题,例如外国借款、外国在华利益等。[1] 在小说里,司马懿的党人通过盘剥地方百姓壮大了自身权势,填满了自己的腰包,使得地方政府和士绅没有足够的资源开展有实际意义的改革。

魏国对应的是清政府特殊的历史遗留问题。他们废掉了由纯正的汉人建立的朝廷,统治者非常担心对其权力合法性的各种挑战。书中的反对派影射的是无政府主义者,司马懿所对应的当代人物则可能是张之洞。正如欧阳健所指出的,吴国和魏国的政策代表了新政的两个侧面。[2] 这部小说通过这种方式挑战了清廷的政策重心——吴国和魏国所采取的政治组织方式都遭到了失败。军事、财政、立法、基础建设和教育的改革都很重要,但是这些改革的成功是以宪政改革,尤其是国家政治生活的公共参与为基础的,陆士谔在他对蜀国改革的描写中发展了这个观点。

四川的蜀国是最后一个进行政治改革的国家,因为蜀国偏处一隅,远离中原,那儿的人对政治改革一无所知,而他们军事上的运势突然大不如前。在听闻有关外界改革形势之后,蜀国派出使者前去吴国和魏国考察。使者归来之后的结论是,最近蜀国军事失利,"然而每次出兵,终不能有所胜,何也?彼维新而吾守旧"(第243页)。蜀国的发展代表了作者对晚清应该具有的面貌的乌托邦式的想象。

---

[1] 举例来说,对如何克服清廷对外债(通常都带有痛苦的附加条件)的依赖就进行了旷日持久的讨论,参见《中国亟宜大兴矿务说》、张謇《变法平议》以及《论中国路矿尽归外人》。
[2] 对这部小说的研究可参见欧阳健,《晚清小说史》,第337页。

众所周知，蜀国的孔明（也即诸葛亮），作为《三国演义》中的主要人物，就像周瑜一样，在原著中去世了，但在这部新的小说中却还活着。他注意到了吴国和魏国的改革只是"新法之皮毛，虽甚美观，无甚实效。吾国变法，须力矫此弊，一从根本上着手"（第243页）。蜀国的统治者是刘备的儿子后主刘禅，他在才智上不如父亲，但作为统治者，他还是相信蜀国存亡的关键在于变法，恳请孔明筹议变法事宜。

当孔明让蜀国的高层官员们就变法所需进行开放辩论时，他们中大部分人都不出所料地提出了耗费高昂的军事和财政改革。而孔明却支持那些主张先进行政治改革的人，他坚持认为有关整个国家的决定应该采用民主决策。小说在这里以朝廷新政为目标，展开了一场颇具争议的辩论：

> 吾国变法，第一要着，须使人民与闻政治，先立上下议院，上议院议员，由皇上特简三分之一，由朝臣推举三分之一，由人民公选三分之一；下议院议员，全由人民公选。一切财政、军政、国家大事，应兴应革，须悉经议院认可，然后施行。如此则君民一体，庶政自易推行，而纲举目张，百僚自无废事。
>
> 至于编舰队、练陆军、设银行、开铁路等，虽皆是富强之具，然不从根本上着手，而贸然为之，则近之有糜财之患，远之有资敌之忧。
>
> （第244页）

孔明以立宪改革为中心的方案汲取了吴国和魏国的教训。只有全国人民都了解国家所面临的挑战，他们才能够做出理智的判断，帮助国家推行改革。作者在这里驳斥了早期新政奏折当中那种可以略过民主政治改革的观点。

小说忠诚地继承了此一文学类型的教化目标，对实施宪政改革需要采取什么步骤进行了详细的讨论。这包括一部宪法、上下议院和各省相应地引入这些机构的时间表、以《周礼》中的原则为基础且权责清晰没有冗员的政府组织、议会对政府的监督以及可以允许上诉的法庭。我们还发现，当国家人口在十年后增加了三分之一时，蜀国有了一个缓解人口压力的方案：鼓励国民出国经商；政府承诺为他们提供启动资金和领事保护。它还计划发展矿业、兴修铁路，这反过来又会给新的工厂制造就业机会。所有这些措施都要经过公共讨论。

在这样一个系统工程中有许多有争议的议题，小说也尝试迎合读者。其中一个议题就是国家的自然资源的所有权，它们究竟是属于社会还是国家和政府？对于宪法规定下皇帝应有什么权力的讨论也在继续。有人提出，即便社会拥有这些矿产，宪法出于"谋国家之幸福"的目的，也应给皇帝解散议院的权力和将私有矿产收归国有的权力；另一些人反驳说，这样滥用宪法会遏抑民气，打击人们对这个新体制的热情（第263页）；还有人提出，立宪政府和独裁政府有着根本的不同，立宪国的皇帝要受法律束缚，不能滥用宪法。小说中设计这些讨论，明显是为了通过具体的争论让读者对不同政治体制有深刻的认识。

带着对清廷高举巨额国债和外债的批判，陆士谔让蜀国——在广泛的辩论之后——采取了一个自力更生的朴素方案，这个方案也得到了公众的支持。它允许政府在国内逐步征收必要的费用，从而为新的立宪君主制打下经济基础。所有原著中有关诸葛亮的神奇和魔力的故事都通过科学得到了解释。最后，蜀国所采取的现代化模式战胜了魏国和吴国，取得了胜利。作者非常直率地陈明了自己的写作动机。

> 看官，你想吴国的变法先于魏蜀，并且主臣合德，并无因循泄沓恶习，为什么周瑜、鲁肃等一死，竟就人亡政息，弄到这般地步？错来错去，只因不曾立宪，不曾开设上下议院，不曾建立国会，凭你怎么聪明智慧，终不过君相一二人相结的小团体，如何可敌立宪国万众一心的大团体呢？否则以孙亮的智慧，与后主的庸愚相比较，又岂可同日而语乎？只因一国立宪，一国不立宪，立宪的国，是聚众人的智慧以为智慧，其智慧就大得了不得；非立宪的国，只靠着一二人的小智慧，休说孙亮，就是周公孔圣，恐也抵挡不住。所以国而立宪，即

庸愚如后主不为害；如不肯立宪，即智慧如孙亮，也靠不住。士谔编撰这部《新三国》，就不过要表明这重意思。（第308页）

小说的结构设计就像对三种竞争性治理方案是否成功且可持续所进行的科学测验。然而，第三种方案并非取自真实经验，而是来自标准的，进而也是"乌托邦式的"教科书，这些书许诺如能够正确实施这些改革措施，一定会有很多潜在的好处。孔明在清廷官员中没有对应的原型，他建立的机构事实上也不存在。这三个国家的交锋为我们提供了一种双重阅读的空间。一方面，三个国家都在中国，它们代表了三种中国的方式；另一方面，它们为读者开启了另一重阅读的可能，将蜀国推迟改革和军事失利视为中国与英国、法国、日本、俄罗斯之关系的一个比喻。

这番对新政政策的详细讨论融入了新闻媒体和政府官员的大辩论之中。[1] 朝廷并非小说唯一的对话对象，正如奏折并不只是写给皇上的一样。不过，通过小说这种形式，陆士谔能够对朝廷的谕旨加以反馈，为立宪改革提供支持，并把改革实现之后的另一番面貌呈现出来。

陆士谔也明白道出了小说在变法过程中应该扮演什么角色。蜀国的教科书总编辑道出，"教科书传布之能力，仅在于学校少数之学子"；要让广

---

[1] 对立宪的讨论包含了许多种观点。无政府主义者吴樾在其《意见书》里对清政府和维新派的立宪表达了强烈的反对："扶满不足以救亡。吾国今日之行政、军事、教育、实业，一切国家社会之事，必经非常之改革，克有真进步，绝非补苴罅漏，半新半旧之变法足以挽此呼吸间之危亡也。"而担任学部审定名词馆总纂的严复则在1906年写下了一篇论文，提出必须发展实业教育，壮大中国自身工业基础，而不是对变法贸然发表抽象讨论："至于今，吾国日日人人，莫不扼腕扪心，争言变法。而每事之变，其取材于外国者，必以益多。"（严复，《实业教育》，引自《严复集》；这篇文献1906年已被《东方杂志》转载）陆绍明在一本发扬中国知识分子保守传统的杂志上发表文章，直接引用了《周易》《韩非子》等经典中有关政治体制的讨论："圣人以顺动，则刑罚清而民服""治大国而数变法，则民苦之；是以有道之君，贵虚静而重变法。"（陆绍明，《诸子言政体六经集论》，第7页）戴鸿慈1905年曾作为出洋考察五大臣之一，前往国外了解中国预备立宪的相关信息，在其公开发表的日记中记录了1906年二月三十日觐见德皇威廉二世时对方的赠言，戴认为这是对全盘学习外国模式的一种委婉的批评："宪法不必全学外国，总须择本国之所宜，如不合宜，不如仍旧。"（戴鸿慈，《出使九国日记》，卷6，第148页）

大年轻人受教育,成长为新国民,还应在教科书之外再多编各种开智的新小说。[1]这样一来,小说就是塑造新国民的关键所在。当陆士谔把新的政府政策传达给普通国民,把人民的需要传递给政策的制定者的时候,他不仅是教育家,还充当着国家和人民之间重要的协调人。

公民和西方的制度:《新列国志》

最早的新政谕旨当中有关取外国之长补中国之短的命令在《新列国志》(1908)这部佚名作品中得到了讨论。[2]这部小说循着日本小说的先例,套用了西方作品的另一类型(历史类)。[3]这部小说宣称自己是"历史小说",它以冯梦龙(1574—1645)的小说《东周列国志》为基础,但又移植进了麦肯齐(Robert Mackenzie)的《泰西新史揽要》(The Nineteenth Century: A History, 1880)之中。后面这部作品1894年曾由李提摩太译成中文[4];康有为1898年还曾将此书推荐给光绪皇帝。光绪皇帝要求所有高级官员都必须阅读,使得这本书多次刊行,广为流传。[5]按梁启超的话来说,《泰西新史揽要》"述百年以来欧美各国自强之迹,西史中最佳之书也"。[6]《泰西新史揽要》总揽英、法、意、德、奥各国百年来建立民主议会制度的历史,以俄罗斯作为反面典型,另辟专章介绍美国废除奴隶制。

以外国为例来定义中国的问题并提出政治改革,这是新政时期的奏章、报纸文章中经常采用的策略,还有一种手法是通过翻译外国历史——例如

---

[1]《新三国》是为数不多的自我指涉、直陈小说之目标和潜在优势的小说。尽管在这里政治小说已经区分为伦理小说、冒险小说、国民小说、侦探小说、道德小说、侠义小说、军事小说、科学小说、理想小说、写情小说、社会小说和历史小说等。"小说之所以优于各种书籍者,以文字与语言相合也。吾国文学家之误处,在认文字自文字,语言自语言,不相会合,此进化所由停顿也。今编撰小说,当以文言一致为第一要义。"陆士谔,《新三国》,第259页。
[2]《新列国志》1908年、1909年由改良小说社出版,这一出版商刊行了许多政治小说。
[3] 参见本书第七章对借鉴日本的讨论。
[4] 麦肯齐,《泰西新史揽要》。
[5] 王栻,《维新运动》,第304页。
[6] 梁启超,《读西学书法》。

明治维新的成功故事[1]、波兰和朝鲜等国的灭亡[2]，以及彼得大帝所进行的改革——来曲折表达。但像《新列国志》那样把外国历史翻译成虚构小说，却是一个例外。

这部小说的框架由1901年和1906年两个新政诏书来设定，还大段引用这两个诏书的内容。作者着手展现政治改革，尤其是议会改革给欧洲带来的繁荣富强。他抓住所有机会来强调一个观点——因为独裁统治并不符合人民的意愿，它最终会损害国家的财富和权力。在小说的背景之中，中国当代的境况赫然浮现了出来。

小说采取了朋友间对话的形式，这两个好友分别叫作包忠（与"保种"谐音）和童保（与"同胞"谐音）。西方传教士们1819年就开创了在中文小说中使用对话体的先河。[3]二人在读了慈禧1901年的谕旨之后都很兴奋，他们都认为政治改革已经迫在眉睫。尤其吸引他们关注的是诏书中的用语，即取外国之长，补中国之短，惩前事之失，乃可做后事之师。

中国计划要走的变法之路是通过欧洲近代历史来展现的。对于童保所请教的"外国所长的道理"[4]，包忠按照麦肯齐在《泰西新史揽要》里的讲法，指出这一百年来的历史是政治改革的历史，是欧洲从落后的政治体系（"弊政"）走向"改良"的历史。"一个人不晓得自己的短，自然也不晓得别人的长。不晓得从前的短，自然也不晓得今日的长。"（第153页）同样，中国也需要理解西方的轨迹。欧洲历史是一个变迁的历史："我且把西洋从前的政令不好，同着他们百姓改变的情形说与你听，就晓得西洋今日的所长，也曾经过千辛万苦，并不是安安逸逸，做了做得到的。"（第153页）换句话说，中国以后还有很多艰苦的工作要做，但欧洲近代历史也是一个

---

[1] 吴士鉴在1906年给朝廷的奏折中惯常提到日本维新变法模式："日本维新变法，惟得力警察，而遂收富国强兵之效。"吴士鉴，《南书房翰林吴士鉴请试行地方分治折》，第713页。在日本发行的一本宣扬革命的杂志上也很自然地提到应该效法日本政府"维新变法以自强"。公明（宋教仁），《虽设学部亦何益耶？》。
[2] 梁启超，《波兰灭亡记》《朝鲜灭亡之原因》。
[3] 米怜，《张远两友相论》。郭实腊（Guetzlaff）的小说大量采用了对话体。
[4] 《新列国志》，第151页。

鼓励——只要在正确的道路上充满干劲地走下去，快速成功是可能的。

英国和法国代表了两种不同的变化模式。麦肯齐曾说明了英国的渐进主义的优点——这是一个当今世界上最富裕、最强大的国家，而"100年以前确实又小又弱"。法国是另一种革命的类型。尽管一个设有议院的立宪君主制可以进行上下之间的沟通，而且实施变法的时候也有一定的制度灵活性，但法国的政治体系还是完全建立在君主的权力之上，没有任何上下沟通的渠道。随着法国的社会张力在君主复辟之后不断增大，国家最终在1830年革命中走向了灭亡。直到法国建立了议会制度、公众意见有了反映的渠道之后，国家才重新迎来了富强。

为了避免事态像法国那样发展，英国首先采取的就是政治改革。包括（1）修改选举法，赋予普通的纳税公民不受地方官员影响的独立的选举权；（2）改革司法制度，尤其是修改了有关外贸的法令，打开国门，让英国加入到国际贸易和劳动力流动之中，使技术工人流动更加自由；（3）宗教改革，革除所有对天主教徒在政治上和公民权方面的歧视；（4）社会改革，也即废除奴隶制；（5）福利制度改革，保护儿童和妇女，修改严酷的《济贫法》；（6）降低印花税，以发展公共舆论，促进媒体增收；（7）改革邮政系统，降低邮费，允许私人公司与政府的邮政服务相竞争；（8）改革教育，以提高质量，惠及大众。

就最后一点来说，英国人有一句戏言："百姓既有举官的权，这百姓就是我们的主人，倘做主人的毫无学问，怎么能够推荐得法呢？"（第198页）政府在教育上进行了很多投资，鼓励富人建立新式学校，"不多几年，气象变幻人一新，因为各种学问灌入国民脑筋中，所做的事自然比众不同"（第198页）。故事的讲述者一直关注着中国，他的结论是："若讲英民的尚公德，贵慈善，爱人如己，不惮勤劳的事很多，说来真正可惊可愕。"（第198页）

为说明他的观点，我们从书中了解到，如果法国最后没有进行政治改革，应该也会面临灭亡。类似于中国的百日维新，法王对公众的要求报以残酷的镇压。他把请愿的策划者抓进监狱，宣判死刑。在后来的动乱之中，查理十世被迫退位。他的继任者，路易·菲利普同意在一定程度上实施民众所要求的改革。由政府出资的全民教育有了；政府在铁路上进行了大量的投资，刺激了经济发展，给国家带来了稳定和富强。"这两条事虽不多，却是新政的根基，孔子所说'富教'两字，治国家最要紧的。"（第208页）尽管如此，由于这些改革还是没有带来结构性的变化，法国宫廷在1848年又面临了新一轮的社会动荡和革命。

英法两国所做的选择在小说中不断并置对比，很像陆士谔的《新三国》。这是对现代化转型的各种选择方案的一种检验。英国的例子用来激励清廷继续走变法的道路，而不是冒险去进行革命，这不但会使国家脱离帝国通往富强的轨道，还会危及君主制本身。包忠对童保介绍英国的经济实力时说道："童兄弟，这多是英国政府体恤民心，君民一德，故能收着这等富强的效验，君主的宝位也就安若泰山。可见改良政令，不独百姓有益，君主亦是有益的。"（第215页）

在这一部长于说理而虚构较少的小说中，作者只是把他的政治观点和对宪政改革的支持进行了薄薄的一层包装，把历史教训放在对话体中来展现。尽管如此，因为拿破仑、华盛顿和俄罗斯的沙皇等历史人物本身就与众不同，带着小说的光彩，他们的行动很容易就让人产生兴趣。

回顾立宪改革：春帆的《未来世界》

自从梁启超的《新中国未来记》以来，中国的政治小说作家都喜欢采用"未来论"这种文学手法。春帆的《[立宪小说]未来世界》也进行了这样一番回顾。这部小说在《月月小说》上连载的时候，正是立宪改革情绪最为高昂的1907—1909年。我们对这个笔名背后的作者也是一无所知。不过，《未来世界》是非常少见的真正写完二十章的政治小说。从小说第一行开始，作者就毫无疑义地说明了小说的目标："立宪！立宪！！速立宪！！！这个立宪是我们四万万同胞黄种的一个紧要问题。"[1]尽管从技术上来说，

---

[1] 春帆，《未来世界》，第438页。

第一章并非当作楔子来写的，但作者用第一章来概述了他的目标。他对于宪政的想法基本遵循了1906年诏书在这个问题上的意见，他也同意许多其他政治小说家的观点，即立宪的主要障碍不是朝廷的保守派，而是中国的国民完全对自由和民权的概念一无所知，他们只知道皇帝是绝对的权威，必须得服从。

正如一位新闻评论员所说，立宪改革的目标是："必由人民之要求而后得，非君主制所肯施舍者也。""而人民之要求立宪，亦必在民智大启民力大进以后，而非浅化之民所能梦见者也。"[1]写《未来世界》的目的就是要协力战胜这种无知。

作者没有加入反对清廷的喧嚣之中，而是强调要满汉团结。满族汉族都是黄种人，面临着同样可怕的未来。整个种族的命运都取决于立宪改革。小说鼓励读者去行动——就是现在——在实施立宪之后就像真正的公民一样去行动，打破虚拟的"过去的"行为模式，而这就是读者所处的现实。作为一介书生，小说作者既没有政治权力，也没有建立新理论的责任，他能做的最大的贡献就是去构想一个理想化的未来，并勾画到达这个未来的路径。[2]

小说将背景设置在立宪改革若干年之后的中国，具体时间不详。中国现在成了一个帝国，跻身世界上几大现代化强国之列。但是，由于国家地域太过广大，人民太过众多，还是有一大半人没有受过教育："立宪政府的官员自己也都是些半新不旧的人物，全没有自由独立的精神，反不如那一班完全资格的国民。"这些官员看到他们的利益受到了威胁，缺乏推动改革的动力。变法对思想开明的新国民大有裨益，他们可能只是少数派，但实际上事情已经发生了很大的变化。（第488页）

小说的开篇提到了三对夫妻的爱情故事，作者把他们放置在不同场景中一一出场，这是另一种比较不同政治策略的手法。在作者看来，自由恋

---

[1] 觉民，《论立宪与教育之关系》。
[2] 春帆，《未来世界》，第487页。

爱和政治独立之间关系很紧密。不过,虽然这部小说很让人感动,但讲述这些爱情故事的目标直到小说结尾才搞清楚。

在第一个故事中,一位来自苏州的年轻女子在"强种女学堂"上学。聪慧美丽的她成了许多年轻人爱慕的对象。她的两个表哥也喜欢她,但她没有察觉。有一天,她在从学堂回家的路上碰到了一个英俊的青年。两个年轻人立刻坠入了爱河,作者还对两性间的吸引进行了一番详细的科学解释(第516页)。故事最后是个悲剧,一位嫉妒的表哥杀死了姑娘心爱的青年。

如果说第一个爱情故事支持自由恋爱但提醒人们要小心其中的陷阱,第二个故事就提出了将来要获得这样的自由需要什么国民素质的问题。有一位受过美国现代教育的非常现代的女子曾独自游历欧洲和日本,后来嫁给了一个没有受过现代教育的年轻人。他们婚姻的结局很悲惨。这个年轻姑娘自己离开了家,当她丈夫在一个公共场合找到她时,她却和别的男人在一起。丈夫逼她回家,却当众遭到了她的羞辱。丈夫回家之后一病不起,危在旦夕。作者对夫妻双方都表示了同情,这个固执的女子不听从劝告,而这个愚昧的年轻人也不明白时代已经变了。他们两人都需要更进一步的教育。

第三个故事跟前两个故事形成了对比。未来的各种自由可能会相互矛盾,但坚持旧的方式也不是解决问题的办法。年轻的韩京兆非常有才,自视甚高,他决定选择伴侣的时候要慢慢来。在他看来,现代妇女的问题是一旦进入现代学堂,就立刻学会了男女平等这类观念,但是如果女性想要真正的平等,她们首先要有维持这些平等的素质;若离开了道德教育和知识,这些观念就不再是文明的体现,而是野蛮的反映。因此,他开始寻找"真正的现代女性"(第554—555页)。有一天他碰到了他的姑妈,旁边站着的是他从未谋面的表妹符碧芙。他知道她已经选择接受传统教育,而且她名字的谐音"夫必服"也预示着这一点。韩京兆每天都去姑姑家拜访,暗自决定符碧芙就是做妻子最合适的人选。但是,因为碧芙太传统了,她没法自己做主,韩京兆就只能向姑妈求亲,姑妈也答应了这门亲事。但故事还是以悲剧告终,碧芙的妈妈改变了主意,把她嫁给了一个有钱人,最后碧芙心碎而死。

作者接下来批评了"现代女子"太过自由,而传统的女孩儿又太过顺从。两种人最后都失败了。中国社会不支持这样走极端。作者借这些故事来强调指出,制度改革和以爱情为基础的婚姻的共同点就在于,二者都需要以双方同意为前提。这部小说远不止是把黑暗的现实和光明的未来摆在一起对比而已,它探索了从传统向现代转变的过程中的张力和内在的问题,其表现手法有点类似此后鲁迅的杂文和小说。[1]小说中有位朋友问作者,为什么要回避政治改革的主题而去讲这些看似无关的故事,作者借此阐明了立宪改革和这些爱情悲剧之间的关系。他回答说:"你这些话,看着表面上虽是不差。好像抛荒了题目,但是仔仔细细的想起来,在下做书的说这些故事,正是那预备立宪的基础,敷设宪法的经纶。"[2]接下来他把失败的爱情和立宪中的具体问题——国民教育水平仍然不足和普遍缺乏社会共识——联系起来。这些障碍可以通过加强家庭教育和变革社会风俗来克服,婚姻风俗就是关键的所在。"只要全国的同胞一个个都有了这般的学问,自然的男女结起婚来,没有那高低错配的事情、良莠不齐的毛病。到了那般的时代,那家庭教育不知不觉地也就完备起来。人人都有自治的精神,家家俱有国民的思想,这还不成了个完全立宪的中国吗?"(第572页)女子教育在这个问题上也很重要。作者写道:"在下做书的做这一部小说出来,无非要看官们看看这部小说,晓得妇女的学问,该应与男子并重。"(第600页)

出身底层家庭的孩子上学需要国家资助,他们的父母也会因孩子不工作而失去一部分收入,因而需要国家补贴。为了在提高底层的识字率的同时又不过分加重国家财政的负担,小说对于父亲需要收入和孩子需要教育的两难问题有个判断准则。作者建议政府印行一本字典,以此减少达到基

---

[1] 例如鲁迅的杂文《头发的故事》和《娜拉走后怎样》。
[2] 春帆,《未来世界》,第571页。

本脱盲所需的时间，同时还应该发行方言报纸，给新读者提供阅读材料。这个建议直接得到了"未来的"皇上和议会的批准。

《未来世界》让读者参与想象人民预备立宪改革所需具体步骤。因为小说是按照1906年的上谕一步步展开的，把它当作与上谕的对话来读是很有意味的。尽管作者无法构想一个这些条目都已变成现实的未来，故而小说仅限于对观点的呈现，但作者还是找到了一种对真实的问题进行虚构探索的办法，以讨论在仍有大量不开化国民的社会贯彻这些观念会遇到什么现实问题。

这部小说很像《黄绣球》，它绝非理想主义的，而是对改革必须处理的国内的现实做了一番盘点，给出了复杂的讨论和解决方案。小说着力于政府和社会之间的公共领域，一方面尝试跟政策制定者进行交流，同时又发挥小说这一文学类型的魅力来动员公众。

在这里使用未来记这种文学手法有三个目标：首先是回溯走向未来的种种改革进程，给一路上碰到的问题提供策略性的解决方案和建议；其次是对当下进行批判性的观察，比起光明的未来，当下绝对做得不够好；最后，用想象中的强大中国这个光明的结局来鼓励和推动改革。最后这一点统领着小说的结尾。

改革者进行了三年的艰苦努力之后，"上下一心，居民一体，把一个老大衰疲的支那，登时变了个地球上唯一无二的强国"（第609页）。这个美妙的结果是通过陈国华的视角来表现的，他在全国游历，亲眼看看新的强国。他的第一站是上海，开化最早的商埠（第611页）。当他为一个受俄国人欺负的朝鲜妇女打抱不平的时候，发现自己突然受到了极大的尊敬。后来他去朝鲜访问这对朝鲜夫妇时，也得到了当地殖民当局的最高礼遇，他的地位很类似于现实中在中国的西方人。对朝鲜的这次访问展现了一种替代性的情境：如果中国没有排除万难完成改革，就会是这个样子。"贵国的现状，和我们中国十年以前（大约1908年或1909年，即该小说出版的年份）的模样却也差不多，我们中国要没有立宪的一番改革，怕不就是第二个朝鲜么？"（第622页）

以科学创造新国民：陆士谔的《新中国》

如果说春帆为中国的问题提出的解决方案主要是国民教育，那么陆士谔的《新中国》(1910) 则主要着力表现中国在技术和经济上如何转型为一个文明强国，因此他的"未来记"选择了一种科幻小说的叙事方式。这部小说用角标"理想小说"来提醒读者注意它具有乌托邦的特点。[1] 小说明确地以立宪变法为背景，采用了第一人称的讲述方式，讲述者的名字就叫陆士谔。

这部小说循着贝拉米和梁启超的先例，也可能为了呼应蔡元培（1868—1940）写于1904年的小说《新年梦》（表现了无政府主义者对于中国未来的看法），讲述者从沉睡中醒来，发现自己来到了40年以后的中国，这时已经完成了立宪。按照1908年上谕中所言，小说也假定把宪法落实到位要九年时间。借着从未来回望的视角，小说为变法后的中国以及变法的"历史"进行了一番素描，这可以理解成对中国欲获得世界领先的地位应该走什么路的建议。

讲述者醒过来的时候置身在新的上海，这里代表了整个新中国。在李友琴（真实生活中李是作者的妻子）的帮助下，他逐渐熟悉了这个新的城市。外籍人士的治外法权已经废除了，这个地方由中国人管理，必须遵守中国的法律，在路上外国人甚至会给中国人让路。

这位讲述者非常吃惊，他请女伴告诉他所有这一切都是怎么来的，于是小说开始进入一番长篇讲述（这个写法很多人都用过了，也没有什么想象力，并没有特别的价值）。由此，小说确定以"未来记"作为叙事立场，开始了对1910年的"历史"描写。

政府采取的第一步就是清偿国家的巨额外债，自力更生。这靠的是发行公债。尽管公债都是人民当作对国家事业的贡献自愿购买的，外国银行

---

[1] 陆士谔的《新中国》又名《立宪四十年后之中国》；参见第vi页上的编者按语。"理想小说"第一次作为角标出现在日本，"理想"是对 ideal 的翻译，这个新词没有反映"乌托邦"（不存在的地方）的词源。

还是拒绝接受。这导致国内的外币短缺,从而引起进口下降。这样一来倒获得了一种预料之外的好处,本土企业实力增强,填补了外国商品留下的空白。

第二个重大的事件就是立宪和召开国会。九年的准备期给了国家一段增强经济和工业基础的时间,为民主提供了必要的支持。宪法的重要性在于"全国的人,上自君主,下至小民,无男无女,无老无小,无贵无贱,没一个不在宪法范围之内"。宪法获得了普遍支持,因为"立了宪,有这样的好处!怪不得,从前人民都痴心梦想,巴望立宪"(第463页)。宪法勾画和限制了皇帝的权力。新议会的第一个任务就是废除外国人的治外法权。

接下来的成就便是建立海军和扩充军备。海军的骨干现在都由中国军官自己训练,海军的舰船也都由中国自己的造船厂建造,而且海军所用的令人惊叹的新武器——书里用了整整一章专写海军——也都是由中国人自己设计制造的。这一切将中国海军推上了世界第一的位置。

我们接下来了解到了工业生产、技术和科学方面的巨大进步,这给人民带来了轻松舒适的生活。在小说所描写的未来电气设备和交通工具中,我们发现了"飞车""空行自由车"和"飞艇"三种大小不同的交通工具;电机船和水底潜行船在上海和浦东之间来回穿梭;"水行鞋"可以让人在水上行走;"透骨镜"则让采珠人可以穿透贝壳发现珍珠;"雨街"自带一个移动的屋顶,阳光可以透进来,但下雨的时候就关闭,这样就不需要雨伞了。这个城市有一个地铁系统,高速铁路将它和北京连通起来。现在洗澡都是蒸汽浴,不再用水了。

不用说,所有这些设施的发明、开发和生产都是中国人自己完成的,不依赖进口或者外国专家的帮助。所需的资金和原材料来自对国内金矿、煤矿和铁矿等自然资源的开发。当讲述者在这个不熟悉的环境中悠游时,读者也看到了一个创新、富裕、独立的新中国,它不仅在材料方面世界称雄,医药、教育和司法系统也都领先全球。

关于新政措施的一番对话把小说的潜台词全部呈现了出来,对新中国每个方面的描写都直接指向了政府的新政大纲。尽管表面的叙述是在庆祝新政政策"已经"带来的进步,但同时小说还有一种对抗文本,提醒读者如果中国没能实行新政,等待她的将是被西方列强凌辱的命运。讲述者在小说一开头观看的一个话剧《请开国会》可以视为全书的缩影,既包含了未来的成功故事,又有对失败的警告。本书此处受梁启超《新中国未来记》的影响是很明显的。这部十幕话剧戏剧性地呈现了中国近代历史从在中日甲午战争中受辱,到想象中的成功召开国会、废除不平等条约的整个历程,是清廷的改革和引入宪政让中国走出了危机。这是一个民族受辱并通过政治改革获得拯救的历史,非常类似梁启超的政治观所勾勒的轨迹。政治改革"帮助"中国变得"文明"。只有在中国"已经达到"一定文明程度之后,它才能要求和获得与世界上其他列强平等的地位。文明并不只是意味着有宪法,而是人民的物质生活和道德生活质量发展到了一定的水平。有一次,讲述者被人邀请上台,向观众讲述40年前的生活是什么样子。他所描述的中国听起来特别古怪,以至于观众中谁也不相信(第508页)。小说中描写的"过去的""中国怪象"对读者来说就是他们眼前的中国。这个景象带来了一种似曾相识却又疏离的怀疑感,让人想起《新镜花缘》中对"伪新国"各种耳熟能详的改革术语的讽刺。尽管如此,陆士谔的小说让中国用变法克服了这种怪象,而萧然郁生所看到的怪象则是改革未能成功实施的结果。小说并没有说外国列强是中国可悲现状的根源,或者说他们很愿意中国继续这样。责任在中国人身上,寻找出路的主体性也在中国人身上。国际社会很支持中国的发展。

不过,当陆士谔开始描述改革具体过程时,他对政治体系能有效改变人的信心似乎动摇了。因为在描述解决中国问题的物质和制度方案时自有贝拉米的模板,但一旦触及如何培养新社会必需的新国民等热门话题时,作者的想象力似乎就不够了。在"催醒术睡狮破浓梦,医心药病国起沉疴"这一章中,他建议采用魔法而非政治手段作为解决方案。

国民中最普遍的两种病是睡觉病和黑心病。医学系的学生苏汉明有两项伟大的医学发明:医心药和催醒术。医心药让心思邪恶的人变得道德,让已死的心脏重新复活,把黑心变成红心,给没有良心的人安上良心,把坏心眼变好，把懒散变成决断，恐惧变成勇气，邪恶变成仁慈，嫉妒变成同情（第479页）。这味药让中国人不再是"东亚病夫"。

催醒术得名于催眠术，但作用恰恰与之相反，专治无法醒来的人。校长解释说，"有等人，心尚完好。不过，迷迷糊糊，终日天昏地黑，日出不知东，月沉不知西，那便是沉睡不醒病。只要用催醒术一催，就会醒悟过来，可以无须服药"（第480页）。医学院用这些发明吸引了许多来自欧洲、美国和日本的学生。"医心药"卖得尤其好。国内销量一度达到一天一万包（每包12粒），但是，自从大多数中国人都治愈了以后，国内的销量就下降了，而在殖民统治之下的朝鲜和越南销量却上升了。

梦想用医学方法来改造人们的态度和价值观，似乎显露出作者对于诸如学校等新制度是否能快速实现变革的怀疑。不过，陆士谔信奉的实际上是一条美国道路，中日甲午战争之后中国人就此迅速展开讨论，陆士谔也是其中之一。刘纪蕙（Joyce Liu）对19世纪末美国兴起的科学流派"新思维"进行了一系列精细的研究，这一流派最终推动了诸如科学论派等新兴组织的创建，后来又被中国的政治维新派翻译过来作为工具。[1]

清廷和受梁启超影响的人们有一种共同的估计，自上而下的改革自然会带来所需的行为变化，就像日本的情况一样，因而朝廷呼吁呈交变法提案的上谕都没有包括"新民"的议题；小说中提到的其他成就，比如立宪、军事进步、科学发展等，据说都是为了强国，其中还包括为治理国家培养新型人才这一项。作者一方面坚持认为有必要对公众态度进行根本的变革，

---

[1] 1896年，傅兰雅（John Fryer，1834—1909)翻译了新思维运动的重要著作之一，美国职业心理精神病医生亨利·伍德（Henry Wood）的《治心免病法》(*Ideal Suggestion through Mental Photography*，1893)。这部书颂扬了傅兰雅译为"心力"的"心理力量"，它能纠正错误思想，甚至可以通过一种自我催眠来治病。从谭嗣同、梁启超，到《东方杂志》的主编杜亚泉等维新派都大量引用了傅兰雅的这个译本，将其视为一种治疗中国人精神缺陷和弱点的"科学"方法。但是他们把带来这一改变的主体从自己变成了国家，由国家来设法用思想进步的"科学"方式来重新教育人民。参见 Joyce Chi-hui Liu, "Count of Psyche"；刘纪蕙，《心的治理与生理化伦理主体：以〈东方杂志〉杜亚泉之论述为例》。

但同时似乎并不愿意超越朝廷上谕的框架,呼唤不受朝廷管理的社会力量来推动公众态度变革。科幻小说的"医学"方案呈现了问题的紧迫性,但却又回避了社会机构的雷区,或者对其可行性根本不抱希望。

走出历史地狱的立宪道路

王德威曾指出,晚清时期科幻盛行,"比其他任何文学类型都能说明晚清作者和读者评论和预演国家之命运的愿望,以及他们对了解历史表面背后之情理的渴望。"[1]与此同时,对中国未来辉煌成就的过于夸张的幻想反映出这些作者对当今中国及其国民深沉的绝望。在梁启超的《新中国未来记》里这些幻想已经很发达了。后来的作者们对未来的幻想则是有过之而无不及。

有些小说的题目直接反映出中国之未来与立宪改革之间的关系,诸如《立宪镜》(1906)以及《宪之魂》(1907)。[2]前者的作者杭州戊公曾对《立宪镜》的题目做了如下阐释:"为国家颁布立宪之命令,唤起一般国民之预备,使人人有预备之精神。"[3]这部小说描写了改革者在为重大的社会改革创造社会条件时遇到的种种欺骗、腐败,以及改革者的英勇行动和奉献。不幸的是,小说刚刚宣称改变国家命运的英雄会应时而生并创造新世界,就马上戛然而止,后来再也没有推出续篇。

《宪之魂》也宣称其目标是"唤醒国民",为即将到来的宪政体制做准备。还好这本书写完了,我们可以看到它想象的未来的全景。这个故事的创新之处在于以空间来譬喻时间,把传统描写成魑魅魍魉控制的黑暗地狱。这对当时的读者是非常有冲击性的,因为在每个城镇的城隍庙里几乎都可以看到虚构的十八层地狱的恐怖场景,提醒观众等待罪人的将是痛苦和折磨。

就连代表过去的黑暗地狱也被搅动起来了。阎王(=朝廷)也按照陆

---

[1] David Wang, *Fin-de-Siecle Splendor*, p.255.
[2] 杭州戊公所著之《立宪镜》在封面上被标为立宪小说;新世界小说社出版的《宪之魂》在目录中自认为滑稽小说。
[3] 杭州戊公,《立宪镜》,第1页。

士谔的《新三国》里吴王所采用的基本措施进行了一些改革，下场也同样悲惨：他的阎王殿塌了，而且落入了外国列强的控制之下。这是在 1895 年至 1905 年的事，现在所有的事情都有了积极的转变。在戊戌政变中被正法的康党的鬼魂开始在地狱鼓动改革。这象征着 1900 年以后媒体以及社会组织和网络中变法思想正日益高涨。当阎王最终意识到继续反对立宪改革已经不可能了，一道光——朝廷宣布预备立宪——给地狱带来了震荡，因为它预示着旧的腐朽方式终将被革除。新的政策不只是确立宪法，还包括重新分配土地、改革税法、发行政府公债、允许私人开矿、推动现代教育以及建立海军。三年之后，地狱将变成一个强大的国家，能打败外国侵略者，夺回领土主权。作为"黑暗传统对光明未来"的譬喻的压轴戏，红太阳在东方冉冉升起，它的光芒最终把各种魑魅魍魉连带传统地狱一起都消灭了。

这里对传统所使用的譬喻跳脱了其他小说中老旧的文学套路，而且对当今社会发展的戏仿也很熟练，富于创造力，展现出一种新的都市感——不再畏惧朝廷的权威，而是用嘲讽和疏离来对待它。改革振奋人心的结局回到了政治小说常用的套路，给读者具体描绘了改革的益处；同时它还证明了没有制度改革的政治改革注定会失败。

另有两本书也找到了处理时政问题的同时又避免老一套政治说教的办法。它们采用了一种讽刺的手法，借用读书人熟悉的《庄子》中的材料来帮助读者破解隐喻中的暗语，探讨在成功实行立宪改革之后如何从眼前的灭亡转变为最终的胜利。这两本书分别是《蜗触蛮三国争地记》(1908)[1]和《[寓言小说]新鼠史》(1908)[2]。前者作者署名虫天逸史氏，[3]同样也源于《庄子》，后者作者包柚斧则以言情小说而闻名。

《蜗触蛮三国争地记》引用了《庄子》中蜗牛触角之上触氏和蛮氏两个小"国家"争地而战的故事，但故事的背景实际上设置在日俄战争时期。

---

[1]　连载于《著作林》；1908 年上海的蝇须馆还推出了一本单行本。
[2]　柚斧（包柚斧），《新鼠史》。
[3]　虫天逸史氏，《弁文》。

故事讲述了在触国（日本）和蛮国（俄国）的压迫之下，蜗牛国（中国）凭借能人志士的帮助艰难改革的历程。读者照例可以在书中读到有关铁路建造、钢铁厂兴建、男专家开矿、女学者兴办现代纺织厂、军事强人使用中国制造的现代武器等专题故事。令人惊讶的是，这些进展并非在光明的未来，而是近期刚取得的成绩。蜗牛国的皇帝现在也确信立宪的条件成熟了。改革中最后的一步大大增强了国力，尽管这里没有升起红太阳，蜗牛国最后还是打败了触国和蛮国。

《新鼠史》自称是"寓言小说"，要求作者在文中直接加入了对寓言的解释。故事讲述了即将灭亡的鼠国进行了必要的自强变革。不但国家地位得到了提升；还重拾了昔日虎国的光彩，虎国比喻的正是当时的中国（图4.2）。对中国的过去、当前的危机以及未来的辉煌的分析可见于该书新式的章节标题之中：

第一章："鼠国"，作者讲述了老鼠的祖先实际上是老虎，但随着时间的推移，他们失去了旧时的骄傲、勇气和独立的老虎本性，开始像老鼠一样生息繁衍。

第二章："鼠窃"，老鼠们因失去了打猎的能力，穷困日甚一日，饿到极点之后开始丧失廉耻，互相盗窃。

第三章："鼠祸"，鼠窃变得越来越大胆和无耻。

第四章："鼠敌"，老鼠们被他们盗窃的对象围攻追打。

第五章："鼠窜"，当老鼠们目睹其他老鼠被一只看起来有点像他们的祖先——老虎的陌生动物吃掉之后，开始四下逃窜。

第六章："鼠忧"，老鼠的敌人其实是猫，老鼠们误以为猫是他们的祖先，因此没有提防（鸦片战争）。

第七章："鼠腐败"，鼠国完全不承认眼前鼠族的危机，只有一小部分（开明的变法者）在努力找寻救亡国家的道路。

第八章："鼠奴隶"，与进犯的猫议和，老鼠同意做猫的奴隶。

第九章："鼠变法"，鼠国执行了"欲御侮先整内治"（指立宪改

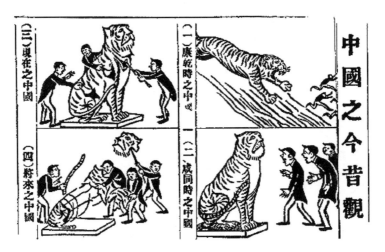

◆ 图4.2 《中国之今昔观》。右上：康乾时之中国（17、18世纪），图中一只咆哮的中国虎将外国人追得四下惊逃。右下：咸同时之中国，画中没拿武器的外国人像小孩一样靠近老虎，笑话它，但老虎仍然静坐不动。左上：现在之中国，老虎看起来还是很大，但是外国人发现它里面的结构已经僵死了。左下：将来之中国，每个外国人都开心地拿走了死老虎的一部分。（《神州日报》，1911）

革）的方针。

第十章："鼠协盟"，老鼠们准备反击，他们意识到自己力量太弱小了，因此和同样受到老虎/猫骚扰的其他动物——日本和美国——进行结盟。

第十一章："鼠复仇"，鼠国通过政治改革得到了再度复兴。

第十二章："鼠独立"，先是通过模仿猫获得了独立，但鼠国强大自信起来之后就重新变成了真正的老虎。

还有一条注释挑明了寓言原本也很明白的寓意。叙事方式很活泼，简洁而充满想象。尖刻的讽刺让寓言显得很生动。这里要传递的信息非常明确：不立宪，就灭亡。

双重滑稽剧：吴趼人有关国民与立宪的小说

吴趼人[1]主编的文学刊物《月月小说》1906年11月创刊，创刊号上的出版致辞开宗明义，指明了该杂志与新政改革的直接关联及其批判立场。出版致辞写道："方今立宪之诏下矣，然而立宪根于自治，此其事不在一二明达之士夫，而在多数在下之国民。"作者倡议以小说来教育普通读者，建立朝廷和社会的交流渠道。[2]

1906—1908年，吴趼人发表了五部以立宪为主题的短篇小说。[3]欧阳健指出，晚清立宪小说的各种艺术手法吴趼人在这五部小说中都尝试了。[4]吴趼人利用他敏锐的社会政治观察以及熟悉的讽刺手法，率先写成了一出滑稽剧，并饰以《庆祝立宪》这个喜庆的标题，但后面紧跟着的副标题却是"吁嗟乎新政策"。

小说中有三个人物对1906年的诏书进行了讨论。讨论的核心不是进展如何缓慢、朝廷如何不愿推动，也不是诏书本身的内容，而是主要围绕着对中国国民是否够资格实行宪法的怀疑展开的。其中一位称，中国人预备立宪只有一条路可走，就是"拿咱们中国四万万人一个个的都开了膛破了肚，拿他这肚肠子都送到太平洋去洗刷一个干净"，因为不如此就没有办法改掉他们"自私自利，因循观望"的毛病。[5]同年出版的《预备立宪》也表达了类似的疑虑。小说写到，有个鸦片烟鬼试图弄明白"预备立宪"这个奇怪的说法到底是什么意思，但似乎没有人能说明白。他碰巧发现了一个应该知道其含义的"改革家"的地址，决定上门造访问个究竟，但不巧改革家离家去海

---

[1] 有关吴趼人，参见鲁迅，《中国小说史略》，第243—246页；Doleželova, "Biographies," pp.207-208; 研究资料可参看魏绍昌编，《吴趼人研究资料》。

[2] 庐江延陵公子，《月月小说出版致辞》。

[3] 这五部书分别是《庆祝立宪》(1906)、《预备立宪》(1906)、《大改革》(1906)、《立宪万岁》(1907)和《光绪万年》(1908)。研究吴趼人之立宪小说的参考书目可参见中岛利郎，《吴趼人の"短篇小説"について—立憲短篇小説を中心に》。

[4] 欧阳健，《晚清小说史》，第294页。

[5] 吴趼人，《立宪万岁》，第538—539页。

边"呼吸新鲜空气"了。[1]最后,当他躺在鸦片烟馆里,身边另一个鸦片烟鬼提醒他,实际上一切都可以归结为买彩票。因为只有富人有权投票(按当时的讨论,即投票选举议院),对普通人来说满足选举资格的唯一的方法就是买彩票发财,然后你就可以投票给你的亲戚,这样个人的利益就会得到照顾,就没什么可怕的了。(第545—546页)

《立宪万岁》还嘲讽了出国考察政治制度的诸多政府代表。玉皇大帝听下界已经颁布了立宪诏书,决意天庭不可落后,也应实行立宪,直接派出了一个五人代表团出访欧美考察其政治制度,其中包括《西游记》中的孙悟空和猪八戒。天界群畜认为立宪改革会损害他们的权利和经济利益,前来阻挠代表团出访。他们预谋炸死代表团但没能成功,代表们出发了。能说外语的只有曾留学日本的猪八戒,但由于他好色成性,代表团没有了解到有关立宪的真正有效的知识。当天界最后实行政治改革时,批评者们发现每个政府机构现在都有了新名字,里面无用的官僚倒更多了,他们都在新政府里有了工作。在这样的情况下,天界没有人再反对立宪改革了。小说还用这种方式嘲笑了革命派,他们看起来很激进,但实际上只要改变立场能满足他们的个人利益,他们从不犹豫。

就实行议会制的意愿而言,中国人有一种深刻的矛盾心理,吴趼人的刻画正是给具有类似心态的改革者和政策制定者看的。这个议题在刘鹗的小说(1857—1909)《老残游记》的楔子一节里已有表现,在当时的媒体上也引起了广泛讨论。[2]吴趼人尽管对变法有所批评,但仍然支持变法背后的理想。

继这几部短篇小说之后,《月月小说》还发表了有关立宪的一系列小

---

[1] 吴趼人,《立宪万岁》,第543页。
[2] 当时《申报》有篇社论开篇即写道:"此后改革政体、实行立宪,其时期当必不远。惟是立宪根基,莫要于地方自治;而自治机关,莫要于责成绅董。今试问各省绅董,其能应议员之选者几人?能充议会之长者几人?能任乡官之职与夫市长之任者复有几人?苟上有立宪之政体而下无立宪之民质,良法美意决无效果。然则今日责任之重,莫若绅董。而练习自治才具以准备异日之效用者,为今日万不可缓之事矣。"(《论绅董对于地方自治之责任》)

说。除了前文已经讨论过的《新镜花缘》《未来世界》之外，还包括燕市狗屠所著的《[社会小说]中国进化小史》(1906)、大陆所著的《[滑稽小说]新封神传》(1906—1907)、陶报癖的《[社会小说]新舞台鸿雪记》以及想飞子所撰的《[诙谐小说]天国维新》(1908)。

如同李伯元的《文明小史》一样，吴趼人有关立宪的小说处理的是时下的政治议题，但仍然和他其他的谴责小说一样一针见血，对没能实现立宪政府崇高理想的朝廷和社会都提出了尖刻的讽刺，但却没能像政治小说那样指出一条走出困局的路。

结 论

政治小说是一种反映社会领域中共识性评价的舆论，其中展现主体性的是社会而非政府。因此，政治小说只是选择性地涉及了新政处理的议题中的一部分。外交事务改革、警察制度改革、军事和法律的改革都没有成为政治小说的主题，而教育改革、立宪、解放妇女等议题以及这些改革的力量在哪里的问题则成了政治小说讨论的重点。

政治小说讨论政府的新政，却坚持自己设置独立于朝廷的议事日程。这种独立性可以表现为小说的主人公直接越出政府发布的新政的狭窄范围，如同《黄绣球》那样；也可以体现为在强调开明政府行动之必要性的同时坚持设置一个知识分子改革家的角色，为朝廷政策提供指导，《邹谈一噱》便是一例。

尽管所有的小说都赞成变法是必要的，但它们对于变法要解决的问题、解决问题所需采取的步骤，以及在此过程中国家和社会分别扮演什么角色的表述却有很大的差异。作为一种文学类型，政治小说都和渐进改革的策略相关，为避免"革命性"的巨变带来动荡和毁灭，它们几乎无一例外都给国家各机构赋予了强大的角色，尽管这绝不等于盲目相信这些机构会实行这些建议。就中国而言，戊戌变法的经历使人们更加谨慎，新政在很多领域都畏缩不前。同时，可以扮演积极角色、推动变法的社会力量也才萌芽，而且大家都怀疑中国普通老百姓和精英的文明水平。这些小说拒绝支持革命，说明它们仍假定最终变法的持续制度化只有靠政府；而这些小说也拒绝谴责激进行动，这也反映出在中国的情境中需要有经常性的甚至激进的力量来促使政府行动。小说中的主人公不参与激进行动，但小说认为他们会从激进行动带来的威胁中获益——如果他们合理且适度的要求没有得到满足，激进主义就有可能获得支持。

有关新政内容和执行的革新观点及意见的表达平台不少，政治小说只是其中的一种。尽管我已说明它们与其他相关表达形式有着非常密切的互动，但政治小说的文学形式还是为改革者提供了一种媒介，不仅可以通过具体的情节和人物形象来简化地表达抽象的思想，还能使这些人物独立地探索当前能找到的概念工具不合适或尚不能处理的问题。本章重点关注三个领域，这些领域最能表现这种独立发声的潜力：在改革过程中政府和国家的主体性、教化国民和立宪之间的顺序，以及在朝廷和社会之间开放新的交流渠道，由文人来扮演关键的顾问。

政治小说家认为自己的责任不仅仅是反映正在进行的社会进程，而是要对这一变革过程做出贡献。他们以一种具体的、通常是乌托邦的方式来描写变革进程的理想结果，但最重要的是要以象征和寓言的形式来表现前进中的主人公和改革进程中的阻碍，并且通过描写改革者必须面对的具体政治社会环境和主人公采取的示范行动来为改革者提供指导。相比之下，谴责小说的作家，例如李伯元和吴趼人尽管也处理了政治小说讨论的某些新政议题，但他们保持着原有的文学类型传统，没有乌托邦式的视角，也不会提供具体的指导。

5 女性和新的中国

在国际观察者和改革派对清政府的气数和前景的评价当中，汉族女子的待遇、教育以及她们的角色都是中国在"文明"进程中所处位置的重要标志。[1]许多政治小说也涉及这些议题，它们给政体的讨论带来了一个新的维度：家庭和社会改革。女主人公在这些小说中扮演了重要的角色，展现了中国的问题和小说自身的解决方案。因此，这类小说中有许多都特别把女性作为目标读者，创作出革命女英雄作为模仿的对象。它们对于妇女解放的宗旨并没有与整个国家复兴绑定起来。国家大事渗入私人领域中，小说也通过两性之间的张力来表现这一点。女性对国家福祉的贡献取决于她们如何重新定位与男性的关系。

自18世纪起，清政府就开始采取措施阻止杀女婴和缠足；汉人对女性所遭受的禁锢日甚一日开始有了批评的声音；有男性开始行动起来，推动

---

[1] "文明"这个概念由传教士引入中国，参见 Chin, "Translating the New Women," pp.492-493；自从苏格兰启蒙运动以来，妇女的社会地位就成了衡量一个国家文明程度的标尺，参见 Alexander, *History of Women*, Vol. 1, p.151. 有关西方对中国妇女缠足的批评，参见夏晓虹，《晚清文人妇女观》，第 57 页。

女子教育和培养女诗人。[1] 19世纪60年代之后的讨论开始有了跨国的维度，外国传教士开始谴责中国杀害女婴和缠足是极端不文明的行为。[2] 最后，南方的精英家庭也参与了这场论争。[3] 很快，对男女平权和女子教育的讨论也就随之而来。[4] 早在1872年，《申报》《万国公报》上的社论版就开始在醒目位置上宣传这类观念，[5] 自19世纪80年代末开始，这些议题就逐渐加入了更大范围的变法话语之中。[6]

1897年，梁启超直言，"缠足一日不变，则女学一日不立"，[7] 他引述了孟子"逸居而无教，则近于禽兽"，将中国文明之落后与女子缠足联系起来。他宣称，中国积弱的根源在于剥夺女子的受教育权，而这会影响到中国在世界上的地位。[8] 梁启超在论文《论女学》中直接宣称，中国"积弱之本，则必自妇人不学始"。[9] 他引述了李提摩太（1845—1919）的文章《生利分利之法——一言破万迷说》，原文指出国家的财富会随着人口的增长一起迅速增长，[10] 但梁启超的解读却婉转地对中国妇女的寄生地位提出了批评。他指出，为了改变中国妇女深居闺阁无所事事又无所用的地位，让

---

[1] Idema and Grant, *Red Brush*, pp.618-620. 有关19世纪晚期政治改革运动之前中国男性精英对女子学问的不同态度，可参见 Ho, "Cultivation of Female Talent"；刘咏聪，《清初四朝女性才命观管窥》。有关18世纪女性的学问，参见 Mann, *Precious Records*, esp. pp.76-120; 有关清代历史学家、作家、哲学家章学诚（1738—1801）和诗人、学者袁枚（1716—1797）在女子教育问题上的争论，参见 p.93。

[2] *L'infanticide et l'oeuvre de la sainte-enfance en Chine* (1878) 提供了一份清政府试图禁止杀女婴的有趣文献。

[3] 夏晓虹，《晚清文人妇女观》，第4—5页。

[4] 有关晚清时期新闻媒体上对于女子权利和教育的各种不同观点，可参见 Sudō, "Concepts of Women's Rights," pp.473-489; Nanxiu Qian, "Mother Nü xuebao"。有关日本在这些不同观点形成过程中的影响，可参见 Judge, "Talent, Virtue, and the Nation"。

[5] Wagner, "Women in Shenbaoguan Publications."

[6] 夏晓虹，《晚清文人妇女观》，第4—5页。

[7] 夏晓虹，《晚清文人妇女观》，第43页。

[8] 参见 Ying Hu, *Tales*, pp.162-167; Nanxiu Qian, "Mother Nü xuebao," pp.267-228。

[9] 梁启超，《论女学》，转引自 Nanxiu Qian, "Mother Nü xuebao," p.267。

[10] 李提摩太，《生利分利之法——一言破万迷说》。

她们成为有生产力的劳动者，女性必须接受实用知识和技能的教育。[1]

讨论并没有止步于此。女子一旦加入新国民的行列之后，她们到底是以公共的角色还是私人的角色来对国家进步做贡献呢？改革者们又展开了进一步的论辩。她们必须学会承担公共责任，同时不忘操持家务，用晚清改革家金一的话来说，"女子者，国民之母也"。但是她们如果不受教育，如何担负起这样重大的任务？这一观点背后的想法与日本明治时期所推崇的"良妻贤母"模范有关，它主要是将妇女定位成家庭内的现代国民。[2]

通过各种不同的出版物，包括妇女自己办的杂志，女性在这场论争中发出了不少自己的声音，但这些声音远未达成一致意见。作为对男性改革家在国家议题中以女子教育为先的回应，一些女性呼吁通过教育独立于男性，加入到国家建设中来，并进一步对直接参与国家事务提出了要求。[3]还有一些女性认为男性和女性在民族危机面前有不同的角色，"（女性）要进学堂，要读书，为是要养成他可以尽责任的才具，可以做事务的资格。不是要他做女博士、女才子的"。所有这些都打着爱国的旗号。[4]持激进民族主义立场的女性则对良妻贤母的教条提出了极大的批评，她们期望中国妇女承担更为强大的公众角色，认为中国的未来取决于女性参与国家事务时的平等权利和责任。[5]正因为女性放弃了自身权利，她们也不得不为自己的落后承担至少一半的责任。因此，这些女性呼吁妇女团结起来，破除自身的"依赖天性"。[6]女性的声音中最为极端者则号召进行两性之间的战争。她们持一种无政府主义的女性主义视角，鼓励女性报复男性，"社会万

---

[1] Nanxiu Qian, "Mother Nü xuebao," p.267.
[2] 金一（金松岑），《自由血》，第1—2页。有关这部作品的分析，可参见 Yeh, "Life-Style of Four Wenren," pp.419-470. 亦可参见 Sudō, "Concepts of Women's Rights," pp.475-477; Ying Hu, Tales, pp.165-167; Judge, "Talent, Virtue, and the Nation," pp.771-772。
[3] Nanxiu Qian, "Mother Nü xuebao," pp.265-273.
[4] 陈撷芬，《女学堂第一课程要紧》，转引自上书，第277页。
[5] 比如秋瑾就是这种观点的代表，参见 Judge, "Talent, Virtue, and the Nation," pp.771-772、785-787。
[6] 晚清著名的女医生张竹君(1876—1964)代表了这种观点；参见 Sudō, "Concepts of Women's Rights," pp.481-483.

事赖人而成，人之孽，实由男女。故今日欲从事于社会革命，必先自男女革命开始"。[1]这一思潮确认了三个主要攻击目标：一是将妇女从属地位合法化并极力维护现有体系的儒家思想，二是欧美有关男女平等的伪善思想，三是中国以男性为中心的妇女解放的观点。[2]

在这样的背景下，其他议题还包括：国家建设中传统女学的角色（也由此产生了所谓的"才女"）；才女的理想以及与之相对的新女杰的理想；天赋人权和与之相对的作为"国民之母"的责任；以及公民的责任和与之相对的个人的权利。[3]尽管这些观点各有侧重，但总体上都同意女子教育是当务之急，包括科学、实用知识和体育教育等。私立女子学校也开始在全国各地的城镇涌现出来。

尽管清政府对禁止缠足的呼吁做出了积极的回应——毕竟所有满族妇女都没有缠足——但是对推动公立学校的女子教育却持强烈的反对立场。1904年，清政府颁布了有关蒙养院和家庭教育的章程，造成不少女学堂关闭，因为"惟中国男女之辨甚谨，少年女子，断不宜令其结队入学，游行街市"。[4]女子教育只应该在家里由母亲或女侍来监护完成，换句话说，女子教育的责任不是政府的而是家庭的。[5]

1907年，新的学部对于私立女学堂迅速增加的社会风潮做出了反应[6]——按学部统计，此时已有428座私立女学堂——学部颁布了女子小学堂和女子师范学堂的章程。[7]不过，学部的章程仍极具限制性，也并没

---

[1] 汉一，《毁家论》，引自上书，第483页。
[2] 例如，无政府主义者何震（活跃于19世纪末）就代表了这种观点。参见 Zarrow, "He Zhen"; Sudō, "Concepts of Women's Rights," pp.483-486。
[3] 参见 Yu-ning Li, *Chinese Feminist Thought*; Sudō, "Concepts of Women's Rights"; Judge, *Precious Raft*。
[4] 学部，《学部奏定蒙养院章程及家庭教育法章程》。
[5] 有关新政期间女子教育的发展，可参见廖秀珍，《清末女学在学制上的演进及女子小学教育的发展：1897—1911》，第224—227页。有关1907年之章程的重要性，参见多贺秋五郎，《近代中國教育史史料晚清编》，第73页。
[6] 夏晓虹，《晚清文人妇女观》，第24页。
[7] 参见《学部奏定女子小学堂章程》和《学部奏定女子师范学堂章程折》。

有陈明推动有关女子教育的社会改革的主要原则：男女平等和女子教育对教育新国民的政治重要性。一些私立的女子学堂章程已经规定，"为大开民智张本，必使妇人各得其自有之权"（1897），有的女子学堂章程甚至提出："以增进女子智、德、体力，使有以副其爱国心为宗旨。"（1902）[1]

面对这些呼声，1907年学部的文献仍然强调中国的女德，号称"中国女德，历代崇重"，"勉以贞静、顺良、慈淑、端俭诸美德，总期不背中国向来之礼教"。因此，学部对小学堂的章程也强调"至于女子对于父母夫婿，总以服从为主"。[2]学部明确反对所谓"末俗放纵之僻习"，以避免招致"不谨男女之辨及自行择配，或为政治上之集会演说等事"。[3]学校科目和教科书的设置则又是另一个重要的论争战场。[4]

简言之，清政府的政策远远落后于社会运动。社会运动推动着妇女解放和女子教育，越来越多地流露出对朝廷政策的失望之情。为了回应政府的立场，有一些政治小说开始寻求激进的解决方案。于是在当时的政治小说中，处理女性待遇问题就有了一种双重的对抗文本，探讨起政府的政策和社会态度来。不少小说的作者自己也参与开办女子学堂，他们的挫折感和与政府对立的立场也在小说里表现出来。

---

[1]《上海新设中国女学堂章程》和《爱国女学校甲辰秋季补订章程》，转引自夏晓虹，《晚清文人妇女观》，第25页。两个章程都来自上海的私立女子学校。第一个学校在梁启超、陈季同及其法国妻子的协助下创办于1896年；第二个则是在蔡元培和金一的协助下于1903年创办的。有关陈季同的详细研究可参见 Yeh, "Life-Style of Four Wenren," 第445—447页。

[2]《学部奏定女子师范学堂章程折》，第812页。

[3]《学部奏定女子小学堂章程》，第801页；《学部奏定女子师范学堂章程折》，第812页。

[4] 除了中文的文法、国文、中国历史、妇功之外，改革派建立的学校重视学习外语、数学、医学、法律、教育。1907年学部的章程强调要学习传统上的女学科目，例如修身、国文，但也要学习数学、中国历史、地理、科学、绘画、女红和体育，音乐则不是必修的。有关道德修养的课程，则以班昭的《列女传》或《女孝经》为宜。学部这些章程在两个问题上与改革派对女子教育的观点存在基本的分歧：第一，尽管这些章程在字面上接受西学，提出学习数学、地理、科学（不包括外语），但这些课程没有实质内容，因为这些领域只是作为个人卫生和家政的背景才提出来的；第二，学部的重点在于维护传统的中国女德，即使女子师范学堂章程也把女子教育的目标定为教导学生服从父母和丈夫。女子教育整体的目标是要打造现代版的贤妻良母。

对小说作家来说，设立新型女主人公的形象是一个学习的过程。王德威曾指出，一开始有些作家能够也真的借用了早期小说中的"侠女"形象，以此来充实"新女侠"，也即女革命家的形象。[1]

把女性当作政治斗争中的中心人物甚至是女斗士，这不仅刺激了文学的想象，也足以制造引人入胜、轰动一时的畅销书。因此，当时的政治小说表现的女性会身处各种各样的情境之中。例如前文曾讨论过，颐琐塑造的黄绣球就成了在私领域建立女学堂的代表，而《东欧女豪杰》（1902）则从另一个角度表现了反对专制制度的女无政府主义者。标有"女子爱国小说"的《情天债》让女性认识到了国家的危机，积极参与政事。[2]《女狱花》（1904）和《女娲石》（1904）都标称"闺秀救国小说"，书中女性推动女子的霸权——在这里也造出了"女权"这个新词。绩溪问渔女士所著的《侠义佳人》（1909）则重提女子教育和现代女学堂所面对的社会问题。詹垲（1873？—？）的《中国新女豪》（1907）和《[国民小说]女子权》（1907）则以中国救亡为背景描写了女子争取投票权和婚姻自由的过程。还有两部都叫《侠女魂》的同名小说，分别出版于1906年和1909年，都表现了为正义的革命而斗争的中国女侠。[3]《中国之女铜像》（1909）一书的中心议题是缠足，[4]而《镜花缘》的新续集《新镜花缘》（1908）则对传统女子教育和社会地位提出了另一种观点，后文将会详细讨论。

其中一位作者概括出了小说的关键问题：由于小说要为多愁善感、过于精致的男男女女的产生及国家的衰弱负部分的责任，它也必将成为治愈国家与国民的良药。[5]

---

[1] Wang, *Fin-de-Siècle splendor*, p.170.
[2] 东海觉我（徐念慈），《[女子爱国小说]情天债》。
[3] 留，《侠女魂》（只写完了一章）；蒋景缄，《[传奇小说]侠女魂》，这部独幕剧表现了一系列女性的故事，其中包括秋瑾。显然后者的作者有两位——蒋小莲（景缄）和王益三；参见李兆之，《题蒋小莲、王益三两君所著作之〈侠女魂〉传奇》，第63页。
[4] 南武静观自得斋主人，《中国之女铜像》；有关这部小说的研究，可参见阿英，《晚清小说史》，第112—115页。
[5] 海天独啸子，《空中飞艇·弁言》，第90—91页。

女英雄的样子:《女狱花》和《女娲石》

> 旷观千古,横览全球,无代而无人才也,无地而无人才也。然天地精华,川陆灵秀,其庞博郁积独钟毓于须眉,而于女子何阙如耶?抑独钟毓泰西各国之女子,而于中国又何阙如耶?盖由女学不兴,女权不振故也。……嗟呼!女子亦国民,何害于国,何令其愚且弱也?[1]

"叶女士"就这样在《女狱花》的序言中喊出了她深切的愤怒和痛惜。尽管《东欧女豪杰》和《黄绣球》都有女主人公,但这两部小说主要讲的都是国家政治,并没有专门谈妇女问题。专谈妇女问题的有一本书,名为《女狱花》,作者王妙如,由其夫罗景仁评注。[2]这本书借两个女主人公之间的争论表现了当时对于何为推进妇女事业正确方式的争论。

小说的第一部分赞美了无政府主义的女杀手——沙雪梅(=杀血美),并将其作为女性需要的革命精神的榜样,但后来又出现了另一位女主人公代表另一种主张,她的名字叫许平权(=须平权),代表她追求的是切实的效果。为了向《儿女英雄传》(1872)结尾两位女主人公辩论的情节致敬,《女狱花》也出现了两位女主人公在辩论中对垒的场景。[3]不过,放眼全世界的政治小说,这种辩论形式也是其核心特征。沙雪梅声称,除非杀掉所有的男人,否则女子无法获得自由;而许平权则称教育才是女性争取平等并最终实现平等的现实机会。此后詹垲也采取了后一种观点,而沙雪梅的意见与何震最为相近。何震支持无政府主义,在日本与他人合办了《天义》

---

[1]《女狱花·叶女士序》。
[2] 王妙如对丈夫解释了自己小说的标题:"近日女界,黑暗已至极点,自恨弱躯多病,不能如我佛释迦,亲入地狱,普救众生,只得以秃笔残墨为棒喝之具。"罗景仁,《女狱花·跋》。写完本书不久之后王妙如辞世。欧阳健的《晚清小说史》(第253—256页)提供了该书作者的更多细节和一个简短的分析;亦可参见 Jing Tsui, "Female Assassins," pp.190-194。
[3] David Wang, *Fin-de-Siècle Splendor*, p.167.

杂志。不过何震只是鼓励女性反击男性，并不是把他们都杀掉。[1]"平权"的观点基本上主导了当时发表在《新女学》等杂志上的文章。[2]

结果，这场辩论以沙雪梅组织革命失败后自杀戛然而止，而许平权则得以顺利地追求其普及女子教育的目标，从而实现女性自力更生。[3]

小说叙事的时间框架最终还是从"当前的危机"变成了王德威所说的"未来的完美"。[4]经过了十年脚踏实地、坚忍努力之后，中国女性终于赢得了男性的尊敬，获得了平等的权利。尽管小说以沙雪梅的悲剧而告终，但作者并没有谴责她，也没有把赞美沙雪梅的第一部分割裂开来。沙雪梅暴烈的革命行动似乎已达成其动员女性参与最初革命的目标，但是在第二个阶段，像许平权那样务实的性格和方式才能真正收到期望达到的效果。从第一个阶段到第二个阶段并没有一个演变过程。因此沙雪梅也不可能被说服，只能在她策划的武装革命道路失败之后选择自杀。

小说把无政府主义的行动当作一个必要的但已过时的手段，集中描写的还是女子要采取具体和实际的措施，由此也对新政的领导者提出了警告。许平权倡导的道路是可行的，也能为其他女性所信服，但前提是政府尽到了教育女性的义务。如果做不到这一点，可能会导致沙雪梅式的行动卷土重来。这在第一章就埋下了伏笔，讲述者在论及"二万万女人地狱般的生活境况"时就提到："岂知天下大势，压力愈深，激力愈大，若顺着时会做去，则将来的破坏还不至十分凶猛。自经一再压制，人心愈奋愈厉，势必推倒前时一切法度，演成一个洪水滔天之祸。"在这样的背景之下，小说标题中所含的"花"字也就意味着"华"，这就是女性的牢狱。

这时候两位女英雄的丈夫出场了，他们的性别代表着权力。因为两位女性展现的是不同的政治评价和策略，因此两位丈夫也就象征着朝廷所表现出来的两种极端态度及其代表人物未来的命运。沙雪梅的丈夫贺赐贵（可能跟

---

[1] 农述（何震），《女子解放问题》。参见 Sudō, "Concepts of Women's Rights," p.483。
[2] Nanxiu Qian, "Mother Nü xuebao," pp.286-287.
[3] 参见罗景仁，《女狱花·跋》，第 760 页。
[4] David Wang, *Fin-de-Siècle Splendor*, p.310.

"何赐贵"谐音）拒绝改变，不愿把女性当作天赋人权的人类来对待。女主角和他唯一可能的关系就是暴力和殊死对抗，最后沙雪梅在气头上失手杀了丈夫。相比之下，许平权的丈夫黄宗祥（他的名字可能是与"黄种祥"谐音）则赢得了女改革家的爱和信任，成了为女子教育而共同奋斗的伙伴。他们最终的结合凸显了作者对政府和社会的理性改革力量友好合作的良好祝愿。

小说充分利用了旅行、留洋求学和偶遇等场景带来的结构便利，参照着《水浒传》不断向前推动剧情。小说的评语也有助于我们了解它和《水浒传》的对应关系，不过还有一些观念取自梁启超的《新中国未来记》。正如《未来记》中的黄克强一样，沙雪梅也在酒肆的墙壁上读到了一首革命诗，好奇是哪位女子写下了这样激情的诗歌，跟她一样关心国家危亡、妇女所遭际的不公和改换新世界。

《女狱花》对沙雪梅的方式可谓敬而远之，但在《女娲石》中就是完全的支持和充分的展现。《女娲石》署名海天独啸子，真实身份不详。小说连载于1904—1905年。[1] 在小说的序言中，作者的一位朋友以卧虎浪士的笔名直接驳斥了当时国内外传播所谓妇女家庭和社会地位卑贱的舆论。他指出，中国社会的女子一点也不虚弱低贱；她们享有很多政治经济权利，在家里教育子嗣，确保丈夫不会铤而走险去搞维新。简言之，塑造中国文化和国民性格的多是女性而非男性。更糟的是，"我国山河秀丽，属于柔美之观，人民思想，多以妇女为中心"。这种致命的结合使得以彻底改造女性态度来克服中国的阴柔更为重要。在为其翻译的押川春浪(1876—1914)之《空中飞艇》[2] 所作的《弁言》中，海天独啸子也曾提出过类似的理论，国民性格的塑造受地理和社会因素两者影响，而小说具有改变这种综合影响的潜力。

> 小说者，自然感情之发泄，一关于地理位置，一关于风俗习惯者也……我国山河灵秀，国民对此自然美丽之感情，形诸诗歌，形诸小说，

---

[1] 海天独啸子,《[闺秀救国小说] 女娲石》。
[2] 押川春浪,《空中飞艇》。

形诸绘画者，莫不雅驯文华，极一时之盛。数千年来，文人学士，沉溺于中，流而不返，而政治之基，亦以之绝，识者谓之以"右文之国"。[1]

小说突出反映了占主导的阴性特质的弊端。卧虎浪士提出，女性是《红楼梦》的热心读者不足为奇，但这要么会让读者厌倦尘世，要么蛊惑她们为浪漫化的爱情纠葛不顾一切。而且她们接触不到《水浒传》里的英雄精神，"其实《水浒》以武侠胜，于我国民气，大有关系"（第441页）。因此，《女娲石》就是为了应对《红楼梦》对女性的不良影响。因为女性才是阻碍国家进步的真正的力量，必须创作新的侠义小说来改造女性。如果女性得不到改造，什么事情也不会改变。[2]

批评女性的文化保守主义和批评女性对男性的影响力二者之间并非孤立的事件。在公共舆论中，甚至在女性杂志上也经常有声音称，中国男人的软弱，尤其是缺乏爱国心应该归咎于女性。[3]而抨击《红楼梦》让女性情感堕落，影响其理解世界在当时也并非罕见。[4]《女娲石》的序言主要吸收了金一等政治改革家在《自由血》中宣扬的观点——"女性将为国民之母"，但是低估了儒家的社会秩序对限制女性受教育机会的重要影响。正如王妙如在其《女狱花》中所指出的，这篇序言开辟了一条将私领域的权力

---

[1] 海天独啸子，《[闺秀救国小说] 女娲石》，第90页。
[2] 序言接下去讨论了《红楼梦》、国民性格以及妇女的角色："今我之小说，对于我国之妇女者有二，对于世界者有二。一、我国妇女富于想象力，富于感化力；二、我国上等社会，女权最重。是二者，皆于国民有绝大之关系。今我国女学未兴，家庭腐败，凡百男子皆为之钳制，为之束缚。即其显者言之，今之梗阻废科举，必欲复八股者，皆强半妇女之感念也。此等波及于政治界者，何可胜数。外则如改易服制，我国所万不能。其不能之故，则又妇女握其权也。况乎家庭教育不兴，未来之腐败国民，又制造于妇女之手。此其间，非扫荡而廓清之，我国进化之前途，可想象乎！"同上，第441—442页。
[3] 陈撷芬当时曾提出，"要晓得男人的不爱国，就是由于女人不爱国上来的"。《要有爱国的心》，转引自 Nianxiu Qian, "Mother Nü xuebao," p.275。
[4] 陈撷芬在另一篇文章中控诉《红楼梦》造成了一个女子的死亡，因为她中了《红楼梦》描写才女的毒，入了魔。不过，《莫看小说》这个题目只是针对中国小说；阅读翻译过来的西方小说是值得表扬的、有益的："一则看了（中国小说）要想躺着，一则看了（外国小说）要想站起来。"参见陈撷芬《莫看小说》，《续出〈女报〉》（1902年7月5日），《女报演说》，3b-4a。转引自 Nanxiu Qian, "Mother Nü xuebao," p.276。

结构与国家的大问题相联系的思路。尽管可能有人会说它忽视了国家塑造女性命运的强大作用,但这是一部小说的序言,最重要的是让小说对读者个人的态度产生影响。

关于小说如何影响人们对男女两性的态度,海天独啸子还在《空中飞艇·弁言》中说了这么一番话:

> 小说之益于国家、社会者有二:一政治小说,二工艺实业小说,人人能读之,亦人人喜读之,其中刺激甚大,感动甚深,渐而智识发达,扩充其范围。[1]

海天独啸子接下来说,当下正值政治改革,正是用新的内容充实小说的良好时机,因此小说革命也就成了当务之急。[2]《女娲石》就是作者对自己的理论形诸实践的成果。小说从处理女性问题来着手改变国民性格。

《女娲石》不只是效仿《水浒》里的尚武精神,还模仿了《水浒》里的结构,让其主角——这里也就是不同类型的女英雄——出场。小说一开篇,慈禧太后(在这里被称为胡太后,"胡"意指其满人身份)就建立了醮坛,颂扬自己"得雌而霸"。突然一块石匾从天而降,上面写着没人认识的蝌蚪文,只认得三个字"女娲石"。这也就是小说的标题。女娲氏是熔炼五彩石补天的女神,作者借此把《红楼梦》和《水浒传》里的比喻联系到了一起。《红楼梦》的主人公贾宝玉原本是女娲补天时多余的石头转世,因被丢弃而满腹抑郁,《红楼梦》就是这块被丢弃的顽石上镌刻的宝玉的故事。而《水浒传》开篇则说到一个自命不凡的地方官要搬开一块镇压群魔的石碑,这些天罡地煞星被放出来之后便成了小说中描写的草莽之辈。

从天而降的石碑上用古怪文字写成的小说如今到了读者的手上,这些"石头"就是小说中的女英雄们。她们都和《水浒传》里的好汉一样英勇,

---

[1] 海天独啸子,《空中飞艇·弁言》,第90页。
[2] 同上书。

但她们都是建设性的革命者，有自己一套想法，决心要修补裂开的天空。《水浒传》和《红楼梦》之间有趣的交流极大地丰富了这部小说的文本，和女娲故事的神秘联系为这些现代的"石头"打下了基础：这些无政府主义者的刺客们既有侠客的勇猛，也是技术高明的专家。

这部小说的主人公金瑶瑟"天性伶俐，通达时情，又喜得一副爱国热血"。[1]当她成为女子改造会的领袖之后，前往美洲留学了三年。因见中国国势日下，灭亡祸害在眼前也没人起来反抗，她便回国准备进行政治暗杀，以促成时局的变化。但是，当她得到刺杀胡太后的机会时，却发现自己下不了手。她又气又恨，哀叹："怎么俄国虚无党偏偏教他成事，倒是我瑶瑟便做不来吗？"（第466页）金瑶瑟认为自己没能通过真正的革命者的考验，因为没完成这个"象征性的弑母"任务。[2]在接下来出逃的旅程中，她得到了全国各地秘密女子组织的帮助，作者也得以用一种成长小说的形式来描绘一个女性如何从改革家变成失败的政治暗杀未遂者，又（在将来某一刻）最终变成信念明确强烈、意志坚定、完美掌握了最先进的武器和斗争方法的革命战士的过程。

这个人物成长的轨迹针对的是早期的小说中对侠女的处理，例如《儿女英雄传》中的何玉凤最后回到了儒家秩序为女性所规定的"三从四德"。[3]但是金瑶瑟的人生轨迹还有更令人震撼的地方，作者再三向读者明确这一点，那就是作者其实是借着金瑶瑟在讨论中华民族的命运。

在金瑶瑟的转变过程中，最深刻的一幕发生在她和花血党领袖见面的一刻，金瑶瑟的态度和国族的态度间的联系在此凸显出来。花血党人数超过百万，专门组织暗杀高官。花血党人委身给高官做姬妾，并伺机暗杀他们。花血党的领袖平静地解释说，大概有3400名党员都在从事此事。

花血党明确地把中国的/妇女的问题分为"四贼"，也即内贼、外贼、上贼、下贼，因此也有了相应的一套"灭四贼"的办法。所谓内贼，就是

---

[1] 海天独啸子，《女娲石》，第452页。
[2] Tsui, "Female Assassins," p.184.
[3] David Wang, *Fin-de-Siècle Splendor*, pp.157-160. 有关无情无性的英雄是如何变得有情有性的，可参见陈平原，《千古文人侠客梦》，第90—93页。

三纲五常剥夺妇女的自由，将其拘束在家中，灭内贼就要绝夫妇之爱，灭儿女之情。外贼的"外"字指的是世界上的其他种族对中国人的民族压迫，花血党主张灭外贼务必斩尽奴根，最重要的是自尊独立。上贼的"上"指社会地位，如有民贼独夫专制暴虐，剥夺人民权利，花血党人即与之不共戴天，必欲除之而后快，这叫灭上贼。下贼是隐藏在女性私处的情欲，情欲让女人无法不与男人发生关系。灭下贼务要绝情遏欲，不近浊秽雄物。至于生育的问题，则可以通过人工授精来解决。

除四贼之外，还有同样激进的三条必须守护的原则，也即"三守"："第一，世界暗权明势都归我妇女掌中，守着这天然权力，是我女子分内事。""第二，世界上男子是附属品，女子是主人翁，守着这天然主人资格，是我女子分内事。""第三，女子是文明先觉，一切文化都从女子开创。"

四贼之源头以及除四贼的关键都是用有关女性身体的词汇来定义的——女性对男人的情欲，以及用女性的身体当作武器来毁灭男性。刻意进行这种骇人且怪诞的描述并不是要给女性当作行为指南，而是要赋予她们解放自我的勇气，呼吁她们与儒家秩序所划定的政治、心理、社会和性的框架做斗争。

为了与受传统束缚的国家相对照，这些女子展示了一种乌托邦式的未来：她们的国家克服了女性的弱点，实现了自我赋权。中国妇女的命运和民族的命运是不可分割、互相缠绕的，只有无政府主义的疾风暴雨和如此震撼性的小说才有可能打破这个恶性循环。但是，正如该书序言所指出的，女性不只是问题的核心，也是解决问题的关键所在。只有通过她们自身的主体性来对女性进行彻底的改造，才能塑造一个更自信（这本小说不使用"阳刚"这个词）的国家。

尽管故事说的都是流血和刺杀，但作者尽力表明这种革命不会采用落后的方式，不会带来一种回到过去的感觉；相反，小说描写的革命武器都是激进的未来主义的，一点也不逊于对四贼的激进的分析。小说喜欢描述这些武器。电梯、吊桥、从管子里挤出来吃的加工食品只是让女性可以专心从事伟大事业的小玩意而已。这里还出现了电马，以及能打中12英里之外目标的电磁枪，弹头爆炸后会释放毒气。科学和意识形态联手为强盛的中国加入未来的全球现代化打下了基础。

作为《女娲石》的目标读者，女性可以在书中找寻到一个女子的世界，这里有关于宏大问题的各种意见，与这些意见相关联的行动要求女性果敢、精明、完全无视禁忌且有技术能力。书中写到的这些女子都没有家庭，也不知生于何处。她们身处一个被遗弃的秘密世界，外在于任何政治和社会结构。她们只忠于自己的信仰和姐妹。她们那些极端的乃至有点怪诞的讲述方式是对作者所观察到的中国女性真实生活境遇的反转和挑衅式的复现。在现实生活中，一双小脚便把女性锁定在贞洁、谦逊、无知和对男性权威的顺服之中，甚至比小说中更极端和怪诞。

不过，即使是这个虚无党女战士的秘密世界，也还是对目前的新政争论的一种反映，只不过大多数都是贬损性的评论。书中写到一个男学生问另一个女子会社的成员，对于他向朝廷上书请求实行政治改革（还是请立宪、开议院、兴学堂、地方自治等常见的题目）有什么意见，她却说："（条陈）累累十余万言，富贵人那里看得许多……他们终日夸文矜墨，做些文弱事情，那些政府那里瞧他，徒然使官场多添个字篓。"（第500页）此处对这些文弱的士子寄望于通过舞文弄墨来推动朝廷制度改革加以嘲笑，相较之下，这些"石头们"的勇敢行动却让统治阶级震惊和恐惧，从而迫使他们做出让步，这可是一纸篓的请愿书永远也做不到的。

让金瑶瑟显得新潮、现代的正是她没有自我这一点，她没有什么个人欲望要去满足或者放弃。她是没有社会身份的孤独者，是苦苦探求现代中国之道的灵魂。这个灵魂中也包含了暴力和破坏的能量，而且还得到了一种新的宗教的支持，即对科学和技术的完全开放和崇拜。小说把探求者呈现为女性的身体是一种譬喻。也就是说，与其说这是在探讨中国女性对晚清转型的真正态度，不如说是利用与女性相关的词汇（例如温顺、柔弱），从比喻的意义上来探讨如何处理中国的情况。

贞女救国：陈啸庐的《新镜花缘》

如果说《女娲石》是借新一代侠女来描绘勇武、阳刚的未来，那么其他的作品却并不赞同革命派忽视中国传统的现代化潜力，包括中国传统女教所蕴含的潜力，例如陈啸庐写于1908年的《镜花缘续》（未完成），亦称《新镜花缘》。[1]自从清廷1907年在公共压力之下颁布《女子学堂章程》，讨论的焦点就不再是女子是否应该接受公共教育，而是公共教育应该教什么。《女娲石》和陈啸庐的《新镜花缘》代表这番讨论中的两种极端。

作者在序言中赞扬原版的《镜花缘》是所谓"女界小说"中唯一的完美之作。不过，他还是认为这部小说过于稀奇古怪，没有为女性提供切实可行的问题解决方案。在这个问题上，他回应了当时妇女杂志上的一些批评声音。[2]他对《镜花缘》的看法似乎并非来自"女儿国"相关章节中的讽刺，而是源自故事中女性的庄严、文雅、开明以及旅途中男同伴对其无处不在的尊重。《女娲石》的序言所传达的女性形象是社会进步的绊脚石和解决问题之关键，而《新镜花缘》中对"花"的描写显然与之迥异：

> 今译泰西小说，其种类之夥、事迹之奇……熟知误我中国女同胞，为祸至酷至烈，即此种类至夥、事迹至奇之译本小说哉。盖彼非跳身革命，以一弱女子干犯天下之大不韪，即知识稍开，便注意于自由平等，而不计其所行之于理实未顺，于心实未安，甚或因求达目的，往往横施鬼蜮伎俩、阴险手段，不顾阅者之舌桥不下，心悸不止，虽种种不可思议、不可捉摸处，无非蜃楼海市，故显其奇然。女子读之，误认文明，遂铸成大错者比比矣。（第215页）

作者指出，《新镜花缘》将承袭《镜花缘》的精华，并进一步为女性提供可行的解决方案，反对把西方近来的新鲜玩意儿当作高度文明来追求的风潮。中国的危机并不是女性带来的，而是中国男人的软弱造成的。换句话说，作者认为，除非以女性的形象来构想中国的现代化和复兴，政权的

---

[1] 陈啸庐，《新镜花缘》。
[2] 例如，陈撷芬《莫看小说》，转载于 Nanxiu Qian, "Mother Nü xuebao," p.276。

保守的意识形态才能继续维持下去。[1]

经由序言进入小说主体之后，作者直接亮出了重拳："哈哈！女权—女权—女界—女界，人说中国的女权不发达，我说中国的女权极发达，人说中国的女界同男界极不平等，我说中国的女界，比男界还加倍平等。"

接下来小说举例说明了在家里女性是如何得到特别待遇，如何被丈夫和公婆娇惯宠溺的。"因此，"作者宣称，"所以我这部书，是替女权真想发达做的，也是替女界真想同男界平等做的。不过我所说的发达、平等，同他们向来所说的发达、平等，成一个反比例的。"（第219页）作者答应要向读者介绍几位"女界当中的豪杰"，但她们又不同于女侠。这些新式女豪杰可以从家庭迈进到社会，从在学堂学习发展到为国家乃至世界服务。她们身上凸显出新（源自西方的）旧（中式的）道德原则之差别。她们的模范作用将会"唤醒痴人不少，唤醒抛荒国粹、醉心欧化的人也不少"（第220页）。

迫在眉睫的危机威胁着华夏民族的生存。造成这一局面的原因是朝廷缺乏推行政治改革的诚意，激进的革命者引发社会动荡，同时国家又不断遭受外国列强威胁。作者大声疾呼，"因此我希望老天在这二十世纪竞争剧烈世代，替中国多生几位巾帼须眉，洗一洗二万万男子汉含垢忍辱做人奴隶、做人牛马的羞耻"（第220页）。由于男人的奴颜婢膝已使国家蒙羞，现在恢复国家荣耀的任务就落到了女性身上——这是一个非常高的要求。

小说结尾部分提出了一个类似于《镜花缘》那样的游记的情节结构，但由于小说在这里戛然而止，这些旅行只是提了一下，并没有真正地深入描写。小说用富裕的江苏黄家来代表黄种人。黄家的家长表字一个"智"字，象征其博学多闻，其名为"粹存"，表示他要坚守（中国）的精粹。黄家的两个儿子已经被送到美国去读书了，留下没走的儿子和两个女儿在家学习中国文化，同时也学习西方语言和科学。教授他们中国文化的老师与孔夫子同姓，名正

---

[1] 杜赞奇（Prasenjit Duara）曾敏锐地指出，民族主义的父权制是这样一种意识形态，它让精英得以在中国推行现代化，同时将政权的实质保存在女性的身体之中。*Rescuing History*, pp.298-299.

昌,也就是说他倡导的是孔夫子的正道;老师号企尼,意思也就是效仿孔仲尼。教授西学的老师则姓宗,表明"中国的主流",而他尊奉的是周公。这位宗道周老师有一个纲领性的名字——参益,也就是参与(中国的)改良。这两位老师提供的教育还包括在家中花园进行非常现代的体育活动。这三个年轻人从学堂毕业以后都被送去旅行,远渡重洋去了解世界。

小说已完成部分的核心就是把两个女孩培养成"女界当中的豪杰"所需要的教育。尽管黄智并没有送女儿出国留学,但她们也和留在家里的男孩同样接受了学堂教育。作者不想被人批评轻视实用知识,因此为这两个女孩安排了一个可怕的课程表——学习好几门外语,学天文、地理、数学、几何等科学课程,还有工程学、农学、畜牧学、生物科学等,当然也没有漏掉政治和法律。

至于中国文化的精粹,这些女孩可以和老师讨论朱熹的《小学》、班昭的《列女传》中的学说,以及《古今金鉴》[1]所记载的各种楷模的行为模范。黄粹存强调,这些书是传授忠、孝、节、烈的根基(第255页、第288页)。按照这一双重教育目标,女孩子家中的起居室既有中国古代的书籍文物,也有西式的科学仪器、画作,甚至还有一架供这两个年轻女孩演奏的风琴。(第268页)

书中写到,黄家女儿为全盘西化得到一边倒的赞扬之声感到不平,这里推重的是上古三代的贤能治理所代表的中国"精粹"。黄家女儿提出,到那个时候,整个国家——男男女女、贩夫走卒都得到了教育,女子能当领导,商人能保卫国家,学徒也有了讨论政事的知识。"何尝不人人都有国家思想,都有爱国精神。照这样看起来,我们中国,从前是那一件不如外国的?"(第274页)显然,中国的"精粹"在这里为适应现代性进行了调整。

小说并没有让这些女孩子回头去效仿中国古代那些爱国、勇武、为国家和家族无私奉献的女豪杰。小说赞扬的是当时通过翻译的传记、小说[2]为人熟知和喜爱的罗兰夫人、圣女贞德、斯托夫人等西方女性,同时又谨遵一种非常"中国"的女德——贞洁,这也是当时各方最为密切关注的。

---

[1] 这里列出的其他两书都很有名,但这本《古今金鉴》尚未找到。
[2] 参见夏晓虹,《晚清女性与近代中国》,第172—219页。

即便是描写坚强的现代妇女领袖的作品，例如詹垲的《中国新女豪》，也特意描写了这样的女性在第一次面临"自由恋爱"的选择时如何保持贞洁。

《新镜花缘》包含了两个对立的关注点，用季家珍的话来说就是体现了"过去和现在、中国规则和西方实践、儒家礼教和新思想之间的张力"。[1]一方面要按照日益全球化的"文明"标准对女性地位的要求，推动中国女性做好准备、积极行动起来参与改革；另一方面又要避免因描绘那些抛弃了贞洁这一核心女德的女主人公而疏远改革潜在的支持者的情况发生。

《新镜花缘》所采取的论辩姿态并没有针对西方科学、政治制度或体育，而是对这样的变革时代各种趋势的一种反应。当面临概念、制度和实践变迁的宏大问题时，与之应对的公众是一个知识层次内部分化极大的群体，因而会出现一些很流行的、时常让人啼笑皆非的古怪而又愚蠢的变化。作者支持现代女子教育，但仍然强调保持中国核心的价值观，这样就与推动更为激进和全盘西化的力量形成了论争之势。当时许多中国小说都对他们眼中那些虚伪的革命口号的破坏性效果进行了夸张的讽刺。[2]这些批评无意中可能揭示了新政期间清廷中有些改革者不愿意推进女子学堂教育的原因。这些改革者，比如章太炎认为女性角色的这一转变对价值观系统是一种威胁，而当一个社会主要的制度面临调整压力时，需要靠价值观系统来防止社会分崩离析。

作为文明国民的女性：詹垲的《中国新女豪》和《女子权》

此前讨论的妇女解放小说只是在其设想的新制度中蜻蜓点水地提到了女性的地位，詹垲写于1907年的两部小说《中国新女豪》和《女子权》则直面了这个问题。这两部小说与朝廷之间进行了更具建设性的对话，而且也强调了女性在自身的解放中的责任。詹垲采用女性化的笔名"思绮斋"，

---

[1] Judge, *Precious Raft*, p.7.
[2] Vandermeersch, "Satire du mouvement novateur."

写下的两部小说也都以妇女解放为主线。在有关妇女的主题上詹垲作品颇丰；在写这两部小说的同时，他还推出了一系列上海名妓的小传，为其中艳名最盛者写了一部小说。[1]

这两部政治小说都将背景设置在未来立宪成功之后，但是并没有像梁启超的《新中国未来记》那样采用"未来的回顾"。看起来，这两部小说主张只有在立宪成功之后女子权利才能得到保障。

詹垲在《中国新女豪》的序言中讨论了写这部小说的动机和目标。这番序言从形式上看是论争式而非叙事性的，但它和我们第七章将要讨论的楔子有相似的功能。这篇序言延续了一位富有同情心的"外国人"（傅兰雅）[2]愤怒的问题："不能生利之人已居其半，种曷由以强，国曷由以富？"[3]而且她们没有学习的机会，怎么能够理解现代政府的政策，在经济上有生产力？

只改变女子权利是不够的，首先必须改变女性的态度，因为女性在维持和合理化其自身地位的过程中也一直在发挥作用。"如果我们想要重获女权，我们不得不先变革女俗，这个需要时间，不能一蹴而就。""欲复女权，必先改良女俗，然女俗之改良，必非一朝一夕所能为力。"序言指出，立宪改革完成之后，变革女俗就应该成为国家工作的重中之重（第1页）。詹垲反对其他小说简单假定性别平等是改革动力的有机组成部分，他认为是宪法给女子开创了一个框架，在这个框架下女性自身才能带头变革落后的风俗。他不相信女性能自觉自愿地改变自己的地位，因此需要女英雄来担负领导的责任。

---

[1] 我们对詹垲知之甚少。他生于浙江，二十岁之后迁居上海。他大多数作品都与上海名妓有关。他的作品包括《柔乡韵史》（1900—1902）、《绘图海上百花传》（1903）、《花史》（1906）以及《花史续编》（1907）。参见 Widmer, "Inflecting Gender," 以及 "Patriotism versus Love." 亦可参见 Yeh, *Shanghai Love*, p.95, 以及韩南对詹垲的哥哥詹熙（1850—1927）的研究，詹熙也是小说家，著有《花柳深情传》（1897）。根据韩南的研究，这部小说是为西方翻译家、企业家傅兰雅1895年发起的小说征文竞赛而作。参见 Hanan, "New Novel," p.323。

[2] Dagenais, *John Fryer's Calendar*.

[3] 思绮斋（詹垲），《中国新女豪》，第1页。

> 如今我中国若要自强，若要不被外国人看轻，不受外国人欺待，除却男女平权以外，实在没有第二个方法。但是我中国女权的丧失至今已数千年，真所谓积重难返的了。今一旦要想复了这女权，岂不与痴人说梦无异？虽然，俗语说得好，"物极必反"，又道"天下无难事，只怕有心人"。当此男子专制到了极点的时代，只要有一两个女豪杰拼着下了九死一生的工夫，立了百折不回的志向，先开通了全国女人的知识，然后议复女权，那就易如反掌。（第4页）

这样，小说便让其孤独的女豪杰置身于日本，在留日的女学生中为妇女解放运动寻找同盟。

故事大概发生在中国建立君主立宪制十年之后，尽管国家比较强盛，但和美国、英国等其他列强相比还是落后不少，不可同日而语。它们和中国有一点不同：普遍实现了性别平等。通过一位参加中国和平立宪庆典的美国代表之口，作者说出了自己的心声：

> 立宪的政体国家，是人人都有自由权的。目下中国政府所颁行的宪法，虽然斟酌尽善，但不过男子有了自由，至于女子一边，却没有半字提及，可见中国的女子仍是屈伏在重重压制之下，没有半点自由的。我们欧洲立宪之国，全靠着男女平权，所以才能雄飞于世界之上，中国目下虽然立宪，那重男轻女的陋习却依然不改，只算得半立宪罢了。（第5—6页）

尽管小说并没有要求马上解决女权问题，但确实是把它当作中国迈向文明的下一个阶段的重要问题。只有在这个问题解决之后，才能完完全全地体会到"文明"的好处，国家富裕和国际影响力才能实现。

未来的妇女领袖需要满足什么标准？书中女英雄的名字别有深意，名叫"黄人瑞"（黄色人种好运），小名"英娘"。作为出身私立女校的优等生，她在小说一开始就出现在国家级的体育比赛中，在斩获冠军的同时，她还在这里结识了来自公立军校的优等生任自立。他们俩很快就都认定对方是合适的结婚对象。英娘发动全国妇女重新争取权利的决定也得到了任自立的支持。小说别具慧眼,指出新军有潜力成为改革中的积极因素。他们两人都拿到了公派留学的资格,但也迎来了暂别,英娘被派往日本,任自立则去了德国。这幅简单的素描概括了未来的妇女领袖的特点:她应该受过良好的教育,品行正直,身体健康,大公无私,有远见,有判断,有献身精神。

要动员和组织他人,克服一路上遇到的困难,还需要满足更多的要求。英娘一到日本就展现出了妇女领袖必需的素养。日本女性良好的教育和充分的自由激发了英娘的灵感,她也号召中国女留学生成立恢复女权会,结果来了一千多名学生。在华自兴和辛纪元(新纪元)的协助下,她开始着手学生的组织工作。

但是当英娘不在的时候,学生们商定,就恢复女权的问题进行集体决议,请会员们将各自的意见书寄来,再开会共同议决。各位会员的意见书大抵主张四种办法:"一是平和的办法,是要教全国的妇女用爱情去感动男子,请男子予以平等之权利,并除去不同等之法律。一是强硬的办法,是由会中人自定法律,用以运动全国妇女,使不受男子压制,逐渐把应得的权利收回。一是联合全国的妇女,上书中央政府,陈说男女不平权的利害,请仿照欧美各文明国法律,一律开放。一是采辑大众的意见,择其最文明、最妥协的汇印成编,函送内地各省女学堂,请大众决定。"(第54页)

最后公投变成了灾难,政府和学生之间爆发了暴力冲突,双方都有伤亡。出现了各种新型妇女组织针对男性的暴力行动和男性的报复性暴力活动。政府则反应过度,予以无情弹压,但社会秩序仍然动荡不安。在此期间,男学生们亦向政府请愿,呼吁政府以更为调和的态度来处理争取女权的斗争。

作者提醒大家,尽管妇女的不满是正当的,但草率而激进的行动并不会带来期望得到的结果。英娘坚持认为,在个人层面,女性主要应关注经济独立,通过学习知识和技术来自食其力,摆脱对男性的依赖;在地方社会的层面,女性应当以反对男性制定的压制性规则为重点;在国家层面,应该和贵族以及上层妇女建立联盟,以在政府领导层发挥影响力,促使他们废除性别不平等的法律条规。暴力行为最终导致两名女学生领袖殒命，英娘不赞成这种做法，于是站出来担任新的领袖。

英娘在出任恢复女权会领袖的就职演说中提出，如果女性希望得到男性的尊重，她们首先应接受教育，学到一技之长，成为对社会有贡献的一分子。恢复女权会应该呼吁中国政府学习日本的成功经验，让女子进入大学学习。如果她们能说服政府认识到这才是通往富强的道路，争取女权的战役就赢了一半。社会还应该进一步建立反淫秽的严格规定，鼓励女性穿着举止都像文明的国民一样。如果这些自我修养的步骤都成功了，政府自然也就会愿意赋予女性权利。用英娘的话来讲，这种通过教育和道德上的自我约束的办法才是恢复女权的"正法"。（第83页）

这部小说不像鼓动者，更像是一个顾问，它在批判的距离上提供了不同的选择，让小说成功地为女权运动及其领导"制定"实现其目标所必需的步骤，假设性地测试其结果，并给出如何才能更加有效的建议。作者看到了对于成功至关重要的三个要素：一场以自力更生和自我完善为主要目标的自觉的女性运动、一个有远见的妇女领袖，以及运动和政府之间的信任、理解。按照政治小说的类型范式，小说就是现实世界的操演，本书作者也以称赞读者"极为文明"的方式来引导读者对英娘之观点和行为进行评价。

因此，英娘的设想就是一方面说服政府投资女子教育，增进女性的见识，同时鼓励女性自强，通过学习和掌握技能获得经济独立，对国家经济有所贡献。按照这种看法，谋划中国女性的前途命运就是女性自己和朝廷共同的责任。

如何与朝廷打交道是对新领袖的考验。如果政府愿意为女性教育投资，那么通过教育实现广大女性的自强要容易得多。因为朝廷一直对恢复女权会极度不信任，颖悟过人的英娘便着手改善与朝廷的关系。她以中国留日女学生的名义给新婚的皇帝皇后发信表示祝贺，这封信为她赢得了朝廷的信任，她也被朝廷视为一位知书达理、值得信任的年轻女子。接下来她上奏朝廷，特别是皇后，请求他们支持女子教育，并指出了这对整个国家的好处。英娘还决定用恢复女权会筹到的款项开办一个女子传习所,让女工学习生产上乘的手工制品用于出口。这个传习所建成后,像西式的公司那样发行股票筹集款项。(第95—98页)

英娘主张采取和平的道路,但无论是对此前其他妇女选择的激进道路的描述,或是对政府无奈之下的过度反应的刻画,都对读者是一种警醒:如果朝廷不接受和平的提议,那么其他不那么愉快的方案也随时可能启动,小说《女狱花》里曾对此有过更多的细节描写。

作者在小说中展现了非暴力的社会诉求如何以反映社会呼声的上奏的方式与政府构建对话,最后达至各方面都可接受的折中方案。皇上看到了有关女子教育的奏折,将折子和他的肯定意见转给了国会(第94页),有些国会议员建议中国学习美国模式,最终的决定是女子教育应该采用简体字,这样女性可以学得更快。英娘的奏折通过了,朝廷还为此拨了一笔专款(第94页)。而且,在外交使团诸位夫人的恳请之下,皇后也鼓动丈夫颁布了一系列圣谕,废除了纳妾、宦官制度,并禁止买卖女奴。一年之间,整个中国完全变了样。妇女自己成立了互助的公共福利组织,女子在官办学校读书,在统一名为"女工传习所"的各式各样的工厂里工作。整个国家一片和气,欣欣向荣。造就这番积极转变的核心是皇上和国会的支持和保护。在中国女性向文明迈进的最后,还通过了允许婚姻自由的法令,皇上下令废除所有有关性别不平等的法令,在中国建立了男女平权制度。

小说中经常讨论婚姻自由,并在英娘和任自立的结合中将其"展演"出来。英娘告诉皇后,任自立是她自己选的终身伴侣。尽管英娘的父亲本已为她另择配偶,但她得到了嫁给任自立的权利,小说结尾处写到这对新人的结合也有皇后促成之功。这里又是我们熟悉的写法,通过描写政治力量代表人物结婚来象征三者(假想中的)政治同盟:强大的女性领导人、开明的军人和朝廷一起促成了中国女性命运的变革。

为中国女权牺牲的那两位女性也没有被遗忘,人们为她们塑起了铜像。尽管作者认为女性的激进行动只能帮倒忙,但并没有否认这两位女性牺牲的价值以及她们的死给中国带来的影响。作者没有让什么"成熟男性"来给恢复女权会出主意,而是始终坚持认为,女性领袖自身对于鼓舞和引导女性运动走向深入具有至关重要的作用。不过,这样一位领导必须对于家庭、社会和国家等不同层面如何取得进步有一种细致入微的体察,了解需要怎样稳扎稳打步步为营来达到这个遥远的目标。同时她个人品行必须无可指摘,比如英娘不仅支持君主立宪制,和任自立之间多年没有联系也仍然忠贞不移。她不具有性的威胁,她对那些追求自由恋爱的女子"放任"(loose)行为的固执批评也让人放心。这并不是一本有关性革命的小说,它关心的是立宪和社会议题。

尽管在大多数男性精英看来,凭着对妇女的开明政策来加入"文明国家"的行列是一个挺吸引人的选择,但小说中的英娘却认为女性自主的进步才是提升其独立性、信誉和地位的核心要素——有了这些,女性的权利也就有了正当的理由。作者把小说的背景设定在未来,说明小说并非意在给他同一时代的妇女领袖勾勒群像,而是要表现需要何种妇女领袖,以及她可能会采用哪些合理的、务实的步骤,以便当这样的女性出现时可以为她们提供指南。正如魏爱莲所指出的,该书很可能是以女性为目标读者的。[1] 与此同时,小说也试图在中国当时的情境下寻找非常具体可行的、现实的行动方式,避免太过理想化。它为妇女运动可能采取的路径铺设了细节;勾勒出运动的不同阶段需要实施的政策和有待处理的社会议题;通过情绪激昂的场景为其主张的和平改革加上一点微妙的威胁,借以说明其他可能性也是存在的;描绘了国会里以及国会、君主和政府三者协商决议的过程;而且,我相信,本书首次描绘了革命后积极活动的皇室夫妇。这部小说既是参与各方的政策集锦,也是中国妇女改革的实用指南。

詹垲1907年出版了另一部小说《女子权》,主题也围绕着性别平等、女子权利,特别是投票权展开。[2] 两部小说的情节很类似,同样都是描写非凡的妇女领袖的作用和性格,但她们的行动领域不同。《中国新女豪》着

---

[1] Widmer, "Inflecting Gender," p.151.
[2] 思绮斋(詹垲),《女子权》。

重组织和游说，而《女子权》则提供了一个不同的视角，它关注有国际关系的报馆的重要性以及直接的国际联系对妇女运动的重要作用。[1] 詹垲本人是一名记者，了解报业的内幕。

故事的背景定在1940年，中国已经成了一个立宪国家，有上议院和下议院，地方享有一定的自治权。所有人都尊重中国，而且中国也是"万国联盟"（League of All Nations）的成员。但不幸的是，中国妇女的地位却和国家灿烂的成就不相称。没错，中国已经废止了缠足和买卖女奴，但女学生只占学生总数的6%—7%，妇女也无法享有男性拥有的演讲、出版和宗教自由。

在这个未来的中国，有一位年轻女子渐渐成长起来，她有一个非常有启示性和预见性的名字——贞娘。她的妇女解放之路与英娘很类似，同样也是在运动会上遇见了心仪的男性并迅速陷入爱河，同样得到了政府资助可以去上学，但是在此时贞娘父母开始介入，严禁贞娘陷入这种不合礼制的自由恋爱，也不允许她到北京去上学。于是贞娘投河寻死，却被男友救起，而这位男子（同样）恰好是海军军官学校的学生。他们的婚姻得到男方父母的许可。在坐船回家的时候，贞娘遇到了一位女记者，她向贞娘介绍了婚姻自由的观念，还让贞娘写下了自己的经历和想法。贞娘的文章在家乡引起了轰动，文章敏锐和进步的社会学眼光也让贞娘获得了"女界的斯宾塞"的美誉。贞娘父母见到女儿重获新生也很高兴，对她求学和恋爱的态度也转变了。贞娘在北京读书期间创立了《女子国民报》，主要推动女子教育和女性经济独立，这也是英娘的主张。小说对报纸的种种潜力进行了探索，包括吸引公众关注女性事业、政策规划、构想政策、提供智识上的引导、建立联盟、构建公共舆论和获取支持等。

如果说《中国新女豪》描述的是建立组织、开设工厂、通过法案和建立网络的种种细节，那么《女子权》则在对日报的日常运营的描写中体现出了同样的冷静、克制和对细节的迷恋。报纸的资金通过股份制公司筹集

---

[1] 报纸的重要性是新政期间公共舆论中反复出现的议题，例如《论报馆有益于国事》。

而来；报纸的领导则由为报纸积极工作的人选举产生，所有人都是女性；报纸还制定了一套规定和指导方针（不用说，包括发展女子教育和职业培训）；报纸决定在语言和媒介形式上采取混融的做法——一半文章用文言文，一半文章用白话文，同时配上插图以便于理解；报纸有固定的格式、版式和栏目——包括社论、小说和新闻；愿意提供帮助的读者也可以免费在报上发表来信、文章和文学作品，以激发讨论的热情；报纸在教育部、商务部和内务部都有备案；报纸挣得的利润一部分按股份进行分红，一部分则用来在其他城市开办分部。（第34—35页）

詹垲运用自己在报业工作的经验，以小说化的指南为妇女运动添加了报纸鼓吹这个令人生畏的新武器。自从19世纪90年代末报纸在中国出现以来，如星星之火一般的第一代女记者也登上了中国的历史舞台。诚然，小说中贞娘的报纸所体现出的专业性、发行量、规模和影响力与历史上报业的早期实践相去甚远，但读者可以根据他们的经验看出这些是点燃未来的火种。基于自己的文章所取得的影响力和成功经验，贞娘建议其他女性也来发表自己的文章。

作者在论及立宪艰难历程时，通常都要强调国际环境，要么将其与国际上为自由和进步而进行的斗争相联系，要么强调立宪对于提升中国国际地位的重要性。詹垲非常详细地了解了欧洲和美国的妇女选举权运动的历史，并写出来与读者分享。尽管严格说来这基本上是过去发生的事，但只要认识到曾在别的地方真正发生过，它就可以被当成中国的未来加以描绘。

为了探讨中国妇女运动与其他国家妇女运动的互动，作者把贞娘送往俄罗斯、法国、德国、英国和美国，让她亲眼观察诸国女权的发展，详细研究这些国家的女性的工作条件、可获得哪些职业培训，同时赢取在海外留学的中国女留学生对妇女事业的支持。尽管小说是以贞娘与其他国家妇女组织的互动为主线的，但贞娘也和英娘一样大胆寻求能影响中国朝廷的勇敢的外国权威人士的支持，这里的权威人士即美国驻华大使，她碰巧也是一位女性（第106页）。作者为中国女权斗争未来的领袖提供了一条行动路线并进行了论证——重视与西方妇女组织合作。同时，像英娘一样，贞娘和皇后也走得很近。贞娘没有采取无政府主义式的毒杀皇后的方案，而是成了皇后的翻译，使她得以与令人惊奇的国际社会建立联系，从而对其间热烈讨论的女权问题有所了解。另外，特别有利的一点是不论贞娘本人出现在国内还是国外，绝大多数女性（和男性）都读过她的文章。

尽管小说充分地认识到了政治制度、社会需求和媒体的重要性，但也强调谙熟政治、社会和道德规则对妇女领袖取得成功的必要性。贞娘是一位现代的职业女性，但为了充分发挥领导作用，她在书中从来没有偏离写进其名字（"贞"）的程式，更不用说她和军界的小伙子的婚姻了。她在报纸上发出的公开呼吁之所以能为人所接受，她之所以能和皇后进行互动甚至能和外国女性交往，她的道德立场发挥着至关重要的作用。在小说的最后，我们又回到了熟悉的地方，中国女性现在基本都达到了受教育和经济独立这两个标准，因而也就很顺利地获得了与男子一样的权利。

英娘和贞娘选择的青年都是军校学生，在军界发展。这并非一个巧合。就技术知识、组织、纪律和献身精神而言，中国北方的各个军校，尤其是袁世凯开办的军校都堪称现代性的学校。两位男青年对恋人的行动及其追求自己事业的主动精神都非常支持。不过，小说并非对"才子佳人"套路的修正。英娘和贞娘本身都是豪杰，两个小伙子并没有扮演重要的角色。在象征的层面上，这两对夫妇的结合说明职业女性和新式军校毕业生有成为未来国家领袖的潜力。但是他们谁都没有在国会或政府工作，尤其是女性虽然成了重要的社会领袖，在全国上下都有影响力，却仍未出任公职，这代表着当时的社会日渐自信，而对政府推动新政的意愿和能力始终都不信任。

詹垲所描绘的这场转型秩序井然，全程都在掌控之中，它由无私而清白的领袖所领导，仁慈的政府被事实说服之后也予以默许。为了尽力祛除其对抗文本的阴影，小说常常表现出一种痛苦的夸张：妇女合情合理的愤怒、挫折和失望以及政府无奈之下的过度反应所引爆的毫无价值、自我毁灭的暴力。在《中国新女豪》中，当恢复女权会成立之初，学生和政府双方对于对方的真实形象都没有认识,也不知道如何与之打交道。当中国驻日大使砍掉了留学生的经费并将她们送回中国时,学生领袖认为刺杀大使和自杀是唯一的出路。没有什么制度结构或政治过程可供她们协调这种冲突。在詹垲看来,宪法就可以提供这样一种结构,只要宪法到位了,在正确的领导之下就可以按部就班地逐步实现过渡。詹垲在小说中将妇女解放的情节置于宪法订立之后,意味着他认为只有冷静下来进行调和,由女性自己经营的自强运动才能成功,政府也才能听从理性的建议。同时,他的小说还与1906年的上谕针锋相对。上谕要求君民一体,呼吸相通,全国都必须服从朝廷指示的新政变革方向,但詹垲的这些小说表明,其实是自下而上的行动在给朝廷的新政计划及其实施提供动力。

小 结

虽然大多数有关新政的论争都在新政诏书的框架内展开,但有相当一部分小说自由驰骋,突破该框架,深入讨论了朝廷曾加以回避但作者却认为对国家命运至关重要的议题。有关妇女教育和解放的一些小说便展现了社会以及新兴媒体强大且独立的主体性。它们不再以女性角色作为中国在世界之弱势地位的譬喻,而是着手解决实质性的妇女问题。其中尤为突出的是女子教育、女性的政治角色、经济贡献和独立,以及她们的婚姻问题。

这些小说处理上述问题时,将其视为国家的问题,而非单纯的性别问题。为了让论证更有说服力,诸位作者积极参与了国际上关于妇女地位是一个国家达到"文明标准"之重要标志的讨论。这种国际视野在小说中演化成了小说主人公对世界上妇女地位变化的深刻认识,而这种认识常常是通过与其他地方的妇女活动家的直接接触而实现的。

尽管如此,对如何实现必需的变革,小说也表现了"革命"和"改良"两条道路之间的各种争论。从花血党无政府主义式的空想到陈啸庐笔下保留中国道德精髓、坚持和平之道的女主人公,这些争论自从梁启超开创性的作品以来就在中国小说中屡见不鲜。在公共舆论中两种方案都真实存在，因此大部分小说选择对两方面都加以表现，尽管它们多倾向于在结尾的时候支持改良路线，但还是对激进方案鼓吹者的目标表示尊重，承认正是由于后者不断寻求公众支持，改良方案才得以推进。即使这些小说中改良派的女主人公并不认同虚无党敢死队这种激进的做法，但也非常敏锐地认识到了必须对朝廷和官僚们施以公众压力，因为他们并不愿意将妇女地位这样重要的诉求纳入官方目标。于是，这些小说把当时社会确实探索过的种种途径也都加以展现——妇女的各种协会结社、妇女进入职场、女子经营报纸、妇女合作社等，当然也包括了直接求助于权威人士的夫人们。这些协会、商业企业和新兴媒体反映出当时社会日益增长的自信，以及权力高层对这些新的组织和表达方式日渐宽容甚至支持的态度。

虽然这些小说对妇女问题有独立的见解，但还是在新政这个宽泛的框架之下，以"改良派"的立场支持立宪君主制。不过，这些小说中即便是最激进的女主人公也严守着贞洁规范，说明创作这些小说的男作家尽管在其他议题上可以对保守派官员大加攻击和嘲讽，但内心深刻的文化焦虑却和他们一样。

6

寻找新的英雄

英雄人物的跨文化流动和文学样式的迁移遵循着相同的机制,它们都源于定义明确的地方语境。然而,有些生活在其他环境下的人物却对此感到兴奋异常,他们在这些英雄身上看到了很大的共通性,将其从地方语境中抽离出来,并根据自己所关注的敏感问题来重置这些英雄的特点;英雄们随着全球化的进程来到新的地域,反过来可能又成了当地文学环境关键性的刺激因素,同时,当这些地方化的特征再度适应新环境之后,也可能会迈出下一波全球化迁流的第一步。促动这种跨文化流动的力量并不是任何外国列强所强加的,而是地方的读者、译者、作者,有时候也包括制度所共同形成的拉力。

之所以要召唤这样的新英雄人物,是为了将地方改良派主张的新观念和理想人格化,而这些观念和理想本身就是同一文化互动过程的一部分。晚清时期,诸如乔治·华盛顿、拿破仑等历史人物代表了讨论得最多的政治英雄,他们之所以对于中国特别有意义,是因为他们代表了争取独立、民主、富强的政治革新(华盛顿),或是象征着推翻旧秩序、动员军事力量、在欧洲大部建立新秩序的强势领导力。[1]

政治小说的贡献在于引介和描绘能够带领中国走出危机的英雄人物。这些英雄是这种文学体裁的基本成分。为了让政治小说发挥文学作品而非政治传单的优势，它一般来说会支持革新，但它借以表现支持和阻碍革新的力量并不是阶级和制度这些抽象的词语，而是小说人物互动和冲突等具体的表现方式。在这样的情境中，领袖和英雄人物代表的不是什么抽象的群体和制度，而是一种假定：真正伟大的历史变革取决于是否存在这种霸气且得到普遍认可的人物。因为中国小说所主张的变革可能会带来前所未有的政治结构，为了达成这一目标所需要的人物也是全新的类型。因此，如何勾勒这个新式人物，对狭义的政治小说和广义的中国新小说来说都是一个大挑战。

1898年百日维新的失败意味着现实生活中的光绪皇帝无法像彼得大帝、明治天皇，甚至俾斯麦那样来引导一场自上而下的革新，而且精英群体中的年轻人也不够强大和果断，无法克服来自当权者的阻力。基于这种现实状况，维新派立刻着手寻找其他替代性的（到当前为止依然是虚拟的、虚构的）舞台来保存乃至扩大其维新动力中的政治主体性。西方和日本维新派的经验提出了两种紧密关联的场域——对"民"的再教育和塑造新型英雄领袖来引导国民。对这两种场域的发展而言，梁启超都是关键人物。

中国问题的根源，也即维新派所抨击的中国国民和大部分精英的"奴性"心态如要得到根治，需要花大气力对他们进行再教育，将其变成真正的"国民"。只有这种真正的国民才能为维新提供最基层的支持。不难看出，急速发展的中文媒体是架构在少数的维新派人士和他们想要再教育的广大群众之间的桥梁，而且这种选择也响应了基督教传教士们转向大规模出版的运动。"新民"的想法1902年在梁启超奠基性的《新民说》中得以清晰阐发。梁启超20世纪初的作品中贯穿着新民的观念，说明其关注焦点

---

[1] 潘光哲，《华盛顿在中国：制作"国父"》；邹振环，《"革命表木"与晚清英雄系谱的重建——华盛顿和拿破仑传记文献的译刊及其影响》。

已从争取士绅集团年轻成员转向争取新的候选人:"人民"。[1]

乔治·华盛顿和拿破仑的丰功伟绩从1830年代开始就在中国不断被讨论,无论对晚清的"维新派"还是"革命派"而言,"发明"足以与这些外国伟人相媲美的中国英雄都是非常重要的目标。沈松侨的一项研究指出,中国民族英雄的塑造反映了维新派和革命派意识形态目标的分歧,即使他们选择了同一位英雄,其强调的侧重点和阐释解读也大相径庭。[2]为了突出他们的英雄事迹,这些被选中的英雄便以新的标题插进了新的历史之中,例如"创建大国之大英雄家""开拓疆土之大帝王家""大冒险家""唱兼爱、申民权、表明大同学说之大宗教家""入险万里之大战略家"以及"热心爱国之大义烈家",等等。[3]按胡适后来的回忆,这些类目之下入选的人物包括中国历史传说中定鼎开基的祖先黄帝、思想家孔子、击退金人的南宋将领岳飞、协助写《汉书》的伟大的女学者班昭、从印度将佛经带回大唐的僧人玄奘、诗人李白和杜甫,以及秦良玉和花木兰两位从军的巾帼英雄。[4]在这份民族英雄系谱中还包括忠于明朝拒绝降清的郑成功,以及曾带领太平天国反抗清政府的洪秀全。[5]

为了中国的未来,如果要从历史中吸纳新的英雄作为模范,也必须对中国历史自身加以再造,为形成新的民族国家奠定基础。这种表现英雄人物的新历史的构思和写作,力求从中"考求民族(社会)进化之原则",[6]以"泰西之良史"为仿效对象,[7]梁启超也再度在其中扮演了核心角色。新的中国史按照现代的西方历史学的分期和类目来加以编纂,由新塑造的民

---

[1] 狭间直树,《〈新民说〉略论》。
[2] 沈松侨,《振大汉之天声:民族英雄系谱与晚清的国族想象》,第253页。沈松侨的研究主要关注中国英雄,未涉及讨论得更多的外国英雄。
[3] 陶成章,《中国民族权利消长史》。
[4] 铁儿(胡适),《爱国》,《竞业旬报》34(1908):34;转引自沈松侨,《振大汉之天声:民族英雄系谱与晚清的国族想象》,第266页。
[5] 陶成章,《中国民族权利消长史》。
[6] 日本浮田和民,《〈史学原论〉广告》,《游学译编》第4期(1904年2月12日);转引自沈松侨,《振大汉之天声:民族英雄系谱与晚清的国族想象》,第260页。
[7] 梁启超,《新史学》。

族英雄和据称是由他们代表的新价值观来推动。[1]

中国的新英雄以及这种由英雄推动的进化论史学都是在一种范式转变的刺激下产生的，正如唐小兵所指出的，这种范式转变反映了一种新的全球化的视角。梁启超的历史观建立在一个全球化的空间中，他建构新国史的目标就是要复兴中华，让中国能够立于现代民族国家之林。[2]在论及中国国民性时，梁启超将"新民"定义为最好的中国传统与西方成功典范的结合体。"新民云者，非欲吾民尽弃其旧以从人也。新之义有二：一曰淬厉其所本有而新之，二曰采补其所本无而新之。二者缺一，时乃无功。"[3]

那为什么在讨论到中国时还是乔治·华盛顿和拿破仑占尽风流呢？尽管梁启超致力于发明和再造"黄种"的豪杰，但他个人似乎还是对外国的英雄豪杰更情有独钟。他有关"英雄崇拜"的第一篇传记就献给了匈牙利的爱国者噶苏士。其他外国英豪也陆续登场，其中也包括了著名的罗兰夫人。唐小兵为梁启超民族主义的情感和全球化视角之间的断裂提出了一个理由："这种新的国史就意味着已经处于后民族主义的阶段，在此阶段所使用的民族的意义必须大于一个同质化的政治集合体。"[4]按梁启超的设想，改造后的国民在定位和本性上应该都是全球化的，而中国的英雄即便加以新的阐释，也还是会受到传统的束缚，限于某个特定的地方。

这些未来新国民的种种特质在梁启超《新民说》的各节目录中得到了凸显。其中包括"公德""国家思想""进取冒险""权利思想""合群""毅力""尚武""私德"以及"政治能力"。[5]

梁启超说得很明白，具有这些特质的新民的模范来自西方：对于从严复到梁启超等改良派而言，近代西方能在推动人类进化的社会达尔文主义

---

[1] 沈松侨，《振大汉之天声：民族英雄系谱与晚清的国族想象》，第253页；Xiaobing Tang, *Global Space*, p.43。

[2] Xiaobing Tang, *Global Space*, pp.41-43。

[3] 梁启超，《新民说》，第5页。

[4] Xiaobing Tang, *Global Space*, p.42。

[5] 这些词语取自梁启超《新民说》中各节的标题。

的种族竞争中成功,证明了西方道路的正确性。[1]对于严复来说,西洋优于中国之处在于其崇自由、尚平等、尊新知、重人才。[2]西洋重视人民素质更胜过政治体制,可以说是抑主隆民、屈私从公。[3]在梁启超看来,一切都是民族精神的问题。他尤其欣赏盎格鲁-撒克逊民族,他认为盎格鲁-撒克逊民族具有一种独立自主之风。因此,他断言:"在民族主义立国之今日,民弱则国弱,民强则国强。"这也就是中国人必须改造其"国民性",变成"新民"的原因所在。[4]因此,他相信西方的英雄豪杰是更直接更相关的典范。

> 或问新民子曰:"子著录人物,传于《丛报》,而首噶苏士,何也?"吾欲为前古人作传,则吾中国古豪杰不乏焉。然前古往矣,其言论行事,感动我辈者,不如近今人之亲而切也。吾欲为近今人作传,则欧美近世豪杰,使我倾倒者愈不乏焉。
>
> 虽然,吾侪黄人也,故吾爱黄种之豪杰,过于白种之豪杰。吾侪专制之民也,故吾法专制国之豪杰,切于自由国之豪杰。吾侪忧患之时也,故吾崇拜失意之豪杰,甚于得意之豪杰。[5]

梁启超这一番言论引入了一个"专制之民"的概念,与狭隘的种族观针锋相对。最为重要的是树立了一个成功的典范,一个能完成其使命、带领人民实现民族解放的英雄。正如卜立德(David Pollard)敏锐指出的,政治改革家将其对中国之不足和中国之必需的理解投射在这些"令人崇拜的外国人"身上。[6]

---

[1] Sakamoto, "Formation of National Identity," pp.277-278.
[2] 严复,《论世变之亟》。
[3] 张玉法,《从改造到动员》,第2页。
[4] 梁启超,《新民说》,第7页。
[5] 梁启超,《匈加利爱国者噶苏士传》,第1页。
[6] Pollard, "Foreigners to Admire."

为皇帝、妇女、官员、工匠等不同人等树立行为楷模在中国有着悠久的传统。因此，像梁启超这样的维新派感到需要以真实人物为偶像来传达培养新国民所必需的新式思维和行为方式也就不足为奇了。但不同之处，中国传统上是效法过去的正统人物，而梁启超的方案还特别推广了许多新的行为特征，对这些特征的模仿终究将催生新的中国的领导者。

梁启超苦苦寻求这样的英雄楷模，也有很浓重的个人色彩。作为一个流亡海外、致力于推动祖国政治改革的政治家，梁启超需要为他自己的个性和将要扮演的角色进行公开定义。[1] 1898 年之后，他写作的重点之一就是通过传记和小说来具体刻画这样的新英雄。对新英雄的呼唤也反映了一种时代精神，其代表作品就是托马斯·卡莱尔（Thomas Carlyle，1795—1881）的《英雄和英雄崇拜》（*On Heroes and Hero Worship*，1841），这本书对日本影响极为深远。卡莱尔推出的新英雄包括诗人、作曲家和文人。这种选择反映在梁启超为他编辑的《新小说》所选的插图中（图 6.1a–c）。

作为对中国人性格的终极批判，所有这些英雄都是欧洲人。梁启超为他的选择辩护道，中国需要一种新式的英雄，而当时中国无法产生这样的英雄。这些欧洲英雄应该被视为中国人的楷模，因为他们所经历的磨难也和中国人一样，尽管他们对此的反应与中国人完全不同。

> 吾乃冥求之于近世史中，有身为黄种，而托国于白种之地，事起白种，而能为黄种之光者，一豪杰焉，曰噶苏士也。有起于专制之下，而为国民伸其自由，自由虽不能伸而亦使国民卒免于专制者，一豪杰焉，曰噶苏士也。[2]

选择噶苏士 (1802—1894) 并非偶然。他为匈牙利摆脱哈布斯堡君主统治

---

[1] 梁启超流亡期间写下的所有作品一直在尝试借西方国家和日本的模范来定义中国改革派——包括他自己——的角色。例见任公（梁启超），《少年中国说》。
[2] 梁启超，《匈加利爱国者噶苏士传》。

◆图6.1a–c （a）《新小说》创刊号（1902）中的托尔斯泰像。图题为《俄国大小说家托尔斯泰像》(《新小说》1［1902］，未编页码)
(b)《新小说》第2期（1902）中的拜伦勋爵像（《新小说》2［1902］，未编页码）
(c)《新小说》第2期（1902）中的维克多·雨果像（《新小说》2［1902］，未编页码）

获得独立进行了不倦的斗争；他利用报纸（用邮件寄送的手抄报）来联系不同省级议会，在开明绅士中形成了支持改革的联合战线；他在匈牙利短暂的自由时期曾担任部长和国家元首；在其革命行动失败之后成了一名骄傲的流亡者。[1]而且，因为匈牙利人被认为是"蒙古征服"之后留下的后裔，他也被认为与"黄"种人有关联。噶苏士一生有很多方面都与梁启超的生平和形象很相近，尽管梁启超很谦虚，并没有自称是中国的噶苏士。

类似托尔斯泰、噶苏士这样的具体历史人物必然有其局限性，相比之下，虚构的人物就能够以其性格和情节来呈现一个综合的、理想化的形象供大家模仿——只要其现实主义的描写能让人相信这并不仅仅是空想的产物。梁启超的《新民丛报》《新小说》等刊物考虑其自身的政治目标，广泛考察了西方文学，从中选取了各种各样可供效仿的英雄。这些刊物上偶尔也会写真正的中国英雄，包括前文提到的历史文化人物，但却没有得到什

---

[1] 詹姆斯·黑德勒姆（James W. Headlam）对噶苏士的生活与工作所做的简要介绍反映了19世纪末人们对噶苏士的看法，可见于《大英百科全书》（*Encyclopedia Britannica*）第11版。

寻找新的英雄

么反响。[1]盘点一下20世纪初东亚文学中出现的新人物,我们可以找到科幻小说中的科学家、侦探小说中的侦探、政治小说中的政治领袖和改革家,以及俄罗斯虚无党故事中的革命者。这些都是新式的文学英雄。严格说来,这些新小说大多数都不能算作标准意义上的政治小说,因为它们并未将制度变革和具体的政治改革作为其主要关注点。尽管如此,这些小说还是和其他作品一起共同向读者展现着现代性的各种样板——无论表现为制度架构、知识还是个人行为的现代性。这些小说可以和上面提到的外国人物传记一起被视为这个文学类型的支撑性外层。研究发现,这一文学的作者、译者、发表连载作品的刊物及其出版商之间还存在更多的关联。[2]

新英雄——历史的和文学的——都是由翻译引入和形塑的。这些译本的主体性体现在中国译者身上,正是译者自己的议题构成了其文本选择和翻译的策略,包括他们对原著所做的改动。这些译本常常需要经过多种语言转译而来,可以说它们既是漫长的传播过程的终点,又是晚清文学和论争的内在组成部分。例如,大多数中文译本都可回溯到日文译本,日文译本已经按日本的议题进行了改编,而日文译本所效仿的西文文本可能又译自其他西方语言的文本。[3]当新的读者对外国故事和人物的奇妙着了迷,这个过程就达到了终点。不知不觉地,作为成功改编版最终裁决人的读者逐渐对他们亲身经历的世界之外更广大的世界有了更多的了解。这些外国英雄豪杰的存在就是要唤起读者的同情和对正义事业的支持,而作为文学人物,独有他们可以便利地跨越文化界限,到达读者心中。其最终极的目标就是让读者把这些新的英雄与中国时下问题的解决之道联系起来。[4]

---

[1] 把某些戏剧人物重新搬上舞台以再造中国传统英雄人物的办法看起来并不太奏效。例如,可参见三爱(陈独秀),《论戏曲》;阿英,《晚清文学丛钞:小说戏曲研究卷》,第52—55页。

[2] 关于这些文学类型将科技信息先期传入中国的共同点以及不同点,可参见 Hung, "Giving Texts a Context," pp.151-152。

[3] 许多研究晚清翻译的学者都指出了这一点,例如,可参见 Schwartz, *In Search of Wealth and Power*, pp.97-98, 134-135, 139-141。

[4] Pollard, "Foreigners to Admire," pp.30-38.

这些新的外国文学人物的引入和构建需要和对抗文本进行一番沉默的对话，这个对抗文本就是传统且常见的中国英雄以及通常会赋予他们的忠、孝、节、义等价值观。例如，忠君被忠于祖国或爱国所替代；结义兄弟之间的义则被重新定义为改良派和革命者之间的政治团结。

我下文的分析会把这些新的英雄看作新价值观的承载者和对传统文学中英雄标准的挑战。不过，正如王德威所指出的，为了保证新东西能让人感觉亲近，晚清译者、作者和读者所熟悉的文学想象和以往的实践常常要回到传统的套路上。[1] 随之而来的张力也应该要探讨一下。

政治领袖

新小说中的第一批当代人物就包括政治领袖。这个文学形象首先出现在梁启超和罗孝高 1902 年翻译的儒勒·凡尔纳的小说《十五小豪杰》（1888）中。[2] 凡尔纳的故事讲的是十五个年轻人的一番历险，他们年龄从九岁到十五岁不等，因为在海上迷了路，不得不在一座荒岛上度过了两年时间，学习生存，最终找到了回家的路。这个故事突出了危急时刻集体的重要性、团结的必要性，以及年轻人如何成长为领袖、为社区建立制度框架的历程。

在让·谢诺（Jean Chesneaux）研究凡尔纳的作品《儒勒·凡尔纳的政治和社会观念》(*Political and Social Ideas of Jules Verne*) 中，[3] 他证明，凡尔纳

---

[1] David Wang, *Fin-de-Siecle Splendor*, p.302.
[2] 焦士威尔奴（儒勒·凡尔纳），《十五小豪杰》。*Deux ans de vacances* 的这个中译本以森田思轩 1896 年的日文译本《十五少年》为基础。对于儒勒·凡尔纳的作品以政治小说的形式译成日文译本的总体介绍，可参见柳田泉，《明治初期の翻譯文學》，第 182—184 页。正如中村忠行所说，梁启超翻译这部儿童小说作品的目的与他"新民"的主张直接相关（《清末の文壇と明治の少年文學》，第 48 页）。对于梁启超翻译作品的研究，参见胡从经，《晚清儿童文学钩沉》，第 9—11 页。
[3] 将以外国英雄为原型的新型领袖移植过来通常要包括那些具有尚武精神的英雄。例如，胡石庵（1879—1926）的《[爱国小说] 罗马七侠士》（1909）就描绘了一群公元前 6 世纪为建立罗马共和国的罗马人。这类小说的主旨就是要突出尚武精神和爱国主义的政治重要性。作者传记也显示出作者与书中英雄具有相似的特点。

的作品中科学或者科学进步是特定政治议程中基本的内容。凡尔纳主要关心的是1848年欧洲革命的遗产、乌托邦社会主义,以及自由主义的个人主义。对凡尔纳来说,高贵的英雄主义只有一种,那就是反抗殖民主义的斗争。[1]对中国和日本的作家来说,像《十五小豪杰》这样的冒险故事提供了一种新的叙事策略,可以进一步探索嵌入原作之中的各种张力,并借此来表达新型的社会政治关切。[2]本着同样的想法,日本的政治改革家也将儒勒·凡尔纳的小说当作政治小说来翻译,试图借以引入西方的科学和文明。森田思轩1896年翻译的《十五少年》就特别强调了科学的力量和自立的力量,和1877年所翻译的斯迈尔斯的《西国立志编》同声相和。后者在日本引起了极大的轰动。[3]而梁启超在对自己的译本的评价中则强调,这本书讲的是磨砺性格和年轻人蔑视一切困难的勇气![4]这不仅关乎领袖人物,也关系到所有年轻人的共同努力,而后者正代表了努力克服危机的民族国家的国民。

为了强调其译作的政治重要性和背后的动机,梁启超采用了一种中国小说所特有的传统的文学形式,以一首词来为小说开篇并总结该书的核心关怀。小说开头的这个"楔子"可以是一整个章节,也可以是一首短小的诗词。它被用以概述作品的主旨和读者在阅读时应采取的道德立场。[5]就文学形式而言,梁启超明言他采用的是传统的章回体;[6]同时他也称赞了原文的西式文学情节和语言"气魄雄厚",并声称他的翻译也没有丢掉这个特色,"虽令焦士威尔奴复读之,当不谓其唐突西子耶"。[7]

---

[1] Chesneaux, *Political and Social Ideas*, p.21.
[2] 王敦曾指出,晚清的中国科幻小说继承了现代西方工业和社会之间的张力,但同时也有中国式的变化和革新。"Late Qing's Other Utopias," p.38.
[3] 柳田泉,《明治初期の翻譯文學》,第113—117页;斯迈尔斯,《西国立志编》。
[4] 焦士威尔奴(儒勒·凡尔纳),《十五小豪杰》3:96.
[5] 庄因,《话本楔子汇说》。第七章会对楔子进行进一步的详细分析。
[6] 梁启超在第一章末尾称其为"说部体段"。
[7] 焦士威尔奴(儒勒·凡尔纳),《十五小豪杰》;也请参看夏晓虹,《觉世与传世——梁启超的文学道路》,第58页。

梁启超版本中作为楔子的这首词在法文原文和日文译本里都没有。这首词写道：

> 莽重洋惊涛横雨，一叶破帆飘渡。入死出生人十五，都是髫龄乳稚。逢生处，更堕向天涯绝岛无归路。停辛伫苦，但抖擞精神，斩除荆棘，容我两年住。英雄业！岂有天公能妒。殖民俨辟新土，赫赫国旗辉南极，好个共和制度！天不负。看马角乌头奏凯同归去。我非妄语，劝少年同胞，听鸡起舞，休把此生误！[1]

这首作为楔子的词不只突出了小说的主线，还将读者锁定在某种阅读策略中，直接将法国的故事和中国的现实联系起来。

梁启超表扬了小说的主人翁武安，称他具有一个英雄真正的品质（3:96）。这个十五岁的少年不仅具有航海、地质、地理方面的知识，而且品行端正，在灾难面前头脑冷静，关心弱者，无私勇敢，更重要的是，他有视野。他比别人看得更远，能够把自己的视野通过民主的方式变成行动。梁启超在他的评论中引用了武安的话："我们须知这身子以外还有比身子更大的哩！"梁启超将他视为"有道之士"，借这个人物来阐明他对新型领袖的理解（3:96）。尽管武安这个英雄在小说中很重要，但原著小说以及译本中最核心的还是集体英雄主义。小说突出了一个道德真理：这个集体的每一分子对这群年轻人的生存都是有用的。这一点借着各种不同的情况和危机的例子得以展现。因为这个群体中每个成员都在展示和加强这个论点，显然小说和译本一开始就想要表达这种纲领性的愿景。

在这样的背景下，梁启超翻译的年轻人孤岛冒险的故事可以作为对改革进程的比喻来阅读。这些年轻人遭遇的麻烦和困难影射了当时中国的政治处境。第一个困境是国籍和身份的差异。这些年轻人来自三个不同的国家，其中八个人是来自澳大利亚的英国人。他们中最聪明也最傲慢的孩子

---

[1] 焦士威尔奴（儒勒·凡尔纳），《十五小豪杰》，2:93。

叫杜番，武安和他的弟弟都是法国人，最年长的俄敦是美国人。有时候国籍身份问题会引发关系紧张，比如在选举领导人的时候。另一个困难来自于民主的过程，在书中主要展现的是他们为生存而斗争的成功模式。在与大自然不断进行斗争的同时，这群年轻人中也产生了派系。以杜番为首的四个男孩成立了一个反对武安的小团体。现在要经受挑战的与其说是观念和策略，不如说是人的个性。这四个男孩一开始制造了不少事端，试图独立并离开整个集体独立行动，而武安立场很坚定，提醒他们最重要的是保持团结："今日尚是我辈至危极险之时，大家同在一处，缓急或可相救；若彼此分离，是灭亡之道也。"(3:92) 在武安的耐心劝说之下，这四个年轻人最终被说服了，继续和大家留在一起，也避免了被淹死的命运。然而当武安当选为这个小共和国的总统的时候，真正的危机来临了。这四个年轻人宣布独立，从其他孩子当中分离出来。但这次还是武安冒着生命危险来警告这四个人，有八个杀人犯来到了岛上——事实上武安还救了杜番的性命。武安的行动不仅展现了领袖的道德品质，而且更重要的是，它代表了一个民主的原则——少数派的权利。最后，这群孩子遇到了一个政治问题：如何在实行民主的同时也为共同的目标而团结奋斗。他们每天遭遇的艰辛教会了他们，珍惜自由与愿意服从命令之间存在复杂的关联，而且强者必须保护和帮助弱者。

　　这个过程让这群年轻人成了真正的文明国民。在社会和政治方面，他们为生存而努力奋斗，了解到了集体的力量，选举了自己的总统，通过辩论来获取共识，共同决议。按照这种方式，他们也通过协商和游说克服了派系之争。从技术的层面来看，他们成了畜牧、木工、农业、酿酒等各种科学事业的专家。小说结尾时，这群年轻人以他们集体的勇气、纪律、道德品质、知识和技能代表了梁启超所说的"新民"的各种素质。

　　社会和政治状况在小说中被翻译成了自然环境。小说以一场夺命之灾开篇，海上的暴风雨象征着当时世界上的弱国所面临的政治环境；即将倾覆的船——这是从西方借来的一个新的比喻——代表没有做好准备的国家和不适合生存的国家。孩子们的国籍有时会引发彼此之间的对抗，这也被梁启超视为"各国政党的影子"(3:96),而这些孩子们与大自然的暴虐相斗争的精神则被梁启超看作是争取独立、不畏强权的比喻,凸显出政治革新的前景。

这个集体所面临的生死考验也极大地改变了他们自身的习惯,催生了政治英雄和致力于改革的新国民。小说开篇的词为即将倾覆的中国之舟中的少年而作,呼吁他们拿出英雄胆气和冒险精神来。仅此一点,就能让他们自己得到生存,成为世界的一分子,教育自己并发展出改革的理念,进而服务和拯救整个国家。

对于晚清社会来说,成为一个公共的政治领袖是一种新型的职业,这意味着需要有一种新的人格,能够在新的国家—社会关系和新的媒体环境中处事得宜。小说指出,不同于从前的皇帝一出生或公开造反就自然而然地获得权力,新的政治领袖人物的声名建立在才干、视野以及效能的基础之上。在民主化的进程中,所有这些都可以帮他获得人民的支持。梁启超的译本试图鼓舞读者,即便其自身不符合领袖人物的条件,也要去甄别出具有这些品质的个人并支持他们。因此,这个公共领袖的新的人格就作为唯一合法的领袖代替了皇上,而这些孩子们则被视为积极、合格、文明的群体,替代了传统的"愚民"——那些默不作声但忠诚顺服的普通人。

冒险故事是与武侠故事相对应的一种西方的文学类型,《十五小豪杰》通过冒险故事这种浪漫的模式,将孩子们为生存而进行的斗争当作政治暗喻。暴风雨、轮船失事、陷于困境的不同国家的年轻人必须重新建立一种新生活的结构……这一切都给故事增添了浪漫的色彩,同时,冒险经历又刺激了读者的想象,鼓舞他们在小说之外的真实的政治世界中积极行动起来。

儒勒·凡尔纳的小说刚一出现在中文环境中就发生了本土化,但本土化不只是来自翻译研究中所强调的译者或评论者的介入,而首先是来源于它和本质上不相干的文化模式的互动,尤其是对比。武安这个人物在中国人那里得到的特别关注来自其对应的中文文学人物贾宝玉——《红楼梦》中的男主角,而《红楼梦》在当时的中国是年轻读者最多、仿作也最多的小说。贾宝玉是一个完美的、文学修养很高的多情公子,几乎从来不迈出田园牧歌一般的大观园一步,也完全不关心朝廷和社会的纷纭世事。和他相比,武安的大胆行动、社会责任感和有效的领导力就越发凸显出来。

而且,两部小说都是关于一群即将成年的年轻人的故事。书中的花园和孤岛都是一种他们能够建立起自己的"统治"体系的环境。这部小说在描写小船即将沉没,而另一部小说中贾宝玉的大家族也即将面临倾覆的命运。

不过,大观园里的年轻人过的是一种非常奢华、自省和感伤的生活,他们对于大观园之外威胁其生存的危机漠不关心,而且也从来没有参与任何阻止其发展的社会活动。他们最终遭遇别离,命运多舛,而贾宝玉最后也出家为僧,告别尘世——这是弃绝社会生活和互动的终极符号。相比之下,这个孤岛上的孩子们不得不为生存而斗争,要面临内部不和的挑战、外部环境的打击以及外敌的侵略。在荒岛上生活两年之后,他们学会了互相信任,克服派系斗争,还自由选举了一位领袖。野外生活并没有把他们变成野兽,反而使得他们成了文明的国民,最终能够运用他们在学校学到的知识,集中技术手段建造了自己的船,顺利返回家园。把它和《红楼梦》放在一起对照阅读,《十五小豪杰》就成了一则讲述中国如何遇到危机、"传统"如何阻碍进步,最终中国找到自己出路的寓言故事。

西方的科学家

19世纪末,科学和技术被中国的维新派当作推动进步和民主的发动机加以大力支持。科学家,尤其是工程师以其对俗见的质疑、对学术圈和当权者谁也不妥协的决心、积极行动的态度和对实用技术发明的重视与新的中国政治产生了内在的联系。科幻小说中西方科学家的文学形象是当时的中文小说中很陌生的一个类型,因此成了新式的中国英雄的候选人。西方科幻小说的中文译本就给这类中文原创作品提供了一个模板和发展方向,其中有些作品为了抬升自身地位,也披上了"翻译小说"的外衣。

日本人发明的词语"科学小说"很忠实地翻译了英语的"science fiction",而这也是最早被引介到中国的西方文学类型之一。[1]儒勒·凡尔纳的《80天环游地球》日文译本推出之后,中文译本也于1900年出版。[2]但直到梁启超《新小说》杂志为科幻小说开辟专栏之后,科幻小说才得到广泛传播,且作为一种与政治革新有关联的文学类型得到认可。《新小说》发表了许多翻译过来的科幻小说,有些直接出自梁启超之手。[3]

有学者指出,19世纪末期,西方乌托邦故事的复兴和科幻小说的发明捕捉和反映了在工业和技术发展、对个人更紧密的控制以及对社会和政治进步的热望之间的种种张力。[4]译成中文的科幻小说也带有这类文学标志性的张力,它刺激本土的读者和作者以改编的情节和新的叙事路径来探讨他们自身的社会政治困境和焦虑。通过与传统的传奇故事相结合,带来了一点熟悉的味道。

20世纪最初的十年,几乎所有被译成中文的西方科幻小说都是先译成了日文。[5]按照日文译本的先例,这个文学类型被归入了晚清的政治小说潮流。[6]中日的维新派都相信这类小说可以帮助他们致力于开启民智,使其接受新思想和西方文化。[7]

最早出现同时也最戏剧化的科学家英雄是儒勒·凡尔纳的小说《海底两万里》(*Twenty Thousand Leagues under the Sea*)的核心人物——李梦船长

---

[1] 晚清和民国时期中国的侦探小说和翻译小说的列表可参见张治、李广益、李献雅等编,《中国近代科学幻想小说重要创作与翻译年表,1900—1925》。
[2] 叶永烈,《新法螺的发现》。
[3] 陈应年,《梁启超与日本政治小说在中国的传播及评价》。
[4] 这一主题引发了诸多讨论。可参见 Jameson, *Archaeologies*; Freedman, *Critical Theory*。
[5] 参见久松潜一等编,《現代日本文學大年表》; Pollard, "Jules Verne," pp.179-180。
[6] 参见柳田泉,《明治初期翻譯文學の研究》;亦可参见 松井幸子,《政治小說の論》。后者的研究列出了明治时期政治小说出版的时间表,参见 pp.251-262。
[7] 这个时期的科幻小说包括了许多文学体裁,例如冒险小说、哲理科学小说和理想小说(utopian novels),所有这些文学体裁都有一个探索新的未知世界的元素,因此就需要环球旅行,将视野延伸到此前不为人知的地方。翻译这类作品就是为了让读者学会至少从较为科学的角度来了解周围的世界。

(Captain Nemo)。[1]《海底两万里》最初出版于1870年，在1880年和1884年有两个日文版译本。[2]其中文译本由日文译本转译而来，于1902—1903年在《新小说》上连载。[3]小说名为《[泰西最新科学小说]海底旅行》，在译文之外还有披发生（罗孝高）的批注。罗孝高系康有为弟子，也曾积极参与维新运动。罗孝高是一个颇为熟练的翻译家，善于将日语译成中文，他也参与了凡尔纳《十五小豪杰》（这里凡尔纳被认为是法国人）的翻译，并为《海底旅行》（这里作者署名为英国萧鲁士）第五回及以后的章回作连续批注。[4]凡尔纳的英雄完全符合中国维新派的目标，正如二十年前符合日本维新派的目标一样。他们兼具崇高理想和行动力，以其科学知识展现了什么叫作天才。在李梦船长身上，我们第一次看到了一位科学家加政治上的反对派是如何被刻画成英雄的。

译者们敏锐地感受到了李梦船长的潜力，选择表现这个英雄。[5]他最初闻名于世，与海里一种神秘的、难以对付的力量有关，这是一种被大家称为"怪物"的奇怪、可怕的怪东西。这个怪物实际上是李梦船长自己造的潜水艇"内支士"（*Nautilus*）号。"内支士"号是一个奇怪的玩意儿，"坚如金石，纯然黑色"。[6]李梦船长自己也呈现出与他的潜艇类似的象征性特点——他是一个具有钢铁般意志的人，也有和黑色一样纯粹的绝不动摇的理想。精

---

[1]《海底两万里》于1870年出版，李梦船长这个人物在儒勒·凡尔纳的小说《神秘岛》中也出现过，而后者出版于1874—1875年。本研究中涉及的引文采用的是牛津大学出版社1998年出版的英文版本。

[2] 铃木梅太郎1880年的译本名为《二万里海底旅行》。而由大平三次翻译的译本于1884年问世，题为《[冒險奇談]海底旅行》，这个版本在1906年前经过了多次再版。经过对比，我可以确信中文译本依据的是大平三次的译本。

[3] 英国萧鲁士（儒勒·凡尔纳），《[泰西最新科学小说]海底旅行》。第二十一回之后连载停止。正如卜立德所指出的，第一回到第四回呈现一种文白夹杂的风格，而自从《新小说》第二号开始，翻译团队变成了卢籍东、红溪生译述，披发生（罗孝高）评，语言也一直保持着说书人式的白话风格。（Pollard, David, "Jules Verne, Science Fiction and Related Matters."）

[4] Judge, "Factional Function," p.120, n. 2.

[5] 我采用的是1906年再版的大平三次的日文译本《[五大洲中]海底旅行》。

[6] 英国萧鲁士（儒勒·凡尔纳），《[泰西最新科学小说]海底旅行》1:95。

通科学也令他看起来很神秘，他具有能战胜自然的无穷无尽的力量。

他的名字（其含义为"没有人"）在中文版中被翻译成了"李梦"，译者案语云："不知我是谁之意。"（2:40）尽管这个名字带有佛教意味，但作为一个文学人物，李梦身上具有一些新的特质还是令其在传统的中国文学英雄谱中脱颖而出。中文读者们读到，李梦船长不仅相貌奇伟，而且精力充沛，这种精气神让他可以保持注意力集中，一刻也不用休息。除了拥有自然科学各学科的广博知识之外，他在历史、艺术、文学等各方面也学问渊博。作为一个领袖，他被赋予了极大的能量和魅力。同时，他也关心具有共同理想的人们。他品行正直，把自己的知识用于在"内支士"号上打造一个海底的"理想的新世界"，一个"移动的岛屿"，而他自己也就成了控制全球各个角落的列强的挑战者。他相信，只有在海底才能够"免了暴君污吏的压制，逍遥自在地过日子"（2:42）。"或是浮出水面的时候，被那起鸟男女瞧见，他要是开炮轰击我，我却不慌不忙沉入水底三十尺以下，就凭他有五圣的本事，三万斤的弹子，他只是望着奈我不何。这四件的自由权、独立权，除了住海，要在陆地上找，就怕打着锣找一寸这样的地还找不出呢。"（2:42）[1]

就政治而言，李梦船长有着非常坚定的信念，他是从被压迫者的角度来看待近代历史的。他的政治哲学的核心是民族独立和个人解放的理想。因此，他的知识并不只是用于科学事业，也是为了促进被压迫人民争取独立的斗争。这也预示了后来"五四运动"时期"德先生"和"赛先生"之间的关联。他的勇气不仅见于科学探索，也体现在政治承诺上：未知的东西吓不倒他。尽管他非常富裕，但他关心的不只是财富，实际上他的财富大多已经用于支持全世界的独立运动。不过，他并非一个没有弱点的英雄，小说也表现了他是一个情感上饱受折磨的人。虽然他自我放逐离群索居的

---

[1] 日文译本所依据的是译自法文原版的英译本，原文如下："Ah! Sir, live—live in the bosom of the waters! There only is independence! There I recognize no masters! There I am free!" 参见 Verne, *Twenty Thousand Leagues under the Sea*, p.76。

原因和悲伤的真正的根由还不为人所知，但他素来对殖民主义和专制独裁的憎恶也透露出了部分原因。

他运用科学创造了一种新的独立，让自己可以不受任何外国列强的控制。他把写着字母"N"的黑旗（19世纪80年代以后它代表着反叛和无政府主义）插在了南极，以标志自己控制了南极岛，这是唯一没有被列强控制的岛屿。

简言之，李梦船长是一个由坚定的政治信仰所驱动的科学家；尽管他是一个有印度血统的完全西化的人，但是他选择弃绝西方文明，创造自己的新式社会。他展现了一种纯正的探索者的精神，以超凡的勇气和意志力走向未知的世界。

李梦船长具有跨文化个性特征的鲜明形象在与欧露世的对比中进一步凸显出来。欧露世是一位博物学教授，李梦船长救了他的命。欧露世也是这本书的讲述者，整个故事都是从他角度来讲的。为了照顾文化传统，中文版并没有沿袭法文原版或者日文版的套路，而是把欧露世的第一人称变成了第三人称的讲述者。尽管在"内支士"号上有两名科学家，但这里只有一位英雄。欧露世教授是一个不关心政治的科学家。通过两位教授的对比，科学的社会意涵凸显了出来。一个典型的例子就是欧露世对李梦船长建造"内支士"号的革命性的科学观念的反应。他完全无视李梦船长的发明单纯是出于意识形态担当和政治信仰这个事实，他感兴趣的只是理解其在科学上的突破以及如何让这个科学天才的工作为世人所知。让李梦成为现代的科学家英雄的并不是他超群的科学知识水平，而是这种知识和其政治担当之间的关联。

这个科学家英雄也是一个开辟未知之路的探索者。李梦对海洋未知领域的探索给阅读带来了悬疑感，也为中国读者提供了对奇幻世界的惊鸿一瞥和有关未知的西方的知识。在不到十个月的时间里，欧露世和他的同伴乘坐潜艇遨游世界，跨越了两万海里。他们驶过了太平洋、印度洋、黑海、澳大利亚北边的珊瑚海，也经过了北极。他们在行驶的途中遭遇过生死攸关的险境，找到了失落的城市、岛屿和传说中的历史遗迹，亲眼见到了自然和科学造化的不可思议的奇观。不过，即便是这些非常遥远的征途也有政治的含义。这里象征的寓意一目了然：现代科学可以帮我们找到全新的方式来抵制强大的独裁者。李梦已经证明，我们不必按照敌人设定的规则来斗争。他在"内支士"号上的实验并不是为了什么终极的常规战进行准备，而是为解放被压迫者规划了新的道路，创造了新的力量。

从中文版和日文版的区别以及两种译本和法文原版的区别中，可以明显看到译者是如何致力于把科学家塑造成具有坚定的政治责任感的理想的新式英雄的。中文译本把李梦船长表现成一个属于所有被压迫民族和国家的领袖。而他的"内支士"号代表的是一种反抗社会和政治不公的新式科学策略，而且中文版也展现了这种斗争的世界性。小说对李梦的国籍只是有所暗示，但并没有真正揭示，而且他自己起的名字也意味着他并不想要国籍。"内支士"号上的人也分别来自不同的国家。李梦船长斗争的国际性是《海底两万里》的主线之一。小说并没有指明作为敌人的压迫者是什么国籍，而且敌人巨大的军舰上也没有悬挂任何国家的国旗。李梦船长的战争是为自由而进行的最广泛的斗争。

在法文版中，李梦船长不是一个那么抽象的理想化的人物，他的行动源自非常个人化的经验和自己的政治哲学。在原书中，当他准备向敌人的战舰发起还击时曾经这样大声疾呼："我就是法律，我就是法官！我就是被压迫者，压迫者就在那儿！他让我失去了所有我热爱的，我珍惜的，我敬重的，——我的祖国、妻子、孩子、父亲和母亲。我目睹了一切死亡！所有我憎恶的就在那儿！"[1]这一番情绪爆发中带有一种个人-复仇的元素，他把敌人当作个人，而不是一个政治系统，因而具有无政府主义的性质。

在日文译本中，这一番最后的控诉变得更加详尽复杂：这里可能反映的是日本流行文化中对复仇故事的喜爱。在中文译本中，最后这一番的呼喊干脆删掉了。尽管中国的政治维新派们认同李梦船长斗争的世界性，但以个人复仇作为政治斗争的动机却不太符合他们的期望。因此整个段落都被删掉了。

---

[1] Verne, *Twenty Thousand Leagues under the Sea*, p.410.

在处理民族主义和为被压迫民族而斗争的国际性之间的复杂关系时，中国维新派的目标对其译本产生了更为强烈的影响。至关重要的是如何将中国维新派心中的英雄形象和他们对普通人民的看法协调起来。这种分歧最有趣的一个例子出现在李梦船长营救了一个被鳄鱼攻击的印度人之后，中文译本已经完全偏离了法文原版、英文译本以及日文译本。在法文版中，讲述者欧露世回顾此事时评论道："我必须由此事得出两个结论——一个是李梦船长的勇气无与伦比，另一个是他热爱一个人类的代表，而他潜入海底要逃避的正是人类。不管他会怎么说，这个奇怪的人并没有完全捏碎他的心灵。当我对他做出这番观察的时候，他只是用一种略有感动的语气回答我——先生，那个印度人是一个被压迫的国家的居民；而我仍然是，而且将来也会是他们中的一员，直到我生命最后一息。"[1]

在日文版中，针对讲述者对于李梦船长和真实世界之关联的评论，李梦船长回应道："但是先生，您认为印度是一个什么样的国家呢？！那里的居民被英国人压迫，我一想到这里就怒不可遏。因此，不管我什么时候见到这些居民，我的感情都十分激动，我不能控制我自己，这就是为什么我要帮助这位印度人。"[2]

在中文版中，欧露世对李梦救印度人的事做了一番评论，最后总结称李梦"实是个多情多义的人"，并没有摆脱世情羁束。但他不明白的是李梦船长去海底生活到底是出于什么目的。随着潜艇不断前行，李梦船长对欧露世说：

"目下咱们傍着印度海岸进航，却又是我的烦恼来了。我每常经过这儿，心里总有点儿不舒服，你道为何呢？我见印度百姓资质聪慧，天性纯良，原是一个最好的国，只因他们几个少数政府的人不好，闹到这个田地，连地图都换了颜色。于今土人受英国压制，惨无天日，

---

[1] Verne, *Twenty Thousand Leagues under the Sea*, p.229.
[2] 儒勒·凡尔纳著，大平三次译《[五大洲中]海底旅行》，p.16：32。

我时常都替他们悲愤，总要想过法儿扶助他们，可惜我已立意做个海底闲人，绝不去管世间这起晦气事儿，只好让他们多受点苦罢了。"言毕睥睨天际，忧愤不胜。[1]

这一段中文译文的批注感叹道："内支士再东航一步，看见我老大帝国的政府奄奄欲死却又无恶不作，其不平又如何？其议论之痛愤又如何？惜乎不得闻之。"（4:19）

中文版和日文版在表现这一情节时已经删去了李梦"可能自己就是印度人"这个想法。在这样的译本中，作为英雄的科学家并不只是作为一个爱国者来塑造的，而是作为一个超越了国家疆界的、拥有全球性的宏图大业的英雄。中日文译本强调的都是印度受压迫的人民，而不是作为受压迫国家的印度。这个办法有效地将李梦船长对英国殖民主义的个人的怒火和失去亲人的痛苦变成了一种普遍意义上的对弱者的同情和对暴君的憎恶，在中文版的译文以及增加的评注中，对立的双方是虚弱而残暴的本国政府和天性良善的普通民众，这样实际上是把李梦对自己在被压迫民族的斗争中扮演什么角色的矛盾心情进一步复杂化了。中文译本把国家覆亡归咎于本国政府而不是殖民主义和帝国主义等外在的力量，直接在故事中注入了中国维新派的观点。尽管这些关注点在凡尔纳原来的文本中并不存在，但凡尔纳还是为来自其他国家和文化的译者和读者奠定了基础，为对话开辟了可能。

儒勒·凡尔纳自己的政治倾向和信仰可以从他对李梦船长相关的英雄人物的设定上体现出来，李梦书房的墙上贴满了他们的照片。在法文原版中我们发现了一个段落，因为太过政治化而且内容太晦涩，在英文版以及基于英文版的日文版中都删去了。原版中的这段内容如下：

这些都是历史上伟人的肖像，他们的一生都完全奉献给了崇高的人类理想：临终前喊出"波兰完了"（Finis Poloniae）的柯斯丘什

---

[1] 英国萧鲁士（儒勒·凡尔纳），《[泰西最新科学小说]海底旅行》4:18—19。

科（Kościuszko）；波特扎里（Botzaris），近代希腊的列奥尼达；爱尔兰爱国者奥康内尔（O'Connell）；美国国父华盛顿；意大利爱国者马宁（Manin）；被蓄奴者的子弹夺去生命的林肯；最后是维克多·雨果曾描写过的为黑人解放而牺牲的烈士约翰·布朗吊在绞刑架上的骇人景象。[1]

所有这些英雄都献身于他们国家的事业而不是社会革命。因此，这个清单没有包含任何一个法国大革命中的人物的名字，他们不如它列出来的名字重要。李梦船长在小说另一处感慨道："地球需要的不是新大陆，而是新人！"[2] 如果这个段落出现在日文版中，中文的译者可能也会受到这些政治英雄人物的感染而保留这段文字。

尽管李梦是一个富有魅力的虚构英雄，他的改革理想也很容易赢得中国读者的同情，但他的孤立主义是一个缺点。为了对真正在地球表面存在的地方，例如中国进行成功的改革，伟大的领袖和英雄们不得不参与民族和世界的事务。为了让李梦符合这个目标，中文版的译者采用了许多策略。他将李梦船长的自我孤立改造成弃绝这个世界的污染，不无讽刺地带有很强的一些佛教意味。纯良高贵的自然会被这个罪恶的世界所排斥，倾向于脱离这个"红尘"世界。他拒绝世俗的娱乐也被解释成他想要完全献身于科学追求，实现帮助被压迫民族斗争的目标。在这样的背景下，弃绝俗世就成了一种挑战行为，这个再加工的工作还涉及李梦船长谈论自己和自己的目的等相关内容以及译者对李梦去海底生活的缘由的评论。在李梦船长救起的三个男人中，有个人说希望能获得自由，这样就能够回到自己的祖国和家人身边。在中文版中，李梦嘲笑道："世上的人总依恋着污浊红尘，看不破那些富贵功名，割不断那些七情六欲，掉在苦里还只说快活，不过这种人的见解我委实推度不出来。"(2:38)

---

[1] Verne, *Vingt mille lieues*, p.283. 有关分析可参考 Chesneaux, *Political and Social Ideas*, pp.45-46。

[2] Verne, *Twenty Thousand Leagues under the Sea*, p.141.

但是单改这里还不够，中文版的译者还贸然地在小说正文中插入了一段他对李梦的孤立主义的批评。欧露世建议李梦船长一并救下的仆人高昔鲁（Conseil）也留在海底，因为这是一个非常奇妙的世界，但中文版中高昔鲁却拒绝了主人的提议："仆也晓得这'内支士'船造得极其精妙，巧夺天工，可作近代制造界的大模范，但是与人界绝了交通，自成一国，成日往来交接的除了海水，便是鱼龙鳞介，就那怕做得再十倍精美于此，试问何补于人？正是一件不关痛痒的东西。"（5:106–107）[1] 在日文版以及在最初的法文版当中都没有相应的段落。更重要的是，这里没有出现反驳高昔鲁的话。这个插入的段落彻底改变了整个文本的性质。它要求读者能够区分李梦船长令人钦佩的品质和其心态中明显的缺点，这也反过来减轻了小说直露的宣传色彩。

　　一位革新的英雄不应该被看作一个主要在内心和自己较劲的孤独英雄。在原版小说中，李梦船长被描写成一个孤独的人，一名个人主义的战士，一个凭一己之力同自然战斗、对抗（西方）列强的悲剧英雄。对中文版的译者来说，这种描写不只有意识形态的问题，也有文化的问题，中国的读者怎么能接受一个这样的英雄呢？在中国通俗小说的文化传统中，一个孤独的英雄很难被接受；中国的英雄多半被呈现为彼此支持、关联的一个英雄群体。因此译者借用了话本小说的传统框架来描写李梦船长。在这个过程中，李梦的孤独者的形象转变成了一群英雄的领导者。对原版的改造在这个方面最为引人注目。原版当中大多数的动作场面突出的是李梦个人的勇气和力量，但在中文版中被改写成表现"内支士"号成员之间的精诚合作，让人想起《水浒》中的场景。对英雄的语言和动作的描写也有类似的改动。[2]《海底两万里》在与中国文本《水浒传》的互动中获得了本土身份，正如《十五小豪杰》和《红楼梦》的互动一样。

---

[1]　欧露世也有一番类似的话，参见《新小说》12:4。
[2]　《水浒传》写了108位英雄。卜立德指出了一个模仿《水浒传》的佳例，参见"Jules Verne," pp.181-183。

尽管译者采用了这个明代侠义小说的原始模型，借鉴了他和他的读者都很熟悉的套路和模式，但为了表现新式的英雄，他还是对其进行了改编和调整。李梦和《水浒传》群英之间最根本的区别就在于他们整体的政治思想以及他们作为英雄所发挥的作用。在旧小说中，借用王德威的话，英雄被撕裂成"完全的自我奉献和完全的自我背叛"，一开始信奉的是反叛朝廷的侠义兄弟情，后来又遵守忠君的意识形态。[1]李梦的观点是前后一致的，不存在冲突。李梦在自己理想的指引下不断进行抗争，也挑战着中文读者的观念，让读者接受他的理想并效仿他。从某种意义上说，李梦是《水浒传》的英雄的一剂解药。他的科学知识、政治奉献精神以及他一以贯之的反抗行动，都把他和《水浒传》中的好汉们区别开来。

因为有了这些增加和改动，中文版中的李梦船长成了一个性格鲜明、定义明确的人物，译者得以借其传递出新的时代精神——对专制力量的斗争和反抗。由此，科学家的英雄形象既得到了浪漫的呈现，也在政治上有所调整，从而适应了中国维新派的需要。

城市侦探小说

晚清时期，侦探小说刚被引介到中国来，就成了商业上最为成功的文学类型。袁进已经证实，尽管翻译侦探小说的数量在这一文学类型介绍到中国之后不久就达到了高峰，而且之后再也没有这样繁盛过，但当时翻译过来的西方侦探小说受欢迎的程度已经超过了民国初年的感伤小说（sentimental novel）。[2]按照阿英的看法，晚清的翻译小说中有一半都是西方侦探小说。[3]中村忠行记录了当时大的书商和杂志出版商是如何蜂拥而上，把这种翻译小说的商业潜力兑换成真金白银的。[4]对于这种文学类型而言，

---

[1] David Wang, *Fin-de-Siecle Splendor*, p.123.
[2] 袁进，《近代侦探小说的高潮从何而来》。
[3] 阿英，《晚清小说史》，第186页。
[4] 参见中村忠行，《清末探偵小説史稿》。

中文译本通常是直接以英文原版为底本,例如柯南·道尔的夏洛克·福尔摩斯系列故事就是如此。

袁进认为,侦探小说之所以如此流行,是因为它直接与政治改革以及梁启超等人物的推动有关。这种文学类型的娱乐价值得到了充分的认识,维新派的刊物也会刊载翻译的侦探小说。[1]这一文体也给中国读者介绍了用法律来管理现代社会,由懂得运用现代科技的代理人来守卫的现代城市的思想。当时只有上海公共租界发展出了一个现代的城市管理机构,而侦探故事就从隐秘的途径来讲述城市法律执行机构的运作。许多晚清作家都认为其结构严整的情节线是中国小说所欠缺的。[2]中文版的译者们非常清醒地认识到保持情节线结构的严整性非常重要,因而与其他类型的翻译小说不同,侦探小说的中文译本中很少有删减、增加、改写或者审改。[3]

理解科学幻想小说以及政治小说对维新派的目标所起到的作用很容易,而侦探小说和冒险小说在这方面的价值就并不那么一目了然。中国的维新派实际上比日本的同道更热衷于侦探小说,他们在自己的刊物上发表了不少侦探小说。在对侦探小说感兴趣的政治化的译者里,梁启超又是一个突出的人物。作为维新派报纸《时务报》的主编,他在1896年刊出了中国第一部翻译侦探小说《歇洛克呵尔唔斯笔记》。[4]梁启超有关新小说,尤其是政治小说对新民之功用的实用主义观点于1898年发表,此前《歇洛克呵尔唔斯笔记》在《时务报》上的连载就已经描绘出了他即将走过的轨迹。

后来有一些作家和译者把翻译西方侦探小说当作他们的专长,其中有一位叫作陈景韩,笔名"冷血",或者就是一个"冷"字。他也是一位记者,1904年至1913年曾任《时报》编辑,后来又去了《申报》。他最先推出了语言直率简练的"时评",并创办了文学杂志《新新小说》(1904—

---

[1] 曼殊,《小说丛话》(1905)。
[2] 这个观点见于 Hung, Eva. "Giving Texts a Context: Chinese Translations of Classical English Detective Stories 1896-1916." p.156。
[3] 同上书,p.159。
[4] 参见中村忠行,《清末探偵小說史稿》(part 1), 2:14-16。

1907），发表了很多他的译作。在陈景韩留学日本期间，他特别醉心于俄罗斯的无政府主义和西方的侦探小说，这可以从他的译作以及自己的创作中看出来。[1] 19世纪90年代他在政治上很活跃，1900年至1902年被迫流亡日本，以躲避清政府的迫害。他独特的翻译风格被称为"冷血体",[2] 不过这可能源于日本作家的启发。和梁启超一样，他建立的个人模式也是通过效仿外国作家，尤其是侦探小说作家抱一庵主人（名为原抱一庵，1866—1904）[3]和黑岩泪香（1862—1920）。[4] 1903年至1904年他以日文译本为底本翻译了四卷侦探小说。[5]这几本书一起题为"侦探谭"，也是沿用了当时日本很流行的"侦探奇谈"这个角标。[6]这类小说承载了一套新的社会价值观。[7]

陈景韩对侦探小说和侦探人物的热爱反映了当时这一文学类型及其英雄的地位。作为叛逆者和孤独的英雄，侦探这种人物并没有公开威胁社会秩序和现状，而是呈现出一种浪漫的魅力。他以理性的逻辑为基础，但是按照自己设定的规则来行事；他能够战胜既有的权力机构，也并不大张旗鼓地宣称要拯救世界；尽管深深卷入了生死攸关的大事，他还是讽刺性地保持着超然——不像传统中国公案小说中的法官那样只是帝王法律的化身。这个人物让人称奇，清晰的思维赋予他权威，他可以挑战新的城市知识分子阶层的想象，而后者正是推动革新的关键人群。陈景韩以满腔热情，把三种人物合而为一：俄罗斯的虚无党、欧洲为民族独立而斗争的革命家和侦探在他的手里变成了一个奇妙的混血儿。他翻译了一部名为《俄国包探案》的小说，[8]此后又在《[俄国侠客谈]虚无党奇话》一书中塑造了自己

---

[1] 阿英,《小说闲谈四种》,第238页。
[2] 包天笑,《钏影楼回忆录》,第318页。
[3] 参见冷血,《巴黎之秘密·序》。
[4] 中村忠行,《清末探偵小說史稿》(part3), 4：41, 55。
[5] 中村忠行,《清末探偵小說史稿》, 4:39, 4:44—45。
[6] 参见阿英,《晚清戏曲小说目》,第143页。
[7] 袁进,《近代侦探小说的高潮从何而来》,第94—95页。
[8] 冷血（陈景韩）,《俄国包探案》;参见中村忠行,《清末探偵小說史稿》(part 3), 4:40—41。

的综合性的人物。[1]

  侦探大受欢迎跟晚清时期城市改革者的生活方式有很大的关系。他们多供职于杂志和报纸，生活在当时的中国土地上唯一的现代都会中心——上海。侦探是中国读者在文学中读到的第一批真正的城市人物。跟政治革新英雄或者科学家不同，侦探不必面对当今世上的矛盾冲突，不需要出来担当领袖、提供新的目标。他也并非环球旅行家或者内心痛苦的人，他只是一个聪明的个体，在大城市复杂的网络中生活和工作，他的工作就是在现代科学的帮助下按照逻辑去思考。世界局势只有当一个罪案具有国际意义时才是相关的，因为有时候案子发生在上海。尽管他通常都有很好的朋友，但主要还是一个人工作。他的工作靠的是推理的科学方法，而不是对于犯罪性质的道德审判。

  陈景韩就是第一批按照侦探的风格来打造自己个人风格的人，包天笑(1876—1973)是20世纪二三十年代知名的通俗小说作家，他回忆了1907年左右自己第一次来到上海去《时报》工作时遇见陈景韩的情景。

> 初见陈景韩时有两印象，一为脚踏车，一为烟斗。我常笑他：他属于动静二物，动则脚踏车，静则烟。他不坐人力车，脚踏车又快、又便、又省钱，随心所欲，往来如飞，文学家称之为自由车……再说到烟斗，当他口衔烟斗，脚踏在书桌上，作静默构思状，我说你是从福尔摩斯那里学来的吗？他也不理我。[2]

  在侦探人物的描写中有两个极端，一个以梁启超翻译的福尔摩斯为代表，另一个是以冷血的翻译为代表。在梁启超的译本中，所有个人的、情感的元素，甚至是原版中曾经出现过的元素都被删掉了。人的因素只是在

---

[1] 还不清楚《虚无党奇话》是翻译小说还是陈景韩自己的作品；很可能是两者兼而有之。该小说1904—1905年在《新新小说》上连载。
[2] 包天笑，《钏影楼回忆录》，第409页。

和当前案件有关的时候才出现。甚至华生医生和福尔摩斯之间的友谊也全被删掉了,而且,起码在最初翻译的两个故事当中,为了避免中国读者遇到孔慧怡(Eva Hung)所说的那种"不熟悉的叙事技巧",华生医生的第一人称都被中国叙事传统中那种客观的、以置身事外的全知视角叙事的讲述者代替了。适应新叙事技巧的速度可以从一个事实中反映出来——福尔摩斯系列的第三个故事就非常忠实地按照原版的叙述模式来进行,但1903年的一个译本又抛弃了这个模式。[1]这些翻译的侦探小说将重点放在寻找事实和逻辑推理上,夏洛克·福尔摩斯被表现成一个孤独的逻辑思维大师。这些译本中的侦探人物是现代的,他讲科学,有效率,思维敏捷,行动迅速。他从来不对道德或伦理发表意见。

冷血的侦探英雄结合了理性思考以及带有情感卷入的决断行动。1904年,陈景韩翻译了欧仁·苏的小说 Les mysteres de Paris (1842—1843年连载,1843—1844年单行本出版),将其题名为《巴黎之秘密》,在《新新小说》上连载。在杂志上这个栏目最初称作"世界奇谈",后来又改成"秘密谈"。[2]陈景韩试图引入一种高度浪漫化的侦探英雄,尽管欧仁·苏的小说后来在20世纪被夏洛克·福尔摩斯的系列作品盖过了风头,但当时也曾是侦探小说的奠基之作。他的作品在明治时代的日本被当作侦探小说来阅读,陈景韩将其由日文版转译成中文的时候也是这样理解的。[3]

冷血与同时代的许多人都不同,总是会在翻译小说时给出其文本来源。例如,《巴黎之秘密》就是以抱一庵主人的原译为底本,而且抱一庵主人本人也写侦探小说。陈景韩在其中文译本中收入了原抱一庵和其他人的序言,再加上他自己的评论,给了小说和译本一种严肃、正式的形式,这在当时并不多见。[4]在他的序言中,陈景韩称赞原抱一庵是日本最杰出的作家之一,而他翻译这本小说正是出于对原抱一庵"多奇气有笔力"风

---

[1] Hung, "Giving Texts a Context," pp.161-163.
[2] 希和(欧仁·苏),《巴黎之秘密》。
[3] 参见中島河太郎《日本推理小説史》。
[4] 《日本近代文學大事典》,3:102.

格的崇拜。[1]对陈景韩来说,《巴黎之秘密》主要是跟原抱一庵而不是欧仁·苏有关。

因为陈景韩的译本包括了只见于1904年日文单行本上的原抱一庵的序言,我们可以认为陈景韩的译本所依据的日文底本就是这个版本,而不是1900—1901年报纸上的连载版。陈景韩把日文版中(配合报纸连载的)一个个短的章节缩写成了几个大的部分,每部分基本上都有一个不同的题目。这种重新组织可能是因为刊载这部翻译小说的《新新小说》是一个单月刊。除此之外,陈景韩基本都忠实地保留了日文版的语言和风格。[2]

冷血翻译的《巴黎之秘密》是这样开篇的:

> (1)鬼魅!兽!
>
> 十时之钟,宪兵屯所之大时鸣钟楼上。钟之长针已指十字之上,其响声声远渡。
>
> 天寒又降雨,当十月之末之夜,通行之人甚稀,一人两人均迅足逸过,其半身现于为风所煽动,作苍白色。街灯之火光影里,灯光一暗,人影忽又一闪,而至其次之街灯之前。
>
> 此地有罗斗塔之寺院与上等之裁判所。多屈曲,道路隘窄,有不洁之巷。巷内有杂货店,有炭店,有牛肉店,其店甚小,夜间各店之门,俱用粗大之铁棒加闩,因多"小窃"。
>
> 巴黎如有犯罪事,刑事侦探必先来此处张罗网,十度九度犯罪人必于此巷内捕获。
>
> 此巷内最多之店为小饭馆与小客栈。饭馆客栈均为小窃辈之私窝子。[3]

就这样,冷血给罪犯和英雄设置了场景,而英雄则需要用他的智慧和

---

[1] 冷血,《巴黎之秘密·序》。
[2] 原抱一庵翻译的 *Les mysteres de Paris* 最初于1900年11月至1901年8月在日本《朝日新闻》上每日连载;单行本题名为《巴里の秘密》,1904年由东京的富山房出版社出版。
[3] 希和(欧仁·苏),《巴黎之秘密》,第1页。

寻找新的英雄

勇气来面对冷血笔下这个黑暗世界的重重阻碍。

尽管如此，和当时许多其他作品一样，这部翻译小说也没能写完，冷血成功地以相对较短的篇幅生动地塑造了一位新式侦探英雄冯·盖罗尔施泰因公爵（Count von Gerolstein），也即兰士布(Rodolphe)。公爵被巴黎的下层社会所吸引，侦查和揭发了流氓所犯下的罪行，从暗无天日的世界里将无辜的年轻女子解救了出来，结果这位女子正是他自己的女儿。公爵和职业侦探一样，对发现真相很有兴趣，他态度冷漠、头脑冷静，不依靠政府权威部门而是独立行动。但是和职业侦探不同的是，他在情感上是卷入的，他有扶贫济困的道德担当，尽力让真正的恶徒得到惩罚。在这个人物身上，冷血描绘了一个扮演侦探的英雄。

在这位侦探看来，其首要目标是一种对知识的追求。当兰士布意识到这个目标让自己身陷险境，而且与下等人交往也招致老仆人误解时，他为自己的行为辩护道："我希望理解、研究和发现过这种生活的人，为了让他们不怀疑，我必须像他们那样穿着，像他们那样行动，像他们那样说话，这是必须的！"[1]

他进一步说明自己的动机——一切都是出于一种很强的社会责任感：

> 我这个人同时拥有三种东西：知识、理想和权力，因此我必须用我的善意来拯救世界，帮助那些需要帮助的人是我的责任。而扶助没有寻求帮助而是凭着斗志在贫困中挣扎的人，拯救因为受到诱惑走上犯罪道路的人就更重要了。落魄让人丧失活力，贫困削弱人的意志力，犯罪会吞噬你的身体，这些都必须除掉；我们要用自我完善、独立和自主给人新生，恢复人类原本的善。这是至高无上的善。[2]

兰士布把侦探英雄变成了一种道德人物，同时也是一个现代的侦查家。

---

[1] Sue, *Mysteries of Paris*, 8:16.
[2] 同上书, 8:19.

和《时报》上的福尔摩斯相比，侦探这个人物发展得更充分了。这里的侦探有动力去为这个世界做好事；如陈景韩向读者证明的那样，他可以是一个非常坚强、聪明而且饱含深情的人。我们可以说陈景韩在梁启超有关侦探的完全科学化的理想之上又赋予了他英雄的传统道德品质。

侦探小说以一种新的写作方式走进了中国的小说。因为受到逻辑推理的影响，其形式是简练、理性的；但最后结尾又是浪漫和理想化的。从表面来看，叙述中给出的所有信息都跟解开一个谜题、一桩罪案或者一桩谜一样的罪案有关。侦探必须要面对人性的目标、欲望的复杂性，最后可能还要面临一个挑战，不得不去克服各种互相矛盾的个人责任、社会责任和道德责任。译者的挑战就是要创造一种适合这样一个人物的风格，能够反映他独特的文学特征和心理的复杂性。在陈景韩的笔下，侦探智商超群、思维清晰，但不同于科学家的是，他和社会直接接触没有任何问题。陈景韩的冷血体为他赢得了很多赞誉。[1]

抱一庵主人和陈景韩基本上都把欧仁·苏的小说当作侦探故事，其中有一个出身贵族阶层、富有个人魅力的侦探英雄。他们对翻译风格的发展还是受制于刊印小说的媒介和这种文学类型自己的惯例。虽然欧仁·苏的文本确实有很强的侦探因素，这些译本让这部小说归入侦探小说更合理了。这些译本纳入了欧仁·苏大的故事线索，也即兰士布公爵证明了自己是一个特别有天赋、有技巧的侦探，破解了女儿失踪的迷案，这也就变成了本书主要的内容。而在欧仁·苏的小说中，故事通常只是一个由头，真正核心的是有关巴黎底层社会生活的各种细节，包括对盗匪黑话在内的各种内行人的描述。

以原抱一庵的译本为基础，冷血为整个故事和兰士布这个角色设计了一种新的风格。其特点是以速度感和采用精练的短句来反映英雄的性格，同时也和其对抗文本《包公案》故事发生关联。包公是中国话本文学和小说传统中的一位法官和侦探。鲁迅曾经指出，有关包公的公案小说具有侠

---

[1] 包天笑,《钏影楼回忆录》, 第318页。

义小说的某些特点。[1]一般说来，公案小说中的法官追求正义是为了维持社会系统，而侠义小说中的英雄是局外人，甚至是不法之徒，他们致力于惩罚那些现行法律系统覆盖不到的越轨行为。包公可以被视作结合两种路径的人物。他是孤独的，他经常出行，有时候微服出访，设法通过一些非常规的办法来重张正义。兰士布通过与包公之间的平衡对抗获得了中国读者的特别关注。这两个人物有一系列共同的特征：他们品行正直，关心普通人民，主动维护正义。不过兰士布还是对包公以及赞颂包公义举的文学形式构成了一种现代的沉默的批评。包公经常要依靠法术来解决疑案，而兰士布依赖的是科学；包公长于解读符号和设计梦境，但兰士布是积极主动地亲自开展侦查，这就要求他能够和被城市抛弃的人群混迹在一起。兰士布和包公最大的区别在于他的城市性，兰士布是中国文学中第一批城市英雄，他活动的领域是城市，在城市中被严格监管的环境和下层社会的法外之地平行并置。包公的世界是平静的，当犯罪打破平静时，只要精明的法官介入，就可以重新恢复平静。而兰士布的城市是一个高速运转、具有巨大能量的有机体，每时每刻都会受到社会失范的威胁。对此的文学处理需要一种与之相符的节奏，而不是静止的叙述。侦探的角色主要不是通过揭发罪案、把罪魁祸首绳之以法来恢复城市的平静，而是要像一个现代的城市侠客一样去行动。他独自行动，不受约束，甚至无视法律体系。他个人的道德信仰促使他不断精研武功、学问和谋略，以战胜无情的对手。冷血选择散文来与这位现代的英雄相搭配，通过一种新的文学节奏来反映城市环境的不稳定和急速的变化。

革命小说

晚清时期的维新人物中争论得最热烈的话题之一是采取哪条道路：是改革现行的体系还是革命？在这场辩论中，俄罗斯虚无党扮演了一个矛盾

---

[1] 鲁迅，《中国小说史略》(1957)，第424页；陈平原，《千古文人侠客梦》，第77页。

的角色。他们不是改革派，而是参与推翻自己国家专制政府的暴力革命的革命派；同时，他们又被改革派当作潜在的政治盟友，因为当时他们反对的是威胁中国主权的政府。陈景韩在1904年由日文版转译而来的《[俄国侠客谈]虚无党奇话》的序言中，解释了他为什么热爱虚无党："我爱其人勇猛，爱其事曲折，爱其道路为制服有权势者之不二法门。"[1]而且"我喜，喜俄国政府虽然无道，人民尚有虚无党，以抵制政府"。[2]

俄罗斯虚无党人中涌现出了女豪杰。继罗兰夫人之后，苏菲亚（Sofia Perovskaya）在中国的虚构作品和实际生活中引起了强烈反响，成了一个爆红的偶像。借着女虚无党人的形象，血腥的暗杀被浪漫化了，变得更加可以接受。通过强调年轻的俄罗斯女性在反抗专制统治中的无私奉献而不是摧毁专制的具体行动，译本处理了进步、"文明"的价值观与主张政治暴力之间的悖论。正如胡缨所言，晚清时期有关俄罗斯虚无党的叙事进行了非常明确的"性别转码"；将女性和暴力并置在一起实际上在公众心中为暴力解了毒。[3]沙培德（Peter Zarrow）曾指出，对这些女性的描绘进一步突出表现了女性的主体性，有助于阐释一种新的女性气质。[4]我们也可以说，在晚清的知识视野中，这种由有德的女子实施的暴力行为象征着社会不公已经达到了极限，统治者已经失去了统治的合法性。

晚清的俄罗斯虚无党传奇故事基本上都是以日本文献为底本的，尤其是烟山专太郎的《近世无政府主义》。[5]绝大多数相关作品都出现于1902年至1911年，在此期间俄罗斯对中国北方的土地虎视眈眈，相关主题的作品在此刺激之下亦出现井喷。[6]这些作品既有对虚无党的行动及其虚无党人的真实报道，也有完全虚构的描写，其中金松岑的政治专著《自由血》是最早也

---

[1] 冷血，《[俄国侠客谈]虚无党奇话》。小说的中文版以若干个有关俄罗斯虚无党的日本作品为基础。有关细节可参见中村忠行，《晚清に於ける虚無黨小說》。
[2] 参见阿英，《小说闲谈四种》，第239页。
[3] Ying Hu, *Tales*, pp.115-116.
[4] Zarrow, *Anarchism*, p.239.
[5] Don Price, *Russia and the Roots of the Chinese Revolution*, pp.123-126.
[6] 同上；阿英，《小说闲谈》，第239页；Yeh, "Zeng Pu's 'Niehaihua,'" pp.57-61。

最有影响力的作品。[1]在构建和普及虚无党传奇的过程中，小说和各种故事发挥了重要作用。早期最著名的作品是罗朴假托"岭南羽衣女士"的笔名写下的小说式传记《[历史小说]东欧女豪杰》，1902年在《新新小说》上连载；此外还有1907年发表的《孽海花》，该书在金松岑1904年发表的《自由血》中曾作为"政治小说"来推广，后来又被曾朴称为"历史小说"，最后又被定性为"社会小说"。这些小说对虚无党运动自身并没有那么浪漫化的描写，而是把其中的个体成员当作现代的英雄模范来表现。[2]

对于晚清的改革派来说，俄罗斯虚无党人无论男女都极为坚毅果决。他们既被视为反抗专制的国际斗争的组成部分，也是为了祖国的美好未来而献身的爱国者。不过，这些人物也有一定问题，俄罗斯并没有面临被其他列强侵吞的危险，实际上还威胁着其他国家。虚无党是强大的国家内部的反叛者，他们的政治目标是用暴力手段摧毁现有的独裁统治秩序和政府机构。梁启超在《论俄罗斯虚无党》这篇文章中表达了这样一个困境："虚无党之手段，吾所钦佩，若其主义，则吾所不敢赞同也。"[3]梁启超愿意接受将暗杀当作一种反对专制的合法的武器，但同时不赞同他们将政府也一并推翻。

因此，虚无党英雄需要一定的调整和改动。有关俄罗斯虚无党的中文译本和日本原版的最重要的区别在于，其焦点从介绍虚无党的思想和政治纲领转向了描绘虚无党人自身。虚无党的思想被简化成"反专制斗争"，虚无党主人公和他们的品质得到了细致的描绘。其行动的重心也被说成是教育工厂里、乡村中的底层百姓，而不是暗杀。[4]对于虚无党人所采用的暗杀手段也主要是从勇气和牺牲精神这个有利的视角来加以表现，而这是对

---

[1] 金一，《自由血》。有关金一（金松岑）及其作品的研究，参见Yeh, "Life-Style of four Wenren," pp.458-468。
[2] 有关晚清时期涉及俄罗斯虚无党的小说的详细列表，可参见中村忠行，《晚清に於ける虚無黨小說》，pp.140-149。
[3] 中国之新民（梁启超），《论俄罗斯虚无党》。
[4] 中村忠行指出了这个改动，他认为这是一种人文主义和自由主义的改动。他怀疑梁启超的团队之所以没有译完《东欧女豪杰》，可能是因为小说后来的发展让他们感觉不大自在；中村忠行，《晚清に於ける虚無黨小說》，pp.121-122。

抗当权者的强大势力所必需的。[1]

从《东欧女豪杰》开篇与日文原版的区别之中就可以看到这些调整和改动。[2] 为了强调这些故事及其携带的政治信息对中国的重要意义，这部小说开篇就采用了一个中国的框架故事，带有一种神秘的色彩。中国女英雄华明卿是在神的旨意下由从未结过婚的七十岁老母所生，尽管小说很快就从华明卿转向了俄罗斯虚无党以及苏菲亚，读者还是被告知，一开始籍籍无名的华明卿最后会沿着她的俄罗斯偶像苏菲亚的脚步继续前进。[3] 小说的主旨就是要唤起同样具有为民族复兴而献身和自我牺牲精神的中国"志士"，促使他们向这些新式女豪杰学习，最终成为像她们一样的人。[4]

这部小说将创造历史的英雄的主题和妇女解放的主题结合在了一起。作者指出，当代女性正以新式英雄的面貌出现在历史舞台上，她们即将撼动专制统治的基础。[5]

《东欧女豪杰》中的苏菲亚出身优越，但她在读书期间结识了激进的朋友，在其影响下加入了无政府主义运动，为了政治理想抛弃了一切。她参与建立了虚无党的莫斯科分部，此后她的足迹又踏遍俄罗斯各乡间小镇，致力于平民教育。这些工作全都符合中国对于政治改革的观念。小说把她写成了一个温和派。当她跟工厂工人谈话时，宣扬的是非暴力的、理性的经济改革。[6] 她对富裕阶级也一直是温和地说服他们去观察和理解虚无党

---

[1] 我自己对比了烟山专太郎的原文《近世無政府主義》、各种版本的中文译本以及以此为基础创作的诸多中文小说，发现中文文本中对无政府主义运动的描写基本上取决于他们对俄罗斯的"威胁"的评价。描写俄罗斯无政府主义者一般是为了向中文读者说明俄罗斯本国人对其国内政治情势不公的认识。有关烟山专太郎以及《近世無政府主義》的细节问题可参见 Don Price, *Russia*, pp.122-124。

[2] 岭南羽衣女士（罗孝高），《[历史小说]东欧女豪杰》。有关这部小说的作者身份和内容的讨论可参见 Don Price, *Russia*, pp.124-127。有关可能对《东欧女豪杰》写作有影响的日文文本，也可参见中村忠行，《晚清に於ける虛無黨小說》，pp.108-131。

[3] 对华明卿这个人物的细致解读，可参见 Ying Hu, *Tales*, pp.129-139。

[4] 这一时期经常用"志士"这个字眼来指称具有牺牲精神，愿意为社会正义和民族复兴而牺牲自我的人。

[5] 岭南羽衣女士（罗孝高），《[历史小说]东欧女豪杰》，1:1: 34-35。

[6] 岭南羽衣女士（罗孝高），《[历史小说]东欧女豪杰》，1.2:22-37。

的事业。当她被关进监狱时，她反对工人营救计划的理由是不能违法（因而变成罪犯）。坐牢也给了她学习的时间。她对同志最后的教诲是不应该有任何人因为她而受伤害或者受苦。正如中村所观察到的，在这些场景中苏菲亚像是一个人文主义者和自由主义者。[1] 在小说中有很长的段落来解释虚无党有关政府的基本宗旨，但是，尽管小说的本质是虚构的，人物的行动还是很有说服力的。

女性解放的主线进一步改变了激进政治。在中村列出的虚无党小说当中，大部分的小说都以女性为主人公，实际上有关俄罗斯虚无党的小说是最早通过小说来推动女性政治参与的。[2] 用金一的话来说，这些搞暗杀的女性只是"弱女子"或者"小女子"。[3] 胡缨曾经指出，这种表现无政府主义运动的方式带来了两种相关的效果：无政府主义运动的政治动因得到了合理化，同时也捍卫了女性积极的公众角色。[4] 强大的专制者和中文版里所谓的"小女子"之间的对比进一步构成了一个新的政治隐喻。小女子可能很柔弱，但凭借坚定的信念，她最后也能战胜强大的对手。女虚无党人为弱小民族提供了一个象征性的楷模，后者也有机会去勇敢面对残暴的列强，赢取独立，但前提是它们要发展出一种类似的奉献、纯粹和牺牲精神，这也是政治小说的主题之一。

苏菲亚就是一个例子，她是《东欧女豪杰》的女主角，也出现在《孽海花》的几个章节里。两部小说在1902年出版的时候都引起了极大的轰动。[5] 作者以浪漫的描写塑造了他们理想中的现代英雄。苏菲亚的爱国主义和中国民族主义者的感情产生了共鸣，她的国际主义又把虚无党的斗争改造成了国际斗争的组成部分。苏菲亚出国寻求知识和真理，成了虚无党

---

[1] 有关把俄罗斯虚无党演绎成自由主义者的讨论，可参见中村忠行，《晚清に於ける虚無黨小說》，p.131。
[2] 可参见中村忠行，《晚清に於ける虚無黨小說》，pp.108-154。
[3] 金一，《自由血》，第127页。
[4] Ying Hu, *Tales*, p.112.
[5] 参见黄遵宪，《致梁启超书》，第503页；以及曾朴，《修改后要说的几句话》，第128页。

的一员。当她回到俄罗斯之后,接到了组织革命以推翻沙皇的命令。为了理解当前的局势并发动群众,她开始游历全国。最后她因密谋刺杀沙皇的罪名被捕,被处以绞刑。像李梦船长一样,她也是一个反抗专制统治的坚定的反叛者,而且,对中国的改革派来说,最重要的是苏菲亚不只是有理想,她还按照理想来行动。为了创造一个新世界、一个新的中国,必须要有无私的个人愿意将生命奉献给他们确信的正确和正义的事业。新的公民必须符合这种按个人信仰来行动的要求,这也是中国小说作为一种模式最为强调的一点。

苏菲亚不仅具有李梦船长、兰士布公爵一样的新式英雄形象,而且还被描绘成一个将自己完全奉献给社会事业、不考虑个人幸福的女豪杰。构建这种英雄的一个前提条件是描写她放弃了爱情这个选项。晏德烈跟苏菲亚是同一个革命党的同志,在苏菲亚坐牢的时候曾经英勇地营救过她。本来晏德烈可以成为她的心上人,他俩可以成为一对文学佳偶。作者本可以通过他俩来探讨革命者的爱情与浪漫的主题。但是他们没有被赋予这样的选项。至少对《东欧女豪杰》的中国作者来说,苏菲亚必须是一个独立的人物,把自己完全奉献给开创公平社会的革命运动。相比之下,《孽海花》就暗示苏菲亚和晏德烈爱着对方,只是苏菲亚为了更宏大的事业放弃了自己的感情。她舍弃所有个人利益和幸福,使得暴力的使用合理化了。在《孽海花》中,苏菲亚同意接受保守的父亲安排的婚姻,只是为了利用这个关系来密谋刺杀沙皇和她的丈夫。在整个民族危亡的时代,中国的维新派作家笔下英雄和女英雄都舍弃了个人的情爱和浪漫。简言之,他们的新英雄没有个人生活,完全奉献给了事业。

当这个故事迁移到中国之后,苏菲亚这个人物的威望和力量通过丰富的文学和文化的环境进一步得到了增强。苏菲亚有力地、默默地和已经确立地位的通俗文学女侠形象进行了互动。小说的作者通过苏菲亚解构了中国的侠女气质中常见的那些优点,用苏菲亚与这一传统的对抗给了苏菲亚一个鲜明的形象。这个人物与唐传奇中的聂隐娘、红线等广为人知、备受喜爱的女侠之间展开了对话。

这番对话包含了她们共有的一些特点，但也否定了其他的特质。苏菲亚和这些女侠人物有一个共同点是都有一个非同寻常的公共人格，而且也都宣称有权合法使用暴力。聂隐娘和红线之能够建构成正面人物，靠的是早已确立的侠义世界的规则以及为了追求她们眼中的正义事业必须具备的高强武功。[1] 在这种规则之下，她们的行为得到了合理化，因为她们不是为主人尽忠，就是因家庭成员冤死而复仇。换句话说，她们的行动建基于个人的信仰。作为文学人物，她们的"奇"来自高强的武功；作为女性，按照陈平原的话说，她们不同寻常之处来自"杀人复仇或仗剑行侠"。[2] 苏菲亚不会武功，和她们形成了强烈的对比。她也不是因为个人遭受的不公而寻求复仇，她的斗争精神和使用暴力之所以能合法化，是因为她有一种为了人类更大的利益而推翻既有社会秩序的政治担当。

　　对晚清的读者而言，中文作品中和苏菲亚有对比也有共同点的最知名的文学人物是何玉凤，也就是十三妹，满族作家文康（1789？—1872）笔下的近代著名通俗小说《儿女英雄传》的女主人公。从她超凡的剑术、神秘的背景和迷人的美貌来看，何玉凤这个人物可能也受到了聂隐娘和红线的启发。[3] 何玉凤身上体现出女侠文学传统的特点：她父亲不明不白地被贪官处死，激起十三妹奋发习武替父报仇的志向，她扶弱济贫，锄奸除恶。当她最终完成任务时（书中她的仇人被别人除掉了），小说却来了一个令人惊讶的反转：主题突然变成了"才子佳人"，何玉凤成了一个以前救过的官员的妾。这两个完全不同的文学主题的结合也反映在小说的题目中，作者在其"缘起"中解释说，没有儿女真情就成就不了英雄，同样，没有英雄

---

[1] 聂隐娘幼年时神秘地被带离父母家，去一个专门的学校学习武功，长大后被一名官员发掘，奉命为其暗杀另一位官员，然而聂隐娘为其刺杀对象的正直所感动，转变立场，反过来为他效力。同样，红线的主人也是一位朝廷重臣，为了酬谢主人，红线自告奋勇潜入敌营，盗得熟睡的敌人枕边印盒，主人放入字条后将印盒送回，以示警告。为报答不杀之恩，敌人也决定弭兵求和。

[2] 陈平原，《千古文人侠客梦》，第89页。

[3] David Wang, *Fin-de-Siecle Splendor*, p.157.

也就不会有儿女情长("殊不知有了英雄至性,才成就得儿女心肠;有了儿女真情,才作得出英雄事业")。[1]就这样,小说在武侠文学传统中将英雄主义和儿女情爱融汇在了一起。

苏菲亚也是按照一种外在于现有社会法律秩序的荣誉准则来行动的,她也把暴力当作一种实现其目标的合法手段。她有爱的能力,甚至也有一个潜在的可以成为恋人的对象,但是她行动的前提不是个人化的——实际上,这个前提是基于对个人的否定。她违背了《儿女英雄传》中描绘女侠特点的基本模式,呼吁读者放下个人利益和个人悲痛,为政治理念而斗争。她是一个有热情和感情的英雄,但是也能够将它转移到人类的最终利益上去。

通过苏菲亚这个人物,女革命家成了一个新的文学人物类型。她被置于女侠的背景中,构建成一个特别的中国人物形象。她是一个公共人物,一种新的英雄,但她不是国家秩序的捍卫者,而是试图去改变现状。她要做的是一番政治大业。为了让苏菲亚作为何玉凤和其他女侠人物的替代者更为合乎情理,《东欧女豪杰》的作者删减了大量暴力的场面,用社会行动取而代之。而且,为了适应中国的新政改革,作者还将反叛置于其人物自身的性格之中,以为中国的维新事业服务。就这样,一位女革命家被创造了出来,这是一位献身于国家政治改革的"儒家道德典范"。[2]

中国的改革派创作小说时有各种不同的选项,有些选项被否定了,这些被否定的选项和被接受的选项一样具有启示意义。我们已经看到,李梦船长书房的墙上没有一幅法国大革命英雄的照片,但是贴了很多为民族独立而斗争、反对歧视本土居民的英雄的照片。在整个法国大革命的神话中只有罗兰夫人的故事在中国流传了下来,但她在革命中的作用还是被打了

---

[1] 对18世纪末19世纪初小说中"才子佳人"主题和武侠主题之结合的研究,可参考Martin W. Huang, "From Caizi to Yingxiong"。
[2] David Wang, *Fin-de-Siecle Splendor*, p.167.

折扣。[1]这里也可以强烈地感觉到日本的影响。在日本明治时期,有关法国大革命和俄罗斯反政府风潮的译作和创作几乎同时在19世纪70年代中期开始发展。[2]但是到了19世纪末20世纪初,烟山专太郎对俄罗斯虚无党的大量研究主导了对欧洲革命的流行观念。[3]尽管烟山的书是学术著作,而且本质上是比较实事求是的,但其衍生出来的中文译本还是带有非常强的浪漫气息。中国选择的是俄罗斯虚无党而不是法国革命者,一定是跟当时的新政有关。尽管俄罗斯在地缘上比法国更近,对中国造成了更大威胁,但中国人认为俄罗斯那种不自由的环境与自己祖国的情况更相似。因此,俄罗斯人的英雄也对中国有更大的影响力,可以引发中国读者切身的感受。

俄罗斯虚无党小说和侦探小说从一开始就关系很近,冷血被视为最好的侦探小说翻译家,同时也是俄罗斯虚无党故事翻译家,这就是这种关系最好的证明。俄罗斯虚无党政治本质上是很秘密的,这个特点给了它结合两种文学类型的机会。比方说,《新民丛报》在1903年至1906年连载了侦探小说《美人手》,这个故事译自日本作家黑岩泪香的《片手美人》,讲述了一位被放逐到巴黎的俄罗斯女虚无党人的故事。[4]1906年的翻译小说《虚无党之秘密》则是转译自日文版的美国侦探小说。[5]采用侦探小说的种种特点也是改革派让新式政治小说更通俗、英雄模范更贴近读者的一个尝试。

---

[1] 按梁启超的看法,罗兰夫人之所以重要,是因为她热爱自由。对于她在很多方面都象征着法国大革命这个事实,梁启超只是轻描淡写;参见梁启超,《近世第一女杰:罗兰夫人》,《饮冰室合集·专集》4 (12):6—7。卜兰德在其论文《晚清时期中国受人尊敬的外国人》("Foreigners to Admire in Late-Qing China")中指出,早期对西方女英雄的重视逐渐转移到了男性英雄身上。他的研究主要针对的是历史人物而非虚构人物。我还没有在文学人物描写中发现相似的转变。西方的女英雄只是被中国英雄替代了。
[2] 讨论此问题的政治小说列表可参见柳田泉,《政治小说研究》,pp.173-181。
[3] 参见 Price, *Russia*, p.147。
[4] 这本日文小说自称是"著名美国侦探故事",参见中村忠行,《晚清に於ける虚無黨小說》,pp.135-139。
[5] 参见中村忠行,《晚清に於ける虚無黨小說》,pp.135-139。

结　论

　　新小说大力强调政治理念，其文学风格和吸引力都来自将这些理念付诸行动的主人公。这些人物有时候会参考当代的人物，他们生活的地方可以被辨认出来，帮助作者和读者确认他们自己的角色。19世纪末20世纪初，这些移植到中国文学场景里的新的外国英雄主要是通过两种方式来发挥作用的。他们为文学幻想提供了新的标签，同时也代表了侠义精神的新准则。从某种意义上来说，借用胡志德（Theodor Huters）的话，他们"把世界带回家"。作为充满情感的文学人物，他们让读者通过奉献于这些事业的人物来体验观念和理想。通过这些人物，世界变得可以理解了，新事物变得可以接受了。在一个革命派、改革派都积极参与创建民族国家、寻找弄潮英雄的时代，外国的英雄刺激了想象，成了反映人文精神之普遍性的媒介。作为一个整体，他们为中国的政治改革家所推崇。

　　尽管从日文译本传过来的新的词语和情节结构在翻译偏实用类型的政治小说时是有帮助的，但在冒险小说、科幻小说、侦探小说、小说式政治传记中，中国传统文学模式也得到了积极的应用。作为提升效果的道具，中国传统文学模式提供的熟悉的设置给读者期待设置了一个假定的框架，即使在翻译作品中也不可能抛开这样的框架，而且更重要的是，它提供了一种对抗文本，新的作品正是在对抗文本的衬托之下才得以突出自己的风格。

　　经过在政治目标上与西方和日本的潮流协调一致的过程之后，采用外国的主人公来实现这些目标，又选用了流行的本土对抗文本中熟悉的套路，各种文学类型在中国都实现了本土化。对其本土身份最重要的是它们与本土对抗文本的批判性互动，后者与它们并没有共同的起源，但是能够显示出其独特和挑战所在。尽管有人曾致力于制造一个中国的英雄"谱系"，但这些英雄人物以及刻画他们的文学类型并不是独立的存在。它们以尝试与所谓过多的西方模式相对抗平衡的形式重新进入了舞台，然而其特点还是显现出外国英雄人物以及相应的文学类型对其形成所带来的影响。

引入新式英雄人物的文学类型都有一个实用主义的目标，令其在当时广受欢迎，但是在只关注文学艺术成就的学院派眼中就比较边缘化。在这个过程中，主体性就体现在中国的译者、作者和读者的复杂互动所带来的拉力。对19世纪末20世纪初的中国改革派而言，对模板的选择充满了复杂的考量，一方面是被外国列强面前政府虚弱无能、国家民族处于危亡关头的迫切需要所促动，同时也是一种将中国和中国的问题放置在世界性的背景中的尝试。放眼全球，并非只有中国身处窘境，也并非无药可救。

最适合中国改革派的英雄是来自西方的虚构的反对派。政治反对派能够围绕共同的目标团结各种力量而无须牺牲民主的理想；科学家代表了对美好未来的想象，他们依靠的不是强力，而是对自然界物理法则的理性认知以及无论当权者认可与否都要去追求这个目标的意愿；侦探代表了现代城市中的孤独英雄，能够克服他在追索真理过程中遇到的一切障碍，同样也具有无须权势阶层主导的突出的主体性；女虚无党人是无私的自由斗士，愿意为事业奉献生命。尽管这些人物可能看起来很多样化，但他们共有一些特点，他们身上正直的品行、现代的知识、青春的活力等特点被看作复兴中国的领袖所必需的核心特质。讽刺的是，尽管他们明确地表达了"新民"的愿望，但梁启超和其他的改革派实际上开始确立的完全是"少年中国"未来领袖的复杂形象。

1

开篇的开篇：楔子

现代中国小说的一个标志性特征是其开篇的方式。和早期的小说不同，它直接开始讲故事，并不需要置于一个更广阔的背景之中。比方说，梁启超翻译的东海散士的《佳人奇遇》开篇就写道："东海散士一日登费府独立阁，仰观自由之破钟。"

但是，当梁启超写他自己的第一本小说，也即政治小说《新中国未来记》时，他开篇的方式就不再像以往那样单刀直入了，而是采用了一种传统中国小说标准化的写法——楔子。这并不是一个孤立的事件。因为梁启超的小说影响深远，楔子在后来的许多作品中也得到了采用，进而成了中国对政治小说这种文学类型的特殊贡献。因而可以说现代中国小说开篇的开篇具有一种来自传统的特色。

究竟是什么促使梁启超在批评了传统小说之后，又在他的第一本政治小说里采用了传统的楔子？要知道他此前不仅呼吁用新小说来替代传统小说，还翻译了这样一本有新的情节推进方式（plot engine）的新小说范本，里面根本没有楔子。究竟他和其他作家想要用楔子这个中国特色来迎接什么特殊的挑战？一旦想到这个选项之后，他们又是如何处理新的情节推进方式和传统的楔子之间显而易见的冲突的?

为了回答这些问题,我考察了这些新的楔子所发源的对抗文本,也就是传统的楔子及其相关的情节推进方式。接下来我分析了新的楔子是如何被加以改造,以迎接新的挑战、适应不同的情节推进方式的。

楔子及其情节推进方式

作为一种文学形式,楔子可以追溯到唐代敦煌佛教的讲经文书,其中的押座文是专为听众背诵真正的佛经而准备的。[1]它采用韵文的形式介绍了要讲解的佛经的大意并引入正文。到了宋代,楔子成了话本等说书文本的常见特征。楔子也见于元代戏曲,最后成了晚明时期小说的一个标准设置。金圣叹(1610—1661)对楔子进行了从理论到实践的改造,以符合小说的需要。按照金圣叹的说法,楔子的写法不同于小说正文,而是"以物出物",也就是说采用比喻或者象征性的语言来给小说的文本提供一个框架。[2]在为数不多的专业研究者中有人根据这个线索将此问题一直追溯到一种间接的诗歌语言,也即《诗经·诗大序》中总结的"赋""比""兴"。其中与我们讨论的主题最相关的是"比",一种比喻、暗喻类型的楔子。"比"在正文开始之前讲述一个独立的故事,尽管其信息是跟主要的故事内容紧密相关,但这种联系并没有明确地说出来。[3]在这个意义上,楔子是一种平行的比喻性叙事,用于预先设定读者对小说整个主线和焦点的认识。小说的标题,还有更重要的以对偶联句的形式出现的概括章回内容的章节回目则给读者提供了进一步的指导。考虑到这种传统的功能,我们可以认为,政治小说的作家们已经认识到并且试图用新的楔子来迎接的挑战,就是必须控制读者阅读其小说的策略。

和所有虚构类的散文一样,前现代的中国小说也是通过各种情节推进

---

[1] Mair, *T'ang Transformation Texts*, p.10. 梅维恒(Mair)指出,这些被以往的学者视为变文之组成部分的文本是唐代佛教通俗文学的开端。

[2] 金圣叹,《〈水浒传〉评》,第15页。

[3] 庄因,《话本楔子汇说》,第22页。

工具来展开的。它引入了高深的哲学、宗教、科学原则作为推动情节的工具,有助于增强阅读虚构小说所必需的悬置怀疑的文学功能,让主人公性格的变化和情节一步步的发展显得可信。中国小说中最常采用的推进情节的方式是以佛教"因缘"的概念来审视个人的行为道德。尽管因缘的概念允许人们发展和改变其态度,但这些小说里并没有发展这种可能性,它们给不同的主人公设定的是固定的行为特征和不同的因果报应。这就造成了一种在无穷无尽的佛教宇宙中因果循环的情节。为了提高虚构叙事的可信度和真实性,这些故事都设定在有史可查的历史时代,但也经常可以追溯到上古时代和其他世界。

六朝时期(3—6世纪),这种情节推动的方式被用于佛本生故事的翻译和小说化改编,后来得到了极大的发展。[1]因果报应式的情节可能会带有教化的元素,比方说,引导读者洞察红尘万物的空虚并转向修行的生活(《西游记》《红楼梦》),或是描写不觉悟的人如何身陷轮回无法解脱(《金瓶梅》)。《西游记》具有宏大的时空视野,顽猴孙悟空被压在山下多年之后终得解救,按其前定的因缘护送唐僧前往西方佛国取经;《红楼梦》里的人物也可以追溯到宇宙洪荒、开天辟地的时候,接下来才进入小说故事之中,走进一个有历史可考的人类生活的时代。

还有一类中国小说用正史中记录的偶然事件来带动情节发展。不过,即使是《三国演义》这样的"历史"小说或者《儒林外史》这样的讽刺小说也带有一种历史循环的观念,有点类似佛教的世界观,在情节没法发展的时候就出现了,给文中的主要人物安排一个最终的命运。[2]

在因果报应的情节结构当中所暗含的佛教议题最终逐渐被还原或者精炼成了一个正式的文学手段,它并不预设作者、读者以及各个角色和佛教正式相关,一直将叙事焦点放在主人公个人身上而不是更大的诸如阶级、

---

[1] Idema and Haft, *Guide to Chinese Literature*, pp.140-145.
[2] 有关小说类型的讨论,可参见鲁迅《中国小说史略》,以及孙逊《明清小说论稿》,第1—49页。

城市或者国家这些大主题上。因而晚明作家例如冯梦龙（1574—1645）或凌濛初（1580—1644）尽管公开反对寺院佛教，但还是会采用因果报应的情节。[1]

综上所述，我们可以在中国传统小说中看到楔子的逻辑与情节推动方式之间的关系。两者从根本上而言都发端于世俗化的佛教观念，都可以归入副文本（paratexts）这个大的类目之下，指导读者去理解小说。

楔子及其新的情节推进

迄今为止，我们还没有发现哪位晚清政治小说作家留下文本明确阐述为何会开创性地使用"楔子"，因此，我们不得不从楔子本身来寻找答案，并通过对当时其他媒介形式的讨论来加以佐证。因为楔子的功能就是引导读者建立对小说的整体看法，那么这种新式的楔子又会告诉我们关于读者哪些内容呢？

新式的楔子经常是自我指涉的，给接下来的小说故事起源及其影响提供了一个象征性的叙述。经常出现的一个图景是小说就像一声洪亮的呐喊，唤醒了沉睡的猛兽，比如狮子。睡狮的形象来自陈天华的《狮子吼》（1906）的楔子，这在当时已经成了一个广为人知的比喻，象征着中国人民或者国家有强大的潜力，但事实上却在沉睡，对家园的危机毫无觉察。[2]唤醒睡狮并不是作为当前的现实来描写的，而是对未来的一种投射。最终小说的出版也是希望达到这个效果。

有关时政的讨论在中国的维新派和作家中引起了非常强烈的反响。这

---

[1] 例如，可参见凌濛初，《酒下酒赵尼媪迷花，机中机贾秀才报怨》，或冯梦龙《蒋兴哥重会珍珠衫》。在其他文化中也可以见到这种类似的情节推进方式从"内涵高远"逐渐"向下流动"的过程。举例来说，班扬（Bunyan）的 *Pilgrim's Progress* 的情节推动方式是前往圣城耶路撒冷朝圣的征途和在此过程中对罪愆的逐渐觉悟，但这个渐进的发展过程也以世俗化的方式用于成长小说中。

[2] 过庭（陈天华），《狮子吼》，第31—32页。有关中国"睡觉"的比喻，参见 Wagner, "China 'Asleep'"。

群人物以及整个的文人群体中有一个共同的假设，即他们的人民眼下还缺乏推动其释放中国潜能的民族意识，他们不仅举止像"奴隶"一样，还认为受奴役是一种"幸福"。尽管在欧洲诸国以及日本和菲律宾等国的政治辩论中曾有对于"人民"缺乏政治觉悟的批评，但在政治小说中批评的矛头往往直指具体的政治保守势力，而"人民"或者代表人民的人物多半是以理想化的面貌出现的。

比起国外的前辈，中国政治小说作家对其人民的失望之情要明显得多，在许多地方都有所表露。楔子似乎给了他们一个现成的工具来呈现他们面临的挑战。他们确信，中国复兴之路的主要问题之一就是缺乏政治成熟的国民，因此，为了达到这个目标，他们认为自己首要的目标就是"新"民。他们的人民需要一番震动来唤醒他们面对真实的世界。但是，即便是从文学中感受到这种震动，他们也必须购买、阅读和理解小说，进一步而言，他们是否具有把情节的曲折反转和国家的命运等宏大问题联系起来的能力也被深深质疑。他们之前阅读中国小说的任何经验都没有为他们做好这种准备。为了给他们提供这个更宏大的框架，新式楔子包含了一种乌托邦式的（或者有时候是反乌托邦的）对人民觉醒、政治改革成为可能的前景和结果的描述。因此，可以说正是为了迎接潜在的读者政治觉悟低和成熟度不足这个挑战，作者们才采用了楔子。

在这些楔子中，有不少叙述者以一种自我批评的口吻称自己本来也在沉睡，在一些重要的政治进程，例如俄罗斯侵吞中国东北之后才醒了过来。叙述者声称自己并没有写这么一部小说（或者引导革命）的能力，他只能出版或者翻译一个更有权威的人给他的文本，例如金松岑的《孽海花》中的自由女神。这个自我批评的特点也由此得到进一步强化。因为这些作者中许多人确实只是近来才变得政治化的，这一番描绘确实有其真实的一面。近来他们自身也构成了他们的问题的一部分，因而某种意义上也成了小说对话的对象。可以说有时候在连载小说第一次见诸纸端的时候就加入楔子和所有的章节回目不仅可以让读者抓住要领，也可以让作者续写后面的连载章节时保持方向。[1] 毕竟被小说内在逻辑带入另一个方向的危险总是存在的。

新式楔子采用了前现代的楔子某些看起来符合新目标的元素。它仍将楔子的位置置于正文之前，保留了楔子以一物比拟他物的象征性特色，仍然将楔子当作一个半独立的单元，继续保留其指导读者、链接故事的具体细节及其背后宏大议题的整体功能。它仍然是小说中自我指涉最多的部分，蕴含了极其巨大的创造力。[2]

不过，新式楔子也有很多因应环境而改造的新特点。梁启超的《新中国未来记》这个书题就反映了这种区别。按照"未来记"的套路，叙事的角度已经确定，这本小说不会讲过去，而是要站在未来的时间点上回顾中国的复兴。[3] 楔子阐释了书题所宣称的内容。该书的核心并不是个人的命运，而是国家的未来。小说一开篇描写的就是中国国会成立50周年的纪念庆典，接下来又"回到"读者和作者所处的当下，也就是1902年继续概述这一切是如何成就的。在这里勾画的未来当中，中国的政治体制已经成功地转变成了君主立宪制。进而变得繁荣兴盛，跻身世界强国之林。中文里的"新"这个词经常被译作"new"（即形容词），但是在此时常常被梁启超当作一个及物动词来用，"新中国"（复兴中国）则被当作一个必需的、积极的步骤来昭告世人，从而驳斥了那种中国的唯一的未来是回到历史悠久的旧制度、旧观念的主张。这部小说的楔子一直写到了第二章，小说正文从第三章才开始，用读者"当下"的时代作为期盼中的中国伟大未来的开端。这个伟大的未来被置于一个由民族国家组成的现代世界的框架之中，取代了佛教宏大的宇宙观。新式楔子的空间体系是现代世界。

不过，影响楔子的最重要的改动是引入了新的情节推动方式。较早前欧洲、美国和亚洲的政治小说情节推动模仿的是源于当时的欧洲政治史的

---

[1] 金松岑的《孽海花》就是一例。这些章回题目也为这些不完整小说缺失的部分提供了重建的可能。
[2] Doleželova, "Seventeenth-Century Chinese Theory," p.146.
[3] 有关"未来记"的背景请参见第二章和第三章。

写作方式。这种政治史沿着一个线性的而不是循环的发展轨迹展开，在当时特定的权力结构之下，由作为个人或者集体的行动者来推动。当中国政治小说发展起来的时候，借鉴达尔文进化论逻辑的对于民族国家历史的科学解释已经通过斯宾塞作品的翻译引介到了中国。于是，社会达尔文主义就逐渐成了改革派文章的主流，也成了中国最早的一批新政治史作品——其中许多就出自梁启超本人之手——的主旋律，特别是失去了主权的国家的政治史。晚清政治小说也是这股潮流的一部分。

新式楔子一开始就着力表现这种新的情节演进方式如何发挥作用，以推动民族国家及其新的历史和小说叙事。民族国家通过国际竞争不断进化、朝着一个单一的终点发展的观点成了当时东亚开明知识分子的一个常识。[1] 它获得了如同自然法则一般的地位，国民的道德责任也据此发展出来。在这个意义上，民族国家及其叙事保持了个人的主体性和责任感——无论是为他自己的命运或者是为国家的命运，两者都让读者从主人公的行动和命运当中去吸取教训。

故事把对于民族的讲述与"科学的"社会达尔文主义联系起来，是为了在批判现实、倡导维新时增强论据的力量。如果国家的命运是由无情的"律则"所决定的，必要革新的结果和不采取革新的失败后果也都可以坐而论断，那么政治小说就无法提供一个想象的介入方式，而只能给出一个个基于科学的场景。

这种进化论式的情节发展方式促使政治小说在汉语的情境下将传统的情节推动方式作为其对抗文本结合进来。正是这个对抗文本为这种标准化的特征赋予了独特的乡土风情。这种情节发展方式被引入了楔子，就具体

---

[1] 社会达尔文主义在全世界大行其道主要得益于赫伯特·斯宾塞的作品。19世纪70年代其著译成日文，到了19世纪90年代中期亦有中文版问世，读者甚众。参见 Pusey, *China and Charles Darwin*; David Wang, "Translating Modernity"; Tikhonov, *Social Darwinism and Nationalism*。这种进化论的情节推进方式后来又演变成阶级斗争的情节推动方式，例如奥斯特洛夫斯基的《钢铁是怎样炼成的》，英文版题名为 *The Making of a Hero*，或者浩然的《金光大道》。

形式而言，这些新式楔子通常而言是含蓄的，偶尔也会坦白直露，后者还是可以以《狮子吼》为例，其楔子宣称在国家之间盛行的也是同样的自然法则，也就是"弱肉强食"。[1]

政治小说从焦点、时间、空间和思想几个方面挑战了熟悉的情节推动方式。首先，其焦点并非个人，而是国家。因为国家缺乏需要小说描写的具体性，政治小说真正的主人公是构成国家的各个政治力量的象征式或譬喻式表达。

其次，政治小说处理的是当下和未来，而不是过去。用现代小说来处理当下的问题，这种做法随着爱德华·利顿的《昕夕闲谈》（初版于 1841 年）在 1873 年翻译成中文时而引入，并经由谴责小说进一步巩固，后者在 20 世纪初差不多和新式政治小说同时在中国出现。但政治小说处理当下问题的视角却比谴责小说激进得多：它把国家的当下作为徘徊延宕的过去和蒸蒸日上的未来之间争斗的区域，并且对实现未来有一套方案。自从 1872 年《申报》上连载华盛顿·欧文（Washington Irving）的短篇小说《瑞普·凡·温克》（*Rip van Winkle*）以来，选择表现这片土地虚伪的未来的西方作品并译成中文成为一个明显的趋势。更重要的是，1892 年中国节译的爱德华·贝拉米的国际知名的畅销书《回顾》引入了一种从未来的视角回头看当下的模式，同时还提供了一种包括乌托邦（这里也就是社会主义）目标在内的选择。[2] 贝拉米的作品在美国和欧洲催生了很多仿作，讨论了当时美国社会的不公，但并没有聚焦于这些不公，而是假定读者对此已经很熟悉，凭着自己的能力就能通过未来的积极转变察觉当前的负面问题。[3] 从未来回顾当前的新式的日本小说"未来记"也提供了一个更切近的模式。它处理的是当今世界标记清晰的政治空间，而不是早期中国小说中宏大的时空背景。

---

[1] 过庭（陈天华），《狮子吼》，第 27 页。
[2] 我们还不太清楚爱斯克洛提斯博士的《西历 2065 年》早期的日文译本在中国是否有影响力，尽管仿照这个路数的"未来记"的确对中国有所影响。
[3] 贝拉米小说的日文全译本只在 1903 年出版过。

这里也有非常明显的区别，中国小说是在一个被认为非常不同于其他这类小说经典作品（例如迪斯累利的《科宁斯比》）的环境下创作的。时间维度被标示了出来，中国和西方列强之间经济上和军事力量上的悬殊清晰可见，社会达尔文主义风行全球，人们也认识到西方的兴盛源自近代政治革命而非长期发展，而且公认西方提供的是最典范的模式。[1]这些条件说明——就像日本所展现的那样——存在一种迅速赶上的真实可能。

在现代世界，取得统治地位的国家的成功被归功于他们的"文明"、他们的政治制度及其国民的态度。文明给了这些国家经济繁荣和随之而来的军事力量，使他们可以强迫他国就范。为了打赢这场战役，中国没有别的选择，而是要变得"文明"。尽管人们也承认在这场角逐当中列强跑在了前面，但"文明"是以有关人类进步的科学研究为基础的，并没有被视为外来的强加的东西。

为获得快速发展而提供的一系列最佳实践案例——其中包括政治小说、社会达尔文主义以及集体参与国家大事——为这一文学类型增添了吸引力；而对中国与其权利和发展上的不对称的认知则提出了改造这一文学类型的迫切要求。

社会达尔文主义可以被理解成阐述为何西方列强兴起、亚洲旧的文明衰落的"科学"解释。发展这一理论是为了理解推动过去发展到今天的逻辑。这是一种尝试理解历史发展的分析性的工作，并未打算为如何在国际竞争的丛林中生存提供现成的路线图和药方。在中国人看来，这种分析性的目标让人提不起兴趣，因为它只能解释中国当前的不幸处境，但没有陈明中国需要采取什么必要之举才能重新屹立于世界民族之林。斯宾塞的中国读者倒转视角，把对过去的分析变成给未来的药方，在"科学"的保障之下，预期的结果一定会实现。这种紧跟当前形势的情节推动方式在中国长期使用却依然有效，中国作家们以高涨的热情继续探索它的潜力。

---

[1] 将这一点阐释得最为清晰的当属读者甚众的麦肯齐的《十九世纪史》的中文译本《泰西新史揽要》，该书将欧洲从野蛮转向文明的时间定位在 19 世纪。

将新式楔子和经过改造的情节推动方式结合在一起改变了阅读的动力。中国作家通过阅读外文原版或者译文所了解到的开放式结尾、线性轨迹发展的政治小说预先设定了他们想要制造的读者唯一的面貌——他/她应该足够成熟、可以用批判的态度面对挑战其自身观点的政治分析，也可以被精细完善的论辩说服。于是，他们就把原来线性发展、结局不定的虚构故事替换成了结局在一开始就被设定好的线性的故事。凭借这种办法，许多刚开始连载、从来没有写完的中国政治小说甚至在故事还没发展完善时就已经收到了政治上的效果。中国对社会达尔文主义的情节推动方式的改造并不需要一个"开放式的"或"前倾式"的叙事方式，而是需要高度可预见的、"封闭式的"情节线索：只要读者做到了必须做的事，就可以最终达成国家的宏伟目标；或用反乌托邦的变形来写，如果读者没有做到的话，国家会落入悲惨的境地。[1]

从分析性的场景变成预设的场景，解决了如何将政治小说变成梁启超所谓的中国维新方案的"利器"的问题，同时也具有了协调楔子制造的封闭和"开放式的"进化论叙事之间的结构不匹配问题的能力。

在梁启超的示范之后，大多数中国的政治小说也如法炮制，在小说中插入了一个楔子，不过还有相当一部分小说一开始是政治小说，最后却换了轨道。甚至从日文翻译过来的小说也加上了一个楔子。[2] 作为对整个事业的寓言式的概述，新式楔子引入了从当下发展到未来的进化的铁律，可能也会稍微离题讨论一下当前混乱状态的原因。

打造新式楔子

中国政治小说主要的任务就是将读者从自鸣得意中唤醒，动员他们采取政治行动，为了实现这个目标，仅仅描述民族面临的危机是不够的。作

---

[1] Schwartz, *In Search of Wealth and Power*, pp.42-79.
[2] 例子请参见第三章。

者必须把读者放置在现场，让他认识到必须做出决断：究竟是要继续见证亡国，还是要推动国家的复兴。楔子就被用于完成这个新的使命。现在它的责任就是用一套文学想象的语调把"科学"的真相告知读者。考虑到楔子在这些小说整体设计中的优势地位，作者处理楔子的态度比任何其他的章节都要认真，有时候楔子甚至取代了真正的小说。

事实证明，把带有自己特定意识形态框架的既有文学工具加以改造，将其用于完成新的任务，这是一个很大的挑战。这种改造中所投入的创造力在陈天华的《狮子吼》中体现得最为清晰，在这部小说真正写出的部分中，楔子成了主体。

楔子以生活在当下的第一人称"小子"的讲述开篇，当前国家正面临"兴亡"关头，他对中国在国际竞争中生存的能力已感到绝望。文中用"天演论"的词汇讨论了社会进化论的观点，而叙述者也注意到自然和国家中运行的都是同样的弱肉强食的规则。通过作者发现的一本书，另一个时间框架又得以引入。这是有关4500年前的一个"混沌人种"如何灭亡的故事。混沌国曾经拥有伟大的文明，但后来被小小的邻邦"野蛮人"征服了。他们抢走了混沌人的生计，又使他们不能婚娶。活下来的混沌人由于失去教育机会而逐渐变得半文半野，又由半文半野降为全野蛮，再由全野蛮降为"无知觉的下等动物"。各国间开起战来，把混沌人用来挡枪炮，有工程做时又把他们用来当牛马。因此，不到三百年，混沌人这个种族就逐渐灭亡了。混沌国的这一番过去代表的正是中国的现在和可能的未来。

在这段对满族统治中华、中国人退化为动物被用来当牛做马挡枪炮的寓言式处理之后，楔子似乎进入了另一个时间，叙述者重新回来把读者带回到现在。俄罗斯企图吞并东三省、英国兵舰进入吴淞口的紧急消息传来，不愿做奴才的"小子"加入了反抗外国侵略者的斗争，敌人很快就镇压了所有的反抗，小子被迫逃亡深山，不料又遇到虎狼追扑。他被抓倒在地，右臂上已被咬了一口，痛入骨髓，不觉长号一声。这一声长号产生了戏剧性的效果，山中一头已沉睡了多年的大狮子被长号唤醒，翻身起来也发出了一声震天动地的大吼,作者评论道:"这一号之功不小!"[1]这一声长号就是作者写下的小说,而被唤醒的沉睡的"狮子"则成了对中国人的标准隐喻。

《狮子吼》楔子的末尾明显是参考了梁启超的《新中国未来记》。在未来的中国,叙述者"小子"认不出来他此刻身处的富贵繁华的都会:"街广十丈,都是白石砌成,洁净无尘。屋宇皆是七层,十二分的华美。街上的电车汽车,往来如织,半空中修着铁桥,人在上面行走,火车底下又穿着地洞,也有火车行走,正是讲不尽富贵繁华,说不尽奇丽巧妙。"[2]叙述者"小子"暗想,这只可能是伦敦或者巴黎,但是当他进入一个大会场,却发现一面旗子上写着"光复五十年纪念会",这里又一次参考了梁启超。中国现在有了一面国旗,正中绣着一头狮子。自称"新中国之少年"的小生正在演唱戏曲,详细讲述了中国如何通过革命战争获得复兴的历史。小子听了演唱深受触动,他又发现了另一本题为《共和国年鉴》的书册,书的封面上是一只张口大吼的狮子。作者告诉读者,这部书有前后两编。前编讲的是光复的事,后编讲的是收复国权完全独立的事。而读者们手中正在读的这本小说实际上就是该书的副册。它为混沌国展现了不同于"小子"前文讲述的别样的命运。这就是中国可能会拥有的迎向生存和发展的未来。

这里的楔子为中国提供了两种可能的未来图景,把读者能动性的重要性讲得明明白白。继续消极被动、缺乏历史意识所导致的灰暗未来和清醒认识、积极参与所带来的光明未来形成了鲜明的对比。

《天演论》反映了历史的客观动力机制,但它并不只是一种文学工具。对进化论有所了解可能对追踪小说的情节是很重要的,但它对于理解主导中国未来发展的动力机制更是必不可少。楔子在这些小说中是一种无声的提醒——如果没有采取必要的应对措施,在辉煌发展成就的光环之下也仍然潜藏着非常真实的失败的可能。

---

[1] 过庭(陈天华),《狮子吼》,第31—32页。
[2] 同上书,第32—33页。

这些楔子里的寓言式处理把两种行动方案简化成了两种选择，一种是错误的，另一种是正确的。第一种选择的基点是延续当下的政策，这样会"不可避免地"导致中国亡国灭种；另一种选择则基于某个特定小说所描写的虚构的未来，展现了应该要达到的目标以及在小说中和当前在现实生活中为达到目标必须采取的步骤。所有中国政治小说中的人物都是对参与政治进程的力量的象征性的呈现。定义他们的是其对于必要的政治发展的态度究竟是支持还是反对，而推动情节发展的就是对代表了亡国道路的势力的斗争。

《狮子吼》的楔子急速改变的节奏、观点和情绪反映的更多是作者的激情、责任和志向，而并非其文学成熟度。其楔子的核心是被虎狼所扑咬的人发出的呼号。尽管作者反满的态度很明确，但楔子并没有特别强调满族人对汉族人的虐待，而是将笔墨集中于中国人面临种族和国家危机时的无所作为。这部小说就是要唤醒"睡狮"的那一声呼号。这个故事本身讲的是中国所身处的险境——这在楔子里已经说得很明确了。正如《共和国年鉴》之副册所说，它的目标就是要寻找应对危机的方法。但是还没有等到这部小说完成，作者在写下一篇充满激情的爱国宣言之后便在日本投海自尽。

为新式楔子制定规则

楔子运用文学规则来将自己区别于故事的主体，免除了现实主义叙事的负担。楔子的规则可以概括为：总体上保持连贯，具体实施时富于创新。

有很多文学手法被用于表现楔子是一个有自身规则的虚构空间。它可以是一种状态，例如超越普通日常意识的梦境；也可以是一段时间——未来或者遥远的过去——无法给出"现实的"描述；或者是一个地方，比如完全对其一无所知的遥远的岛屿。[1] 尽管在早期的楔子中也曾出现过有关

---

[1] 有时候整个故事都被当作一个梦来讲述，例如蔡元培的《新年梦》和张凤传的《[政治寓言小说]蒲阳公梦》。

梦的叙事,但新式楔子,反转了它的传统功能。讲述者醒来时意识到的不再是梦的空虚,[1]而是它的真实。[2]通过使用这些文学手法,"国家"需与世界相交接的集体觉悟代替了领悟佛教真理并脱离凡尘的个人觉醒。

这些新式楔子的虚构叙事有着共同的特征——讲述者被给了有关中国当下和未来的"真正的"、可靠的信息,可能是通过一场梦、一个可靠的见证人、一部新发现的手稿,或是某种高等生物。采用开放式结尾情节结构的小说用以结尾的具体形式就是通达未来的可靠途径。

举例来说,新式楔子里用到梦或者白日梦的就有刘鹗(1857—1909)的《老残游记》(1904—1907)、陈天华的《狮子吼》、陶报癖(陶佑曾,1886—1927)的《新舞台鸿雪记》(1907)以及《黄绣球》。讲述者有了这番经历,并且常常还会被要求写成文字出版,便继续行动起来——通常是写了自己的政治小说或是出版了被"授予"他的小说。

而梁启超的《新中国未来记》中孔老五十年后的演讲、旅生的《痴人说梦记》(1904)中的仙人岛,则是以时空框架让新式楔子和故事的其他部分区别开来。

在这个框架之下,作者可以自由地使用寓言、比喻、暗喻和双关等所有的武器。这些特点当中有许多也曾出现在英国、日本、朝鲜、菲律宾等国的政治小说代表性作品的正文之中,不过用的机会要少很多。其实,楔子经常采用一种在国际上逐渐兴起的文学手段,也就是从日本传过来的政治比喻和寓言。尽管如此,这些体现在新式楔子以及政治小说封面插图和图册单行

---

[1] 这种形式可以以董说的《西游补》以及最负盛名的《红楼梦》为例。
[2] 尽管有关梦和醒来的语言和贝拉米甚至迪斯累利的关联都很明显,但相比晚清的佛教革新来说都不过是泛音。清末的许多改革派(包括梁启超)都和清末复兴佛教的杨文会(1837—1911)过从甚密。参见郭嘉碧(Goldfuss),*Vers un bouddhisme*。将社会和政治意识引入佛教之所以具有吸引力,是因为它强调为国家的宏大目标无私奉献,提供了一种适应世俗世界而又不入于流俗、出淤泥而不染的方便。用以描绘社会和政治改革派及其对"盲目""沉睡"之同胞的影响("唤醒")的语言借用了描写菩萨行的佛教用语,这一点还见诸鲁迅对唤醒铁屋子里沉睡的人们的批评口吻。也可以参见 Wagner, "China 'Asleep'"。

本中的想象却是新鲜的。它不依靠读者的传统教育，并不需要"现实主义"的叙事方式，而是强调这一文学类型在国际上的吸引力，运用想象和修辞的手法在政治学说的抽象内容和小说对具体实在的要求之间建立联系。中国政治小说的楔子把这些特点浓缩进寓言式的场景中，把真实生活的具体性缩到最小。对于中国历史上许多著作来说，作者都会在序言中大费周章，构筑宏论，同样，政治小说的楔子也是作者最喜欢（也最可把控）的地方，这里可以表现其文学技巧、想象力以及宏大的政治视野和主题。

除了用睡狮代指中国、双头鹰代指俄罗斯之外，当时的中国也被比喻成奴乐岛，因为岛上的居民甚至还没有意识到他们是奴隶；岛上缺乏"天空新气"，正如国民所赖以生活的"自由"（曾朴《孽海花》）；要么就被比喻成"自由村"（任由自己的村子），对新词"自由"进行了讽刺性的转义（《黄绣球》）。

刘鹗的《老残游记》的楔子——实际上正是这个部分直接让本书成了政治小说[1]——把清政府描绘成一艘船，提供了一个精妙的政治譬喻。老残梦到和两位名字颇有双关意味的朋友文章伯、德慧生前往蓬莱阁看日出，也就是灿烂未来的曙光。不巧的是，日出被东方升起的浓云遮住了——这里的政治"天气"也就是即将爆发的日俄战争。他们先看见远处海上有一艘轮船，迅速地在视线之外消失了，显然是有明确的路线。接下来他们又在正东北（中国在东亚的位置）看到了一艘帆船（传统的中国）正在洪波巨浪之中飘摇，好不危险。当这艘帆船离岸越来越近的时候，他们可以估计它长二十三四丈（中国的省份数字），也可以看到船上的船主（皇帝）坐在舵楼之上。舵楼下面有四个人专管转舵（四大名臣）。帆船前后六支桅杆，挂着六扇旧帆（政府旧式的六部），又有两支新桅杆，挂着一扇簇新的帆（学部），一扇半新不旧的帆（外务部）。这船上装满了各色货物，男女乘客（中国人民）不计其数，都又饥又怕。八扇帆下则有人专管绳脚的事，

---

[1] 故事展开以后，小说讲述者和楔子之间的关系就消失了。唯一的联系就是中心人物老残，他是贯穿整部小说的主人公。

船头和船帮上有许多的水手打扮的人也在帮忙（低级官员）。

这船外观残破，问题很明显。尽管很大，但船身损坏的地方不少。东边有一块约有三丈长短，已经破坏（中国东三省已被俄国控制）；旁边又有一块，也在东边，约长一丈，水波亦渐渐侵入（山东半岛落入德国之手）。那八个管帆的（政府各部）却是认真地在那里管，只是各人管各人的帆，仿佛在八只船上似的，彼此不相关照，一点用也没有。用抽象的政治评论来讲，这个国家缺乏统一的领导。

当船渐渐驶近，这几个从旁观望的人注意到水手正在蹂躏船上的人（专制统治），甚至忽而杀了几个人，把尸体抛下海去（"戊戌变法"失败之后清廷处决"六君子"）。文章伯于是建议，为了拯救这艘船和一船无辜乘客的性命，他们三个应该驾船过去，把那几个驾驶的人打死，换上几个（革命）。老残却不同意。他们肯定会寡不敌众，而且老残怀疑这艘船的问题是否真的是驾驶的人领导不善。依他看来，一则是驾驶的人没有遇见过这么大的风浪（国际竞争），因平时是走太平洋的，只会在风平浪静中驾驶。二则是他们缺乏预备计划。平常晴天的时候，照着老法子去走，又有日月星辰可看，所以方向还不太会出错，但现在（政治）天气阴云多雨，他们就不知东南西北了。他建议追上去送他一个向盘（即罗盘，改革的政治路线图），给船主一个方向，再把有风浪与无风浪时驾驶的不同之处告知船主。这两种不同的建议反映了晚清对于究竟需要"革命"还是"改革"的争论。当这三位友人坐船驶近大船时，他们听到有人正在发表革命演讲，呼吁人们起来推翻当权者，还指责船上的人就像奴才一样。但是，当这些演讲者从人们手中敛了许多钱去之后，他们也没有更好的主张，只会挑唆人们去打掌舵的和船主。这种对"假"革命者的批评当时也很常见。[1]

这三位友人向船主献上了向盘和六分仪，船主很和气地接待了他们（思想开明的光绪皇帝支持"戊戌变法"），对这些航海仪器也很感兴趣，想要知道如何使用。正在此刻，有些"下等"的水手（如果西方科技得到采

---

[1] 有关时人如何讽刺改革派和革命派的研究，可参见 Vandermeersch, "Satire"。

用，就会有所损失的政府官员）开始大叫，他们说这些都是外洋的东西，买这些东西的中国人一定是洋鬼子差遣来的汉奸，一定是已把这只大船卖给洋鬼子了——否则他们不会有这些仪器。这里指的是"戊戌变法"中保守的反对派和义和团的排外风潮。船主茫茫然不知所措，这三位友人逃回自己的渔船上，大船上的人还用被浪打碎了的断桩破板打将过去，顷刻之间就把他们的渔船打得粉碎，沉下海中去了。正在此刻，老残从自己梦中惊醒了过来。

在这个场景中，中国的问题是自己制造的，所有人——包括领袖、革命者、人民在内——都有责任。狂风暴雨的大海为中国现在不得不面对的政治环境提供了一个生动新鲜的比喻，但是在这个场景中，没有任何危险来自具体的其他的船/国家。

这个楔子将作者对中国面临的政治危机的立场告诉了读者。老残是作者的另一个自我（alter ego），他看到了危机：中国政府是一艘困在汹涌波涛之中的漏水的船。国家向何处去需要"向盘"来寻找方向。革命不是解决办法。拥护革命的人排外、无知、自私，论开明程度远远不及皇帝。因为船主的民族身份没有提到，可见作者认为拿种族来解读中国的问题并不合适。他选择的保守的改革方案被当前的朝廷采用，它需要在代表西方科学的罗盘和六分仪的帮助下对国家政策重新进行调整。然而这种改革方案成功的机会还是等于零，在这个设定的文学场景中，主张改革的人注定要陷入失败，以达到刺激读者起来采取行动的目标。

将国家比作在政治大海中行进的航船，这是一个源自古老的地中海地区、盛行于欧洲的比喻，[1]在中国没有先例。[2]它提供了在国际政治的大风大浪中航行的中国政府的形象，以及内忧外患之际国家和社会内部动力机制的图景。政府领导对这样的航行毫无经验，而船上的人似乎都不理解在

---

[1] 小说中的老残是一个"诊断"中国问题的游医。刘鹗在这里用到了一个中国对政治的古老比喻——身体，而医生则被比作对病人健康负有责任，但有时候不得不采用苦药（进谏）的人。

[2] 中国的传统里也曾将朝廷比作船，但这是一艘江上的小船，而皇上则是试图从水中钓鱼致富的渔夫。江水是对人民的比喻。俗语云，水可载舟，亦可覆舟。

这样的情况下船主、水手、乘客（统治者、政府和人民）必须团结起来，或者按照标准欧洲的解读方式来说，必须要听命于船长。老残和朋友提供向盘这个比喻将现代性的技术和政治巧妙地结合起来。尽管如此，不同利益集团之间的争斗还是阻挠了政治革新的进程。

这里的楔子使用一种象征性的叙事手法把中国放置于向现代性进化的框架之中，以此来呈现阻碍中国发展的关键问题，同时处理那些希望给国家带来改变的人的不同观点。尽管这里说明了中国脱离危机的方式，但却并没有描绘出鼓舞人心的未来场景。

陶报癖《新舞台鸿雪记》的楔子特别有趣，其中批判性地（同时也是象征性地）引入了不同的通往现代性的西方药方，还讨论了这些药方对中国的适用性。

楔子一开始就用了一个语带双关的回目："植物园隐括全文，当头棒惊回好梦"[1]，提到了讲述者"我"的一个梦。一位自称"老大帝国之老大"（中国）的老人带他参观了一个新创设的植物园。植物园分为六个部分，每个园中都种植着不同的品种，老人用农业术语分别描述了它们对中国环境的适应性。

第一个园里种的是文明菜，"颜色青红，鲜嫩可爱"，它原产西方，后来传播到日本，在那儿，"四处传播，渐渐的发生起来"。中国也派人到日本去求了些种子回来栽在这里，只可惜坏种甚多，加之又不知道栽法，"所以懂得卫生的人都不敢胡乱吃它"。[2] 第二个园中的大树上结满了"自由果"，这是来自美国的特产，"美国通国的人一日也少不得它的"。但有的自由果可能对中国人有害，要细心去选。第三个园里种的是"平等"草，高矮粗细都是一律齐整，好看得很，但是"若是照着伦理学上看起来，人群中若讲平等恰是一种无父无君的败类，毫不就道德的范围了"。第四个园中

---

[1] 陶报癖，《新舞台鸿雪记》，第 1 页。
[2] 同上书，第 140 页。

◆ 图 6.2 《辫子必须剪掉》，美国《顽童》(*Puck*) 杂志，1898 年 10 月 19 日。为了回应终结"百日维新"的戊戌政变，一位披肩上刻着"文明"、袖子上印着代表现代化的火车和电报的女性形象从未来的时间线上冉冉升起，用一把刻着"19 世纪进步"的剪刀，剪掉了清政府官员脑后写着"旧传统"的辫子。这种语言和"文明"的形象大多也成了国际法的标准，为东亚的改革派所接受。

来自菲律宾[1]的"独立"树最是坚硬,正所谓"独立不移,确乎不拔"。第五个花园种的是各种大朵儿花,青绿白黄样样具备,其中尤其好看的是胭脂色的"革命花",当初生在法兰西,后来渐渐种子又输入了英国和俄国。青年人没有一个不爱它。但中国的气候和土地可能与之不合,这花到了我国就不像从前那般如火如荼了。而且这花还带有一种暗毒,人若误染此毒,小则白费银钱,大则枉送性命。

这些现代的植物种到中国的环境里都长得不好。最后,第六个园子全种的是中国独有的植物,这是一种看起来样子不太夺目的土黄色的东西,名叫"国粹药"。"古时候一代一代的圣贤传了下来,整治那一班丧心病狂的人。"但是中国的年轻人只是喜欢漂亮的"革命花",对这种国粹药不屑一顾。老人大声疾呼,"你既是知道他们是吃假维新饭的朋友","你何不把你以前所阅历的事情和他们自私自利、愚弄别人的举动……原原本本编成一部《新舞台鸿雪记》"。老人说罢,拿着一根木棒朝着"我"的头顶打来,一下子把他从梦中"惊醒"。

这些楔子里所创造和运用的象征和隐喻有助于把抽象的、不熟悉的概念翻译成具体可感、无须解释的物体,比方说把国家比喻成船,或者把政治文化比喻成植物。它们和读者所熟悉的中国政治比喻进行批判的互动,正如新小说和传统小说形式互动一样。它们并不是只把具体的词语用于抽象概念,而是对复杂的机制进行描述,以便让大家作为判断和指导行动的基础。中国作家接触到这些已经全球化了的比喻并进行创造性的运用,催生了许多文学上的创新。他们有意识地进行跨语言和跨文化的修辞,以突出这些问题的国际属性和中国的革新。即使在有关六个园子的楔子中声称最适合中国的并非来自国外的奇花异草,而是在中国的政治和社会转型中能滋养国人的国粹药,它还是有意识地将这番辩论放在进化论和新兴民族国家都心醉神迷的"国粹"的框架里,忽略了"国粹"这个词形成于日本的事实。

---

[1] 这里指的是菲律宾摆脱西班牙殖民统治,(在美国的监管之下)获得独立。

新式楔子的主人公：叙述者、人民和小说

尽管新式楔子具体的叙事方式千差万别，但都有一个相同的基本框架。传统的楔子得到了巧妙的改造。新式楔子的主旨并不是表现个人的命运，而是呈现国家的命运。其中有三个主人公：叙述者、人民和小说本身。这三者之中，只有最后一个在早先的楔子里曾有自己的一席之地。[1]

讲述新式楔子的是一个"我"，或是第三人称的叙述者。他讲的是自己如何在醒来之后意识到了中国的危机，声称是在某些权威人物帮助之下，或是凭借仔细的推理，他才能够理解危机真正的原因，才得以用楔子所介绍的这部书向人们说明什么办法可行。我们已在《狮子吼》《老残游记》和《新舞台鸿雪记》的楔子的梦境中见到魔法出场，而春帆的《未来世界》（1907）则把理性辩论当作真理的源泉。小说一开始，就充满激情地呼吁建立立宪政府："立宪！立宪！速立宪！！！这个立宪是我们四万万同胞黄种的一个紧要的问题，一个存亡的关键。"在对专制统治进行一番激烈抨击之后，作者自称"在下作书的"，开始与一位想象中的人物"极顽固极守旧的人"展开辩论。这番辩论清晰地说明中国的问题并非西方的威胁所导致，而是由于国家的政治领袖没有意识到哪怕是为了自我保存而改革政体、组织国民的必要性。在楔子的末尾，作者再次以一种个人化的方式向读者讲述了自己写作本书的用意："在下作书的一介书生，既无尺寸之权，又无立言之责。看着那立宪以前的社会，想着那立宪以后的国民，所以做这一部小说出来。但愿看官看了在下的这部小说，都把自己的人格当作个立宪以后的国民。不要去学那立宪以前的腐败。"[2]这里所说的"立宪以前"，指的便是读者们所处的当下。

叙述者一般来说并不会将这些发现归功于自己，即便可能会以向时下的读者慷慨陈词的虚构形式来"唤醒"民众，但新式楔子也并不会鼓动人

---

[1]《红楼梦》的楔子称这部小说讲的是石头上所刻写的贾宝玉的命运。
[2] 春帆，《未来世界》，第5页。

们来追随讲述者，服从其个人领导。[1]他的主动性体现为作为一个低调的媒介，把这个真理传播出去。由于理解历史发展规律、进而预测一个民族行动后果的能力被划归给权威人物（或是理性辩论），社会进化论的科学主义的主张就转化成了小说的语言。叙述者在意识到中国的困境之后，终于发出了呐喊。小说在此发出呼吁人民觉醒、采取行动的一声呐喊，不再采用传统的中国小说里说书人让听众"且听下回分解"的腔调。现在的小说目标是呼唤行动，而不是提供娱乐。唤醒人民转变对国家的态度，改革其制度以适应现代社会，这是社会达尔文主义"法则"下由受害者变成受益者的唯一的办法。在这个历史的进程中没有什么必须被动忍受的宿命论。得到集体支持的英雄行为可以改变历史进程。

与被视为普通人的叙述者不同，作为集体的人民在小说中通过各种象征形象得到呈现。梁启超明确地把新小说当作一种工具来教育"民"（普通百姓）。"民"这个概念在《亲鉴》（1907）的作者马仰禹（生卒年不详）那里也得到了响应。[2]这个集体正是小说的目标读者群，而他们被预设的心理状态给叙述者的介入提供了重要的理由，同样，书题、章回标题、楔子本身以及作者的评注等副文本也都以指导读者为名被合理化了。与1900年前后许多政论文章对中国人的讽刺性描述一样，新式楔子——正如我们已经读到的那样——也毫不留情地用最尖刻的话语来抨击他们当下的思想状态。用这样的字眼来谴责目标读者，说明小说非常急于让读者从自满情绪中警醒过来。

---

[1] 南支那老骥（马仰禹），《亲鉴》；冷情女史，《洗耻记》；恶恶，《[政治小说]成都血》；柚斧（包柚斧），《新鼠史》。
[2] 马仰禹署名为南支那老骥。他的《亲鉴》描写了宣布预备之后的庆祝场景。全上海的人都在发表演讲。两个没有名字的人物正在讨论一场他们刚刚听到的有关家庭教育的演讲——不同于学校教育，家庭才是教会下一代如何在宪法体制下生活的最好的方式。演讲者告诉听讲的群众，他会以小说的形式发表整个演讲。尽管这两个听众对此表示欢迎，但他们也抱怨出版商推出了太多的翻译小说，反倒冷落了中国作者的小说。这两个人物认为，这些中国小说特别适合普通中国人的口味和教育水平。马仰禹翻译的东洋奇人的《未来战国志》（1887年初版）也在1902—1903年问世。

金松岑为《孽海花》写下的楔子是用新式楔子处理"民"的问题的佳例，同时也很好地呈现了进化论和传统因果报应观念之间的对话。这部小说1905年初次刊行，当时极为畅销。[1] 按照其第二位作者曾朴的说法，这本小说共刊印了五次，卖出了5万本。[2] 小说开篇的几个章节作者为金松岑，他曾以笔名麒麟将其作为政治小说单独在《江苏》杂志上连载。[3]

小说的书名采用了"孽"这个佛教的中心概念，就是为了让楔子引用自由"花"来解构它，"花"是一个双关语，与中华的"华"谐音。当中华陷于苦海之中，能想到的救星只有来自西方的"自由神"。从小说书名中还看不出来这朵"花"究竟能在"孽海"做什么。但一读到楔子就清楚了，本书规劝的对象是人民。尽管金松岑写作时的历史背景是俄罗斯对东三省虎视眈眈，小说的楔子还是直接指出政治危机的内部根源在于人民对国家的态度：

> 如今先说个极野蛮自由[4]的奴隶国。在地球五大洋之外，哥伦布未辟，麦哲伦不到的地方，是一个大大的海，叫做"孽海"。那海里头有一个岛，叫做"奴乐岛"。

用岛来刻画国家孤立于整个世界、对世上一切茫然无知的状态已经成

---

[1] 曾朴《孽海花》的第1—20章1905年曾由小说林社在东京出版发行；第21—25章在《小说林》第1、第2、第4期上连载（东京，1907）；第1—20章又于1928年由真美善书店在上海再版；第21—30章则由真美善书店在1931年刊印。

[2] 曾朴《修改后要说的几句话》，第129页。

[3] 麒麟（金松岑），《孽海花》，第115—119页。《江苏》杂志的发刊词就人民和改革者的责任进行了一番高屋建瓴的演讲："以腐败之人民谈腐败，其谈腐败也必确。居腐败之土地谈腐败，其谈腐败也必确。具腐败之性质以谈腐败，其谈腐败也必确。然则腐败者，我江苏之特色，而谈腐败者，又我《江苏》杂志之特色。"（《江苏》，第1期，第2页）曾朴接手续写该书之后将该书重新定位，把原书由1907年版的"历史小说"改为1928年版的"社会小说"。曾朴《修改后要说的几句话》，第128—138页；含凉生，《〈孽海花〉造意者金一先生访问记》。

[4] 曾朴将麒麟所著的《孽海花》第115页中的"不自由"改为了"自由"。

了一个标准的比喻套路。[1] 中国因为缺乏有爱国心的人民，因而处于孽海之中。更糟的是，岛上的人除了自己周遭的环境之外，对什么事情都不以为意。"（那岛）从古没有呼吸自由的空气，那国民却自以为是：有'吃'，'着'，有'功名'，有'妻子'，是个'自由极乐'之国。"岛上形势大约在50年前已经开始出现一些压力（意指鸦片战争），两个自由神（康有为和梁启超）曾尝试向国人介绍真正的自由观念，但是很快就被扔到一边。到了1903年，突然天崩地陷（该书出版于1904年），奴乐岛沉入了孽海之中。从这座岛屿的地理位置来看，它就是中国。书中所提及的两位自由神和1903年的俄罗斯危机更进一步确认了这一位置。中国的命运是其国民醉生梦死的"奴乐"心态和喜爱玩赏代表消费自由的假花的报应。

本文的楔子把中国的命运置于一个全球性的背景之中。在这里，帝王竟也可以昏庸得像诸多"末代"皇帝一样，例如1649年被砍头的查理一世和法国的路易十六。自称爱自由者的讲述者去上海寻找"自由神"，但是那里的人都不敢讲话。[2] 在小说的这个版本里面，除了目标读者之外看不到其他的救世主。

曾朴1905年的版本在这个楔子的基础上进一步加以细化。当爱自由者到处费力打听有关奴乐岛沉没的消息时，他只是发现自己碰到的人都好像没事一般继续过着自己的日子。不过，在他的努力之下，一位绝代美人给了他一卷手稿，揭示了中国的命运——这就是呈现在读者手中的这本小说：新的救世主就是终于来到中国的自由的精神。而作者这位"爱自由者"就是一位忠于天职的书记员，他的责任就是把这部手稿公之于众，让目标读者能用这种精神来教诲自己。在这个意义上，楔子在表面文本和潜在的文本之间建立了基本的联系。它引导读者穿过宏大的民族危机的场景，让读者把奴乐岛的沉没当作中国的"倾覆"去阅读，[3] 呼唤读者在危机面前清

---

[1] 其他采用这个比喻的小说包括旅生的《痴人说梦记》以及萧然郁生的《新镜花缘》。
[2] 麒麟，《孽海花》，第117页；恶恶，《[政治小说]成都血》。
[3] 金松岑版的《孽海花》中，奴乐岛沉没的时间是1903年（第116页）。在曾朴1905年版的《孽海花》中，沉没的时间改成了1904年（第2页）。

醒过来,意识到必须采取行动。在这里,楔子的目标是为读者提供一个框架,让他/她能在细读正文时找到自己的定位。

楔子叙述的语言仅在比喻的层面上是个人化的,它没有给叙述者的个人恩怨留下空间。叙述者通常会宣称他是唯一清醒的人,唯一认识到这一危机且愿意为公共的善献身的人,因此天降大任于斯人,他要负责唤醒他人,指引方向。这是见于楔子的一种独特的表达,一般并不会延伸到小说的正文中去。

有些小说写的并不是所有"人民",而是某个特别的人群,例如陈啸庐的《新镜花缘》(1908)一开始就提出了一个挑战性的说法,称中国的女界比男界还平等,女子比男子还占优势。[1]这个开头的重要性到作者谈到中国命运的大问题时才变得清晰起来。"列位要明白,现在的中国还是金瓯无缺的中国吗?已往之事不必提起,就目前而论:什么英俄协约了,日俄协约了,日法协约了,我也说不了许多。"这些协约的主题都是中国的土地。"还有两件最可恼的事,是广东西江的警权同江浙两省的路权。"接下来,作者大声疾呼,如果中国人不予以还击,中国将会变成"波兰我,印度我,犹太我,高丽我"。[2]

为了拯救中国这个种族,国家需要女侠。这是这样的人物崭露头角的重要时刻。

> 所以我这部书,是替女权真想发达做的,也是替女界真想同男界平等做的,不过我所说的发达、平等,同他们向来所说的发达、平等,成一个反比例的,因为不这么发达起算不得真发达,不这么平等起算不得真平等。而且人无论男女,立志是第一件要紧事,不但关系个人一生的成败得失,就这政治、种族上两大问题,也委实有绝大影响。

---

[1] 该书中楔子作为一个独立的部分出现在小说第一回开头,在第一回回目中被概括为"述大意笼罩全书",回目的下联介绍了小说故事的开头,"赋闲居栽培后进"。陈啸庐,《新镜花缘》,第219页。
[2] 陈啸庐,《新镜花缘》,第220页。

小说就从这里进入了故事的正文。

有些作者认为,当前国家大事的责任不只是属于抽象的人民和政治领袖。例如,刘鹗的《老残游记》就详细描写了官场不同部门、人民以及政府各机构间的互动。同时,从"青年"(《新舞台鸿雪记》《狮子吼》)到中国传统的继承人(《新中国未来记》),再到女子(《新镜花缘》《女娲石》《黄绣球》),各种被寄予希望的模范也都提了出来。尽管江南的人民遭到的批评比较多,但似乎并没有什么地方的改革派特别有前途。

楔子当中第三位关键的主人公是小说本身。它远不只是一本书,而俨然是一个能够带领读者这个群体走向国家光明未来的权威事物。它以一部手稿或是某个在世的权威讲述者演讲文稿的形式出现。许多楔子的叙述都给小说定下了一个作为"真理之声"的权威基调。这既是人们在早期的楔子中就已熟悉的叙事手法(例如《红楼梦》的楔子就是如此),也是从西方小说中学来的(例如贝拉米的《回顾》中知识渊博的老人的讲述,或是《格列佛游记》中找到的手稿)。小说用这种方式宣称它讲述的是真正的未来,而不是作者个人的推测。在很多这种楔子里,小说本身要么是被神奇"发现"的手稿,要么是某种高等生物交给叙述者的。[1]在梁启超的《新中国未来记》中,被送到横滨的《小说林》杂志社去连载的这部书据称是孔老先生有关中国伟大复兴的官方演讲的备忘录。还有一些小说的楔子进一步给小说赋予了权威性。《孽海花》的楔子称此书是由一位女神交付给叙述者的。这种方式使政治小说得以"去作者化",带着与社会达尔文主义的"科学"相关联的更高级的真理宣称,它要么以已有的历史发展事实(《新中国未来记》)作为象征符号,要么以女神的超然时间视角为标志。除了对当下的坦诚分析和对未来的预测之外,不少楔子还有一个特点:其作者希望小说的出版会产生预期的效果,把表征人民的形象从大梦中惊醒。

---

[1] 文本被作者发现或者被交付给作者的例子包括梁启超的《新中国未来记》、陈天华的《狮子吼》、曾朴的《孽海花》以及冷情女史的《洗耻记》。

结　论

　　无论就文学还是政治而言，楔子都是政治小说中作者意识最为明确的构建，也肯定是最先完成和出版的部分。

　　新式楔子将自己置于一种预先排除了现实主义描写的环境之中，以便在形式上和小说的其他部分区别开来；它采用寓言的形式突出了这种分离，在结构上也无须与小说其他部分呼应，也不留语言上的痕迹。这样一来，楔子就通过其独特的文学规则和结构上的重要性从其他文本中跳脱出来。不同于早期小说中把梦视为虚幻的佛教观念，梦在这里成了逃离集体错觉的传统牢笼的地方，人们在此清醒地认识到国家的危机，并找到出路。不同于小说其他部分具体的情节要素，楔子借助符号化的表达来讨论更大的概念和更宏观的感觉。

　　在接受政治小说的过程中，中国作家不得不将这种不太熟悉但又引人入胜的现代文学类型的价值观和世界秩序与中国通俗小说相调和，后者读者甚众但被当作消遣，为人所轻。新式楔子被作为一种高于且外在于小说正文的副文本加以改造，让作者得以建立一个将低俗的文学类型和崇高的救国新目标联系起来的框架。小说的地位也由此得到了拯救。

　　楔子在推动真实世界发展的要素和小说的推动方式之间建立了关键的联结。无论有关孽缘的因果报应还是有关民族进化的社会达尔文主义法则，都把小说的故事和更高级的哲学、宗教或者科学的原则联系起来。如同因果报应的规则一样，进化论的情节推动方式也是一个看不见的机制，这是一个"律则"。它用一种线性的发展替代了佛教中循环的时间概念，用观照地球上的民族代替了佛教的宇宙空间框架，将把世界视为幻梦的佛教观念替换成世界是最"真实"所在的观念。这个假定的看不见的机制可以继续让人们预测当前所采取的步骤未来会有什么结果，不同的是，其中的主体由单个的人变成了"人民"。

　　中国的作家把假定的自然法则解读成在世界民族之林中成功生存下去的指南，因此剥除了其决定论（以及/或者悲观）的一面。他们的阅读不会走向所谓中国必定灭亡、西方必定兴盛的宿命论，而是要动员所有的能量挽救国家危亡，使其走向现代。

中国政治小说的作家有一种共识，即只有在内部的因素——例如政府不致力于现代化、人民没有爱国热情和文明活力等——为其提供可能时，外部因素（例如外国列强）才会发挥作用。按照政治小说中最激进的想象，中国是一个孤立、内向的岛屿，完全是因为自己死气沉沉才会沉没。因此，新式楔子中看不到"反帝国主义"的话语。只有在批评"沉睡"的人们缺乏爱国热情或是朝廷不愿意维护中国时，才会提到其他列强。新式楔子有时会大略勾画能够领导人民摆脱现状的个人具有哪些特征。这些积极的主人公都来自一个不同的、虚构的——而且是未来的——时间。他们并不是对当前人物的真实刻画，而是对中国摆脱当前困境所需要的性格的乌托邦式的投射。

来自清醒地意识到中国真实问题的"我"（独立的个人）的叙述并不是为了表达主体性，而是为了突出意识到国家危亡的极少数人孤独、绝望的处境。作家一般不会声称小说源于自己的创造力，他只是在传播某些高等生物或命运安排交给他的真理。这种低调的自我评价让作家和读者靠得更近，就更容易和读者站到一起来谈自己也曾有过的错误观念。这样一来，作家就可以避免使用那种高人一等的教育百姓、为国家指点江山的口气，而是作为思想型的作家，在公共领域而不是国家治理中发出自己的声音。

这些作家选择的媒介不是上奏给朝廷的奏折，而是面向公众的连载小说。现代城市的公众之中出现了一种新的富有潜力的媒介，其威力在日本和西方已经为人所知。作家们如此选择并非意味着他们就是异见分子或反对派，而是这样做他们就可以自由地以自己心目中朝廷改革取向的举措（例如新政）为基础，进一步推动更广泛深入的改革。

而通过楔子对读者的阅读策略实施控制，则反映了作家们对读者是否能对小说主旨理解到位缺乏信心。楔子从结构上关闭了小说的开放性，使中国的革新究竟走向灭亡还是成功取决于人民的行动。预测政治行动各具体路线的结果是社会达尔文主义进化论与生俱来的套路，它在"未来记"

这种政治小说变体中摇身一变，成了从未来回望当下的"科学"视角。这一创新的结果是楔子、书题、章节回目等常在第一次连载中一起出现，关闭了现代小说这种"开放的"，也即莫雷蒂所说的"前倾的"发展轨迹。于是，开放性被压缩在具体问题上，作者只考虑创造什么样的具体人物和情节要素来填充楔子已定好的框架。[1]

尽管现代小说的散文式叙事是开放的，它也并不是任意发展，而是依靠读者熟悉的情节推动方式来展开。虽然它并没有创造出可以预测的情节发展套路，还是提供了一套有限、前后一致的解释模式，可以保证其合理可信。然而，传统的中国小说的楔子提供的是一种封闭的叙事，在小说一开始就透露了故事的结局。这个模式在旧式中国小说中又通过其标题和章节回目进一步强化。这些小说中的楔子有一种特殊的情节推动方式，完全不同于现代小说。

随着现代小说引入新式楔子作为情节推动方式，这种新形式的不可预测性和开放性就被彻底去除了，同时也在一定程度上使阅读小说失去了兴奋感。中国作家插入了一个如何阅读后文的指导框架，无论是故事本身、读者还是作者本人，都无法逃避这个框架。人们甚至可能发现这个楔子的目的是要事先把作家的叙事排除在外，阻止他塑造的虚构人物借作家的手发展出自己的议题。

莫雷蒂曾指出，尽管世界文学是一个单一的体系，它也是一个有各种变体的系统。[2]莫雷蒂引用了弗雷德里克·詹姆逊（Fredric Jameson）给柄谷行人的《现代日本文学起源》(*Origins of Modern Japanese Literature*) 所撰的序言中有关全球文学形式流动之复杂性的观点，[3]他强调指出，当本地的作者接受了现代小说之后，"构建西方小说的抽象的模板"和来自地方社会经验的原材料就会不可避免地产生冲突。[4]根据地方经验持续不断地进行

---

[1] 莫雷蒂认为，中国17—18世纪小说为以"对称性"为核心特征；参见"Novel T," p.118。
[2] Moretti, "Conjectures," p.64.
[3] Jameson, "Introduction."
[4] Moretti, "Conjectures," p.58.

开篇的开篇：楔子   307

适应和调整正是小说所走过的历程，也是惯例。中国政治小说的案例就证实了这个观点。

政治小说的迁流让中国的改革派欢欣雀跃，同时也给他们带来了压力。新小说及其从诞生之初就呼唤先进社会政治体系的形式结构都具有无法抗拒的魅力。它带来了新兴资产阶级的活力、热情和能量。然而，在它被移植到一个并没有这样的社会经验的环境中时，这个形式对本地的作家形成了巨大的挑战——他们会不会在这个外来的体系中迷失，失去自己潜在的读者？为了弥合这种分裂，他们不得不对其形式和读者的阅读技巧进行某种控制。建立在社会达尔文主义基础上的情节结构就是对推动新小说发展的最典型的核心元素进行调整和再阐释的结果。它使得政治体系和国家政策上的根本改变变得合理了。加入楔子也起到了把外来的情节结构置于本土控制之下的作用。一个极具创新性的混融、归并的过程也由此开启，以便让楔子适应这一新的目标。

新式楔子是现代政治小说与中国的文化环境进行整合、协调的产物。它对传统形式的使用和转变包含了两种层面上的"革命"，也就是说，既回到了一种更早期的形式，同时又是一种巨大的改变。这就是在中国现代小说"开篇的开篇"。这种结合的主体性既体现在中国的作家身上，也体现在译者身上。政治小说产生于欧洲独特的历史环境之中，有赖于19世纪新闻出版业的爆炸式发展和阅读公众的激增，将这一文学类型放置在中国20世纪早期新的城市环境中，就遇到了一个明显的问题：1900年前后的中国读者和他们的对这种文学类型的文化敏感跟19世纪40年代的英国不可同日而语。为了弥补中国读者处理这种"开放式"文学类型的能力上的不对等，楔子这个部分尝试提供一种概念上的封闭结构，把文本整合在一起，让读者能够始终聚焦在最为紧要的现实问题上。在先驱梁启超的带动之下，楔子这个形式被其他作者广泛采用。楔子得到认可，说明人们认为它成功处理了晚清读者的不可信和不可靠。中国政治小说的新式楔子通过对主人公的重塑和对社会达尔文主义情节推动方式的再利用，展现了这一文学类型跨文化迁流的动力机制和其中所反映的主体性。

8 结语

本书尝试把政治小说当作一种世界性的文学类型来研究，试图探寻一种超越以民族国家和语言为中心的文学史和对内在毫无关联的作品加以比较的传统的比较文学研究方式。也可以说这是对一般意义上的民族国家预设模式加以批判性反思的第一个阶段。本书关注文学研究中的一种边缘类型——政治小说。所幸政治小说作品数量相对较少，故而本书得以通过考察作品和政治环境的明确互动来探究这一文学类型的各种变体及其深厚的地方脉络。

我们有充分的理由证明这种文学类型是世界性的。某些核心作品有各种语言的译本，用各种语言、在不同的时空写下的作品有一套共同的核心标志，美国和东亚都曾有过对"政治小说"的宣传，这些小说都有一套共同的政治理想，其中最杰出的作家有类似的社会地位——都是政治改革的倡导者。

政治小说是公开宣传的一种方式，在一系列具体的条件下会出现，当这些条件改变时也会逐渐没落。其中最重要的政治条件就是洞察到国家处于危急关头，并且认识到政府当局不能或者不愿意面对危机。危机通常体现在与其他国家的关系之中。它可能有很多种表现形式，要么是政府无能，无法保护社会新生力量的代表（迪斯累利）；要么是相对开明的殖民政府无法控制殖民地的宗教权威（黎萨）；要么是当局限制国民参与政事，无法激发国民的爱国热情，导致国势虚弱（矢野龙溪、梁启超）。

用政治小说来解决危机的主张与一种对危机起因是什么、应由哪些社会部门负责的独特认识有关，它背后的政治方略与其他的危机解决方案意见相左。它认为引发危机的根本原因并非在国外，而是出自内部的因素，这也意味着其解决方案可以并且必须来自国内的资源。罪魁祸首就是与意识形态相联系的国家制度已经不适用于当前的需要，以及包括受过教育的精英在内的国民都不成熟，无法意识到国家的危机并在解决危机中发挥积极作用。

这一文学类型的写作目标支持在政府内部进行广泛的制度改革，在社会上进行世界观的革新，但是明确反对激进的（"革命的"）解决方案，认为这和顽固守旧一样都是自我毁灭。"革命"方案的支持者对当前的危机也有同样的认识，但是他们并不采用这一文学类型，说明他们也意识到了政治小说和国家制度以及社会上世界观的革新之间存在本质联系。

政治小说得到公众广泛支持的第二个条件是有一个活跃的、以城市为中心的公共领域，有很多媒体和机构供人发表意见，同时也提供了表达革新新主张的各种方式。在本研究涉及的每个地区，这一文学类型的作品初次出现的时候都是当地媒体欣欣向荣、拥有广阔前景之际。这也意味着可以通过新的媒体影响到一大群读者，增强小说的影响力。政治小说和繁荣的新闻出版市场之间的关联是结构性的，而不是偶然的。在不可能通过媒体公开表达意见的地方（意大利）以及/或者本地人识字率不够的地区（菲律宾），政治小说就直接面向外国读者，将他们的态度视为当地改革取得成功的关键。

从这些案例来看，这一文学类型首先并不是要影响和教育国内的人民。鲁菲尼和黎萨的案例突出了中国政治小说得以出版的具体条件，也即只有在上海或是日本，在清政府的直接控制之外同时又可以进入中国国内市场的地方，因为按照与外国签订的条约，印刷品作为商品进入中国内陆市场是受保护的。在黎萨的案例中，美国政府战胜西班牙之后为他创造了在马尼拉发表小说的条件，大概是看中了他小说中有关改革议题的内容，也利用一把他的名声。

无论政治小说作家是否是职业的政治家、作家或记者，他们都可以通过这个新的媒体崭露头角。很多时候他们也利用其他的平台来发表意见。

这两个条件——危机以及对危机的认识，以及有利于政治发声的公共领域——都是必要的，但是从全球范围来看，它们并非同时出现。因此不同国家政治小说出版的高峰时间并不同步，也使得各个国家早期可供参照模仿的译自其他语言的小说各不相同。于是，政治小说就借由（除了双语者的阅读之外的）翻译成了一种可以适合地方需要的宣传形式。

这个过程中的主体性体现在译者（以及阅读外文原版作品的读者）身上，而其自身的主体性要么来自他们所设想的当地出版商和读者对于翻译作品的兴趣，要么就是被译者个人的宣传目标所激发，使他们不顾个人金钱上的得失来参与这些作品的创作。

在那些必要条件出现得比较"晚"的地方，政治小说的翻译者和作者都能意识到这种滞后，也很清楚什么时机才恰恰好（梁启超）。政治小说高度依赖政治和媒体环境的结果就是某些现当代世界文学研究者（比如卡萨诺瓦）所假定的世界文学的同步性这个标准不适用了，而且文化关系的非对称性也在这种时间的迟滞中显现出来。就政治小说而言，这种不对称性是作为大规模译介的现代性诸特征的一部分出现的，这些译介——除了文本之外，还包括概念、制度、实践、技术以及商品——都被视为具有内聚力的现代化计划中的一部分。对此进行大规模译介表明其重要性已得到当地的认可。小规模的译介一般来说不会触动本土语言，而大规模的译介基本上要再造整个译入语言的环境。

通过与这个现代化计划中其他因素的互动，政治小说这种文学类型及其具体的翻译作品拥有了一种极其巨大的影响力。在文学研究中政治小说的边缘化也反映出学界并不关心政治小说及其现代性标志发展所根植的政治和媒体环境。

尽管本研究已经说明了这一文学类型在欧洲、美国和远东的发展历程，其他地方的政治小说可能还没有人发现，但对于它在别的地方（例如在奥匈帝国或者奥斯曼帝国，或者在英国统治之下的南亚次大陆）没有被接受也必须给出解释。从这个角度来看，政治小说兴盛需要的其他条件也就进入了我们的视野：对归属于某个国家有一种共识、相对较高的城市识字率、本地语言中有小说写作的传统。拿南亚次大陆的例子来说，迪斯累利被等同于大英帝国的团结，导致印度人对其文学作品的看法与日本人对于这位政治家/作家的崇敬大相径庭。

政治小说这种类型是通过一套相对稳定的核心特征来定义的，而不是通过——事实上并不稳定、经常变化的——给某种语言中特定的作品贴上"政治小说"的标签就完成了。和政治以及媒体环境的联系是其稳定的外部特征。而内部的核心特征包括一些内容上的要素，例如对当前危机的批评性的评价、对出路的谋划等；还有一些情节上的元素，例如发展性的情节推动方式（包括反向发展的"未来记"），通过对主人公个性和社会关系的象征性描写来刻画国家的命运；此外还有风格和规则的要素，例如语带双关的名字或是插入历史文献；甚至一些非常独特的元素也保持了高度的稳定，例如，对国家和社会的性别化的表现，或是在作家、作家的另一个自我以及人们急需的带领国家走出危机的英雄之间的复杂关系等。

在日本明治时期，尽管有政治抱负和主张改革的人都在学着迪斯累利的样子传播政治主张、谋取重要政治地位，但把自己英雄化并不是这一文学类型的核心特征。因此，很多作家都会明确否认自己有任何在小说中充当英雄的野心，而是会在小说中嵌入另一个自我，一般来说，他靠的并不是自己敏锐的政治分析，而是通过某种偶然的发现或者是某种高等生物的帮助来理解国家当前的形势，并以记录者的身份来把这个信息传播出去——作家或者记者由此塑造了一个负责任的公共知识分子的形象。另外有一些作家则采用被当作批评对象甚至嘲讽对象的另一个自我来解除个人宣传的潜在危险。《新中国未来记》中的孔老并不是梁启超的另一个自我；

其实梁启超自己是作为《新小说》杂志的无名编辑出现的，孔老的演讲稿被送到了杂志社，通过杂志发表才变得广为人知。同样的模式也在其他政治小说中不断重复。

政治小说的核心特征不能被当作微不足道的细枝末节。它们的作用是让新作家的作品被当作世界性文学类型的一部分得到认可，让作家获得声望，而这个文学类型已经在别处显现出影响力，给作家带来了政治上的崇高声誉。而且，核心特征的稳定也有助于其他特点的广泛呈现，具体作品能嵌入到特定的地方环境中靠的正是这些地方特色。这一文学类型中的翻译版本和原版作品通过与本地为人熟知的对抗文本无声的交流，也被赋予了地方色彩。这种互动包括对这些地方特点的拒绝和模仿。这些作品是否能够与这些地方特点互动，以及是否有能力刺激小说和公共宣传的地方发展，是这一文学类型生命力的关键。这些地方特色在新的原创作品和翻译改编作品中一样多见，后者主要是在译介其他语言的作品时在情节、政治信息和形式上进行调整和改动。从读者的角度来看，两者都是当地语言文学的一部分。

跟政治和媒体环境的关联决定了政治小说的时间线。所有已发现的这类作品讨论的都不是抽象的原则，而是当时当地具体的制度和思想的变革。尽管这类作品在总的目标上有很大的相似性，但就具体目标而言还是有很大的差异，此时就需要进行改编。无论小说讲的是曼彻斯特的工厂、美国信托基金的恶劣影响还是多明我会的修道士，或是国会、女子学校，都必须正视当地危机的核心特征，而政治小说这个文学类型足够开放，能够做得到。在清朝末年，政治小说出版的高峰直接与新政的两个上谕颁布时间相吻合。在日本明治维新时期，公众对于开国会和立宪的呼声也伴随着类似的政治小说创作的高峰。

英雄式的领袖人物是改编的另一个领域。除了有意在名字上采用双关之外，这还被用于描绘有可能挽救国家危亡的理想和行为特点。尽管英雄肩负着进行彻底的现代化改革的重任，但他/她必须能够在当地的环境中行动。虽然这些小说中所有的英雄都明显有别于当下精英阶层的一般成员，但在中国小说中对女主人公的限制是最强的,她们仍然要遵从"贞洁"的要求。

包括受过教育的精英在内的"人民"这个人物是另一个要改编的地方。他们需要唤醒、教育和"文明"已是共识,但描写他们的语气和细节还要根据地方语汇进行调整。在有些极度关切中国的世界地位的中国作品中,对人民的描写主要是谴责其"奴隶心态"、缺乏爱国者的责任心;有些作品将人民与虚弱、依赖他人的"阴性"气质联系起来;或是把人民描写成自信、善于表达的城市新兴阶级。这些小说对政治舞台高度关注,具有理性主义的现代化目标,很少花费笔墨来对"人民"的思想观念和生活环境进行"现实主义"的详细刻画。

长篇小说这种媒介的开放结构(莫雷蒂语)代表了对读者的信任,相信他们可以跟上小说按既定的情节发展逻辑实际展开、开放选择并逐渐关闭的过程。对鲁菲尼和黎萨的小说来说,读者并不是本地人,而是他们心目中来自其他中心城市的外国人,意大利或者菲律宾的人民遇到的问题在那些城市已经得到了解决。对"我们的人民"评价最低的是晚清改革派的作品,他们对国家最富裕的地区——长三角的人民也缺乏爱国心感到绝望。这些改革派感到中国的读者需要更加严格的指导,西方小说的形式还提供不了。于是他们采用提前关闭小说的开放性来解决这个问题,为这种文学类型赋予了一个新的特点——楔子,甚至还把楔子加进了部分日本小说的中文译本里。楔子和"未来记"分别是中国和东亚最重要、使用最广泛的新特点,二者常常一起出现。它们所提供的封闭结构从政治小说进化论的情节推动方式中得到了"科学主义"的遗产,而后者已经发展成了一种对历史进程的社会达尔文主义的理解,得到了普遍认同。这种理解为把畅想未来当作事实的语言风格提供了支撑。

在东亚地区,政治小说对一般意义的小说的命运有重要的影响。小说上升为一种可以展开探讨国家、社会、个人的宏大问题的文学类型殊为不易。在小说历史传统较长的社会(欧洲、日本、中国),小说是与休闲阅读联系在一起的,大多是围绕一些吸引年轻人的主题,尤其是浪漫爱情故事。诸如警惕阅读小说造成道德堕落的告诫屡见不鲜。不过，到了19世纪四五十年代，小说已经被当作一种潜在的严肃文学类型了，这时小说也凭借新的新闻媒体收获了更多的读者。在欧洲和美国，议题严肃的新作品不断涌现，政治小说也汇入了这股洪流；在日本，大量的翻译小说为小说洗清了"只是迷惑年轻人的情爱读物"的恶名；在中国，我们见到几种不同的进程汇合在一起，促成了对小说地位的重新定位。宣传异见的小说以其高调的道德定位和寓言式的符号风格引入了严肃的主题；发行网络遍布全国的申报馆在"聚珍版丛书"中纳入了精心选编的新旧中国小说，此前聚珍版已经出版了不少珍贵的学术参考书，这样政治小说不仅得以进入图书市场，外观也赏心悦目。最后，与1895年以来中文媒体蓬勃发展的景象相伴生的宣传鼓吹和梁启超提供的基本框架确立了政治小说的轴心地位，推动了整个小说的命运发展。

与政治革新宣传相关联的特点为整个小说确立了关注焦点和声望，并且一直延续了一个世纪。让这些作品在中国环境中发挥作用的政治愿望推动作家们与阅读和写作的地方传统进行批判性的互动，发展出了可以为人所接受的叙事策略，同时还保留了和世界文学的关联。在政治小说占据小说创作和翻译主流之后大约十年，随着清政府君主立宪制的希望落空，它在中国的时间线也到了尽头。在那个时候，政治小说已经使小说成了处理日常生活和社会问题的主要文学平台。

政治小说有一些类型特征一直保留到现在，甚至还在谴责小说中继续盛行，后者有时也被（错误地）称为"政治小说"。[1]事实上，这些书仅仅是讨论当时政治权力的滥用，并不足以获得"政治小说"的称号。它们与这一文学类型特殊的政治目标没有关联，没有反映出对国家重大危机的认识，也没有给出理想主义或是反乌托邦的前景。最后，对于在公共领域中发声而言，谴责小说的作者并没有什么特殊地位，而且他们出版的作品也不像本书讨论的小说那样享有开放的市场。

---

[1] Kinkley, *Corruption and Realism*.

有一些晚清时期的中国小说描写传统和迅速变迁的政治、社会和心理环境之间的冲突，作者对此进行了尝试性的和自相矛盾的处理。王德威认为，这些小说中最后呈现出的"乱糟糟"的局面可以被视为一种矛盾心态的指示器，作为一种"现代性"的标志来阅读。我希望提供一个别样的脚本，并不是要以不同的方式来阅读相同的小说，而是要强调政治小说必须被视为晚清小说中最具主导性的小说类型，而且政治鼓动是这些作品的主要动力所在，并没有阻碍主题和文学上的创新。在其短暂的辉煌当中，政治小说在情节、符号风格、角色塑造上，在和当下现实以及和外国文学作品的互动中都是一种文学创新的力量。这些创新留下的痕迹范围之广，远非当前的小说研究文章所能涵括。小说能维持自己作为严肃文学的地位，并值得政府和人民关注，政治小说功不可没。政治小说引导读者逐步接受的新式叙事也成了20世纪中国小说的基本特征。不过，与此同时，中国政治小说也用楔子取消了哪怕是最低限度的开放性和矛盾性，而这是早期的西方经典作品可以给予读者的。

  本研究提出的问题比能回答的还多。尽管如此，我希望本书已经证明，以文学作品的内在联系而不是文学领域的武断区隔来指导研究的方法是富有成效的。只要我们接受跨文化互动是文化特征的原则而非例外这个提法，立马就会观察到明显的关联和互动。世界文学的内在关联一定会产生巨大的、丰硕的成果，同时也促使我们按照手中材料的需求调整学术研究的组织方式。

参考文献

【中文部分】

阿英,《晚清文学丛钞:传奇杂剧卷》,北京:中华书局,1960。
阿英,《晚清文学丛钞:小说戏曲研究卷》,北京:中华书局,1960。
阿英,《晚清文艺报刊述略》,北京:中华书局,1959。
阿英,《晚清小说史》,北京:人民文学出版社,1980。
阿英,《晚清戏曲小说目》,上海:上海文艺出版社,1954。
阿英,《小说闲谈四种》,上海:上海古籍出版社,1985。
哀时客(梁启超),《动物谈》,《清议报》1899年4月30日。载梁启超,《饮冰室合集·专集》2(2):43。
哀时客(梁启超),《论学日本文之益》,《清议报》1899年4月1日。载梁启超,《饮冰室合集·文集》2(4):80—82。
《安徽俗话报》1904—1905。
押川春浪,《新舞台》,东海觉我(徐念慈)译,上海:小说林社,1905。
八宝王郎(王静庄),《冷眼观》,1907,再版于台北广雅出版有限公司,1984。
包天笑,《钏影楼回忆录》,香港:大华出版社,1971。
爱德华·贝拉米(Edward Bellamy)著,李提摩太译,《回头看纪略》,《万国公报》1891年12月至1892年4月。
碧荷馆主人,《新纪元》,呼和浩特:内蒙古人民出版社,1998。
利顿(Edward Bulwer-Lytton)著,蠡勺居士译,《昕夕闲谈》,连载于《瀛寰琐纪》1—10(1872—1873),分三卷。上海:申报馆,1875。
约翰·班扬(John Bunyan)著,宾惠廉(J. Burns)译,《天路历程》,官话本,香港,1856。
蔡元培,《蔡元培全集》,中国蔡元培研究会编,杭州:浙江教育出版社,1997。
蔡元培,《新年梦》,《俄事警闻》,1904年2月17—20日,第24—25页。收入蔡元培,《蔡元培全集》第1卷,第422—436页。
沧江(梁启超),《日本并吞朝鲜记》,《国风报》22—23(1910年9月14日,9月24日)。载梁启超《饮冰室合集·专集》1(31)。
曹雪芹,《红楼梦》,北京:人民出版社,1982。
陈伯海、袁进编,《上海近代文学史》,上海:上海人民出版社,1993。
陈建华,《民族想象的魔力——论"小说界革命"与"群治"之关系》。载李喜所编,《梁启超与近代中国社会文化》,第777—800页,天津:天津古籍出版社,2005。
陈建华,《拿破仑与晚清"小说界革命":从〈泰西新史揽要〉到〈泰西历史演义〉》,《汉学研究》23.2（2005）：321—351。

陈俊启，《梁启超政治小说〈新中国未来记〉——一个文学类型的考察》，载《第六届近代中国学术研讨会论文集》，第1—23页。

陈平原，《二十世纪中国小说史》，北京：北京大学出版社，1989。

陈平原，《千古文人侠客梦》，台北：麦田出版股份有限公司，1997。

陈平原，《晚清辞书中的〈文学〉——以黄人的编纂活动为中心》，《北京大学学报》（哲学社会科学版）44.2（2007）：59—74。

陈平原，《中国小说叙述模式的转变》，上海：上海人民出版社，1988。

陈平原、王德威、商伟编，《晚明与晚清：历史传承与文化创新》，武汉：湖北教育出版社，2001。

陈平原、夏晓虹编，《二十世纪中国小说理论资料，1897—1916》，北京：北京大学出版社，1989。

陈啸庐，《新镜花缘》，上海：新世界小说社，1908。本书采用《中国近代小说大系》本。

陈撷芬，《女学堂第一课程要紧》，《女学报》6（1902年10月2日）：1a—3a。

陈撷芬，《要有爱国的心》，《女学报》3（1902年7月5日）：1a—2b。

陈应年，《梁启超与日本政治小说在中国的传播及评价》。载北京市社会科学研究所国际问题研究室编，《中日文化与交流》卷1，第110—129页，北京：中国展望出版社，1984。

陈煜，《清末新政中的法律馆：中国法律近代化的一段往事》，北京：中国政法大学出版社，2009。

陈季同译自法文，《卓舒及马格利［马格利及菊花］小说》，连载于《求是报》2—12（1897—1898）。

程淯，《分省补用道程淯条陈开民智兴实业裕财政等项呈》，文件4067。载故宫博物院明清档案部编，《清末筹备立宪档案史料》卷1，第273—290页，北京：中华书局，1979。

虫天逸史氏，《蜗触蛮三国争地记》，《著作林》，卷19—22（1908）。

春帆，《［立宪小说］未来世界》，最初连载于《月月小说》，第10—17，第19—20，第22—24期（1907—1909）。本书采用《中国近代小说大系》本。

张坤德译，《歇洛克呵尔唔斯笔记》（亚瑟·柯南·道尔著），《时务报》6（1896）：16—19；7（1896）：13—18。

戴鸿慈，《出使九国日记》，北京：第一书局，1906。

大陆，《［滑稽小说］新封神传》，本书采用《中国近代小说大系》本。

丁文江编，《梁任公先生年谱长编初稿》，台北：世界书局，1962。

董说，《西游补》，北京：文学古籍刊行社，1955。

东海觉我（徐念慈），《［女子爱国小说］情天债》，载《女子世界》，第1—4期（1904）。

东洋奇人（高安龟次郎），《未来战国志》，南支那老骥（马仰禹）译，上海：广智书局，1902—1903。

端方、戴鸿慈编，《列国政要》，上海：商务印书馆，1907。

恶恶，《［政治小说］成都血》，《四川》3（1908）：140—144。

《鄂省官场纪事》，《申报》1904年2月1日。

樊增祥，《彩云曲》，载钱仲联编，《明清诗文研究资料集》上卷，第95—97页。

樊增祥，《后彩云曲》，载钱仲联编，《明清诗文研究资料集》上卷，第97—100页。

范紫江，《清末优秀长篇〈黄绣球〉及其作者颐琐考》，《中国文学研究》2（2009）：311—359。

方强,《"开启民智""传播理念"——析晚清政治小说译介现象背后的历史"共谋"》,《和田师范专科学院学报》28(2008):138—139。

方屠龙,《论全国小学教育普及之策及其筹款方略》,《新民丛报》25(1903):143—160。

冯梦龙,《东周列国志》,北京:中华书局,1996。

冯梦龙,《古今小说》,上海:上海古籍出版社,1990。

冯自由,《革命逸史》,再版于台北:商务印书馆,1969。

佛林玛利安(卡米耶·弗拉马里翁,Flammarion)著,梁启超节译,《[哲理小说]世界末日记》,《新小说》1(1902年11月14日):124—141,载梁启超,《饮冰室合集·专集》90:1—10。

付建周,《清末民初日语文学的汉译与中国文学的现代转型》,《外国文学评论》4(2009):151—162。

付立波,《近代日文书籍的引进及其影响》,《晋图学刊》3(2006):72—75。

付立波,《晚清社会转型中的政治小说》,《洛阳师范学院学报》6(2004):53—56。

复旦大学历史系、出版博物馆编,《历史上的中国出版与东亚文化交流》,上海:上海百家出版社,2009。

高超群,《外务部的设立及清末外交制度的改革》,载王晓秋、尚小明编,《戊戌维新与清末新政——晚清改革史研究》,第202—229页。

高旺,《晚清中国的政治转型:以清末宪政改革为中心》,北京:中国社会科学出版社,2003。

高阳氏不才子(许指严),《[理想小说]电世界》,共16章,载于《小说时报》,第1期(1909)。

耿传明,《政治小说的出现与公理至上话语的确立——晚清社会心态的变异与浪漫主义的文学政治》,《江汉论坛》1(2007):114—119。

公明(宋教仁),《虽设学部亦何益耶?》,《二十世纪之支那》1(1905年6月26日):111—112。再版于陈旭麓编,《宋教仁集》,卷1,第14页。北京:中华书局,1981。

管鹤编,《天足会缘起并开会办事始末记要》,《天足会报》1(1907)。

观云,《客观之国》,《新民丛报》,第70期(1905年12月11日):76—79。

贯庵(郑贯公),《[伟人小说]摩西传》,《开智录》1—3(1900)。

故宫博物院明清档案部编,《清末筹备立宪档案史料》上、下,北京:中华书局,1979。

过庭(陈天华),《狮子吼》,最初连载于《民报》第2—5、第7—9期,1906;共发表8章,未完。本书采用《中国近代小说大系》本。

郭延礼,《近代外国政治小说的翻译》,《齐鲁学刊》4(1996):117—120。

郭延礼,《中国近代文学发展史》,济南:山东教育出版社,1990。

海天独啸子,《空中飞艇·弁言》,载陈平原、夏晓虹编,《二十世纪中国小说理论资料,1897—1916》,第90—92页。

海天独啸子,《[闺秀救国小说]女娲石》,友文堂,1904,上海:东亚编辑局,1905年再版。本书采用《中国近代小说大系》本。

含凉生(范烟桥),《〈孽海花〉造意者金一先生访问记》,载《明报》副刊《明晶》1934年11月30日。收入魏绍昌,《〈孽海花〉资料》,第146—148页。

汉一,《毁家论》,《天义报》4(1904年7月),收入张枬、王忍之编,《辛亥革命前十年间时论选集》卷2,第916—917页。

杭州戊公,《立宪镜》,上海:新小说社,1906。

浩然,《金光大道》,北京:人民文学出版社,1972—1976。

何迥,《狮子血》(又名《支那哥伦波》),上海:雅从书社,1905。本书采用《中国近代小说大系》本。

何启、胡礼垣,《新政真诠——何启胡礼垣集》,郑大华编,沈阳:辽宁人民出版社,1994。

何语华、乐云,《论晚清时期外国政治小说译事的嬗变》,《苏州科学院学报》24.3(2007年8月):79—82。

洪仁玕,《英杰归真》,上海:上海书店,1994。

侯敏,《蔡元培与清末政治小说》,《明清小说研究》4(2004):121—125。

胡从经,《晚清儿童文学钩沉》,上海:少年儿童出版社,1980。

胡石庵,《[爱国小说]罗马七侠士》,《扬子江小说报》1—5(1909)。

怀仁,《[社会小说]罗索魂》,1905。本书采用《中国近代小说大系》本。

黄克武,《一个被放弃的选择:梁启超调试思想之研究》,北京:新星出版社,2006。

黄轶,"'开启民智'与20世纪初小说的变革——从'政治小说'到'鸳鸯蝴蝶派'",《郑州大学学报》(哲学社会科学版)37.2(2004):23—24。

黄遵宪,《致梁启超书(六)》,光绪二十八年(1902)十一月,载吴振清编,《黄遵宪集》,天津:天津人民出版社,2003,第503页。

荒江钓叟,《月球殖民地小说》,《绣像小说》,第21—62期(1904—1905)。本书采用台北广雅图书有限公司1984年版。

黄人世界,《游学译编》,第11—12期(1903)。

张之洞,《江楚会奏变法三折》,载许同莘、王树枏编,《张文襄公全集》,卷52第9—29页,卷53第1—33页,卷54第1—36页,北平:文华斋,1928。

蒋景缄,《[传奇小说]侠女魂》,连载于《扬子江小说报》,1909,2:19—22;3:23—29;4:31—40;5:37—42。

姜倩,《理想与现实:二十世纪科幻小说在中国的译介》,上海:复旦大学出版社,2010。

金圣叹,《〈水浒传〉评》,载陈曦钟等编,《〈水浒传〉会评本》,北京:北京大学出版社,1981。

金一(金松岑),《自由血》,私刻本,上海:镜今书局,1904。

荆知仁,《中国立宪史》,台北:联经出版实业公司,2001。

绩溪问渔女士,《侠义佳人》,上海:商务印书馆,1909。

久松义典,《殖民伟绩》,《新民丛报》20—22(1902年11—12月)。

久松义典,《殖民伟绩》,中文译者不详,《新民丛报》20—22,1902年11月—12月。

觉民,《论立宪与教育之关系》,《东方杂志》,2.12(1905):243—249。

觉我(徐念慈),《予之小说观》,载陈平原、夏晓虹编,《二十世纪中国小说理论资料》,第310页。

康有为,《康有为全集》,姜义华、吴根梁编,上海:上海古籍出版社,1992。

康有为,《闻[丘]菽园欲为政变说部诗以速之》,《清议报》63(1900年11月17日)。最初未经《清议报》修改之版本载于《康南海先生诗集》上册,卷5,第35—37页(1937),台北:文海出版社,1974。

加藤政之助著,玉瑟斋主人(麦仲华)译,《[政治小说]回天绮谈》,连载于《新小说报》4—6(1903年5月15日,6月15日),初版于上海广智书局,1905。

孔尚任,《桃花扇传奇》,上海:上海古籍出版社,1995。

寇振锋,《梁启超的"理想派""写实派"与明治日本文坛》,《多元文化》9(2009):275—278,下载:http://hdl.handle.net/2237/11875。

赖芳伶,《清末小说与社会政治变迁,1895—1911》,台北:大安出版社,1994。

冷情女史,《洗耻记》,东京:湖南苦学社,1904。本书采用《中国近代小说大系》本。

冷血(陈景韩),《巴黎之秘密·序》,《新新小说》2(1902):1。

冷血译,《侦探谭》,上海:时中书局,1903。

冷血(陈景韩),《[俄国侠客谈]虚无党奇话》,《新新小说》3(1904):1。

冷血(陈景韩),《俄国包探案》,《绣像小说》21—22(1904)。

李伯元(南亭亭长),《[新编小说]文明小史》,最初连载于《绣像小说》1—5(1903)。本书采用《中国近代小说大系》本。

李伯元[?],《[殖民小说]冰山雪海》,上海:科学会社,1906。

李国俊编,《梁启超著述系年编》,上海:复旦大学出版社,1986。

李京美,《梁启超与韩国近代政治小说的因缘》,《当代韩国》(1998年夏季):68—70。

李汝珍,《镜花缘》,北京:中国文联出版社,1998。

李提摩太,《生利分利之法——一言破万迷说》,《万国公报》51(1893年4月):1a—3a。

李细珠,《张之洞与清末新政研究》,上海:上海古籍出版社,2003。

李学峰,《30年来清末新政研究述评》,《团结报》2009年12月3日。

李怡,《日本体验与中国现代文学的发生》,台北:秀威科技股份有限公司,2005。

李泽厚,《中国近代思想史论》,台北:谷风出版社,1988。

李兆之,《题蒋小莲、王益三两君所著作之〈侠女魂〉传奇》,《扬子江小说报》50(1907):63。

梁启超,《变法通议》,《时务报》1(1896)至19(1897)。

梁启超,《鄙人对于言论界之过去及将来》,1912年10月2日初登于《庸言》1.1(1912):1—7,收入《饮冰室合集·文集》29:1—6。

梁启超,《波兰灭亡记》,《时务报》(1896年8月29日),收入《饮冰室合集·传记》4(14):1—3。

梁启超,《朝鲜灭亡之原因》,《国风报》(1910年9月14日),收入《饮冰室合集·传记》1(20):1—7。

梁启超,《初归国演说词》,1912年10月20—31日,收入《饮冰室合集·文集》11(29):3。

梁启超,《传播文明三利器》,最初于1899年发表于《清议报》,收入《饮冰室合集·专集》2(2):41。

梁启超,《读〈日本书目志〉书后》,《时务报》,第45期,1897年11月15日,收入《饮冰室合集·文集》2(2):51—55。

梁启超,《读西学书法》,载于《西学书目表》四卷本,卷一附录,武昌:质学会,1897。

梁启超,《记江西康女士》,《时务报》21(1897):2—3。

梁启超译,《[政治小说]佳人奇遇》,《清议报》1—3,5—22,24—29,31—35(1898年12月23日至1900年2月10日),收入《饮冰室合集·专集》19(88),上海:中华书局,1936。

梁启超,《近世第一女杰:罗兰夫人》,《新民丛报》17、18(1902年10月2日、16日),收入《饮冰室合集·专集》4(12):1—14。

梁启超,《论女学》,《时务报》(1897年4月12日):1a—4a;25(1897年5月2日):1a—2b。

梁启超,《论小说与群治之关系》,《新小说》1(1902年11月14日):1—8,收入阿英,《晚清文学丛钞：小说戏曲研究卷》，第14—19页，上海：中华书局，1960。

梁启超，《鲁索学案》，《清议报》98—100（1901年11—12月），收入《饮冰室合集·文集》3（6）：97—110。

梁启超，《〈蒙学报〉〈演义报〉合叙》，1897年，收入《饮冰室合集·文集》2：56—57。

梁启超，《十五小豪杰》，《新民丛报》2—4，6，8，10—13（1902年2—8月），收入《饮冰室合集·专集》19（94）：1—46。

梁启超，《新大陆游记》，《新民丛报》42—43（1903年12月2日），收入钟叔河编，"走向世界丛书"，长沙：岳麓书社，1985。

梁启超，《新史学》，《新民丛报》1902，1：52—61，3：78—84，11：42—51，14：39—50，16：48—53，20：44—48。

梁启超，《新小说第一号》，《新民丛报》20（1902）：99，收入陈平原、夏晓虹编，《二十世纪中国小说理论资料》，第39—40页，北京：北京大学出版社，1989。

梁启超，《新英国巨人克林威尔传》，《新民丛报》25，26，54，56（1904年2月11日，2月22日，1903年10月9日，1904年11月7日）。

梁启超，《[政治小说]新中国未来记》，《新小说》1，2，3，7（1902年11月—1903年9月），其中最后一章《饮冰室合集》未收录。

梁启超，《匈加利爱国者噶苏士传》，《新民丛报》4，6，7（1902年4月—5月），收入《饮冰室合集·专集》4（10）：1—27。

梁启超，《西学书目表》，1896。

梁启超，《意大利建国三杰传》，《新民丛报》9，10，14—17，19，22（1902年6月—12月），收入《饮冰室合集·专集》4（11）：1—61。

梁启超，《饮冰室丛著》，上海：商务印书馆，1916—1917。

梁启超，《饮冰室合集》，上海：中华书局，1936。

梁启超，《饮冰室合集·文集》，16册，45卷，上海：中华书局，1941。

梁启超，《饮冰室合集·专集》，24册，104卷，上海：中华书局，1941。

梁启超，《饮冰室诗话》，原题为《苦痛中的小玩意儿》，作于1924年12月3日，发表于《晨报六周年增刊》（1925年1月），收入《饮冰室合集·文集》45：1—112。

梁启超，《饮冰室文集类编》，东京：下河边半五郎，1904。

梁启超，《越南亡国史》，《饮冰室丛著》，1905年10月，载《饮冰室合集·专集》4（19）：1—28。

梁启超，《政治学大家伯伦知理之学说》，《新民丛报》32.38—39（1903年5月25日，10月4日），载《饮冰室合集·文集》5（13）：66—89。

廖秀珍，《清末女学在学制上的演进及女子小学教育的发展：1897—1911》，载李又宁、张玉法编，《中国妇女史论文集》，第2册，第224—227页，台北：商务印书馆，1992。

小仲马著，林纾译，《巴黎茶花女遗事》，福州：畏庐刊本，1900。

林纾，《黑奴吁天录·例言》，1901，收入罗新璋，《论翻译》，第162—163页，北京：商务印书馆，1984。

林薇，《〈黄绣球〉的作者是谁》，《社会科学战线》3（1991）：294—297。

凌濛初，《拍案惊奇》，北京：人民出版社，1991。

岭南羽衣女士（罗孝高），《[历史小说]东欧女豪杰》，《新小说》1.1：33—50，1.2：19—45，1.3：47—85(1902)；4：87—111；5：113—143(1903)。本书采用《中国近代小说大系》本。

林下老人，《[侠义小说]冷国复仇记》。本书采用《中国近代小说大系》本。

留,《侠女魂》,《小说七日报》。1906年8月。

刘宝和,《学部主事刘宝和条陈立宪预备实行大纲以通上下之情明上下之权呈》,1907年12月18日,载故宫博物院明清档案部编,《清末筹备立宪档案》卷1,第327—336页。

刘德隆,《晚清小说繁荣的两个重要条件》,《清末小说》13（1990）:31—40。

刘德隆,《晚清知识分子心态的写照——新纪元评议》,《明清小说研究》2（1994）:92—98。

刘鹗（洪都百炼生）,《老残游记》,《绣像小说》,第9—18期（1903—1904）。本书采用上海古籍出版社1991年版。

刘纪蕙,《心的治理与生理化伦理主体：以〈东方杂志〉杜亚泉之论述为例》,《中国文哲研究集刊》29（2006）:85—121。

刘纪曜,《预备立宪时期的督抚与绅士——清季地方主义的再检讨》,台湾师范大学硕士学位论文,1979。

刘坤一,《南洋大臣刘坤一来电二》,光绪二十七年（1901）,三月十三日,文献4519,载《清光绪朝中日交涉史料》,卷62,第366页。

刘坤一,《南洋大臣刘坤一转吕海寰来电》,光绪二十七年（1901）,三月二十八日,文献4562,载《清光绪朝中日交涉史料》,卷63,第8a页。

刘锦藻撰,《清朝续文献通考》,上海：商务印书馆,1955。

刘咏聪,《清初四朝女性才命观管窥》,载鲍家麟编,《中国妇女史论集 三集》,第121—162页,台北：稻乡出版社,1988。

刘永文,《晚清报刊小说的传播》,《社会学科学辑刊》1（2003）:174—179。

刘永文,《晚清小说目录》,上海：上海古籍出版社,2008。

陆绍明,《诸子言政体六经集论》,《国粹学报》4（1906）:7—9。

旅生,《痴人说梦记》,最初连载于《绣像小说》第19—54期（1904—1905）,附有60幅版画。本书采用台北广雅出版有限公司1984年版。

陆士谔,《[社会小说]新三国》,载欧阳健、欧阳萦编,《晚清民国文学研究集刊》3（1996）:164—313。

陆士谔,《新水浒》,哈尔滨：黑龙江人民出版社,1997。

陆士谔,《[理想小说]新中国》。本书采用《中国近代小说大系》本。

鲁迅,《鲁迅全集》,北京：人民出版社,2005。

鲁迅,《中国小说史略》,北京：北新书局,1932。本书采用《民国丛书》1990年版。

庐江延陵公子,《月月小说出版致辞》,《月月小说》1.1（1906年11月）。

《论白话为维新之本》,《中国官音白话报》19—20（1898）:1—4。

《论报馆有益于国事》,载求是斋编,《皇朝经世文五编》,卷21。

《论立宪为万事根本》,最初发表于《南方报》,《东方杂志》2.10（1905）:169—176。

《论绅董对于地方自治之责任》,《申报》,1905年9月30日,第2页。

《论中国必革,政治始能维新》,最初发表于《中外日报》,《东方杂志》1.1（1904）:12—15。

《论中国路矿尽归外人》,《外交报》,第4期（1902年2月14日）,收入张枬、王忍之编,《辛亥革命前十年间时论选集》卷1.1,第105—106页。

罗景仁,《女狱花·跋》,载王妙如,《女狱花》。

罗立群,《中国武侠小说史》,沈阳：辽宁人民出版社,1990。

罗新璋,《论翻译》,北京：商务印书馆,1984。

马贵公,《女士张竹君传》,《新民丛报》7（1902年5月8日）。

马晓泉,《国家与社会:清末地方自治与宪政改革》,开封:河南大学出版社,2001。

马仰禹(中国老骥),《[寓言小说]大人国》,载《月月小说》6—8(1907)。

马仰禹(南支那老骥),《亲鉴》,最初连载于《新小说》5—8(1907—1908)。本书采用广雅出版有限公司1984年本。

麦肯齐著,李提摩太、蔡尔康译,《泰西新史揽要》,上海:广学会,1894。

曼殊,《小说丛话》,《新小说》,第13期(1905)。

曼殊主人(梁启超),《班定远平西域》,《新小说》19(1905年8月)至21(1905年10月)。

米怜,《张远两友相论》,马六甲,1819。

南武静观自得斋主人,《中国之女铜像》,上海:改良小说社,1909。

农述(何震),《女子解放问题》,《天义报》7—10(1907年9月—10月),收入张枬、王忍之编,《辛亥革命前十年间时论选集》下,第959—968页。

《女子世界社说》,《女子世界》1(1904)。

《女子世界》(1904—1907)。最初发表于江苏常熟女子世界月刊社。本书采用线装书局2006年本。

大桥乙羽、忧亚子,《[政治小说]累卵东洋》,上海:艾山社,1901。

押川春浪著,海天独啸子译,《空中飞艇》,东京[?]:民权社,1903。

押川春浪著,天笑生(包天笑)译,《千年后之世界》,上海:群学社,1904。

欧阳健,《晚清小说史》,杭州:浙江古籍出版社,1997。

潘光哲,《华盛顿在中国:制作"国父"》,台北:三民书局,2006。

钱仲联编,《明清诗文研究资料集》,上海:上海古籍出版社,1986。

麒麟(金松岑),《孽海花》1—2章,《江苏》8(1904):115—124。

清廷,《饬内外臣工条陈变法》,光绪二十六年(1900)十二月,载沈桐生编,《光绪政要》,卷26,第28a—29b页;亦见引于朱寿朋编,《光绪朝东华录》,卷4,第135—136页。

清廷,《宣布预备立宪事宜》,载沈桐生编,《光绪政要》,第4册,第2287页。

《清光绪朝中日交涉史料》,1932。台北:文海出版社,1963。

青莲室主人,《后水浒传》,天津:天津古籍出版社,1998。

邱江宁,《清初才子佳人小说叙述模式研究》,上海:上海三联书店,2005。

邱景源,《晚清"政治小说"误读现象研究》,《兰州学刊》2(2008):192—194。

邱新民,《邱菽园生平》,新加坡:胜友书局,1993。

求是斋编,《皇朝经世文编五编》,上海:中西译书会,1902。

璩鑫圭、唐良炎编,《中国近代教育史资料汇编:学制演变》,上海:上海教育出版社,1986。

《劝民间自设小学堂说》,《申报》1901年5月18日,第1页。

任公(梁启超),《少年中国说》,《清议报》22(1900年2月10日):67—74,载梁启超,《饮冰室合集·文集》5:10—11。

任公(梁启超),《文明普及利器》,载《饮冰室合集·专集》2(2):41,最初无标题,见于《饮冰室自由书》,《清议报》26(1899):1b.

任公(梁启超),《译印政治小说序》,《清议报》1(1898年12月23日),收入《饮冰室合集·专集》19(88):1—2。

任公(梁启超),《英雄与时势》,载《饮冰室自由书》,《清议报》27(1899年9月15日),收入《饮冰室合集·专集》2(2):9—10。

任公(梁启超),《自主论》,载《饮冰室自由书》,《清议报》25—33(1899年8月26日至12月23日),收入《饮冰室合集·专集》2(2):16—22。

让·雅克-卢梭（Jean-Jacques Rousseau）著，杨廷栋译，《鲁索民约论》，上海：文明书局，1902。

如晦庵主人（梁启超），《劫灰梦》，《新民丛报》1（1902年2月）：105—108。

三爱（陈独秀），《论戏曲》，《新小说》2（1902）：2。

佐佐木龙著，赖子译，《政海波澜》，上海：上海作新社，1903。

尚小明，《留日学生与清末军事改革》，载王晓秋、尚晓明编，《戊戌维新与清末新政——晚清改革史研究》，第230—255页。

尚小明，《留日学生与清末宪政改革》，载王晓秋、尚小明编，《戊戌维新与清末新政——晚清改革史研究》，第143—168页。

少年中国之少年（梁启超），《爱国歌四章》，《新小说》1（1902）：183。

沈松侨，《振大汉之天声：民族英雄系谱与晚清的国族想象》，《学术思想评论》10（2003）：248—327。

沈桐生编，《光绪政要》，上海：崇义堂，1909。

石丽东，《〈万国公报〉的西化运动》，台湾政治大学硕士学位论文，1969。

石烈娟，《〈新民丛报〉的立宪宣传》，湖南师范大学硕士学位论文，2003。

石立干，《现代小说政治象征功能浅论》，《名作欣赏》24（2006）。

施耐庵、罗贯中，《水浒传》，北京：人民文学出版社，1975。

柴四郎著，梁启超译，《[政治小说]佳人奇遇》，《清议报》1—3, 5—22, 24—29, 31—35（1898年12月23日至1900年2月10日），收入《饮冰室合集·专集》19（88）：1—220。

舒新城，《近代中国留学史》，香港：中华书局；上海：上海书店，1989。

舒新城编，《中国近代教育史资料》，北京：人民教育出版社，1961。

《书课本告竣后》，《申报》，1902年8月13日。

陈曦钟等编，《〈水浒传〉会评本》，北京：北京大学出版社，1981。

四库全书编纂委员会编，《续修四库全书》，上海：上海古籍出版社，1995—1999。

思绮斋（詹垲），《[国民小说]女子权》，1907，本书采用《中国近代小说大系》本。

思绮斋（詹垲），《中国新女豪》，上海：集成图书公司，1907。

宋师亮，《黑暗中的追寻——论晚清政治小说的兴起》，《湖北经济学院学报》5.7（2008）：97—98。

宋师亮，《末世的期冀——论晚清社会心态与政治小说创作》，《渤海大学学报》3（2008）：69—78。

末广铁肠著，佚名译，《[政治小说]花间莺》，上海：上海作新社，1903。

末广铁肠著，梁继栋节译，《[政治小说]花间莺》，最初连载于《福建法政杂志》1.4, 2.3—4（1908年9月至1909年5月）。

末广铁肠著，熊垓译，《[政治小说]雪中梅》，江西：尊耶书馆，广智书局1903年再版。

《[历史小说]苏格兰独立记》，陈鸿璧译，东海觉我（徐念慈）编，连载于《小说林》1907—1908，上海：小说林社，1906。

孙逊，《明清小说论稿》，上海：上海古籍出版社，1986。

孙诒让，《周礼政要》，瑞安：普通学堂，1902。

谭汝谦，《近代中日文化关系研究》，香港：香港日本研究所，1988。

唐富满，《〈东方杂志〉与清末立宪宣传》，湖南师范大学硕士学位论文，2003。

汤红绂，《旅顺双杰传》，上海：世界社，1905。译自押川春浪《怪云奇星》（东京：本乡书院，

1906）以及真龙斋贞水《女露兵》（出版者不详）。

汤景泰，《晚清启蒙思想的传播困境与小说的兴起》，《社会科学辑刊》1（2007）：211—215。

汤钦飞，《清末新式教育行政机构的建立及其运作》，载王晓秋、尚小明编，《戊戌维新与清末新政——晚清改革史研究》，第169—201页。

陶报癖（陶佑曾），《[社会小说]新舞台鸿雪记》，最初连载于《月月小说》第15期（1907），收入《中国近代小说大系》第58卷。南昌：百花洲文艺出版社，1996。

陶成章，《中国民族权利消长史》，1904。载唐志钧编，《陶成章集》，第212—315页。北京：中华书局，1986。

尊本照雄，《清末小说研究集稿》，陈薇鉴译，济南：齐鲁书社，2006。

尊本照雄，《新编增补清末民初小说目录》，贺伟译，济南：齐鲁书社，2002。

田若虹，《陆士谔小说考论》，上海：上海三联出版社，2005。

儒勒·凡尔纳（Verne, Jules，译名为英国萧鲁士）著，《[泰西最新科学小说]海底旅行》，卢籍东、红溪生故事概述，披发生（罗孝高）评，连载于《新小说》1（1902年11月）—18（1905年7月）。

儒勒·凡尔纳（译名为法国焦士威尔奴），《十五小豪杰》，梁启超、罗孝高译，《新民丛报》2—13（1902）。

王彬，《清代禁书总述》，北京：中国书店，1990。

王德威（David Wang），《小说中国：晚清到当代的中文小说》，台北：麦田出版股份有限公司，1993。

王尔敏，《晚清政治思想史论》，台北：台湾商务印书馆，1995。

王尔敏，《中国近代思想史论》，台北：台湾商务印书馆，1995。

王林，《西学与变法：〈万国公报〉研究》，济南：齐鲁书社，2004。

王利涛，《晚清政治小说的现代性》，《重庆教育学院学报》19.5（2006年9月）：55—58。

王蒙，《红楼启示录》，北京：生活·读书·新知三联书店，1991。

王妙如，《女狱花》，1904，本书采用《中国近代小说大系》本。

王栻，《维新运动》，上海：上海人民出版社，1986。

王向阳、易前良，《梁启超政治小说的国家主义要求——以〈新中国未来记〉为例》，《南京社会科学》12（2006年12月）：86—92。

王晓传，《元明清三代禁毁小说戏曲史料》，北京：作家出版社，1958。

王晓平，《近代中日文学交流史稿》，长沙：湖南文艺出版社，1987。

王晓秋、尚小明编，《戊戌维新与清末新政——晚清改革史研究》，北京：北京大学出版社，1998。

王中忱，《叙述者的变貌——试析日本政治小说〈经国美谈〉的中译本》，《清华大学学报》10.4（1995）：39—44。

亡国遗民之一，《多少头颅》，最初载于《中国白话报》20（1904）：43—53，本书采用《中国近代小说大系》本。

魏绍昌编，《〈孽海花〉资料》，上海：上海古籍出版社，1982。

魏绍昌编，《吴趼人研究资料》，上海：上海古籍出版社，1980。

魏文哲，《〈女狱花〉与〈女娲石〉：晚清激进女权主义文本》，《明清小说研究》4（2003）：200—210。

文康，《儿女英雄传》，1878，收入《续修四库全书》，卷1796—1797，上海：上海古籍出版社，

1995—1999。

我佛山人（吴趼人），《新石头记》，1908，收入吴趼人《近十年之怪现状》，第151—402页，南昌：江西人民出版社，1988。

乌程蛰园氏，《邹谈一噱》，上海：启文社，1906。

吴春梅，《一次失控的现代化改革——关于清末新政的理性思考》，合肥：安徽大学出版社，1998。

吴趼人，《大改革》，1906。本书采用《中国近代小说大系》本。

吴趼人，《光绪万年》，1908。本书采用《中国近代小说大系》本。

吴趼人，《立宪万岁》，1907。本书采用《中国近代小说大系》本。

吴趼人，《庆祝立宪》，最初载于《月月小说》1(1906)：239—244。本书采用《中国近代小说大系》本。

吴趼人，《预备立宪》，1906。本书采用《中国近代小说大系》本。

吴汝澄，《痴人说梦》，未完，共8卷，连载于《安徽俗话报》1—2, 4—7, 9（1904）。

吴士鉴，《南书房翰林吴士鉴请试行地方分治折》，上注日期为光绪三十二年（1906年）6月15日，载故宫博物院明清档案部编，《清末筹备立宪档案史料》下，第711—714页。

武禧，《晚清小说的时限》，《清末小說から》72（2002年1月1日）：66—72。

吴樾，《意见书》，《民报》3（1906年4月），载于张枬、王忍之编，《辛亥革命前十年间时论选集》下，第391—392页。

吴宇浩，《广智书局研究》，复旦大学历史系硕士学位论文，2010。

狭间直树编，《梁启超·明治日本·西方——日本京都大学人文科学研究所共同研究报告》，北京：社会科学文献出版社，2001。

狭间直树，《〈新民说〉略论》，载狭间直树编，《梁启超·明治日本·西方——日本京都大学人文科学研究所共同研究报告》，北京：社会科学文献出版社，2001。

侠民，《菲猎滨外史》，《新新小说》1—6（1904—1905）。

夏晓虹，《接受过程中的演绎：罗兰夫人在中国》，载夏晓虹，《晚清女性与近代中国》，第187—219页。

夏晓虹，《觉世与传世——梁启超的文学道路》，上海：上海人民出版社，1991。

夏晓虹，《晚清女性与近代中国》，北京：北京大学出版社，2004。

夏晓虹，《晚清文人妇女观》，北京：作家出版社，1995。

想飞子，《[诙谐小说]天国维新》，《月月小说》22（1908）。

萧然郁生，《[理想小说]乌托邦游记》，《月月小说》1.1（1906）：87—98；1.2（1906）：133—143。

萧然郁生，《[寓言小说]新镜花缘》，《月月小说》9—23（1907—1908），本书采用《中国近代小说大系》本。

谢伏琛，《〈中国通俗小说书目〉补遗》，《文献》2（1983）：41—45。

谢兆树，《论晚清政治小说和谴责小说的差异》，《辽宁师范大学学报》32.4（2009年7月）：77—80。

冷血改译，《巴黎之秘密》，《新新小说》2—5,8（1904—1905）（第1—2章：2：1—22；第3章：3：1—16；第4—5章：4：1—14；第6—9章：5：1—18；第10—13章：8：1—21）。

冼红庵主，《泰西历史演义》，《绣像小说》1—13, 15—21, 23—25, 29—38（1903—1904），单行本初版于上海：中国商务印书馆，1906。本书采用台北广雅出版有限公司，1984年版。

新世界小说社，《宪之魂》，上海：新世界小说社，1907。

新会（梁启超），《朝鲜亡国史略》，《新民丛报》53—54（1904年9月24日，10月9日）。收入梁启超,《饮冰室合集·专集》1(17):1—15。

佚名,《新列国志》,1908。本书采用《中国近代小说大系》本。

熊月之编,《老上海人名事名物名大观》,上海:上海人民出版社,1997。

熊月之编,《西学东渐与晚清社会》,上海:上海人民出版社,1994。

徐建平,《清末直隶宪政改革研究》,北京:中国社会科学出版社,2008。

许同莘、王树枏编,《张文襄公全集》,北平:文华斋,1928。

许指严,《埃及惨状弹词》(http://baike.baidu.com/view/2232618.html,2010年7月6日访问)。

宣樊子(林獬),《菲律宾民党起义记》,《杭州白话报》15—19(1901年11月—12月)。

宣樊子(林獬),《美利坚自立记》,《杭州白话报》4—10(1901—1902)。

轩辕正裔(郑权)译[?],《[政治小说]瓜分惨祸预言记》,1904。本书采用《中国近代小说大系》本。

学部,《学部奏定女子师范学堂章程折》,载舒新城编,《中国近代教育史资料》第三卷,第800—818页。

学部,《学部奏定女子小学堂章程》,载舒新城编,《中国近代教育史资料》下,第800—818页。

学部,《奏定蒙养院章程及家庭教育法章程》,载璩鑫圭、唐良炎编,《中国近代教育史资料汇编:学制演变》,第393—398页,上海:上海教育出版社,1986。

《学堂难办》,《申报》1902年3月4日,第3页。

山田敬三,《围绕〈新中国未来记〉所见梁启超革命与变革思想》,载狭间直树编,《梁启超·明治日本·西方》,第336—340页。

严复,《论世变之亟》,载《严复集》第一卷,第1—5页。

严复,《实业教育》,《中外日报》,1906年7月2日,收入《严复集》第一卷,第208—209页。

严复,《严复集》,王栻编,北京:中华书局,1986。

严复、夏曾佑,《本馆附印说部缘起》,《国闻报》16(1897年11月10日)。

杨国明,《晚清小说与社会经济转型》,上海:东方出版中心,2005。

矢野龙溪,《[理想小说]极乐世界》,披雪洞主译自《新社会》,上海:广智书局,1903。

燕市狗屠,《[社会小说]中国进化小史》,《月月小说》1(1906)。本书采用《中国近代小说大系》本。

叶永烈,《新法螺的发现》,《清末小說から》28.1(1993):8。

叶凯蒂(Yeh, Catherine V.),《关于晚清时代的小说类别及〈新小说〉杂志广告二则》,《清末小說から》12(1989):112—121。

颐琐,《黄绣球》,第1—26章最初连载于《新小说》,卷15—24(1906年1—12月),单行本初版于上海广智书局,1907。本书采用《中国近代小说大系》本。

饮冰室主人(梁启超),《东籍月旦》,《新民丛报》7,11(1902年6月6日,7月7日),收入《饮冰室合集·文集》2(4):82—102。

饮冰室主人(梁启超),《侠情记》,《新小说》1.1(1902年11月):176—179。

饮冰室主人(梁启超),《新罗马传奇》,《新民丛报》10—13,15,20(1902年6月—11月)。载梁启超,《饮冰室合集·专集》19(93)。

柚斧(包柚斧),《[寓言小说]新鼠史》,《月月小说》2.10(1908):59—68,2.12(1908):47—49。本书采用《中国近代小说大系》本。

于润琦,《〈新小说〉与清末的"政治小说"》,《明清小说研究》4(2004):108—120。

俞万春,《荡寇志》,戴鸿森校点,北京:人民文学出版社,1981。

袁荻涌,《近代中日政治小说的比较研究》,《毕节师范高等专科学校学报》2(1994):35—38。
袁进,《近代文学的突围》,上海:上海人民出版社,2001。
袁进,《近代侦探小说的高潮从何而来》《清末小说研究》28(2005年12月):91—98.
袁进,《论西方传教士对中文小说发展所做的贡献》,《社会科学》2(2008):175—179。
袁进,《试论民初政治小说退潮与作家的抗争》,《宁波大学学报》3(2004):1—5。
袁进,《中国文学的近代变革》。桂林:广西师范大学出版社,2006。
袁进,《中国小说的近代变革》。北京:中国社会科学出版社,1992。
载泽、端方等,《日本宪政史》,载刘锦藻编,《清朝续文献通考》,上海:上海商务印书馆,1955。
曾朴,《孽海花》,第21—25章,连载于《小说林》1,2,4(1907)。
曾朴,《孽海花》,最初的1—20章出版于东京小说林社,1905。本书采用上海古籍出版社1979年版。
曾朴,《孽海花》。上海:真美善书店,1928。
曾朴,《修改后要说的几句话》,载曾朴《孽海花》(1928),第1—8页。收入魏绍昌编,《〈孽海花〉资料》,第128—138页。
张德泽,《清代国家机关考略》,北京:学苑出版社,2002。
张凤俦,《[政治寓言小说]蒲阳公梦》,《扬子江小说报》1—3(1909)。
张謇,《变法平议》,《申报》1901年5月10日—18日,第1页。
张静庐,《中国近代出版史料初编》,北京:群联出版社,1953。
张枬、王忍之编,《辛亥革命前十年间时论选集》,北京:生活·读书·新知三联书店,1960。
张朋园,《梁启超与清季革命》,台北:"中央研究院"近代史研究所,1982。
张全之,《文学中的"未来":论晚清小说中的乌托邦叙事》,《东岳论丛》26.11(2005年1月):126—130。
张玉法,《从改造到动员:梁启超在政治运动中对国民态度的转变》,载李喜所主编,《梁启超与近代中国社会文化》,天津:天津古籍出版社,2005。
张玉法,《晚清革命文学》,台北:经世书局,1981。
张治、李广益、李献雅等编,《中国近代科学幻想小说重要创作与翻译年表,1900—1925》(http://pkusf.net/download/20060721.doc, 2010年4月1日访问)。
张之洞,《湖广总督张之洞来电》,GX 27(1901),三月二十七日,文献4556。载《清光绪朝中日交涉史料》,卷63,页6a。
张之洞,《江楚会奏变法三折》,载同莘、王树柟编《张文襄公全集》卷52,第9—29页;卷53,第1—33页;卷54,第1—36页。北京:文华斋,1928。
张仲民,《晚清上海书局名录》,载复旦大学历史系、出版博物馆编,《历史上的中国出版与东亚文化交流》,第359—367页。
赵连昌、戴激光编,《清末政治小说中民族国家想象的迷失》,《明清小说研究》4(2006):225—232。
赵牧,《作为小说类型的政治小说》,《时代文学》11(2008):185—188。
赵学军,《清末的清理财政》,载王晓秋、尚小明编,《戊戌维新与清末新政——晚清改革史研究》,第286—313页。
赵毅衡(Henry Y. H. Zhao),《中国小说的回旋分层》,《文艺研究》6(1990):63—68。
震旦女子自由花(张肇后)译,《[政治小说]自由结婚》,犹太移民万古恨著,1903。本书采用《中国近代小说大系》本。
郑哲（郑贯公），《[政治小说]瑞士建国志》，香港：中国华洋书局，1902。
郑哲（郑贯公），《自序》，载《瑞士建国志》，第5—6页。
《中国亟宜大兴矿务说》，《申报》1902年7月22日，第1页。
《中国唯一之文学报〈新小说〉》，广告，《新民丛报》卷14（1902），索引。
中国之新民（梁启超），《论俄罗斯虚无党》，《新民丛报》40—41（1903年11月2日）。
中国之新民（梁启超），《新民说》，《新民丛报》1—72（1902年2月2日—11月14日），载梁启超，《饮冰室合集·专集》4：1—162。
朱庆葆、牛力，《邹容、陈天华评传》，南京：南京大学出版社，2006。
朱寿朋编，《光绪朝东华录》，五卷本，1909，北京：中华书局，1958。
庄因，《话本楔子汇说》，台北：台湾大学文学院，1965。
邹振环，《"革命表木"与晚清英雄系谱的重建——华盛顿和拿破仑传记文献的译刊及其影响》，《历史文献》9（2005）：393—425。
邹振环，《影响中国近代社会的一百种译作》，北京：中国对外翻译出版公司，1996。
《奏陈新政》，《新民丛报》15（1902）：120—121。

【外文部分】

Abrams, M. H. *A Glossary of Literary Terms*. Boston: Heinle and Heinle, 1999.

Adams, Henry. *Esther*. New York: Henry Holt and Company, 1884.

[Adams, Henry]. *Democracy: An American Novel*. 1880. London: Macmillan, 1882.http://archive.org/stream/democracyamerica00adam#page/n5/mode/2up, accessed Nov. 2, 2012.

Alexander, William. *The History of Women, from the Earliest Antiquity, to the Present Time; Giving Some Account of Almost Every Interesting Particular Concerning That Sex, Among All Nations, Ancient and Modern. The Third Edition, with Many Alterations and Corrections*. London: C. Dilly and R. Christopher, 1782.

Allen, John. *Homelessness in American Literature: Romanticism, Realism, and Testimony*. New York: Routledge, 2004.

An Kuksŏn 安國善, ed. *Gongjin hoe* 共進會 (The exhibition of progress). 1915.

An Kuksŏn 安國善, ed. *Kŭmsu hoeŭuirok* 禽獸會議錄 (Protocol of the meeting among the beasts). Seoul: Hwangseong seojeogeop johap 皇城書籍業組合, 1908.

An Kuksŏn 安國善, ed. *See also* Hŭmhŭmja.

Anderson, Benedict. "Long Distance Nationalism." In *The Spectre of Comparisons:Nationalism, Southeast Asia and the World*, pp. 58-74.

Anderson, Benedict. *The Spectre of Comparisons: Nationalism, Southeast Asia and the World*.London: Verso, 1998.

Anderson, Benedict. *Under Three Flags: Anarchism and the Anti-Colonial Imagination*. London:Verso, 2007.

Arcilla, Jose S., ed. *Understanding the "Noli": Its Historical Context and Literary Influences*. Quezon City: Phoenix Publishing House, 1988.

Ashikawa Shunshirō 押川春浪. *Bukyō no Nippon* 武俠の日本 (Martial Japan). Tokyo: Hakubun 東京：博文堂, 1902.

Asukai Masamichi 飛鳥井雅道. "Seiji shōsetsu to 'kindai' bungaku: Meiji seiji shōsetsu saihyōka no tame ni" 政治小說と"近代"文學：明治時期小說再評價のために (The political novel and "modern" literature: for a reassessment of the Meiji period novel). *Shisō no kagaku* 6 (1959): 76-91.

Bailey, Paul J. *Reform the People: Changing Attitudes towards Popular Education in Early Twentieth-Century China*. Edinburgh: Edinburgh University Press, 1990.

Bayly, Christopher Alan. *The Birth of the Modern World, 1780-1914: Global Con nections and Comparisons*. Oxford: Blackwell Publishers, 2004.

Beecher Stowe, Harriet. *Uncle Tom's Cabin; or, Life among the Lowly*. Boston: John P.Jewitt. 1852.

Bellamy, Edward. *Looking Backward, 2000-1887*. Boston: Ticknor and Co., 1888.

Bellamy, Edward. *Looking Backward, 2000-1887*. New York: New American Library, 1960.

Bellamy, Edward. *See also* Beramī.

Beramī ベラミー (Edward Bellamy). [*Shakai shōsetsu*] *Hyakunengo no shakai* [社會小說]百年後之社會 (*Society after a hundred years. A social novel*). Translated by Hirai Kōgorō 平井広五郎. Tokyo: Keiseisha 東京：集文社, 1903.

Berlin, Isaiah. "Benjamin Disraeli, Karl Marx and the Search for Identity." In *Against the Grain: Essays *in the History of Ideas*, pp. 252-286. London: Pimlico, 1997.

Bernal, Martin. *Chinese Socialism to 1907*. Ithaca: Cornell University Press, 1976.

Bivona, Daniel. "Disraeli's Political Trilogy and the Antinomic Structure of Imperial Desire." *NOVEL: A Forum on Fiction* 22.3 (Spring 1989): 305-325.

Blake, Robert. *Disraeli*. New York: St. Martin's Press, 1966.

Bourgon, Jerome. "Abolishing 'Cruel Punishments': A Reappraisal of the Chinese Roots and Long-Term Efficiency of the *Xinzheng* Legal Reforms." *Modern Asian Studies* 37.4 (2003): 851-862.

Bunyan, John. *The Pilgrim's Progress from This World to That Which Is to Come Delivered under the Similitude of a Dream*. 1678. Hartford: S. Andrus and Son, 1844.

Carlyle, Thomas. *On Heroes, Hero-Worship and the Heroic in History: Six Lectures*. London: Chapman and Hall, 1840.

Carlyle, Thomas. *Shijinteki eiyū* 詩人的英雄 ("The poet as hero;" chapter from *On Heroes, Hero-Worship and the Heroic in History*). Translated by Ransan Koji 蘭山居士. Osaka: Yashioka shoten 大阪：吉岡書店, 1894.

Carlyle, Thomas. *See also* Kārairu.

Casanova, Pascale. *La republique mondiale des lettres*. Paris: Editions du Seuil, 1999.

Casanova, Pascale. *The World Republic of Letters*. Translated by M. B. Debevoise. Cambridge, MA: Harvard University Press, 2004.

Cazamian, Louis Francois. *Le roman social en Angleterre, 1830-1850: Dickens, Disraeli, Mrs. Gaskell, Kingsley*. Paris: G. Bellais, 1903.

Cecil, David. *Early Victorian Novelists: Essays in Revaluation*. London: Constable and Co., 1934.

Chen, Chi-yun. "Liang Ch'i-ch'ao's Missionary Education. A Case of Missionary Influence on the Reformers." *Papers on China* 16 (1962): 66-125.

Chesneaux, Jean. *The Political and Social Ideas of Jules Verne*. Translated by Thomas Wikeley. London: Thames and Hudson, 1972.

Chin, Carol C. "Translating the New Women: Chinese Feminists View the West, 1905-1915." *Gender and History* 18.3 (Nov. 2006): 490-518.

Ch'oe Mun-gil 최문길. "Kaehwagii sinmun e nat'anan chŏngch'i sosŏl yŏn'gu-Taehan maeil sinbo rŭl chungsim ŭro" 開化期 新聞에 나타난 政治小說 研究——大韓每日申報中心으로 (A study of political novels published in newspapers during the enlightenment period-with a focus on the *Daehan Daily*). *Nonmun jib* 논문집, Vol. 2 (1984).

Christensen, Allan Conrad. *A European Version of Victorian Fiction: The Novels of Giovanni Ruffini*. Amsterdam: Rodopi, 1996.

Christensen, Allan Conrad. "Giovanni Ruffini and 'Doctor Antonio': Italian and English Contributions to a Myth of Exile." *Browning Institute Studies* 12 (1984): 133-154.

Dagenais, Ferdinand. *John Fryer's Calendar: Correspondence, Publications, and Miscellaneous Papers; with Excerpts and Commentary*. Berkeley: Center for Chinese Studies, 1999 (version 3).

Damrosch, David. *What Is World Literature?* Princeton, NJ: Princeton University Press, 2003.

Davis, Albert Richard, and Bonnie S. McDougall, eds. *Search for Identity: Modern Literature and the Creative Arts in Asia: Papers Presented to the 28 International Congress of Orientalists. Proceedings of the 28 International Congress of Orientalists, Canberra, January 1971*. [Sydney]: Angus and

Robertson, 1974.

Decker, William. *The Literary Vocation of Henry Adams*. Chapel Hill: University of North Carolina Press, 1990.

de Rosa, Deborah C. *Domestic Abolitionism and Juvenile Literature, 1830-1865*. Albany:State University of New York Press, 2003.

Dioscorides (pseud. of Pieter Harting). *Anno 2065: Een Blik in de Toekomst* (The year 2065: a glimpse into the future). Utrecht: J. Greven, 1865.

Disraeli, Benjamin Earl of Beaconsfield. *Collected Edition of the Novels and Tales*.New edition. London: Longmans, 1870-1871.

Disraeli, Benjamin Earl of Beaconsfield. *Coningsby, or The New Generation*. Oxford: Oxford University Press, 1982.

Disraeli, Benjamin Earl of Beaconsfield. "General Preface" to Disraeli, *Collected Edition of the Novels and Tales*. New edition, Vol. 1, p. ii.

Disraeli, Benjamin Earl of Beaconsfield. "Preface." In Disraeli, *Coningsby, or The New Generation*. London: Colburg,1859.

Disraeli, Benjamin Earl of Beaconsfield. *Sybil, or the Two Nations*. 1845. Vols. 14 and 15 of *The Works of Benjamin Disraeli, Earl of Beaconsfield*. New York: Walter Dunne, 1904.

Disraeli, Benjamin Earl of Beaconsfield. *Tancred, or The New Crusade*. 1847. Vol. 16 of *The Works of Benjamin Disraeli,Earl of Beaconsfield*. New York: Walter Dunne, 1904.

Doleželova-Velingerova, Milena. "Biographies of Authors." In *The Chinese Novel at the Turn of the Century*, pp. 207-208.

Doleželova-Velingerova, Milena, ed. *The Chinese Novel at the Turn of the Century*. Toronto and Buffalo: University of Toronto Press, 1980.

Doleželova-Velingerova, Milena. "The Origins of Modern Chinese Literature." In Merle Goldman, ed., *Modern Chinese Literature in the May Fourth Era*, pp. 17-35.

Doleželova-Velingerova, Milena. "Seventeenth Century Chinese Theory of Narrative: A Reconstruction of Its System and Concepts." In Milena Doleželova-Velingerova, ed., *Poetics East and West*, pp. 137-157. Toronto: Toronto Semiotic Circle, Victoria College in the University of Toronto, 1989.

Doleželova-Velingerova, Milena, and Oldřich Kral, eds. *The Appropriation of Cultural Capital: China's May Fourth Project*. Cambridge, MA: Harvard University Asia Center, 2001.

Doleželova-Velingerova, Milena, and Rudolf G. Wagner, eds. *Chinese Encyclopaedias of New Global Knowledge* (1870-1930): *Changing Ways of Thought*. Berlin- Heidelberg: Springer, 2013.

Dong Yue 董说. *The Tower of Myriad Mirrors: A Supplement to Journey to the West* (《万镜楼》). Translated from the Chinese by Shuen-fu Lin and Larry J. Schulz. Ann Arbor:Center for Chinese Studies, University of Michigan, 2000.

Duara, Prasenjit. *Rescuing History from the Nation: Questioning Narratives of Modern China*. Chicago: University of Chicago Press, 1995.

Dumas, Alexandre, Sr. *The Diary of a Physician*. Philadelphia: Peterson, 1850.

Dumas, Alexandre, Sr. [*Furansu kakumeiki*]*Jiyū no kachidoki*［仏蘭西革命記］自由の勝ち哄 (Battle cry of liberty. Story of the French Revolution; translation of *Ange Pitou*). Translated by Miyazaki

Muryū 宮崎夢柳. Serialized in *Jiyū shinbun* 自由新聞 from Aug. 12,1882.

Dumas, Alexandre, Sr. [*Fukoku kakumei kigen*] *Nishi no umi chishio no saarashi* [仏國革命起源] 西洋血潮の暴風 (Storms on the Western sea. The origins of the French revolution;translation of *Memoires d'un medecin*: *Joseph Balsamo*). Translated by Sakurada Momoe 櫻田百衛. Serialized in *Jiyū shinbun* 自由新聞, 1882.

Eber, Irene. "Images of Oppressed Peoples and Modern Chinese Literature." In Merle Goldman, ed., *Modern Chinese Literature in the May Fourth Era*, pp. 127-141.

Edgeworth, Maria. *The Absentee*. 1812. In *Tales and Novels by Maria Edgeworth*, Vol. 6,pp. 1-264. London, 1848.

Edgeworth, Maria. *Ennui*. 1809. In *Tales and Novels by Maria Edgeworth*, Vol. 4, pp. 209-408.London, 1848.

Embryo, M. P. *Anti-Coningsby; or, The New Generation Grown Old*. 2 Vols. London:T. C. Newby, 1844.

Everon, Ernest. "Some Thoughts about Dickens and Novel Writing." *The Ladies' Companion and Monthly Magazine* 7, 2nd series (1855): 259.

Faber, Richard. *Young England*. London and Boston: Faber and Faber, 1987.

Feldman, Horace Z. "The Meiji Political Novel: A Brief Survey." *Far Eastern Quarterly* 9 (Sept. 1950): 245-247.

Fisher, H. A. L. "The Political Novel." *The Cornhill Magazine*, new series 64 (1928):25-38.

Flammarion, Camille. *La fin du monde*. Paris: Ernest Flammarion, 1884.

Flavin, Michael. *Benjamin Disraeli: The Novel as Political Discourse*. Brighton; Portland, OR: Sussex Academic Press, 2005.

Fogel, Joshua A., and Peter G. Zarrow, eds. *Imagining the People: Chinese Intellectuals and the Concept of Citizenship*. Armonk, NY: M. E. Sharpe, 1998.

Fong, Grace S., Nanxiu Qian, and Richard J. Smith, eds. *Different Worlds of Discourse: Transformations of Gender and Genre in Late Qing and Early Republican China*. Leiden: Brill, 2008.

Fong, Grace S., Nanxiu Qian, and Harriet T. Zurndorfer, eds. *Beyond Tradition and Modernity: Gender, Genre, and Cosmopolitanism in Late Qing China*. Leiden: Brill,2004.

Forbes, Allyn B. "The Literary Quest for Utopia, 1880-1900." *Social Forces* 6.2 (Dec.1927): 179-189.

Freedman, Carl. *Critical Theory and Science Fiction*. Middletown, CT: Wesleyan University Press, 2000.

Fromm, Erich. "Foreword." In Edward Bellamy, *Looking Backward 2000-1887*. New York: New American Library, 1960.

Gabbiani, Luca. "'The Redemption of the Rascals': The *Xinzheng* Reforms and the Transformation of the Status of Lower-Level Central Administration Personnel."*Modern Asian Studies* 37.4 (2003): 799-829.

Galdo, Benito Perez. *Dona Perfecta*. Madrid, 1876.

Galik, Marian. "On the Influence of Foreign Ideas on Chinese Literary Criticism (1898-1904)." *Journal of Asian and African Studies* 2 (1966): 38-48.

Garibaldi, Giuseppe. *Memoires de Garibaldi, traduit sur le manuscrit original par Alexandre Dumas*. 2 vols. Paris: Michel Levy freres, 1861.

Goldfuss, Gabriele. *Vers un bouddhisme du XXe siecle: Yang Wenhui (1837-1911), reformateur laique et imprimeur*. Paris: De Boccard, 2001.

Goldman, Merle, ed. *Modern Chinese Literature in the May Fourth Era*. Cambridge, MA: Harvard University Press, 1977.

Goldner, Ellen J. "Arguing with Pictures: Race, Class and the Formation of PopularAbolitionism through *Uncle Tom's Cabin*." *Journal of American and ComparativeCultures* 24.1-2 (2001): 71-84.

Gotō Chūgai 後藤宙外. "Seiji shōsetsu o ronzu-shōsetsukai no shin seimen" 政治小說を論ず——小說界の新生面 (On the political novel—a new perspective on the world of fiction). *Shin shōsetsu* 新小說, Nov. 1898. Available online at http://www.japanpen.or.jp/e-bungeikan/guest/pdf/gototyugai.pdf, accessed July 7, 2010.

Guillermo, Ramon. *Translation and Revolution: A Study of Jose Rizal's Guillermo Tell*. Quezon City: Ateneo de Manila University Press, 2009.

Guy, Kent. *The Emperor's Four Treasuries: Scholars and the State in the Late Ch'ien-lung Era*. Cambridge, MA: Council on East Asian Studies, Harvard University, 1987.

Gwynn, Denis. *Young Ireland and 1848*. Cork: Cork University Press, 1949.

Hanan, Patrick. *Chinese Fiction of the Nineteenth and Early Twentieth Centuries: Essays*. New York: Columbia University Press, 2004.

Hanan, Patrick. "The Missionary Novels of Nineteenth-Century China." *Harvard Journal of Asiatic Studies* 60.2 (2000): 413-443.

Hanan, Patrick. "The Nature of Ling Meng-Ch'u's Fiction." In Andrew Plaks, ed., *Chinese Narrative: Critical and Theoretical Essays*, pp. 85-114.

[Hanan, Patrick] . "The New Novel before the New Novel: John Fryer's Fiction Contest." In Judith Zeitlin and Lydia H. Liu, eds., *Writing and Materiality in China*, pp. 317-340.

Hancock, David. *Citizens of the World: London Merchants and the Integration of the British Atlantic Community*, 1735-1785. Cambridge: Cambridge University Press, 1995.

Hane, Mikiso. *Modern Japan: A Historical Survey*. Boulder, CO: Westview Press, 2001.

Harrell, Paula Sigrid. "The Years of the Young Radicals: Chinese Students in Japan,1900-1905." Ph.D. dissertation, Columbia University, 1970.

Harvie, Christopher. *The Centre of Things: Political Fiction in Britain from Disraeli to the Present*. London: Unwin Hyman, 1991.

Hattori Seiichi 服部誠一. [Nijūsan nen] Kokkai miraiki [二十三年] 國會未來記 (*Future record of the Diet*. The year Meiji 23). Tokyo: Senkakudō 東京：仙鶴堂, 1886.

Headlam, James W. "Kossuth." In *Encyclopaedia Britannica*, eleventh edition, Vol. 15, pp. 916-918. New York: The Encyclopaedia Britannica Company, 1911.

Heyd, Uriel. *Foundations of Turkish Nationalism: The Life and Teachings of Ziya Gokalp*. London: Luzac, 1950.

Hijiya-Kirschnereit, Irmela, ed. *Canon and Identity: Japanese Modernization Reconsidered; Trans-Cultural Perspectives*. Berlin; Tokyo: Deutsches Institut fur Japanstudien, 2000.

Hill, Christopher. "How to Write a Second Restoration: The Political Novel and Meiji Historiography." *Journal of Japanese Studies* 33.2 (2007): 337-356.

Hirata Hisashi 平田久. *Kārairu* カーライル (Carlyle). Tokyo: Minyusha 東京：民友社, 1893 (*Juni bungō*, no. 1).

Hisamatsu Senichi 久松潛一, et al., eds. *Gendai Nihon bungaku dainenpyō* 現代日本文學大年表 (Chronicle of major events in modern Japanese literature). Tokyo: Meiji shoin 東京：明治書院, 1968.

Hisamatsu Yoshinori 久松義典. *Shokumin iseki* 殖民偉績 (The great achievements of colonization). 東京：集成社, 1902.

Ho, Clara Wing-Chung. "The Cultivation of Female Talent: Views on Women's Education in China during the Early and High Qing Periods." *Journal of the Economic and Social History of the Orient* 38 (May 1995): 191-223.

Holm, David. "The Death of Tiaoxi (the 'Leaping Play'): Ritual Theatre in the Northwest of China." *Modern Asian Studies* 37.4 (2003): 863-884.

Hong Taeyong 洪大容. *Euisan mundap* 醫山問答 (Dialogue on the Medicinal Herb Mountain). 1766. In Hong Taeyong 洪大容, *Tamhŏn sŏ* 湛軒書. Seoul: Kyŏngin munhwasa 首尔：景仁文化社, 1969.

Hopkinson, Francis. *A Pretty Story*. Philadelphia: John Dunlap, 1774. Reprinted as *The Old Farm and the New Farm: A Political Allegory*. New York: Anson D. F. Randolph, 1864.

Horowitz, Richard S. "Breaking the Bonds of Precedent: The 1905-1906 Government Reform Commission and the Remaking of the Qing Central State." *Modern Asian Studies* 37.4 (2003): 775-797.

Hsia, C. T. "The Military Romance." In Cyril Birch, ed., *Studies in Chinese Literary Genres*, pp. 339-390. Berkeley: University of California Press, 1974.

Hsia, C. T. "Yen Fu and Liang Ch'i-ch'ao as Advocates of New Fiction." In Adele Rickett, ed., *Chinese Approaches to Literature from Confucius to Liang Ch'i-Chao*, pp. 221-257. Princeton, NJ: Princeton University Press, 1978.

Hsu, Immanuel C. Y. *The Rise of Modern China*. New York: Oxford University Press, 1970.

Hu, Ying. *Tales of Translation: Composing the New Woman in China, 1899-1918*. Stanford: Stanford University Press, 2000.

Huang, Martin W. "From Caizi to Yingxiong: Imagining Masculinities in Two Qing Novels, *Yesou puyan* and *Sanfen meng quan zhuan*." *Chinese Literature: Essays, Articles, Reviews* 25 (Dec. 2003): 59-98.

Huang, Martin W, ed. *Snakes' Legs: Sequels, Continuations, Rewritings, and Chinese Fiction*. Honolulu: University of Hawai'i Press, 2004.

Hŭmhŭmja 欽欽子 (An Kuksŏn). [*Sin soseol*] *Kŭmsu chap'an* [新小說] 禽獸裁判 (Trial among the beasts. A new novel). Serialized in *Daehan minbo* 大韓民報, June 5 to Aug. 18, 1910.

Hung, Eva. "Giving Texts a Context: Chinese Translations of Classical English Detective Stories 1896-1916." In David Pollard, ed., *Translation and Creation*, pp. 151-176.

Huters, Theodore. *Bringing the World Home: Appropriating the West in Late Qing and Early Republican China*. Honolulu: University of Hawai'i Press, 2005.

Huters, Theodore. "From Writing to Literature: The Development of Late Qing Theories of Prose." *Harvard Journal of Asiatic Studies* 47.1 (1987): 51-96.

Huters, Theodore. "A New Way of Writing: The Possibilities for Literature in Late Qing China, 1895-1908." *Modern China* 14.3 (1988): 243-276.

Idema, Wilt, and Beata Grant. *The Red Brush: Writing Women of Imperial China*. Cambridge, MA: Harvard University Press, 2004.

Idema, Wilt, and Lloyd Haft. *A Guide to Chinese Literature*. Ann Arbor, MI: Center for Chinese Studies, University of Michigan, 1997.

L'infanticide et l'oeuvre de la sainte-enfance en Chine. Shanghai: Autographie de la Mission Catholique, a L'Orphelinat de Tou-Se We, 1878.

Irokawa Daikichi 色川大吉. *Kindai kokka no hikari to kage* 近代國家の光と影 (Light and shadow of the modern state). Tokyo: Sanseidō 東京：仙鶴堂, 1979.

Irokawa Daikichi 色川大吉. *Kindai kokka no shuppatsu* 近代國家の出発 (The emergence of the modern state). Tokyo: Chūō Kōronsha 東京：中央公論社, 1966.

Isabella, Maurizio. "Exile and Nationalism: The Case of the Risorgimento." *European History Quarterly* 36 (2006): 493-520.

Isabella, Maurizio. *Risorgimento in Exile: Italian Emigres and the Liberal International in the Post-Napoleonic Era*. Oxford: Oxford University Press, 2009.

Jameson, Fredric. *Archaeologies of the Future: The Desire Called Utopia and Other Science Fictions*. London: Verso, 2005.

Jameson, Fredric. "Introduction." In Kōjin Karatani, *Origins of Modern Japanese Literature*. Durham: Duke University Press, 1994.

Jansen, Marius. *The Making of Modern Japan*. Cambridge, MA: Harvard University Press, 2000.

Johnson, David, Andrew Nathan, and Evelyn Rawski, eds. *Popular Culture in Late Imperial China*. Berkeley: University of California Press, 1985.

Johnson, Jean. "The American Political Novel in the Nineteenth Century." Ph.D. dissertation, Boston University, 1958.

Judge, Joan. "The Factional Function of Print: Liang Qichao, *Shibao*, and the Fissures in the Late Qing Reform Movement." *Late Imperial China* 16.1 (1995): 120–140.

Judge, Joan. "Mediated Imaginings: Biographies of Western Women and their Japanese Sources in Late Qing China." In Grace S. Fong, Nanxiu Qian, and Richard J. Smith, eds., *Different Worlds of Discourse*, pp. 147-166.

Judge, Joan. *Precious Raft of History: The Past, the West, and the Women Question in China*. Stanford: Stanford University Press, 2008.

Judge, Joan. "Public Opinion and the New Politics of Contestation in the Late Qing, 1904-1911." *Modern China* 20.1 (Jan. 1994): 61-91.

Judge, Joan. "Revolution? A Review Essay on *China, 1898-1912: The Xinzheng Revolution and Japan*, by Douglas R. Reynolds." *Sino-Japanese Studies* 6.2 (1994): 7-12.

Judge, Joan. "Talent, Virtue, and the Nation: Chinese Nationalisms and Female Subjectivities in the Early Twentieth Century." *American Historical Review*, June 2001, pp. 765-803.

Kaizōsha 改造社, ed. *Gendai Nihon bungaku zenshū* 現代日本文學全集 (A complete collection of modern Japanese literature). Tokyo: Kaizōsha 東京：改造社, 1926-1931.

Kalmar, Ivan Davidson. "Benjamin Disraeli, Romantic Orientalist." *Comparative Studies in Society and History* 47.2 (Apr. 2005): 348-371.

Kamachi, Noriko. *Reform in China: Huang Tsun-hsien and the Japanese Model*. Cambridge, MA:

Harvard University Press, 1981.

Kamei Hideo 亀井秀雄. *Kansei no henkaku* 感性の変革 (The transformation of perception). Tokyo: Kōdansha 東京：講談社, 1983.

Kamil, Mustafa. *al-Shams al-mushriqa* (The rising sun). Cairo: Matba'at al-Liwa, 1904.

Kang Dongyuan 康東元. "Shinmatsu ni okeru no Nihon kindai bungaku sakuhin no honyaku to kaishō-Nihon bungei no Chūgoku ni okeru keirire hō" 清末におけるの日本近代文學作品の翻譯と介紹——日本文藝の中國にお受け入れ方 (Late Qing translation and introduction of modern Japanese literary works and the process by which Japanese literature was received). *Toshokan jōhō mediya kenkyū* 図書館情報メディア研究 2.1 (2005): 1-12.

Kang Sang-dae 蔣相大. "Gaehwagi jeongchi soseol ui seonggyeok" 開化期政治小說의性格 (The characteristics of political novels during the Period of Enlightenment). *Dosol eomun* 도솔어문 15 (2001): 14.

Kaplan, Harold. *Power and Order: Henry Adams and the Naturalist Tradition in American Fiction.* Chicago: University of Chicago Press. 1981.

Kārairu カーライル (Thomas Carlyle). "Rekishi ron" 歴史論 (Treatise on history).Translated by Akashi Teizō. *Chūō gakujutsu zasshi* 中央學術雑志 8 (1887): 6-99.

Kārairu カーライル (Thomas Carlyle). *See also* Carlyle, Thomas.

Karatani, Kōjin. *Origins of Modern Japanese Literature.* Durham, NC: Duke University Press, 1994.

Karl, Rebecca E., and Peter Gue Zarrow. *Rethinking the 1898 Reform Period: Political and Cultural Change in Late Qing China.* Cambridge, MA: Harvard University Press, 2002.

Katō Masanosuke 加藤政之助. *Eikoku meishi kaiten kidan* 英國名士回天綺談 (Fantastic tale of the outstanding men of England saving the nation). Osaka: Okashima skinshishi 大阪：岡島真七, 1885.

Kaufman, Will. *The Civil War in American Culture.* Edinburgh: Edinburgh University Press, 2006.

Keene, Donald. *Dawn to the West: Japanese Literature of the Modern Era.* New York:Holt, Rinehart, and Winston, 1984.

Kenmuyama Sentarō 煙山專太郎. *Kinsei museifushugi* 近世無政府主義 (Modern anarchism). Tokyo: Tōkyō senmon gakkō shuppanbu 東京：東京專門学校出版部, 1902.

Key to the Characters in Coningsby: Comprising about Sixty of the Principal Personages in the Story. London: Sherwood, Gilbert and Piper, 1844.

Kimura Ki 木村毅. *Nihon hon'yakushi gaikan* 日本翻訳史概觀 (An overview of the history of translation in Japan). 1966. Reprinted in Kimura Ki, ed., *Meiji honyaku bungaku shu* 明治翻訳文學集, pp. 375-394. In *Meiji bungaku zenshū*, Vol. 7. Tokyo: Chikuma shobō 東京：筑摩書房, 1972.

King, Bolton. *History of Italian Unity, Being a Political History of Italy from* 1814-1871.1899. Oxford: Nisbet and Co., Limited, 1934.

Kinkley, Jeffrey, ed. *After Mao: Chinese Literature and Society* 1978-1981. Cambridge,MA: Harvard University Press, 1985.

Kinkley, Jeffrey, ed. *Chinese Justice, the Fiction: Law and Literature in Modern China.* Stanford:Stanford University Press, 2000.

Kinkley, Jeffrey, ed. *Corruption and Realism in Late Socialist China: The Return of the Political Novel.*

Stanford, CA: Stanford University Press, 2007.

Kinmonth, Earl H. *The Self-Made Man in Meiji Japanese Thought: From Samurai to Salary Man.* Berkeley: University of California Press, 1981.

Kōbu ohae 車夫誤解 (The misunderstandings of the rickshaw men). *Daehan Daily*《大韓每日申報》, Feb. 20 to Mar. 7, 1906.

Kockum, Keiko. "The Role of Western Literature in the Formation of the Modern Japanese Novel." In Margareta Petersson, ed., *Literary Interactions in the Modern World* 1, pp. 97-140. Berlin: De Gruyter, 2006.

Kornicki, Peter F. "Disraeli and the Meiji Novel." *Harvard Journal of Asiatic Studies* 44.1(June 1984): 29-55.

Kornicki, Peter F. *The Reform of Fiction in Meiji Japan.* London: Ithaca Press for the Board of the Faculty of Oriental Studies, Oxford University, 1982.

Kou Zhenfeng 寇振鋒. "Shinmatsu seiji shōsetsu no jutsugo gainen no keisei to Meiji seiji shōsetsu to no kakawari" 清末政治小說的術語、概念的形成と明治政治小說との關わり (On the formation of the terminology and concepts of the late Qing political novel and its releationship to the Meiji political novel). In *Gogen bunka ronshu* 語言文化論集 29.1 (2007): 93-104. http://www.lang.nagoya-u.ac.jp/proj/genbunronshu/29–1/kou.pdf, accessed July 13, 2010.

Ković, Miloš. *Disraeli and the Eastern Question.* Translated by Miloš Damjanović. Oxford: Oxford University Press, 2011.

Kral, Oldřich, Zlata Černa, et al., eds. *Contributions to the Study of the Rise and Development of Modern Literatures in Asia.* 3 vols. Prague: Publishing House of the Oriental Institute in Czechoslovak Academy of Sciences, 1965-1970.

Kuo, Ya-pei. "'The Emperor and the People in One Body': The Worship of Confucius and Ritual Planning in the *Xinzheng* Reforms, 1902-1911." *Modern China* 35.2 (2009):123-154.

Kurita, Kyoko. "Meiji Japan's Y23 Crisis and the Discovery of the Future: Suehiro Tetchō's Nijūsan-nen mirai-ki." *Harvard Journal of Asiatic Studies* 60.1 (2000): 5-43.

Kvande, Marta. "The Outsider Narrator in Eliza Haywood's Political Novels." *Studies in English Literature* 1500-1900 43.3 (2003): 625-643.

Kwong, Luke S. K. *A Mosaic of the Hundred Days: Personalities, Politics, and Ideas of 1898.* Cambridge, MA: Council on East Asian Studies, Harvard University, 1984.

Lackner, Michael, Iwo Amelung, and Joachim Kurtz, eds. *New Terms for New Ideas: Western Knowledge and Lexical Change in Late Imperial China.* Leiden: Brill, 2001.

Lackner, Michael, and Natascha Vittinghoff, eds. *Mapping Meanings: The Field of New Learning in Late Qing China.* Leiden: Brill, 2004.

Laffan, Michael. "Mustafa and the *Mikado*: A Francophile Egyptian's Turn to Meiji Japan." *Japanese Studies* 19.3 (1999): 269-286.

Landau, Jacob M. "The Young Egypt Party." *Bulletin of the School of Oriental and African Studies* 15.1 (1953): 161-164.

Leavis, Q. D. *Fiction and the Reading Public.* London: Chatto and Windus, 1932.

Lee, Leo Ou-fan. *The Romantic Generation of Modern Chinese Writers.* Cambridge, MA: Harvard University Press, 1973.

Lee, Leo, and Andrew J. Nathan. "The Beginnings of Mass Culture: Journalism and Fiction in the Late Ch'ing and Beyond." In David Johnson, Andrew Nathan, and Evelyn Rawski, eds., *Popular Culture in Late Imperial China*, pp. 360-398. Berkeley:University of California Press, 1985.

Lee, Mabel. "Chinese Women and Social Change: The Late Ch'ing Novel *Huang Hsiu-ch'iu* as a Programme for Positive Action by Chinese Women in a Time of National Crisis." In Wang Gungwu, Milagros Guerrero, and David Marr, eds.,*Society and the Writer: Essays on Literature in Modern Asia*, pp. 123-137. Canberra:Research School of Pacific Studies, Australian National University, 1981.

Lee, Mabel. "Liang Ch'i-ch'ao (1873-1929) and the Literary Revolution of Late-Qing." *Journal of the Australian Oriental Society* 1971: 203-224.

Legge, James, trans. *The Chinese Classics*. Oxford; Hong Kong: Hong Kong University Press, 1960.

The Letters of Disraeli to Lady Bradford and Lady Chesterfied. Edited by the Marquis of Zetland. 2 vols. New York: Appleton, 1929.

Levi-Strauss, Claude. "Structure and Form: Reflections on a Work by Vladimir Propp." In Vladimir Propp. *Theory and History of Folklore*, translated by Ariadna Y. Martin and Richard P. Martin, pp. 167-210. Minneapolis: University of Minnesota Press,1984.

Lew, Sherman. "Timothy Richard's New Policy-a Translation of Hsin Cheng-ts'e 新政策 with an Introductory Essay." B.A. thesis, Harvard College, 1962.

Li, Wai-yee. "The Representation of History in the *Peach Blossom Fan*." *Journal of the American Oriental Society* 115.3 (July–Sept. 1995): 421-433.

Li, Yu. *The Carnal Prayer Mat (Rou Putuan)*. Translated by Patrick Hanan. New York:Ballantine Books, 1990.

Li, Yu. "Training Scholars not Politicians: Zunjing Academy and the Introduction of Han Learning to Sichuan in the Late Nineteenth Century." *Modern Asian Studies* 37.4 (2003): 919-954.

Li, Yu-ning. *Chinese Feminist Thought at the Turn of the Century*. Jamaica, NY: Center of Asian Studies, St. John's University, 1978.

Link, Eugene Perry. *Mandarin Ducks and Butterflies: Popular Fiction in Early Twentieth-Century Chinese Cities*. Berkeley: University of California Press, 1981.

Liu, James J. Y. *The Chinese Knight-Errant*. Chicago: Chicago University Press, 1967.

Liu, Joyce Chi-hui. "The Count of Psyche: The Birth of Biopolitics and Ethico-Economic in Early Modern China." In Alain Brossai, Yuan-Horng Chu, Rada Ivekovic, and Joyce C. H. Liu, eds., *Biopolitics, Ethics and Subjectivation*, pp. 121-146.Paris: l'Harmattan, 2011.

Liu, Lydia H. *Translingual Practice: Literature, National Culture, and Translated Modernity-China, 1900-1937*. Stanford: Stanford University Press, 1995.

Lukacs, George. *The Historical Novel*. Translated from the German by Hannah Stanley Mitchell. Lincoln; London: University of Nebraska Press, 1962.

Lukacs, Gyo rgy. *Il drama moderno*. Translated by Luisa Coeta. (Originally published in Hungarian as *A modern drama fejlodesenek tortenete I–II*, Budapest, 1911.) Milan:Sugar Co, 1967.

Lust, John. "The Su Bao Case: An Episode in the Early Chinese Nationalist Movement." *Bulletin of the School of Oriental and African Studies* 27.2 (1964): 408-429.

Mack Smith, Denis. *Mazzini*. Yale University Press, 1996.

Maeda Ai 前田愛. "Gesaku bungaku to 'Tōsei shosei katagi'" 戲作文學と'當世書生氣質' (Drama literature and "the spirit of literati of our time"). Reprinted in kindai Ninhon no bungaku kūran: Rekishi kotoba, jokyō 1965. 近代日本の文學空間：歴史，ことば，狀況, pp. 153-166.

Maeda Ai 前田愛. *Kindai Nihon no bungaku kūkan: Rekishi, kotoba, jōkyō* 近代日本の文學空間：歴史，ことば，狀況 (The literary space in modern Japan: history, words, situations). Tokyo: Shin'yōsha 東京：新陽社, 1983.

Maeda Ai 前田愛. "Meiji rekishi bungaku genzō" 明治歴史文學の原像 (The original features of Meiji historical fiction). Reprinted in *Kindai Nihon no bungaku kūkan: Rekishi, kotoba, jōkyō*, pp. 63-98.

Maeda Ai 前田愛. "Meiji shonen no dokusha zō" 明治初年の讀者像 (The image of the early Meiji reader). 1969. Reprinted in *Maeda Ai chosaku shū* 前田愛著作集, Vol. 2, pp. 177-233. Tokyo: Chikuma shobō 東京：筑摩書房, 1989.

Mair, Victor H. *T'ang Transformation Texts: A Study of the Buddhist Contribution to the Rise of Vernacular Fiction and Drama in China*. Cambridge, MA: Council on East Asian Studies, Harvard University, 1989.

Mann, Susan. *Precious Records: Women in China's Long Eighteenth Century*. Stanford: Stanford University Press, 1997.

Marazzi, Martino. *Il Romanzo Risorgimentale di Giovanni Ruffini*. Florence: La Nuova Italia Editrice, 1999.

Martin, Helmut. "A Transitional Concept of Chinese Literature 1897-1917: Liang Ch'i-Ch'ao on Poetry-Reform, Historical Drama and the Political Novel." *Oriens Extremus* 20 (1973): 175-217.

Masini, Frederico. *The Formation of Modern Chinese Lexicon and Its Evolution toward a National Language: The Period from 1840 to 1898*. Berkeley: University of California Press, 1993.

Mason, Michele M. "Revisiting Narratives of Meiji 'Progress': Seiji Shōsetsu as Sexual and Political Opposition." *Japan Forum* 23.1 (2011): 49-66.

Masuda Wataru 増田渉. *Chūgoku bungakushi kenkyū: "Bungaku kakumei" to zenya no hitobito* 中國文學史研究：「文學革命」と前夜の人々 (Studies on the history of Chinese literature: personalities on the eve of the "Literary Revolution"). Tokyo: Iwanami shoten 東京：岩波書店, 1967.

Matsui Sachiko 松井幸子. *Seiji shōsetsu no ron* 政治小說の論 (On the political novel). Tokyo: Ōfūsha 東京：桜楓社, 1979.

Matsunaga Masayoshi 松永正義. "Gendai bungaku keisei no kōzu-seiji shōsetsu no ichi o megutte" 現代文學形成の構圖——政治小說の位置をきぐつて (A perspective of modern Chinese literature in the formative period—about the position of the political novel). *Tōyō bunka* 東洋文化 61 (Mar. 1981): 166-167.

Matsunoya Midori 松の家みどり. *Shin heimin* 新平民 (The new commoner). Tokyo: Kyōryūsha 東京：共隆社, 1888.

Maurois, Andre. *Disraeli: A Picture of the Victorian Age*. Translated by Hamish Miles. New York: D. Appleton and Company, 1928.

Mazzini, Giuseppe. "General Instructions for the Members of 'Young Italy' (1831)." In N. Gangulee, ed., *Selected Writings*, pp. 129-131. London: L. Drummond, 1945.

Mazzini, Giuseppe, and Mario Menghini. *Ricordi autobiografici di Giuseppe Mazzini*.Imola: Cooperativa Tipografico-Editrice Paolo Galeati, 1938.

Meienberger, Norbert. *The Emergence of Constitutional Government in China* (1905-1908): *The Concept Sanctioned by the Empress Dowager Tz'u-Hsi*. Bern, Frankfurt am Main, Las Vegas: Peter Lang, 1980.

Meiji bungaku zenshū 明治文學全集 (Collected works of Meiji literature). 1902. Tokyo: Chikuma shobō 東京：筑摩書房, 1978.

Meiji bunka kenkyūkai 明治文化研究會, ed. *Meiji bunka kenkyū ronsō* 明治文化研究論叢 (A collection of essays on Meiji culture). Tokyo: Ichigensha 東京：一元社, 1934.

Mertz, John Pierre. *Novel Japan: Spaces of Nationhood in Early Meiji Narrative,* 1870-1888. Ann Arbor, MI: Center for Japanese Studies, the University of Michigan, 2003.

Milanesi, Ercolina. "Giovanni Ruffini." Introduction of Ruffini by the Italian journalistErcolina Milanesi, http://digilander.libero.it/atticciati/storia/GIOVANNI_RUFFINI.htm, accessed Jan. 6, 2009.

Milne, Gordon. *The American Political Novel*. Norman: University of Oklahoma Press,1966.

Ming, Fengying. "Baoyu in Wonderland: Technological Utopia in the Early Modern Chinese Science Fiction Novel." In Zhang Yingjin, ed., *China in a Polycentric World:Essays in Chinese Comparative Literature*, pp. 152-172.

Ming, Fengying. "Enlightenment at the Turn of a Modern Century: Cultural Reform and Educational Transformation." Paper presented at the conference "Cultural Migrations in Late Qing and Early Republican China," Frankfurt University, Aug. 22-24, 2004.

Miwa Shinjirō 三輪信次郎. "*Jōkai haran: Minken engi jo*" 情海波瀾 民權演義序 (Foreword to ［*Minken engi*］*Jōkai haran*). In Toda Kindō, ［*Minken engi*］*Jōkaiharan* 户田欽堂, ［情海波瀾］民權演義, pp. 1-2.

Monypenny, William Flavelle. *The Life of Benjamin Disraeli, Earl of Beaconsfield*.New York: The Macmillan Company, 1910-1920.

More, Thomas. *Shin seifun tsuki dan* 新政府組織談 (Disquisitions about the reform of government organization) Translation of Thomas Moore, *Utopia*, by Inoue Tsutome 井上勤. Tokyo: Shiseidō 東京：思誠堂, 1883.

Moretti, Franco. *Atlas of the European Novel* (1800-1900). London: Verso, 2009.

Moretti, Franco. "Conjectures on World Literature." *New Left Review* 1 (Jan.–Feb. 2000): 54-68.

Moretti, Franco. "More Conjectures." *New Left Review* 20 (Mar.–Apr. 2003): 73-81.

Moretti, Franco, ed. *The Novel*, vol. 1: *History, Geography, and Culture*. Princeton: Princeton University Press, 2006.

Moretti, Franco. "The Novel: History and Theory." *New Left Review* 52 (July–Aug. 2008): 111-124.

Moretti, Franco. *Signs Taken for Wonders: Essays in the Sociology of Literary Forms*. London,New York: Verso, 1983.

Mostow, Joshua, Kirk A. Denton, Bruce Fulton, and Sharalyn Orbaugh, eds. *Columbia Companion to Modern East Asian Literature*. New York: Columbia University Press,2003.

Multatuli (Edvard Douwes Dekker). *Max Havelaar*: *Of de koffijveilingen der Nederlandsche*

Handelsmaatschappij (Max Havelaar: on the coffee auctions of the Dutch Trading Company). Amsterdam: De Ruyter, 1860.

Nakajima Kawatarō 中島河太郎. *Nihon suiri shōsetsu shi* 日本推理小説史 (History of the Japanese detective novel). Tokyo: Tōkyō sōgenshu 東京：創元社, 1993-1996.

Nakamura Masanao 中村正直. "Daishi" 題辭 (Preface) to *Tōyō kijin, Sekai ritsukoku no yukusue*, 東洋奇人，世界列國の行く末.

Nakamura Tadayuki 中村忠行. "Ban Shin ni okeru kyomutō shōsetsu" 晚清に於ける虛無黨小說 (Late Qing anarchist novels). *Tenri daigaku gakuhō* 天理大學學報 2.85 (1973):108-154.

Nakamura Tadayuki 中村忠行. "Seiji shōsetsu ni okeru hikaku to kōryū" 政治小説に於ける比較と交流 (Comparison and exchange among political novels). *Bungaku* 21.9 (1953): 904-913.

Nakamura Tadayuki 中村忠行. "*Shin Chūgoku miraiki* kōsetsu-Chūgoku bungei ni oyobōseru Nihon bungei no eikyō no ichi rei" 新中國未來記考說——中國文藝に及ぼせる日本文藝の影響の一例 (Study of *The future record of new China*—An example of Chinese literature being influenced by Japanese literature). *Tenri daigaku gakuhō* 天理大學學報 1(1949):65-93.

Nakamura Tadayuki 中村忠行. *Shinmatsu no buntan to Meiji no shōnen bungaku* 清末の文壇と明治の少年文學 (The Late Qing literary scene and Meiji youth literature). *Yamabe no michi* 山边の道 9(1963): 48-62; 10 (1963): 63-73.

Nakamura Tadayuki 中村忠行. "Shinmatsu tantei shōsetsu shikō" 清末探偵小說史稿 (Draft history of the late Qing detective novels). *Shinmatsu shōsetsu kenkyū* 清末小說研究 2 (1978): 9–42; 3 (1979):10–60; 4 (1980): 10–66.

Nakamura Tadayuki 中村忠行. "Tokutomi Rōka to gendai Chūgoku bunka" 德富蘆花と現代中國文學 (Tokutomi Rōka and modern Chinese culture). *Tenri daigaku gakuhō* 天理大學學報 1949.1:1-54;1949.2:55-85.

Nakashima Toshirō 中島利郎. "Wu Jianren no tanpen shōsetsu ni tsuite-rikken tanpen shōsetsu o chūshin ni" 吳趼人の"短篇小說"について——立憲短篇小說を中心に (On Wu Jianren's short stories—with a focus on his short stories about the constitution). *Ban shin shōsetsu kensō* 晚清小說研叢 1997: 202-216.

A New Key to the Characters in Coningsby. London(?): W. Strange, 1844.

Ng, Mao-sang. *The Russian Hero in Modern Chinese Fiction*. Hong Kong: Chinese University Press, 1988.

Niemeyer, Carl. "Introduction." In Thomas Carlyle, *On Heroes, Hero-Worship and the Heroic in History*. Lincoln: University of Nebraska Press, 1966.

Nienhauser, William., ed. *The Indiana Companion to Traditional Chinese Literature*.Second revised edition. Taipei: Southern Materials Center, 1986.

Nihon kindai bungaku daijiten 日本近代文學大事典 (A reference work on modern Japanese literature). Edited by Odagiri Susumu 小田切進. Tokyo: Nihon Kindai bungakkan 東京：日本近代文学館, 1977.

Niu Linjie 牛林傑. "Kaehwagi soŏl changrŭ ŭi hyŏngsŏng kwa Yang Kye-ch'o ŭi kwallyŏn yangsang" 開化期小說樣式的形成여梁啟超的關係以討論體小說和歷史傳記小說為中心 (The formation of the novel format during the Enlightenment Period—with a focus on the discussion novel and the narrative novel with regard to Liang Qichao). *Pigyo munhak* 比較文學 29.1 (2002).

Norman, E. Herbert. *Origins of the Modern Japanese State: Selected Witings of E. H. Norman*. Edited by John W. Dower. New York: Pantheon Books, 1975.

Ogihara Takashi 荻原隆. *Nakamura Keiyu kenkyū-Meiji keimō shisō to risōshugi* 中村敬宇研究——明治啟蒙思想と理想主義 (A study on Nakamura Keiyu—Meiji enlightenment thinking and idealism). Tokyo: Waseda daigaku shuppanbu 東京：早稻田大學出版部, 1990.

Oguri Mataichi 小栗又一, comp. *Ryūkei Yano Fumio Kun den* 龍渓矢野文雄君伝 (Biography of Mr. Yano Ryūkei). Tokyo: Sendagaya-chō 東京：千駄ヶ谷町, 1930.

Ōhashi Otowa 大橋乙羽. [*Seiji shōsetsu*] *Ruiran tōyō* [政治小說] 累卵東洋 (The threatened Pacific. A political novel). Tokyo: Ōfusagentarō 東京：大房元太郎, 1901.

O'Kell, Robert. "The Autobiographical Nature of Disraeli's Early Fiction." *Nineteenth-Century Fiction* 31.3 (Dec. 1976): 253-284.

O'Kell, Robert. "Disraeli's *Coningsby*: Political Manifesto or Psychological Romance?" *Victorian Studies* 23.1 (Fall 1979): 57-78.

Omura Yakufu 大村益夫. "Ryō Keichō [Liang Qichao] oyobi *Kajin no kigū*" 梁啟超および佳人之奇遇 (Liang Qichao and *Mysterious Encounters with Beautiful Women*). *Jinbun ronshu* 人文論集 11.2 (1964): 103-133.

van Oostrum, Duco. *Male Authors, Female Subjects: The Woman within, beyond the borders of Henry Adams, Henry James and others*. Amsterdam: Rodopi, 1995.

Ortiz, Fernando. *Cuban Counterpoint; Tobacco and Sugar*. Translation of *Contrapunteo cubano del tabaco y el azucar (advertencia de sus contrastes agrarios, economicos, historicos y sociales, su etnografia y su transculturacion)* by Harriet de Onis. New York: Knopf, 1947.

Osaki Yukio 尾崎行雄. *Shin Nihon* 新日本 (The new Japan). Tokyo: Shusei sha 東京：集成社, 1886.

Osatake Takeki 小佐竹猛 and Meiji bunka kenkyūkai 明治文化研究會. *Meiji bunka kenkyū ronsō* 明治文化研究論叢 (A collection of essays on Meiji culture). Tokyo: Ichigensha 東京：一元社, 1934.

Oshikawa Shunrō 押川春浪. [*Nichi Ōkyōsō*] *Kūchū dai hikōtei* [日歐競爭] 空中大飛行艇 (The magna airship. Japanese-European competition). Tokyo: Daigakukan 東京：大学館, 1902.

Oshikawa Shunrō 押川春浪. *Senpongo no sekai* 千年後の世界 (The world after a thousand years). Tokyo: Daigakukan 東京：大学館, 1903.

Ostrovskij, Nicholas. *The Making of a Hero*. Translated by Alec Brown. New York: International Publishers, 1937.

Owen, Stephen. "The End of the Past: Rewriting Chinese Literary History in the Early Republic." In Milena Doleželova-Velingerova and Oldřich Kral, eds., *The Appropriation of Cultural Capital*, pp. 167-192.

Palumbo-Liu, David. "The Utopias of Discourse: On the Impossibility of Chinese Comparative Literature." In Zhang Yingjin, ed., *China in a Polycentric World: Essays in Chinese Comparative Literature*, pp. 36-49.

Paules, Xavier. *Histoire d'une drogue en sursis: L'opium a Canton*, 1906-1936. Paris: Ecole des hautes etudes en sciences sociales, 2010.

Petersson, Margareta. "Introduction: Cultural Encounters between Literary Cultures: The Example of the Novel." In Margareta Petersson, ed., *Literary Interactions in the Modern World* 1, Vol. 3 in Gunilla Lindberg-Wade, ed., *Literary History: Towards a Global Perspective*. Berlin: Walter de Gruyter, 2006.

Plaks, Andrew, ed. *Chinese Narrative: Critical and Theoretical Essays*. Princeton:Princeton University Press, 1977.

Plaks, Andrew, ed. "Towards a Critical Theory of Chinese Narrative." In Andrew Plaks, ed.,*Chinese Narrative: Critical and Theoretical Essays*, pp. 309-352.

"The Political Novel." *Times*, May 21, 1927, p. 11.

"Political Novels." *New York Times*, Sept. 18, 1881.

Pollard, David. "Foreigners to Admire in Late-Qing China." *Zhongda renwen xuebao* 1(1997): 30-38.

Pollard, David. "Jules Verne, Science Fiction and Related Matters." In *Translation and Creation*,pp. 177-208.

Pollard, David, ed. *Translation and Creation: Readings of Western Literature in Early ModernChina, 1840-1918*. Amsterdam, Philadelphia: John Benjamins Publishing Company,1998.

Pratt, Keith L., Richard Rutt, and James Hoare. *Korea: A Historical and Cultural Dictionary*. Richmond, Surrey: Curzon Press, 1999.

Price, Clair. *The Rebirth of Turkey*. New York: T. Seltzer, 1923.

Price, Don. *Russia and the Roots of the Chinese Revolution*, Cambridge, MA: Harvard University Press, 1974.

Propp, Vladimir. *Morphology of the Folktale*. 1928. Translated by Lawrence Scott.Bloomington: Research Center, Indiana University, 1958.

Proudman, Mark F. "Disraeli as an 'Orientalist': The Polemical Errors of Edward Said." *Journal of the Historical Society* 5.4 (2005): 547-568.

Pusey, James Reeve. *China and Charles Darwin*. Cambridge, MA: Harvard University Press, 1983.

Qian, Nanxiu. "The Mother *Nu xuebao* versus the Daughter *Nu xuebao*: Generational Differences between 1898 and 1902 Women Reformers." In Grace S. Fong, Nanxiu Qian, and Richard J. Smith, eds., *Different Worlds of Discourse*, pp. 257-291.

Quirino, Carlos. *The Great Malayan*. Manila, 1940.

Rankin, Mary. *Elite Activism and Political Transformation in China: Zhejiang Province,*1865-1911. Stanford: Stanford University Press, 1986.

Ransan Koji 蘭山居士. *Shijinteki eiyū* 詩人的英雄 (The poet as hero). Translation of a chapter from Thomas Carlyle, *On Heroes, Hero-Worship and the Heroic in History*. Tokyo: kichiyama shoten 東京：吉岡書店 1894.

Rawski, Evelyn. *Education and Popular Literacy in Ch'ing China*. Ann Arbor:University of Michigan Press, 1979.

Real England. "A Few Remarks on *Coningsby*." *Hood's Magazine and Comic Miscellany* 1.6 (June 1844).

Reynolds, Douglas Robertson, ed. and trans. *China, 1895-1912: State-Sponsored Reforms and China's Late-Qing Revolution: Selected Essays from Zhongguo Jindai Shi (Modern Chinese History, 1840-1919)*. *Chinese Studies in History* 28.3/4 (1995).

Reynolds, Douglas Robertson, ed. *China, 1898-1912: The Xinzheng Revolution and Japan*. Cambridge, MA:Council on East Asian Studies, Harvard University, 1993.

Riall, Lucy. "Storie di liberta, d'amore e di avventura: La costruzione del mito garibaldino prima e dopo il '48–'49." In Alberto Mario Banti and Roberto Bizzocchi,eds., *Immagini della nazione nell'Italia del Risorgimento*, pp. 157-174. Rome: Carocci,2002.

Richard, Timothy. *Some Hints for Rising Statesmen*. Shanghai, 1905.

Richard, Timothy. *See also* Li Timotai.

Richmond, Charles, and Paul Smith, eds. *The Self-Fashioning of Disraeli*: 1818-1851.Cambridge: Cambridge University Press, 1998.

Rickett, Adele Austin, ed. *Chinese Approaches to Literature from Confucius to Liang Ch'i-Chao*. Princeton, NJ: Princeton University Press, 1978.

Rizal, Jose. *Chi no namida, shōsetsu* 血の涙小說 (Bloody tears, a novel). Translation of *Noli me Tangere*. Tokyo: Naigai shuppan kyōkai, 1903.

Rizal, Jose. *El Filibusterismo*. Ghent: F. Meyer–Van Loo, 1891.

Rizal, Jose. *Noli Me Tangere: Novela Tagala*. Berlin, 1886.

Rizal, Jose. *The Reign of Greed: A Complete English version of "El Filibusterismo" from the Spanish of J. Rizal by Charles Derbyshire*. London/Manila: Philippine Education Co., 1912.

Rizal, Jose. *The Social Cancer: A Complete English version of "Noli Me Tangere" from the Spanish by Charles Derbyshire*. 1912. Manila, New York: Philippine Education Co.,World Book Company, 1969.

Ruffini, Giovanni. *Dear Experience: A Tale*. New York: Rudd and Carleton, 1848.

Ruffini, Giovanni. *Doctor Antonio. A Tale of Italy*. Edinburgh: Thomas Constable and Sons, 1855.

Ruffini, Giovanni. *Lavinia: A Novel*. New York: Rudd and Carleton, 1861.

Ruffini, Giovanni. *Lorenzo Benoni—or Passages in the Life of an Italian*. Edinburgh: Thomas Constable and Co., 1853.

Ruffini, Giovanni. *Memoires d'un conspirateur*. Paris: Libraire nouvelle, 1855.

Said, Edward. *Orientalism*. New York: Pantheon Books, 1978.

St. John, Ian. *Disraeli and the Art of Victorian Politics*. London: Anthem Press, 2005.

Sakaki, Atsuko. "*Kajin no kigū*: The Meiji Political Novel and the Boundaries of Literature." *Monumenta Nipponica* 55 (2000): 83-108.

Sakamoto, Hiroko, "The Formation of National Identity in Liang Qichao and Its Relationship to Gender." In Joshua Fogel, ed., *The Role of Japan in Liang Qichao's Introduction of Modern Western Civilization to China*, pp. 273-289. China Research Monograph 57. Berkeley: Institute of East Asian Studies, University of California,Berkeley, 2004.

Sanetō Keishū 實藤惠秀. *Chūgokujin Nihon ryūgakushi kō* 中國人日本留學稿 (Draft history of Chinese students in Japan). Tokyo: Fuji shuppan 東京：不二出版, 1993.

Sasaki Tashi 佐々木竜. [*Nihon seikai*] *Shin haran* [日本政海] 新波瀾 (New stormy waves. The Japanese sea of politics). Tokyo: Akazakō dō 東京：藜光堂, 1889.

Schamoni, Wolfgang. "The Rise of 'Literature' in Early Meiji: Lucky Genres and Unlucky Ones." In Irmela Hijiya-Kirschnereit, ed., *Canon and Identity: Japanese Modernization Reconsidered: Transcultural Perspectives*, pp. 37-60. Berlin, Tokyo: Deutsches Institut fur Japanstudien, 2000.

Schiller, Friedrich. *Wilhelm Tell: Dulang tinula sa wikang aleman*. Translated by Jose Rizal. Manila: Libreri a Manila Filate lico, 1907.

Schumacher, John N. *The Propaganda Movement, 1880-1895: The Creation of a Filipino Consciousness*,

the Making of the Revolution. Manila: Ateneo de Manila University Press, 1997.
Schwartz, Benjamin. *In Search of Wealth and Power: Yen Fu and the West*. Cambridge, MA: Belknap Press of Harvard University Press, 1964.
Schwarz, Daniel R. *Disraeli's Fiction*. London: Macmillan, 1979.
Schwarz, Daniel R. "Disraeli's Romanticism: Self-Fashioning in the Novels." In Charles Richmond and Paul Smith, eds., *The Self-Fashioning of Disraeli: 1818-1951*, pp. 42-65.
Senkyō Sanshi 仙橋散士. [*Seikai enwa*] *Kokkai ato no Nihon* [政海艶話] 國會後の日本 (Japan after [the establishment of] the Diet. Colorful talk about the sea of politics). Tokyo: Monei honkaku 東京：欽英堂, 1887.
Serikawa Tetsuyo 芹川哲世. "Hanil kaehwagi chŏ ngch'i sosŏ l-ŭ i pigyo yŏ ngu" 韓日開化期政治小說의比較研究 (A comparative study on Korean and Japanese political novels during the period of Enlightenment). M.A. thesis, Seoul National University 석사, 서울대학교대학원, 1975.
Shen, Song-chiao 沈松僑. "Discourse on Guomin ('the Citizen') in Late Qing China, 1895-1911." Translated by Hsiao Wen Chien. *Inter-Asia Cultural Studies* 7.1 (2006):2-23.
Shepherd, William A. "The Expansion of Europe." *Political Science Quarterly* 34.1, pt. 1(1919): 43-60.
Shiba Shirō 柴四郎 (pen name Tōkai Sanshi 東海散士). *Aiji* [*pudo*] *kinseishi* 埃及近世史 (A history of modern Egypt). Tokyo: Shiba shi Ko 東京：柴四郎, 1889.
Shiba Shirō 柴四郎 (pen name Tōkai Sanshi 東海散士). *Kajin no kigū* 佳人の奇遇 (Mysterious encounters with beautiful women). Tokyo: Hakubundō 東京：博文堂, 1885.
Smiles, Samuel. *Self-Help; with Illustrations of Character and Conduct*. London: John Murray, 1859.
Smiles, Samuel. *See also* Sumairusu.
Sogyŏng kwa anjŭnbangi ŭi mundap (Dialogue between a blind man and a cripple). *Daehan Daily* 大韓每日申報, Nov. 17 to Dec. 13, 1905.
Song Min-ho 宋敏鎬. "Han'guk kaehwagi sosŏl ŭi sajŏk yŏn'gu" 韓國開化期小說의史的研究 (A historical study on the history of novels during the period of enlightenment in Korea). Ph. D. dissertation, korea University 박사, 고려대학교, 1975.
Speare, Morris Edmund. *The Political Novel: Its Development in England and in America*. New York: Oxford University Press, 1924.
Stevens, Thomas. *The Castle-Builders; Or, the History of William Stephens, of the Isle of Wight, Esq.; lately deceased. A political novel. Never before published in any Language*. London, 1759.
Stockhammer, Philipp W. "Performing the Practice Turn in Archaeology." *Transcultural Studies* 1 (1912): 7-42.
Strauss, Julia C. "Creating 'Virtuous and Talented' Officials for the Twentieth Century: Discourse and Practice in *Xinzheng* China." *Modern Asian Studies* 37.4 (2003):831-850.
Strictures on Coningsby; or, the New Generation, by B. D'Israeli, Esq. M. P. with Remarks on the Present State of Parties and the Character of the Age. London: James Ridgway, Picadilly, 1844.
Sudō, Mizuyo. "Concepts of Women's Rights in Modern China." Translated by Michael G. Hill. *Gender and History* 18.3 (Nov. 2006): 472-489.
Sue, Eugene. *Les mysteres de Paris*. Rev. ed. 10 vols. Paris: Charles Gosselin, 1843-1844.

Sue, Eugene. *Mysteries of Paris*. London: Chapman and Hall, 1845-1846. In *Works of Eugene Sue*, Boston: F.A. Niccolls, 1912.

Sue, Eugene. *Pari no himitsu* 巴黎の秘密 (The mysteries of Paris). Translated by Hara Hōitsuan 原抱一庵. The translation appeared first in daily installments in the Tokyo *Asahi shinbun* 朝日新聞 from Nov. 1900 to Aug. 1901; monograph version *Pari no himitsu* 巴里の秘密. Tokyo: Fuzanbō 東京：富山房, 1904.

Suehiro Tetchō 末広鐵腸. [*Seiji shōsetsu*] *Kakan'o* [政治小說] 花間鶯 (Orioles among the flowers. (A political novel). Tokyo: Kinkō dō 東京：金港堂, 1888.

Suehiro Tetchō 末広鐵腸. *Nijūsan nen miraiki* 二十三年未來記 (A future record from Meiji year 23 [1890]). Tokyo: Kinkodō shobō 東京：金港堂書房, 1886.

Suehiro Tetchō 末広鐵腸. *Setchūbai* 雪中梅 (Plum blossoms amidst the snow). Tokyo: Hakubundō, 1887. Reprint in *Gendai Nihon bungaku zenshū* 現代日本文學全集, Vol. 1, pp. 328-385. Tokyo Kaizō sha 東京：改造社, 1931.

Sumairusu 斯邁爾斯 (Samuel Smiles). *Saikoku risshi hen* 西國立志編 (On the Western method of reaching one's goal). Translation of *Self-Help* by Nakamura Masanao 中村正直. Tokyo: kibira Aiji 東京：木平愛二, 1876.

Sumairusu 斯邁爾斯 (Samuel Smiles). *See also* Smiles, Samuel.

Suzuki Sadami. *The Concept of "Literature" in Japan*. Translated by Royall Tyler. Kyoto: International Research Center for Japanese Studies, 2006.

Suzuki, Tomi. *Narrating the Self: Fictions of Japanese Modernity*. Stanford: Stanford University Press, 1996.

Taga Akigorō 多賀秋五郎, comp. *Kindai Chūgoku kyōikushi shiryō-Shinmatsu hen* 近代中國教育史史料晚清編 (Historical materials for modern Chinese education-late Qing). Tokyo: Nihon gakujutsu shinkōkai 東京：日本學術振興会, 1972.

Tajima Shōji 田島象二. [*Jinrui kōgeki*] *Kinjo kokkai* [人類攻擊] 禽獸國會 (The animal parliament. Mankind's attack). Tokyo: Bunpō dō 東京：文宝堂, 1885. Scan available at the National Diet Library website, http://kindai.ndl.go.jp/.

Takayasu Kamejirō 高安亀次郎 (pen name Tōyō kijin 東洋奇人). *Sekai ritsukoku no yukusue* 世界列國の行く末 (The end of the nations of the world). Tokyo: kinshō dō 東京：金港堂, 1887.

Tang, Xiaobing. *Global Space and the Nationalist Discourse of Modernity: The Historical Thinking of Liang Qichao*. Stanford: Stanford University Press, 1996.

Tarumoto Teruo 尊本照雄. *Shinmatsu honyaku shōsetsu ronshū* 清末翻譯小說論集 (Collection of essays on the translation of late Qing novels). Shiga-ken Ōtsu-shi: Shinmatsu Shōsetsu Kenkyūkāi 滋賀県大津市：清末小說研究会, 2007.

Tarumoto Teruo 尊本照雄, comp. *Shinmatsu Minsho shōsetsu nenpyō* 清末民初小說年表 (A chronology of novels published in the late Qing and early Republican periods). Shiga-ken Ōtsu-shi: Shinmatsu Shōsetsu Kenkyūkāi 滋架県大津市：清末小說研究会, 1999.

Tarumoto Teruo 尊本照雄. "Shinmatsu Minsho shōsetsu no futakobu rakuda" 清末民初小說のふたこぶラクダ (The double camel humps in late Qing and early Republican novel [publishing]). In Shinmatsu Shōsetsu ronshū 清末翻譯小說論集, pp. 305-317.

Tarumoto Teruo 尊本照雄. *Shinmatsu shōsetsu kandan* 清末小說閒談 (Talk about late Qing novels).Kyoto: Hōritsu bunkasha 京都：法律文化社, 1983.

Tarumoto Teruo 尊本照雄. *Shinmatsu shōsetsu kenkyū gaido* 清末小説研究ガイド (Guide to studies on late Qing novels). Shiga-ken Ōtsu-shi: Shinmatsu Shōsetsu Kenkyūkāi 滋賀県大津市：清末小説研究会, 2004.

Tarumoto Teruo 尊本照雄. *Shinmatsu shōsetsu kenkyūron* 清末小説研究論 (Collection of studies on late Qing novels). Shiga-ken Ōtsu-shi: Shinmatsu Shōsetsu Kenkyūkāi 滋賀県大津市：清末小説研究会, 2005.

Tarumoto Teruo 尊本照雄, ed. *Shinmatsu shōsetsu ronshū* 清末小説論集 (A collection of research papers on novels published in late the Qing). kyoto: Hōritsu bunkasha 京都：法律文化社, 1992.

Tarumoto Teruo 尊本照雄. *Shinmatsu shōsetsu sōkō* 清末小説叢考 (Research on late Qing novels). Tokyo kyūko shoin 東京：汲古書院, 2003.

Tarumoto Teruo 尊本照雄. *Shinmatsu shōsetsu tansaku* 清末小説探索 (Exploration of late Qing novels).Tyoto: Hōritsu bunkasha 京都：法律文化社, 1998.

Tarumoto Teruo 尊本照雄. "Zeng Mengpu no seihun" 曾孟朴の青春 (Zeng Mengpu's [Zeng Pu] youth). *Shinmatsu shōsetsu kenkyū* 清末小説研究 2 (1978): 172-189.

Taylor, Keith Weller, and John K. Whitmore, eds. *Essays into Vietnamese Pasts*. Ithaca,NY: Southeast Asia Program, Cornell University, 1995.

Thompson, Roger R. *China's Local Councils in the Age of Political Reform* (1898-1911).Cambridge, MA: Council on East Asian Studies, Harvard University, 1995.

Tikhonov, Vladimir. "Korea's First Encounters with Pan-Asianism Ideology in the Early 1880s." *The Review of Korean Studies* 5.2 (Dec. 2002): 195-232.

Tikhonov, Vladimir. *Social Darwinism and Nationalism in Korea: The Beginnings (1880s–1910s). "Survival" as an Ideology of Korean Modernity*. Leiden: Brill, 2010.

Tikhonov, Vladimir. "World Is a Battlefield: Social Darwinism as the New World Model of Korean Intelligentsia of the 1900s." *Bochumer Jahrbuch zur Ostasienforschung* 27 (2003): 81-106.

Tobari Chikufu 登張竹風, trans. *Baikoku do* 賣國奴 (The traitor of one's country).Tokyo: Kinkō dō, 1904. Available online at the National Diet Library website, http://kindai.ndl.go.jp/index.html, accessed Apr. 23, 2010.

Toda Kindō 戸田欽堂.[*Minken engi*]*Jōkai haran* [民權演義] 情海波瀾 (Stormy seas of passion. A romance about people's rights). Tokyo: Shūseikan 東京：聚星館, 1880.

Tōkai Sanshi. *See* Shiba Shirō.

Tokutomi Iichirō tfln 徳富猪一郎. *Shōrai no Nihon* 將來の日本 (Future Japan). Tokyo: Keizai zasshisha 東京：經濟雜誌社, 1886.

Tokutomi Kenjirō (Rōka). *Footprints in the Snow*. Translated by Kenneth Strong. New York: Pegasus, 1970.

Tokutomi Rōka 徳富蘆花 *Onoide no ki* 思出の記 (Thoughts). 1901. In Kanzaki Kiyoshi 神崎清, ed. *Tokutomi Rōka shū* 徳富蘆花集. Tokyo: Chikuma shobō 東京：筑摩書房, 1966.

Tokutomi Sohō 徳富蘇峰. *Kokumin sōsho* 國民叢書 (The citizen series). Tokyo: Min yusha 東京：民友社, 1893.

Tōkyō shoseki shuppan eigyōsha kumiai 東京書籍出版営業者組合. *Tōkyō shoseki shuppan eigyōsha kumiaiin shoseki sōmokuroku* 東京書籍出版営業者組合員書籍総目録 (Complete list of books published by the members of the Tokyo Book Publisher Association). Tokyo: Tōkyō shoseki shuppan eigyōsha kumiai 東京：東京書籍出版営業者組合，1893.

Tompkins, Jane. *Sensational Designs: The Cultural Work of American Fiction*, 1790-1860. New York: Oxford University Press, 1985.

Tōyō kijin 東洋奇人 (Takayasu Kamejirō 高安亀次郎). *Sekai ritsukoku no yukusue* 世界列國の行く末 (The end of the nations of the world). Tokyo: kinshodo 東京：金港堂, 1887.

Tsau, Shu-ying. "The Rise of New Fiction." In Milena Doleželova-Velingerova, ed., *The Chinese Novel at the Turn of the Century*, pp. 18-37.

Tsubouchi Shōyo 坪内逍遙. "Shōsetsu shinzui" 小說神髓 (The essence of the novel). *Chūō gakujutsu* 中央學術 6 (1885).

Tsui, Jing. "Female Assassins, Civilization, and Technology in Late Qing Literature and Culture." In Grace S. Fong, Nanxiu Qian, and Richard J. Smith, eds., *Different Worlds of Discourse: Transformations of Gender and Genre in Late Qing and Early Republican China*, pp. 167-195.

Uchida Roan 内田魯庵. "Seiji shōsetsu o tsukurubeki kōjiki" 政治小說を作るべき好時機 (A good occasion for writing political novels). 1898. In Inagaki Tatsurō 稲垣達郎, ed., *Uchida Roan shu* 内田魯庵集 (Works of Uchida Roan), pp. 195-198. *Meiji bungaku zenshū*, Vol. 24. Tokyo: Chikuma shobō 東京：筑摩書房, 1978.

Ueda, Atsuko. "The Production of Literature and the Effaced Realm of the Political." *Journal of Japanese Studies* 31.1 (2005): 61-65.

Ueda, Atsuko. "Translated and Political Novels of the Meiji Period." In Joshua Mostow et al., eds., *Columbia Companion to Modern East Asian Literature*, p. 59.

Vandermeersch, Leon. "Une satire du mouvement novateur a la fin des Ts'ing: Le Kouan-Tch'ang Wei-sin-ki." In *Melanges de Sinologie offerts a Monsieur Paul Demieville*, Vol. 2, pp. 313-333. Paris: Presses universitaires de France, 1974.

Verne, Jules. *Deux ans de vacances* (Two years of holiday). Paris: Hetzel, 1888.

Verne, Jules. *Gojū shōnen* 十五少年 (Fifteen young heroes). Translation of *Deux ans de vacances* by Morita Shiken 森田思軒. Tokyo: Habukukan 1896. Reprinted in *Gendai Nihon bungaku zenshū* 現代日本文學全集, Vol. 8, pp. 67-157. Tokyo: Shun'yōdō, 1929.

Verne, Jules. *Kaitei niman li kō* 海底二萬里遊 (Twenty thousand leagues under the sea). Translated by Suzuki Umetarō 鈴木梅太郎. Tokyo 東京, 1880.

Verne, Jules. [*Bōken kidan*] *Kaitei ryokō* [冒險奇談] 海底旅行 (Travels under the sea. Adventure tale). Translated by Ōhira Sanji 大平三次. Tokyo: Ōtsuka Taiyo-do 東京：大冢大洋堂, 1906.

Verne, Jules. [*Godaishū chū*] *Kaitei ryokō* [五大洲中] 海底旅行 (Travels under the sea. Through the five continents). Translated by Ōhira Sanji 大平三次. Tokyo: Bunjido 文治堂, 1884. See reprint as [*Bōken kidan*] *Kaitei ryokō* [冒險奇談] 海底旅行.

Verne, Jules. *The Mysterious Island*. Translation of *L'ile mysterieuse*, 1874-1875. Oxford: Oxford University Press, 1998.

Verne, Jules. *Twenty Thousand Leagues under the Sea*. Translation of *Vingt mille lieues sous les mers*, 1870. Oxford: Oxford University Press, 1998.

Verne, Jules. *Vingt mille lieues sous les mers*. Paris: J. Hetzel, 1871.

Vincent, John. *Disraeli*. Oxford, New York: Oxford University Press. 1990.

Vincent, Paul. "Multatuli en Rizal Nader Bekeken" (Further reflections on Multatuli and Rizal). *Over Multatuli* 5 (1980): 58-67.

Vĩnh, Sinh. "'Elegant Females' Re-Encountered: From Tōkai Sanshi's *Kajin no Kigū* to Phan Chau Trinh's *Giai Nhan Kỳ Ngo Diên Ca*." In Keith Weller Taylor and John K. Whitmore, eds., *Essays into Vietnamese Pasts*, pp. 195-206. Ithaca, NY: Southeast Asia Program, Cornell University, 1995.

Viswanathan, Gauri. *Masks of Conquest: Literary Study and British Rule in India*. New York: Columbia University Press, 1989.

Vittinghoff, Natascha. *Die Anfange des Journalismus in China (1860-1911)*. Wiesbaden: Harrassowitz, 2002.

Wagner, Rudolf. "China 'Asleep' and 'Awakening': A Study in Conceptualizing Asymmetry and Coping with It." *Transcultural Studies* 1 (2011): 4-136. http://archiv.ub.uni-heidelberg.de/ojs/index.php/transcultural/article/view/7315/2916.

Wagner, Rudolf. "A Classic Paving the Way to Modernity: the *Ritual of Zhou* in the Chinese Reform Debate since the Taiping Civil War." In Sarah C. Humphreys and Rudolf G. Wagner, eds., *Modernity's Classics*, pp. 77-99. Heidelberg, Berlin: Springer, 2013.

Wagner, Rudolf. *The Contemporary Chinese Historical Drama, Four Studies*. Berkeley: University of California Press, 1990.

Wagner, Rudolf. "The Formation of Encyclopaedic Commonplaces during the Late Qing: Entries on the Newspaper." In Milena Doleželova-Velingerova and Rudolf G. Wagner, eds., *Chinese Encyclopaedias of New Global Knowledge (1870-1930)*, pp. 112-163.

Wagner, Rudolf, ed., *Joining the Global Public: Word, Image, and City in the Early Chinese Newspapers, 1870-1910*, Albany: State University of New York Press, 2007.

Wagner, Rudolf. "Women in Shenbaoguan Publications 1872-1890." In Nanxiu Qian, Grace S. Fong, and Richard J. Smith, eds., *Different Worlds of Discourse*, pp. 227-256.

Wang, David. *Fin-de-Siecle Splendor: Repressed Modernities of Late Qing Fiction, 1848-1911*. Stanford: Stanford University Press, 1997.

Wang, David. *The Monster That Is History: History, Violence, and Fictional Writing in Twentieth-Century China*. Berkeley: University of California Press, 2004.

Wang, David. "Translating Modernity." In David Pollard, ed., *Translation and Creation*, pp. 303-329.

Wang, Dun. "The Late Qing's Other Utopias: China's Science-Fictional Imagination, 1900-1910." *Concentric: Literary and Cultural Studies* 34.2 (Sept. 2008): 37-61.

Wang, Gungwu, Milagros Guerrero, and David Marr, eds. *Society and the Writer: Essays on Literature in Modern Asia*. Canberra: Research School of Pacific Studies, Australian National University, 1981.

Wang Xiaoming. "From Petitions to Fiction: Visions of the Future Propagated in Early Modern China." In David Pollard, ed., *Translation and Creation*, pp. 43-55.

Watt, Ian P. *The Rise of the Novel: Studies in Defoe, Richardson and Fielding*. Berkeley: University of California Press, 1957.

Weintraub, Stanley. *Disraeli*. London: Hamish Hamilton, 1993.

Weissbort, Daniel, and A stra dur Eysteinsson, eds. *Translation-Theory and Practice: A Historical Reader*.

Oxford: Oxford University Press, 2006.

Widmer, Ellen. *The Beauty and the Book: Women and Fiction in Nineteenth-Century China*. Cambridge, MA: Harvard University Asia Center, 2006.

Widmer, Ellen. "Inflecting Gender: Zhan Kai / Siqi Zhai's 'New Novels' and Courtesan Sketches." *Nan nu* 6.1 (2004) 136-168.

Widmer, Ellen. "Island Paradises: Travel and Utopia in Three East Asian Offshoots of *Shuihu zhuan*." *Sino-Japanese Studies* 13.1 (Oct. 2000): 20-33.

Widmer, Ellen. "Patriotism versus Love: The Central Dilemma of Zhan Kai's Novel *Bihai zhu*." In Grace S. Fong, Nanxiu Qian, and Richard J. Smith, eds., *Different Worlds of Discourse*, pp. 197-223.

Wieland, Christoph Martin. *Der Goldne Spiegel, oder, Die Konige von Scheschian: eine wahre Geschichte; aus dem Scheschianischen ubersetzt* (The golden mirror, or, the kings of Scheschian: a true story; translated from the Scheschianian). 4 vols. Leipzig: M. G. Weidmanns Erben und Reich, 1772.

Willcock, Hiroko. "Japanese Modernization and the Emergence of New Fiction in Early Twentieth Century China: A Study of Liang Qichao." *Modern Asian Studies* 29.4 (1995): 817-840.

Willcock, Hiroko. "Meiji Japan and the Late Qing Political Novel." *Journal of Oriental Studies* 33.1 (1995): 1-28.

Wood, Henry. *Ideal Suggestion through Mental Photography: A Restorative System for Home and Private Use, Preceded by a Study of the Laws of Mental Healing*. Boston: Lee and Shepard, 1893.

Woodhouse, J. R. "Review of Allan Conrad Christensen, *A European Version of Victorian Fiction: The Novels of Giovanni Ruffini*." *Modern Language Review* 93.3 (July 1998): 852-854.

Wu Hua. "The Concept of Parallelism: Jin Shengtan's Critical Discourse on *The Water Margin*." In Milena Doleželova-Velingerova, ed., *Poetics East and West*, pp. 169-179. Toronto: Toronto Semiotic Circle, Victoria College in the University of Toronto, 1989.

Xu Chang'an 許常安. "*Qingyi bao* daishisaku yakusai no *Jiaren qiyu* ni tsuite"《清議報》第四冊譯載の《佳人奇遇》について (Regarding the translation andpublication of *Mysterious Encounters with Beautiful Women* in *Qingyi bao* issue number four). *Nihon Chūgoku gakkaihō* 日本中國學會報 24 (1972): 193-208.

Yanagida Izumi 柳田泉. "*Kajin no kigū* to Tōkai Sanshi" 佳人之奇遇和東海散士 (*Mysterious Encounters with Beautiful Women* and the Wanderer of the Eastern Seas). In *Seiji shōsetsu kenkyū* 政治小說研究, Vol. 1, pp. 361-483.

Yanagida Izumi 柳田泉, ed. *Meiji seiji shōsetsushū* 明治政治小說集 (Anthology of Meiji political novels). Tokyo:chikuma shobō 東京：筑摩書房, 1966-1967.

Yanagida Izumi 柳田泉. *Meiji shoki honyaku bungaku no kenkyū* 明治初期翻譯文學の研究 (A study of early Meiji translation literature). Tokyo: Shumjūsha 東京：春秋社, 1961.

Yanagida Izumi 柳田泉. *Meiji shoki no bungaku shisō* 明治初期の文學思想 (Literary thought of the early Meiji period). *Tokyo: Shumjūsha* 東京：春秋社, 1965.

Yanagida Izumi 柳田泉. *Meiji shoki no honyaku bungaku* 明治初期の翻譯文學 (The translation literature of the early Meiji period). Tokyo: Shohakukan shoten 東京：松柏館書店, 1935.

Yanagida Izumi 柳田泉. *Seiji shōsetsu kenkyū* 政治小說研究 (Studies on the political novel). *Tokyo: Shumjūsha* 東京：春秋社, 1935-1939.

Yanagida Izumi 柳田泉. "Seiji shōsetsu no ippan" 政治小說の一般 (The political novel in general).

In *Meiji bungaku zenshū*, Vol. 5, pp. 417-422. Tokyo: Chikuma shobō 東京：筑摩書房, 1966.

Yano Ryūkei 矢野龍溪. [*Tēbe meishi*] *Keikoku bidan* [齊武名士] 經國美談 (Inspiring instances of statesmanship. Theban heroes). Tokyo: Hōchi shinbunsha 東京：報知新聞社, 1884.

Yano Ryūkei 矢野龍溪. *Shin shakai* 新社會 (A new society). 1902. In *Meiji bungaku zenshū*, Vol. 15, pp. 227-281. Tokyo: Chikuma shobō 東京：筑摩書房, 1970.

Yeh, Catherine V. "The Life-Style of Four Wenren in Late Qing Shanghai." *Harvard Journal of Asiatic Studies* 57.2 (Dec. 1997): 419-470.

Yeh, Catherine V. "Shanghai Leisure, Print Entertainment, and the Tabloids, *xiaobao*." In Rudolf Wagner, ed., *Joining the Global Public*, pp. 201-233.

Yeh, Catherine V. *Shanghai Love: Courtesans, Intellectuals and Entertainment Culture, 1850-1910*. Seattle: University of Washington Press, 2005.

Yeh, Catherine V. "Zeng Pu's 'Niehai Hua' as a Political Novel: A World Genre in a Chinese Form." Ph.D. dissertation, Harvard University (UMI), 1990.

Yi Hae-jo 李海朝. *Chayujong* 自由鐘 (The bell of liberty). Seoul: Gwanghak seopo 首尔：廣學書鋪, July 1910.

Yu Wŏnp'yo 劉元杓. *Monggyŏn Chegallyang* 夢見諸葛亮 (Dreams about Zhuge Liang). Seoul: Gwanghak seopo 首尔：廣學書鋪, 1908.

Zarrow, Peter. *Anarchism and Chinese Political Culture*. New York: Columbia University Press, 1990.

Zarrow, Peter. "He Zhen and Anarcho-Feminism in China." *Journal of Asian Studies* 47.4 (Nov. 1988): 796-813.

Zeitlin, Judith, and Lydia H. Liu, eds. *Writing and Materiality in China*. Cambridge MA: Harvard University Asia Center, 2003.

Zhang, Yingjin, ed. *China in a Polycentric World: Essays in Chinese Comparative Literature*. Stanford: Stanford University Press, 1998.

Zhang, Yingjin, ed. "Engaging Chinese Comparative Literature and Cultural Studies." In Zhang Yingjin, ed., *China in a Polycentric World*, pp. 1-7.

Zhao, Henry Y. H. (Zhao Yiheng). "A Fearful Symmetry: The Novel of the Future in Twentieth-Century China." *Bulletin of the School of Oriental and African Studies* 66.3 (2003): 456-471.

Zhao, Henry Y. H. (Zhao Yiheng). *The Uneasy Narrator: Chinese Fiction from the Traditional to the Modern*. Oxford: Oxford University Press, 1995.

Zheng, Guohe. "From Patriotism to Imperialism: A Study of the Political Ideals of *Kajin no Kigu*, a Meiji Political Novel." Ph.D. dissertation, The Ohio State University, 1997.

Zou, John Yu. "Travel and Translation: An Aspect of China's Cultural Modernity, 1862-1926." In Zhang Yingjin, ed., *China in a Polycentric World*, pp. 133-151.

Zwicker, Jonathan E. "The Long Nineteenth Century of the Japanese Novel: Tears, the Book, and the History of the Literary Function." In Franco Moretti, ed., *The Novel*, Vol. 1, pp. 553-595.

Zwicker, Jonathan E. *Practices of the Sentimental Imagination: Melodrama, the Novel, and the Social Imaginary in Nineteenth-Century Japan*. Cambridge, MA: Harvard University Asia Center, 2006.